少年李的烦恼

诗人传三部曲·李商隐篇

马鸣谦 著

北京出版集团
北京十月文艺出版社

所有的青春都是一座迷宫[1]

---

[1] 引自友人沈方诗作《所有青春都是迷宫》的标题,略作改写。

目 录

001　迷　宫
031　白道少年
072　入　世
125　恋　情
220　一张张鲜活的面孔
275　梓州幕府琐记
320　宾主问答
361　附录：他者的证言

迷　宫

蒙眬的睡意尚未退去。

水阁外，帏帘落下半幅，返照着西溪的波光。溪上每有风来，外间的帏帘固然不动，阁门垂下的琉璃珠帘却会随之轻摇，不住地闪烁。

已是午后。头仍落在枕上，而日阳已倾斜。暮春时节白昼渐长，羲和①驾驭的日车不再匆忙，还有好久才会没入西方的地土。

他略一抬手，语声未出，侍坐阁中的女郎已走去外廊，伸臂引动朱绳，将帏帘收起。眼前顿时豁亮起来，梓州城与涪江两岸的全幅视景展现于前。对岸东山的上空，悬停了伞盖样的一朵白云，如静止一般。从正午起，那朵云一直保持了同一形状。

后院传来了木杵声，笃笃笃，节奏均衡稳定。于是无由想起了前人的某首诗（一时忘了是谁所作）：南州溽暑醉如酒，隐几熟眠开北牖。日午独觉无余声，山童隔竹敲茶臼。自己也在南国，是在梓州。不过，此刻是冷暖宜人的三月末的下午，盛夏还没有到来；僮仆也不是在敲茶臼，而是在捣药。

这朵梓州上空的云，的确很像天子仪从卤簿中的伞盖。坐起

---

① 古代神话传说中驾驭日车的神。

身，再定睛看去，影像变得有些模糊（近年得了眼疾，远物已看不分明）。云的本体似乎正在发生难以察觉的变形：它的底部开始变厚，边缘白得发亮，看上去有些刺眼。

《晋书》中曾说蜀云如囷，的确，看着也有点像是圆顶的谷仓。太史公《史记·天官书》中又说北夷之气如群畜穹闾，南夷之气类舟船幡旗。倘若这朵云不再静止而开始移动，那么，确实也可以拟想成舟船。

天空的云气好似藏有人间的秘密，古来望气的术士何其之多！除了描绘蜀云，他们还描绘过各地不同的云气：诸如韩云如布，赵云如牛，楚云如日，宋云如车，鲁云如马，卫云如犬，周云如车轮，秦云如美人，魏云如鼠，齐云如绛衣，越云如龙。感觉这些都不是实际的描摹，更近于文赋的铺排列举，是直觉式的譬喻。陆机的《白云赋》中倒没有这些成分。

一想到秦云如美人，他就皱起了眉。那若烟非烟、似云非云的秦云，重又触动了过往的记忆。

女郎回进阁中，这时已跪坐在身背后，伸出两手替他揉搓肩膀和脖颈。他低垂了头，发出了一声叹息——并不是因为午睡引起的疲劳感，而是由于真实的深深的倦怠。

他不想再看到那朵云，也不想让西溪对岸走过的行人看见阁中情形，于是又让女郎将帏帘全部放下：总之，他拒绝向外观看，也拒绝他人的窥看。

阁中的光线又黯淡了下来，两人的面容一同沉入了阴翳。

女郎坐近了身前，于是将她拥入了怀中，然后就这么静坐着。他已不再信任听觉和视觉，此际更愿意相信自己的嗅觉：他的鼻子仍很灵敏，能够嗅闻到前后不同方向进入的几股气流，女郎衣物上余留的薰香味与她发缕间草叶般的气息也不同。

他弓着背，伏低了头，鼻尖几乎碰到了女郎的发丝。

不知觉间，外间起风了，天光迅速暗了下来。时间并没有过去很久，江上想必已密布了云霾，那朵伞盖样的白云也消失了吧？南国的天气说变就变，和北地很不一样。

"夜半不见星，黑猪要渡河。"女郎轻声对他说。

她枕着他的膝头躺卧着，闭合了眼，音声听去如在梦呓。

黑猪渡河是蜀人在说即将下雨的天候：倘若乌云越聚越多，到夜里星辰不见，空中看去有黑气相连，那么必定会有一场绵长的雨。

他是喜欢雨天的。雨天寂静，让人感觉安然。况且，明天就是旬假，连着后面还有四天的寒食清明节假，不必趋走官署。

低头看女郎：颈弯处的肌肤如此白皙，简直透泛着荧光；触抚时又如雨水过瓦般平滑、微凉。仲春从长安返回后，是她抚慰了自己本已枯寂的心。

再次沉入了梦境。

他是在水边跌跌撞撞地走，地点却不在梓州的西溪。转头望去，并没有建在坡上的水阁。也没看见女郎，他的身边并无一人。近侧有成行的垂柳，眼前是平静的无涟漪的大湖。远处水面有两三只采莲的小艇。此际仿佛身在江南，而自己还是当年那个随父母来至浙东的稚童。这就是那个堤塘周回三百里、灌田九千顷的越州镜湖么？

一艘小艇从湖心的莲叶丛中驶来，近岸才看清艇中人就是母亲和三姐。她们仿佛找寻他好久，上岸后就捉住他的手。母亲责怪他在湖岸边乱走,弄脏了新鞋。姐姐没有说话,蹲下身,将额头抵住他的额头,两手捏住了他的耳垂。她还皱缩着鼻子,朝他做鬼脸。

今天姐姐的装扮与平日不一样:她一身新衣,脚上穿了一双凤头新鞋,精心梳理的发髻上,簪了三枚美丽的金枝翠翘。姐姐额面上的敷粉很好闻。

小艇里,船夫在不耐烦地催促。

将要登船离去的却只有姐姐一人。母亲说,你的三姐姐要嫁去金陵徐家啦,她是特意前来与你道别的。

听到这话,他捉住姐姐的衣袖不肯放手,想忍住眼里噙含的泪,可泪水还是止不住地流了下来。姐姐折下一根长柳枝,采来几束野花,编成一个花环,戴在了他的头上。

"四弟,要听阿爷阿母的话。姐姐很快会回来看你的。"

穿了新衣的三姐站在柳树下,他与母亲登上了小艇。船夫推摇木桨,划破了镜子般的水面。当他们来至湖心时,姐姐仍然站在柳树下招着手。

梦是即兴的,交叉的。

小艇忽而已驶进了长而狭的水道,这是去往润州①了么?从浙东去往浙西,沿途经过了无数的桥、乡间祀庙、水村。艳阳底下,农夫戴了南方的斗笠,正荷锄行走在河岸上。每个人的面目都笼罩了暗影,看上去样貌相似。

切换进来的下一个场景已不在船中:他和弟弟羲叟坐在载了阿

---

① 今江苏省镇江市。

爷灵柩的马车上，一老一少两个仆人徒步跟随着，母亲和六妹坐在后面一驾马车上。

马车停下了。车夫说前面有溪河挡住了路，附近并没有桥梁可以渡过。

接下来的场景就是他和弟弟一同下车，与仆人们在水中推车。溪水不深也不浅，刚好过了他的膝盖。弟弟羲叟还很幼小，溪水漫到了他的腰部。水流湍急，车身很重。四个人使了很大劲，才能往前推动一步。

将这辆马车推过溪河，回身再推阿母和妹妹乘坐的那辆时，溪水开始猛涨，一下没过了腰。于是羲叟坐上车，只能他和两个仆人一起推。

来到溪流最深处，水已没过了肩膀。他的两腿被水流冲击得不住摇晃，膝盖一弯，失去了支撑，马车眼看着就要倒在水中。

正在这时，半空中忽现一道白光，一白髯道人、一女仙由神龙、神虎侍从，自天而降。龙虎将马车挽拉起，引向了对岸。上岸后，他仍自惊惶未定，两个仆人已匍地长拜，不住地叩头谢恩。

仰视空中，见道人与女仙已冉冉飞升，隐没在天穹高不可及处。

回看刚刚渡过的溪河，又似曾相识。这是玉阳山中的玉溪么？

大中八年（854）甲戌暮春的这个午后，义山时醒时眠，一直做着不连贯的白日梦。景物空明的阁子，正是适合发生梦境的场域。

醒来时，枕边无人。

幽暗的室内，自侧窗照入的夕光照亮了屋角的镜架，镜面里映现了窗口的暮色。女郎解松发髻，披散了长发，正跽坐着对镜梳妆。她抬手挽发，那道光恰好落在了肩头。

他怔怔地看着女郎，又念想起过去：同样的夕光，类似的场景，只是换了不同的人。

女郎是梓州使府乐营的歌姬，本名张懿仙。他从不在她面前提起这个艺名，因她肤白如霜，倒是常把她唤作"霜姑"。为她取这个小名，自是熟稔亲近的一种表示。

这座水阁是府主柳仲郢特许安排给张懿仙的城外别业，原是前几任节度使的度夏居所。此阁建在溪水岸坡上，临水有轩廊，轩廊后又分作大小两间，后面有宽敞的院落，坡上还有厨间、杂物间和仆佣小屋。义山常来水阁散心解乏，因为来了很多次，又在此处宿夜，过后女郎说服了他，索性将平日使用的书物从城中官舍搬来，将侧间用作了书斋。

他静静看着女郎梳妆，并不发话。女郎知道他已醒来，只回头一笑，继续梳发与挽髻。夕暮的光影中，这样的动作近乎有一种永恒的美。

女郎梳理完毕，复又在镜前左右转动着脸庞，检查头面饰物是否端正。

"霜姑，将帷帘拉起吧。"

"喏。"

女郎随即站起，稍稍捋平了裙摆，走去了轩廊。

傍晚时，帏帘再次升起。

雨云并没有堆聚起来，高空的风将它们推近前来，很快又将它们送去了别处，东山顶上那朵悬浮的白云早已不知去向。斜阳从移动的云层罅隙透出，向近处的溪水投照下来。近岸的水湾染上了碎金般的光晕，岸边的蒲草、野鸢尾和水里黄色的荇菜花样态鲜明。

此时，梓州城已笼罩在暮色中：背后凤凰山山麓的丛林里，返巢鸦雀开始噪鸣，西北面的长平山和西南面的牛头山，交错传来了寺院的钟磬声。前方，江对岸的东山峰顶还余留了绛色的暮光，下方山麓沉入了混沌的暗蓝，夜色已浓重。

义山在轩廊正坐，观看梓州的又一个暮晚。四周光影黯淡下来，变得模糊。然而，当羲和收去了日光，两岸民户的灯光如星散的萤火开始燃亮，眼前景物渐又清晰了起来。

僮仆在阁外敲门，女郎应声走去屏风后开门，将漆盘端盛的药碗送到了近前。

药汤还有点烫，搁下等待的时候，女郎认真探问："李郎，这次回长安寻得的药方可有见效？"

"颇见效。眼目看物清楚多了，所以刚才一直在看你梳妆。"

"这下安心了！"

女郎的音声里透着欢欣。因为声量有些高，不觉羞怯地抬起袖子遮住了口鼻。她的目光明亮而真挚！

义山这回在长安所得的治眼疾秘方，是友人温飞卿[①]介绍的房处士的家传，服后的确眼力有所恢复。他没有告诉霜姑的是，这次

[①] 即温庭筠，飞卿是他的字。

另还请来了一位医师治疗他长年的腿足酸痛，对方正式告知了他患有消渴症的确诊消息。这是与前代诗人杜子美同样的慢性症，须长期服药调理。而他厌恶服药，可以说非常厌恶：经常服药之人常有一种特殊的体臭，而他嗅觉向来很敏锐。

医师告知病情后，义山神意不畅。因为第二天要去升平坊柳宅转交府主柳仲郢带给夫人的书信礼物，于是邀了老友韩瞻一同坐车，顺路重登了二十年未去的乐游原。他对长安东南这一带里坊非常熟悉，可是，当途经东宫药园来到青龙寺前松门时，他的心跳仍然不自禁地再次加速了！

暮色中的长安城壮阔雄丽，又引人惆怅。故而那天他吟出的《登乐游原》中有"夕阳无限好，只是近黄昏"这两句。

南国梓州的黄昏也是同样，常会触发这样的愁绪。哪里的黄昏不是这样呢？霜姑啊霜姑，我心中累叠的烦愁，又如何向你诉说？

这晚府主临时有宴集，女郎应召去了城内使府，到第二天上午才得返回水阁。

晚食后，来到书斋整理书物。

大中元年（847）十月，义山在桂州幕时出使江陵，于衡湘旅途间曾编成《樊南四六》①。去年十月，长安杨筹（字本胜）因公务来梓州，求索新写四六文，于是十一月上旬又按时序整理出了二十编的《樊南四六乙》②。这次回长安，将此前存在长安家中的

---

① 骈文以双句为主，强调对偶声律，多以四字、六字相间成句，故称"四六"，当时亦称"今体文"。
② 即《樊南乙集》。

四六散篇统共取来，这几天正打算誊抄一份，寄去长安。

义山擅写四六骈文，在京城内外早已收获名声，可是，这并不是他平生所尊尚，只求能够收集完备，一如恩公令狐楚早年编成《表奏集》那样。

散篇誊抄完毕，装入邮筒，嘱咐僮仆明日一早就去官驿寄出。

继续整理案上的书物，其中有一轴是昨日府主柳仲郢新赠的奉佛文《法华抄》。

柳仲郢出自柳氏名门，父亲柳公绰、伯父柳公权皆前代名流。家中藏书巨富，柳自幼嗜学，熟读圣贤经史，又善文章，早年所著《尚书二十四司箴》曾获时任礼部侍郎韩愈的赏识，自此闻名。他不仅见识广博，还勤加誊抄，曾手录《九经》《三史》和南北朝诸家史书，合他书凡三十篇，分门三十卷，集为《柳氏自备》。中年时开始深研释门义理，常以精楷字抄录佛书，每每焚香捧读，又常随手记取要义。

此次义山从长安归返梓州，柳仲郢特意引《法华经》所举的火宅、穷子、药草、化城、衣珠、髻珠、医子七种譬喻，以儒士语言解说佛家轮回解脱原理，善加劝慰，实望义山能择机归趣大乘，了却中年丧妻和长久沉沦幕府的苦恼。

可想而知，前几日捧读这篇奉佛文后，义山心里存了深深的感激。府主对他的信托，实已超越一般幕府的宾主关系，蕴含了一份真挚情谊。如何回复书信就需要郑重思量。今日下午多眠，他在半寐半醒之间也一直在打腹稿。

再览读一遍过，于是捉笔，写出了一通呈交府主的致谢书启。

受府主感召，此次义山已准备付诸行动。他在书启中提出了在慧义寺竖立《法华经》碑石的想法。本州各家寺院，以长平山慧义寺最为古久，常住僧修行谨严，在蜀中素有声誉。那么，在该寺经藏院立碑自是最佳选择了。

过几日是否要去一趟慧义寺，咨询一下长老缁叟呢？他心里起了这个念头。

今晚就在书斋歇息了，僮仆从正堂移来了铺席。

入睡前，会例行诵读实叉难陀译八十卷《大方广佛华严经》。今日所诵的是第四十九卷"普贤行品"中佛陀于第七会普光明殿中的说法片段：

> 于一微尘中，悉见诸世界，
> 众生若闻者，迷乱心发狂。
> 如于一微尘，一切尘亦然，
> 世界悉入中，如是不思议。

将极微小之尘埃与极弘大之世界等量齐观，可以窥见世界的实相。初听起来会让人觉得不可思议。可是，近距离凝视一颗露珠，不是就会看到露珠映现的百千形象么？古人云：人生譬如朝露。那么，如露珠般短瞬的生命也会投映不同的色彩与痕迹吧，原理同一。这些色彩与痕迹就构成了凡人的生涯。

> 一一尘中有，十方三世法，

> 趣刹皆无量，悉能分别知。
> 一一尘中有，无量种佛刹，
> 种种皆无量，于一靡不知。
> 法界中所有，种种诸异相，
> 趣类各差别，悉能分别知。

既然微尘与世界等同，因此也就可以再细分出无数的佛刹国土。虽然类别样貌各各不同，然而十方三世之法均能适用。

> 深入微细智，分别诸世界，
> 一切劫成坏，悉能明了说。

这四句是本品心钥。无论微尘与世界，皆不能脱离成、住、坏、空的循环。辨析其中微细无比的原理，便可知晓这即是世间的常态。平静地接受，不必大惊小怪，更不必畏怖恐慌。领悟到这一层，或就可以将痛苦与烦恼之根予以拔除（即便做不到彻底断尽，也能最大限度地消解）。

所以，如今身在梓州幕府的我，应欣然接受目前境况。

掩卷放归书案，复又忆起大和九年（835）所作的那首《北青萝》。那年春天第四次应举，逢兵部侍郎崔郾知进士举，自己再次落第。此时恩公令狐楚在京城任职，无法召辟援引，加之那时有一桩难解心事，于是重返玉阳山，起意再次入道。在济源有先祖墓茔，还留有一些微薄田产，因此有了迁家济源之举。移家完毕返玉阳前，曾顺道去王屋山东麓寻访此前相识的隐居僧。在这首诗的尾

联中,自己就说过这样的话(仿佛一个预言):

> 世界微尘里,吾宁爱与憎。

吟出这一联距今已二十年,羲和这辆日车简直是在疾驰!

头落上枕,脑中还在不停寻思:当年不知今日事,今日之我已知前事皆非。道家的神仙异说渺远不可及,终究虚荒幻诞,佛家的空有之辨、解脱之道才是归宿。我李义山,世人所称的李十六,亦不过世界微尘里一孤旅人罢了。

擅作今体章奏与诔奠之辞所得的名声多么虚浮和不牢靠,那只是谋生术。今后定要做些不同的事,更实在的一些事。

那么,哪些是实在的事呢?

他在入睡梦寐前迷迷糊糊得了两个方向:一个是专注作诗(如同杜子美晚年那样),另一个就是克意事佛。明天,或后天,或可去长平山慧义寺寻访缁叟。他要拜长老为师,兑现去年许下的打钟扫地,为清凉山行者的发愿。缁叟长老是相熟的长安知玄法师的师尊,义山初到梓州时曾带了知玄的书信入寺拜问过。

兴许是白天已把梦做够了,这一夜睡得非常踏实。天明起身,洗漱,心情也从初返梓州时的倦怠转为了醒觉后的明快。

僮仆见主人心情喜悦,这天早晨也很开心。一边在院子里劳作,一边哼唱起了长安现时流行的几首谣曲(此前他与主人一起回长安探过亲)。

"小敢,今日唱得好。"

僮仆进屋送入早食时,义山表扬道。

小敢嘻嘻笑，说的却是另桩事："霜姑上午天就回水阁了。"
"是呢。"

早食后，义山坐在轩廊上，倚靠着凭几，俯望西溪对岸的路径，看有无车马正驶来。自己是在惦记着霜姑，虽然也才一夜之别。自大中六年（852）在成都结识，至今已历三年，两人之间已慢慢生发了一份情愫（虽然这情愫经过了义山刻意的冷却）。

正是春末夏初飘柳絮的时节。今日里，西溪两岸满眼都是粉白浅灰的绒絮。柳絮四处飘散有如轻雪，有几缕还伴着明丽的晨光飞入了阁中。

伸手捉住一缕，观看这微细物：柳花凋谢结实后，一粒自带白色绒毛的小小的种子。

这是梓州的柳絮，是的。自己此前竟然没有太多留意柳絮。推想起来，长安灞桥和樊南那边也该飞扬起来了吧。在南方，柳树结实时间比较早一些，那么，北方的柳树飘絮或许会再延后一点时间？还有洛阳魏王堤那里的柳树，是不是也一样？济源的家，荥阳的家，崇让宅的岳父家，永乐的家呢？那边的柳絮是不是也会在近几日飘起来？还有，宋之问咏写过的"洛阳城里花如雪"这句里，洛阳花是否也包含了柳花呢？

如此思绪流转，一时浑不知身在何方。成行柳树的枝条绿幕和飞雪样的柳絮让他的神思再度恍惚起来。

自少年入世以来二十五年，经历了多次的迁家与移幕，漂泊生涯让人始终不能安心一处。荥阳，济源，长安，永乐，洛阳，哪个才是可以真正安居的家呢？还有，当初父亲为自己取了商隐之名，属望我能如商山四皓①那般辅佐王道。对照如今寄居幕府的现况，怎不让人唏嘘感叹！父亲预期中的我，年少清狂之我，仕途不顺、久居幕府之我，擅作今体章奏、诔奠之辞之我，多病清羸之我，退守自傲之我，发少齿落之我，写诗若狂之我，究竟哪个才是真正的我？

这样的追问自然没有可靠的答案。

他警惕地终止了思绪，重新回到了昨夜入睡前所下的那两个决心。沮丧颓唐有害无益，现在只需去做实在的事就好了。因为，自我本来就是个迷宫。

他已决计要从这个漫长、淆乱、纠结的迷宫里摆脱出来。

已是子规鸣叫的季节，提示了初夏的来临。

一辆幰车驶出了梓州城西面的通蜀门，并不转向西南官道，而是折向了正西的牛头山山麓，过后又上了向北的坡道。幰车驶上西溪对岸柳林道，经过岸边的流杯亭时，义山已能从水阁望见。

日阳下，柳絮漫天，真如一场奇异的雪。义山心里又有异动，联想到了多年前长安青龙寺前的那个雪夜，那个人。

小敢发现主人趿拉着木屐来到院子里，口中还在催促："霜姑回来了，小敢快去迎！"

他连忙放下手中活计，推开了院门，幰车已停在了门外。车夫是从附近农庄雇用来的农人，将牵马缰绳交还小敢后就回家了。义

---

① 指秦末四位博士东园公唐秉、夏黄公崔广、绮里季吴实、甪里先生周术，因避乱世隐居商山，汉高祖刘邦屡征而不出，后来一同辅佐太子刘盈。

山倚靠院门看霜姑下车。

张懿仙脸上还带着宿醉的疲态,见义山出门相迎,表情很讶异(其实是喜悦):这可是相识以来头一回。平时的李郎总一副无可无不可的模样,今儿是怎么了?

张懿仙昨晚的衣装还未换下,随身侍女要给她梳洗,义山就一个人先在水阁书斋等着了。

从书箧里挑出空白纸卷铺展案上,用镇纸压平了四角。将笔在水盂里润湿,又在砚台里化开了昨夜的存墨。他是要作诗了,题目也已想好,就是纯写柳树。

张懿仙梳洗好来到书斋时,已写出了头两联。他暂且搁下笔,询问张懿仙:"昨晚宴席如何?"

"弹了三支散曲,跳了单柘枝①,又跳双柘枝,饮了许多酒。"

"酡颜未退呢。"

是么?听他这么一说,张懿仙又掏出袖中小镜打量起来。

"是抹的胭脂妆啦。"

她将小镜放回袖中。义山看着案上诗,诵出了头两联。

动春何限叶,撼晓几多枝。
解有相思否,应无不舞时。

这二联里显然有寄托。柳枝受风摇撼仿佛多情,牵动了义山的

---

① 西域石国传入中原的健舞,节奏多变,多以鼓伴奏。可独舞,也有双人舞。

家园之思和怀人之思。当然，在张懿仙听来也很适当，因他也将女郎的娉婷姿态比作了婀娜的柳条。

"后面两联会如何？"

说话间，两羽白蝶飞入了窗内。它们没有落停，一直在盘空兜圈，仿佛在探看书斋内部的秘密。

义山看看白蝶，又看看张懿仙，已有了诗思，顺口吟出了后两联：

絮飞藏皓蝶，带弱露黄鹂。
倾国宜通体，谁来独赏眉。

义山很少像这样实写。不过，却也不是单纯的写景咏物诗。在他的诗笔下，常会将景物与人情交融合写，造成一种迷离恍惚感。在他看来，这也是六朝诗优雅特异的一面。"倾国宜通体，谁来独赏眉"两句与其说语带谐谑，莫如说隐含了对女郎的眷恋，对青春年华的礼赞。

"是赠我的么？"

他点点头。将上四句和下四句再连诵一遍，感觉妥帖后，特意取出彩笺，为她誊抄了一份。

张懿仙静静地看着，眼角有些湿了。

义山将诗笺交递她时，发觉了她的泪光。他知道她流泪的原因：本是平凡的一首小诗，掀不起太多感情的波澜。可是，当去年初秋府主提出要为张懿仙赎出乐籍然后配予义山做侍妾时，自己却断然拒绝了。

此时的张懿仙定是想到了这一层：李郎，你既然对我有情，为何不将我永久留在身边呢？像这样没名没分地在一起，今后能够长久么？彼此越是有情，将来离别时心里就越会像刀割般疼痛啊。

关于疼痛，我很清楚。霜姑啊霜姑，你可知道我已痛过几回了？屡失所爱的怅惘、悔恨和失落曾经多么强烈，简直不堪回首。

已被封存的过往记忆顿时汹涌而来，令他晕眩。他再次警惕地终止了思绪。

我只需做实在的事，写诗与事佛。除此还会作出一个保证：只要还在梓州，我就会善待你。霜姑，我绝不会让你经历同样的悲伤。昨晚的决心里似乎还可以加上第三个。

上面这些只是他内心所想，并没有真正地告白。他所能做的，就是取过女郎手中的巾帕，为她拭去眼角的泪水了，以及温存地轻柔地无言地将她拥入怀中。

女郎的额头贴着他的下颌，两颗心如此接近地跳动。他们的动作凝住了一般，久久没有分离。

"呀，忘了府主托付我转交的一样好物！"

女郎突然从他怀里跳起，跑出了书斋。

不一会儿，她又从院落那里返回了，手上捧了一壶酒。一看签条，是荥阳的土窟春！

"府主说，这是李仙郎①的家乡酒，特意让我送来的。"

"府主费心啦。你吩咐小敢取酒盅来吧。"

---

① 仙郎是唐人对尚书省各部郎中、员外郎的雅称，亦称星郎。

看到家乡的名酒,之前的烦愁心绪已忘却。他们两个人又变回了原来的自己。

"早间就饮?"

他点点头,将酒壶搁在案上,伸手捏了一下女郎的脸颊。

"我饮酒时,你就把刚才那首《柳》诗唱出来吧,合什么曲谱都可以。"

接下来的时段,义山就坐在书斋里慢慢取饮。

临窗那边,女郎开始调音。将这首新作诗合上曲调还需费些功夫,她神情专注地看着铺在身前软毡上的诗笺,一边拨弄琵琶丝弦,一边拟音。试了几个曲谱感觉都不太好,又调换了新的一支。

张懿仙手中这把紫檀五弦琵琶乃梓州乐营所备乐器中的佳品:正面和背面皆镶嵌了螺钿,槽面饰有鸟蝶花卉图样,曲项有流云纹,背面髹黑漆,镶淡金宝相花纹,衬托了女郎纤手轻柔缓急的手部动作,显得瑰丽无比。

义山想到了白翁那首《五弦弹》,他并不觉得怎么好。白翁写诗常常太铺陈、太啰唆了(就跟他的平日谈吐一样)。他心里又萌动了新的诗思,当饮下第三杯时,女郎已调好了音,指拨琵琶,开始试唱了。

动春何限叶,撼晓几多枝。

起调低缓而深情,琵琶的弹拨只是间奏。音声在水阁中飘散,人与琴仿佛都在喁喁私语。望向窗外,飞扬的柳絮少了很多,西溪水面和两岸坡地落满了白絮，望去如同积了一层薄雪。

侧耳再细听，琵琶流出的乐音里同时带有了欢欣与哀愁两种音色（这正是女郎此刻心情的写照吧）。那唯一的听者受歌诗合奏的影响，此际已沉入另一种平静的追忆（与之前汹涌的思绪不同）。他的眼前，渐次浮现、叠映了之前与自己命运交缠的两个女性形象：一个是铭心刻骨的恋人，一个是过早去世的妻子。

当女郎唱到"解有相思否，应无不舞时"这两句，眼角含泪的却是听者本人了。哦，歌乐有时比语言更能触到人心的深处。要警惕，要戒除，不要再陷入无用的哀伤中！去做实在的事吧。

此刻能想到的最实在的事只能是作诗了。构思已有，就以《西溪》为题。

女郎唱毕《柳》诗，放下琵琶时，他的腹稿已打好，但仍需多一点时间酝酿孵化。

到下午夕照临窗时，他吟出了前两联。从情绪来说，毋宁说是前一首的延伸和变奏：

> 怅望西溪水，潺湲奈尔何。
> 不惊春物少，只觉夕阳多。

潺湲的西溪水永不止息地流淌着，很快就会流入涪江，向南奔腾千里至渝州汇入长江，过后还将一路东流，直至入海。难道我的烦愁也将这样长流不息？西溪水，请不要再幻变成天上的银河，将世上的有情众生永久阻隔，你该止步了！

019

想到这里，后面四联也自动生成了：

色染妖韶柳，光含窈窕萝。
人间从到海，天上莫为河。
凤女弹瑶瑟，龙孙撼玉珂。
京华他夜梦，好好寄云波。

这里的凤女和龙孙自然代指了女郎和义山自己。

停笔，休息。再抄誊一份，遣僮仆小敢送去了使府。

隔日，府主柳仲郢就送来了和诗。为此，又写《谢河东公和诗启》致意，以前隋的越国公杨素比拟府主，而以诗人薛道衡自比。义山以一代文士自命而与俗世对垒，这是他身处迷宫时的一个强烈信念。

假期最后一日，晨光熹微时义山起身，早食后即在书斋诵《法华经》。女郎、侍女和僮仆小敢也坐在他身后一同念诵。今日念的是卷六的"随喜功德品"：

阿逸多！若复有人，语余人言：有经，名法华，可共往听。即受其教，乃至须臾间闻，是人功德，转身得与陀罗尼菩萨共生一处，利根智慧，百千万世终不喑哑，口气不臭，舌常无病，口亦无病，齿不垢黑、不黄、不疏，亦不缺落，不差、不曲，唇不下垂亦不褰缩、不粗涩、不疮胗，亦不缺坏，亦不㖞斜，不厚、不大，亦不黧黑，无诸可恶。鼻不匾㔸，亦不曲庆，面色不黑，亦不狭长，亦不窊曲，无有一切不可喜相。唇舌牙齿悉皆严好，鼻修高直，面貌圆满，眉高而长，额广平正，人相具足，世世所生，见佛闻法、信受教诲。

上述言句直接宣讲诵经对身心容貌的种种益处，对信众而言颇有吸引力。故而他们几个念诵得都很恭敬虔诚。

上午写好了给缁叟长老的拜帖，遣小敢送去了慧义寺。过后在书斋处理文书，回复了两封长安来信。午食后与女郎暂别，他先要去长平山，过后直接回城。

"李郎，下个旬假还来水阁么？"

"今日要与长老商讨立碑一事，报请府主允准后，近期可能要长住，方便督促各项事宜。"

"那我这里就提前备好簟席和夏衣。一入四月，天候很快就要转热。"

"好。烦劳霜姑了。"

僮仆小敢在前牵引，义山骑马缓缓行，上了西溪的虹桥。立停桥头能看到水阁的前侧部：日光鲜明，水阁笼罩在下溪的烟水光影中，看去宛若神仙居。自己在梓州得到府主照拂爱护，又能与女郎结缘，一切都是自然发生。梓州的这两位都于自己有恩，此生定要善加珍护，不能辜负。

慧义寺就在东北面的长平山（从梓州城北门的城楼望去则在西北面），距离西溪并不是很远。

沿途山麓不时可见散落的农户小庄，农夫下午出田，农妇门前织补，孩童们多在路道上捉堆玩耍。此地人民颇知礼节，遇到使府郎君骑马经过，每个都会站停致意，义山微笑以对，却从来不和他们搭话。

慧义寺原名安昌寺，为后魏车骑大将军、新州刺史安昌公创建，武后时重建改称慧义寺。此前会昌毁佛寺，强令僧尼还俗，东川首府梓州仅留慧义寺，侥幸躲过了一劫。

行至长平山脚下，仍可见到遍植桂树的古坛丘和一方湖池，临池本来建有芙蓉殿，今天只存了废基，乡人在上面用竹木搭设了风雨棚，农事之余会在这里聚话聊天。此时棚子前面只一个少年正坐着垂钓。

过坛丘，来到了山道的松门前。左面是一带绵长山崖，崖前又有安昌寺的明月宫废址。国朝初，有梓州司马苏良和长史唐秀卿敬事佛门，曾出资依山开窟，请工匠雕塑诸佛新变相，龛窟形制类似洛阳龙门，只是规模较小。义山初来梓州就曾观摩过窟中佛塑，雕刻精细，彩绘出色。

松门之右又有赵岩洞，开元时名士赵蕤曾在此结庐隐居，自称"安昌岩阜夯臣"。赵蕤乃梓州盐亭人，据说李白少年时曾由彰明①到此跟从学习，一岁有余。赵蕤写的十卷《长短经》义山此前在使府书库翻读过数篇，所谓长短术，无非还是以儒书和术数交参，阐明经世济用之策。义山常会想倘若赵蕤生于当世会如何，他恐怕仍会像商山四皓那样继续避世不出的吧。

到得松门前，义山下了马。整衣，正冠，合掌三礼。

小敢将马带到路边松林中，缰绳系在松枝上，就在树下蹲坐着了。

---

① 今四川省江油市。

义山踏上了浮云径。松林中有古塔，微斜的日光透过塔身、松枝投照到山道上，更显古寺之静谧。清风拂面，感觉身心也轻盈了起来。

慧义寺的布局与寻常佛寺有所不同，是依坡地形势，以北斗七星格式错落布置了殿堂楼阁。由山下路径向上观看，颇为雄丽多姿。参天古木围绕四周，临山崖前有大片的碧绿竹林。山门前，路道两旁有数棵高大银杏、楠树，须数人交臂才能围抱，远远望去宛若绿盖巨伞，到了深秋，满枝黄叶时景象就更为可观。站在山门前，可以俯瞰整座梓州城的四至：正面视景可见南北延伸的梓州城墙雉堞与四门城楼，东北面可以望见北山山麓的紫极宫道观，涪水与中江在州城东南境合流，南面，在西山和印盒山那边，可以望见牛头寺和兜率寺废址中仍然矗立的白色塔刹。此处是欣赏梓州景致的最佳处，义山初来梓州时便曾登临观览。

知客僧已在天王殿重阁前等候，相互问讯致礼后，引他入寺，先入佛殿参拜。佛殿前后的配置也有特点。殿后有灵泉院，此院倚靠山崖，崖下有一处甘露洞，洞内有甘露泉，泉水终年不竭，夏季饮下时甘凉可口，入冬后尝之温甜。山泉又被引入佛殿前一水池，池中植有莲花。只是池水多年未见疏浚，下水口已渐淤塞，水面稍有些脏污。

出佛殿，穿过右首的般舟院，进入了长老所居的竹院。

竹院偏离主寺，乃是在崖上围砌土墙而成的一间别院，三面皆是竹林，崖前平台上建有三间茅屋。

会昌法难时，寺僧只许定额二十人，后又再减为十人，缁叟长老就是十人中的首座长老,年纪已近七十。至今坚辞寺主职分,大小事均委托弟子料理。

茅屋前露天铺了一架禅床①,长老结跏趺坐于其上,身形瘦削。义山合掌问讯时,他仍闭目养神,并未起身相迎。

知客僧只得再通报一遍。老人微微睁开眼,言道:"给郎君安座,上茶汤。"

所谓安座,就是在大禅床边另设了一张矮床。义山脱去鞋履,再次整衣冠,跪坐其上,后面就把欲投长老门下为弟子和想在寺中竖立法华经碑的发愿讲说了一遍。

长老一直低垂眼目,听毕抬眼看着义山:"郎君来意老衲已知,且饮茶汤。"说罢举起茶盏相敬。

义山连忙也举盏还礼。

放下茶盏,长老微微颔首,言道:"青鸟时来寺中,如如法缘已结。时机已至,汝可为我门下优婆塞,法名清朗。"

去年,府王柳仲郢带头捐赀,州中官员、耆宿、富商齐同募集赞助,为慧义寺建构了南禅院四证堂,其间没有动用任何官廪或军租。又得江西廉使大夫汝南公周敬复相助,请得试殿中监鲁郡邹从古所绘的益州无相大师、保唐无住大师、洪州道一大师、西堂智藏大师四幅真形供奉于屋壁。当时义山曾精心撰作了《四证堂碑铭》,已与慧义寺结下最初一段法缘。今次长老听闻义山告白,直截为他取了居士法名。义山希望成为入门弟子的第一愿已达成。只是,过后还需择选时日,正式授予菩萨戒。

---

① 禅床非床,唐宋时乃一种类似榻与椅的坐具。

义山当即合掌长拜，久久不起身，长老下禅床亲将扶起，他才恢复了正坐姿。

缁叟长老出自陇西赵姓，早归律宗，人称"律虎"，晚修圆觉，世称"义龙"，又接续了无住大师和智藏大师的两支法脉，是东川乃至蜀中名宿大德。义山得以入门，当然倍感荣幸。这一瞬五内翻腾，眼中蓄泪，不由举袖揩拭。

"梓州诸寺历代都有名家作文，本寺山门重阁有庾信、王勃、李邕、赵蕤碑文，弥勒院的弥勒下生像旁有李潮八分书《弥勒像碑》。南面牛头寺呢，有博士间邱均、严员外碑文，城南圆梵寺、兜率寺有崔相国、杨相国记文，合上汝所撰作《四证堂碑铭》，皆一代才士运笔属词。汝有意镌刻法华大经，阐扬圣教，老衲岂有不允之理？不过……"

长老欲言又止。

义山再拜再请。

"清朗，从今而后，也要为自己做功德、求解脱。"

这天商议的结果是，义山决定捐出俸资十万，为慧义寺经藏院开凿石壁五间，以金字勒《法华经》七卷以还愿。

出竹院，知客僧又带引义山夫应天院，拜会了楚公、惠祥上人、明禅师三位，他们都是缁叟入门弟子，近日都会聚慧义寺，商议梓州其他荒败寺院的重建事宜。楚公平时在西山牛头寺茅屋，惠祥上人在南面印盒山兜率寺茅屋，明禅师在城中香积寺看护法社龛。

席间还有一位从绵州开元寺来慧义寺度夏的僧洪照。洪照年已六十，幼时诣五台山金阁寺镜公出家，于竹林寺用公处受具足戒，元和末赴长安大兴善寺则公处受灌顶五部大法、明王五天梵字，是一位显密双修的高僧。大和七年（833）游蜀，初住绵州大安寺，会昌法难时被迫还俗。至宣宗即位，始再披僧衣，住持绵州开元寺，置上方转轮经藏。大中十年（856）春，缁叟长老圆寂前曾提请后任东川节度使韦有翼邀洪照接掌慧义寺法席。该年秋，洪照移来梓州，过后于涪江对岸东山清居寺旧基复建东山观音院，这些都是后话了。

在座五人都以法兄相称，彼此谈说许久。楚公又为义山筹划刻经勒石的具体安排，他是梓州本地人，熟悉本地匠工和营建取材等事。义山与楚公约定，等报请府主允准，择日再来寺中细议。

出天王殿，回到了山麓松门。

僮仆正倚靠松树瞌睡，幞头和肩上落了数枚松针枝叶。义山捡起搁在地上的马鞭，将落在他肩头的一根小枝给挑落了。

小敢腾地一下站起来，抹眼一看是主人回来了，就咧嘴笑。连忙解缰绳，把马儿引到了山径路头。

义山上马后并不急于入城，没有走去北门的最短道路，而是让小敢牵马贴着梓州城墙外的沟渠走，要绕去南面的南薰门。日光斜照，路道两边花草婆娑，空气中透着一股芬芳。马蹄踩在松软的泥土上噗噗响，更显宁静。与缁叟长老的会面如此顺利、平和、自然而然，可是，这个看似寻常的下午确乎发生了某件重要的事，使得他看待过往、当下与未来的目光发生了某种潜在的改变。他沉浸在长久的思虑中，魂灵一度出了窍，过了好一会儿才回返了自身。

一个交亲零落的孤旅人获得了新生。

不管是不是幻觉，不管这幻觉会持续多久，他的感受清晰而明确。自今而后，一切都可以坦然接受了。

将要转进南薰门，见道兴观观主长乐①冯行真、上座庐江何真靖骑驴行过，正要向守城卫兵交验过所②，后面还跟随一位着平冠黄帔，头戴遮风帷帽③的年轻女冠④，同样骑着驴。梓州本地道徒信众焦太元等十数人已将她们三人团团围住，显见正在城门口等候迎接。

义山不由停马问讯。

冯、何两位这次出行归返，原来是为筹办今年的中元法事。她们新近从北地大道观请来了会真画像及道经若干部，正要回城内道观铺展观看。

梓州城南的这座道兴观在隋代起建，隋末荒废，沦为废地。开元时重建，然而自元和末年以来，一直没有称职法师主持，只冯监院一人苦苦维持。冯监院父亲冯宿，大和九年（835）出任东川节度使，开成元年（836）卒于任上，与柳仲郢有交谊。柳到任后，体察冯监院苦衷，前年自京城请来了冯观主与何上座。

两位都是有修为的洞真法师，来到梓州后努力振兴道观。去年春日，道兴观欲树立碑碣，义山曾应冯行真及信众之请，为撰《梓州道兴观碑铭并序》。在序文中，义山自称"五郡知名，三河负气"，他也的确应该得意：碑铭写成后另抄一份送入东川使府，为

---

① 福州长乐郡。元和三年（808）并入福唐县。元和五年（810）复置长乐县。
② 古代通过水陆关隘和入城时须出示的凭证。
③ 帽檐四周垂下丝网或薄绢的帽子，唐时妇女常用。
④ 唐代女道士皆戴黄冠，因俗家女子无冠，唯女道士戴冠，故得此名。

府主及府中同僚大加赞赏，大家都认为堪与王勃所作《梓州慧义寺碑铭并序》相颉颃。此文很快就传入了益州和京都。

有以上一节故事，冯观主见到义山当然态度非常恭敬。可能恭敬有些过头了，她屡屡出言邀义山来访道观，且一定要他择定时日。

义山推托近来事务繁忙，不得抽身，等空闲下来一定相访（现在可不能将慧义寺刻碑之事告诉她，因为自古以来佛道两路势如水火，难以相容啊）。

他的推托其实还有一个莫名的原因：自义山停马，队中那位年轻女冠就抬手撩起了帽檐丝网在观瞧。她黑眸闪亮，一直在打量着义山。

自宋慕云离去后，义山素来不喜见到女冠，尤其是姿色端好的青年女冠。在他眼里，那仿佛就是劫火一般。他下意识地担心会被再次灼伤。

走又走不得，只能相伴这队道徒进入城门，然后一直送到南薰街街南的道兴观前。

"郎君是否一同入观，看看新取来的画像和道经？"

冯行真充满期待地看着他，其他人也在旁边附和。只那位年轻女冠没吱声，一手仍然提着丝网在观看。

"府主有事相候，今日实在不便。过几日定来访看。"

义山这才告辞，得以脱身。

到得南薰街的北端路口，转过街角来至府城前的州院街。义山正待从右路侧门进入官舍，又见紫极宫道士胡宗一立在门口。胡道士身边还站了个年轻道童，年纪约莫十三四岁，样貌似曾相识（一时想不起来是像谁)。

这胡宗一本是府主柳仲郢此前出任河南尹时的衙将,过后追随入蜀而为东川部属,升授了游击将军。他与义山素来交好,是使府中与义山常相往来的六君子之一。胡宗一到梓州后,与州东北一里处的道观紫极宫的老观主王昌遇(道号易玄子)过从甚密,去年春天,生发了入道之心,辞职出为道士。由王昌遇授予符箓后,已担任了紫极宫监院。

去年秋天,卸甲入道的胡道士在道观西南掘得一口水井,水质甘甜滋润。过后义山曾受他招引,去观中饮过一回茶。

饮茶过后,胡道士数次登门,来请义山作铭文。因为之前多年情分,再加他夸赞义山为一代文豪,以"曾梦彩笔,或吞文石"之类话语屡进美言,义山推托不得,也还为他写过一篇《新井碣铭》呢。

只得再次下马,彼此招呼问讯。

一问才知,胡道士已在此地伫立守候许久。他也是今日刚从北地归返,这次带回了京师清都观刘先生转托递交的一封书信。

邀入官舍短暂相谈,胡道士将信件交付,再闲聊了几句就告辞了。

义山坐定书案前,展信披读。刘先生的信文平平无奇,无非是询问义山长安探亲归返梓州后的情况,不过,末尾还顺带告知了宋华阳转去云台观的消息。义山心中微微一动。

信内另还夹有一张道笺,是昔日玉阳山道友参寥从云台观写来的问候短信。

与参寥有多少年未见了?义山在心里点数着年份:自开成元年

（836）离玉阳山，一直到大中八年（854）的现在，时间竟已过去了十八年！

还有，他想起来了：胡道士身边那个随侍道童的样貌，原来就是酷似了参寥。真是奇妙的偶合。

回梓州官舍的这一晚，义山夜不成寐。烦厌之极只得翻身起床。

坐回书案前，再次点上油灯。推开窗扇，放目向外眺望：此时南国的夜空，穹宇幽蓝而繁星满布。望着横贯天心的银河，久已尘封的往事开始闪回，渐次地重现……

白道少年

初夏的晨间，朝霞的绛色尚未褪尽，尚书谷的空中悬停了两三缕片云。

东玉阳道观的中院，三个道童日阳未出时就晨起洗漱。早食后入天尊堂参加常朝仪，上香旋行，端身执简礼十方，唱颂忏悔完毕，随即就离堂出院了。

他们一同站在了路头，每人肩头都搭了青背囊。其中一个少年清秀瘦细、目睛灼亮，正是十四岁的义山。一个名叫李觌，身量比义山高大，面容已有成人风度。另一道童姓彭，方脸，大耳垂，就是少年参寥。他那时的面貌酷似梓州紫极宫的那个道童。

山门外，白道透迤向下，山麓笼罩着薄雾。日光渗透了两边的茂密松林，气流清冽。松籁如低隐起伏的波涛声不时传入耳际。

他们三个正要下山，过玉溪，去对面西玉阳山灵都观的写经坊。

参寥有一支竹哨，能模拟鸟声召唤飞禽。刚出道观，就要试音。他伸出舌尖润了润唇，将哨子衔在口中，吹将起来。

一开始是"嚯嚯嚯"的间错低音，断续如虫鸣。接着，参寥头向上仰，左右摇旋起来，间错音变成了向上飞起的尖音，带着变奏的高低变化。

几只雀鸟从林梢飞出，掠过了山道。以后竹哨每次吹响，总有一两只雀鸟飞出相迎。

李觐问他："小彭，这是什么法术？"

"只是戏禽术里的学鸟拟声，并无神异。"

义山从此记住了"拟声"这个说法。

听到溪泉的水声时，他们已来到半山的下院。按道仪需要入堂礼拜山岳神。

辞神完毕，守院法师吩咐他们携带几副经架去经坊，每人各自背上捆扎好的三副。经架倒是不重，就是走山路须得小心，不能再随意横跳乱走了。经架若是摔落磕坏，他们都逃不了禁足数天不得下山的责罚。

出院门前，背囊和经架搁在地上，三人先整道冠，又检视袖囊中所佩法箓[1]，再捋顺了道服袖口和下摆。

他们都是已受正一盟威法箓[2]的道门弟子，不同于俗家人，端正仪容是第一要则。宝历二年（826）孟夏，义山和李觐已来到玉阳两个月，前几日刚受得三将军箓；参寥来早一年，已受十将军箓。虽然年龄尚小，样貌未脱稚气，他们已经有一些道士气貌了。在同龄道童中间，义山与参寥情谊最洽，两人性格稍有不同，义山

---

[1] 道教戒律规定道士、女冠皆须体佩经戒符箓。
[2] 道教中，法箓是修道登真之法梯。玉阳山道观属上清派，所授正一盟威法箓有自低阶到高阶的不同等级品第。唐代道师张万福《传授三洞经戒法箓略说》载："凡人初入法门，先受诸戒，以防患止罪。此佩法箓，制断妖精，保中神炁。"入门童子依次授一将军箓、三将军箓、十将军箓，修行到一定程度，再授七十五将军箓、百五十将军箓。后面还有其他更繁复的进阶授箓等级。

性格沉静多思，参寥则活泼好动。

义山之所以会去玉阳当道童，也是因缘所致。

元和九年（814）冬，三岁的义山随父亲李嗣赴越州的浙东幕府，此后又转去浙西幕府，在江南生活了将近七年。五岁时始读经书，七岁时已弄笔砚，父亲即是他的开蒙师。岂料长庆元年（821），父亲突然病故于润州的浙西幕府任上。彼时十岁的义山与母亲、徐氏姐、弟弟羲叟扶送灵柩归返郑州荥阳，将父亲葬于坛山旧庄。

从族谱推算起来，义山为凉武昭王李暠的第十五代孙。然而他们这一支李姓与皇室李姓的家系关系已较疏远，只能称为同姓远宗，而不能纳入当朝的宗室谱系。曾祖李叔恒未届而立早逝，祖父李俌在壮年去世，父亲去世时，年寿亦不过四十余。他的三个姐姐也很早就去世。家人的寿短早亡，在义山的童年投下了一道道浓重的阴影，就此而言义山是极不幸的。

荥阳旧庄田产微薄，不及半顷，家计顿时窘迫。所幸庄中有一架水碾磨坊，秋收过后派仆佣外出收购未加工的稻谷，舂出精米后再转售市集，总算有了点固定入项。作为长子，义山不得不提早担负起养家的责任。

长庆二年，父丧守制①期间，父亲的从兄弟、处士叔李景让出游江淮回到荥阳。

---

① 依古制，父母或祖父母去世后，直系子或长孙需在家守孝27个月，其间不得婚嫁、应考、上任，现任官员需离任。

义山曾祖李叔恒去世后，处士叔的父亲与义山祖父李俌兄弟两个相依为命，彼此扶持。到他这一代，两房仍然情同一家。

处士叔十八岁时能通"五经"，由乡贡考入长安太学。父亲得风疾卧病后就归返家乡，奉养二十余年。父亲过世后就在墓址旁结庐而居，守制期满，发誓终身不仕。义山父亲在浙西、浙东幕府任职时，处士叔曾旅寓润州、扬州，不过他不愿应举，也不愿做幕宾，即便亲友屡次劝说，仍然一意拒绝，常年以授学为己任。他所教授的子弟，多半就是亲族友人交托的子弟。

夫人郑氏于扬州去世后，处士叔回到荥阳，其时松隐弟李瑊才五岁、微隐弟李顼三岁，仍然一如既往开家馆授学。回乡后还收养了同族孤儿李思晦为继子。

与义山母亲商议后，处士叔将他招去离旧庄不远的家馆，专心从学。义山平时午食和晚食都在处士叔家搭伙，早食则在自己家解决。如此安排，一不误学业，二也减轻了家中负担。处士叔不但在经济上时常接济从兄家孤寡，还另行谋划，让侄儿义山替人抄书以补贴家用。公私文书都有，有乡里胥吏的簿记，也有正式的官府文书，儒书和道经陆陆续续也誊写了不少。

受学的四年里，除儒经以外，义山还通读了《左传》《史记》《汉书》《晋书》等史书以及老庄等诸子书，文学方面则从《诗经》《楚辞》《文选》入门。处士叔之亲弟名叫李景兴，其时为河南府书佐，家住洛阳敦化坊。贞元末，李景兴与侯喜、尉迟汾二人曾在韩愈门下受学，常陪同出游。韩愈《洛北惠林寺题名》中就记有李景兴之名，时在贞元十七年（801）七月二十二日。其后义山跟从处士叔去洛阳，就在李景兴家过宿，于是又结识了景兴之子、同族从弟李宣岳和景兴侄孙、从侄李让山。因此之故，义山很早就读到了韩愈诗文。日后义山撰作《樊南甲集序》曾自称"韩文杜诗彭阳章檄，樊南寒冻人或知之"，其初始基础亦是那时打下。

义山天资聪颖，处士叔也精心栽培，在坛山家馆的四年里，他的学业大有长进。论起处士叔与义山两人的感情，说是如父如子也不为过。就此而言，义山又是幸运的。

义山早年境况大致如此，那他又是凭了何种机缘进了道观呢？

处士叔又有一位同宗隔房的从弟，名叫李褒，义山叫他十二叔。宝历元年（825）春，李褒由校书郎擢升为了谏官右补阙。

彼时的内廷，正酝酿着一次崇道风潮。

少年皇帝敬宗游幸无度，荒废朝政，每月坐朝不过二三次，宰辅大臣都没有机会面圣，及时进言。朝野内外对宗社前途都很忧虑。

国朝历代皇帝都崇信道教，到敬宗时更不遑多让。

宝历元年八月，兴唐观道士刘从政向敬宗鼓吹长生久视之道。敬宗授从政为光禄少卿，赐号升玄先生。

十一月朔日，又以太清宫道士赵归真充两街道门都教授博士，赵归真游说以神仙术，又有僧人惟贞、齐贤、止简三人游说以祠祷修福法事，以求长年。四人几乎每日都出入禁中。当时山人杜景先第一个进状，请于江南求访有道异人与灵药。

宝历二年三月朔日，又命兴唐观道士孙准入翰林为待诏。

那杜景先遍访江南和岭外，五月朔日，由浙西送到绝粒女道士施子微。该月敬宗又赐兴唐观道士刘从政修院钱二万贯。

杜景先至浙西，又上书声称有隐士周息元年寿已数百岁。敬宗即令高品、薛季棱前往润州迎接。还下诏给浙西观察使李德裕，命他安排公门车驾发送。李德裕上疏言息元诞妄，无异于人，敬宗不听。

八月朔日，又令供奉道士二十人随浙西周息元一同进入内宫的山亭院。敬宗向周息元询问道术，周息元口称识得前代道教大宗师张果、叶静能。敬宗闻言大喜，命写真待诏李士昉根据周息元所描述的容貌样态，绘制真人图形。

九月中，又命两街供奉道士赵常盈等四十人，于三清殿修罗天大醮道场。

这两年里，敬宗政事不修，却孜孜汲汲、费心劳神地四处访求道术，其热忱可谓已近于痴狂。

十二叔李褒与礼部员外郎宋申锡是多年老友，两人同样都是热忱的道徒。宝历二年初春，李褒因公务回洛阳。受此时代风气感染，与宋申锡各自招邀了数名同族少年子弟修道研学。处士叔为让义山及早定一个前途，就向李褒做了引荐。

李氏一族的入道少年，除义山外，还有辈分高而年纪相近的从翁李觐（时年十五岁），义山的从侄李让山（时年十二岁），李雍和李朴兄弟（分别是十四岁和十三岁），还有李广成（时年十四岁）。他们都是凉武昭王李暠之后裔，高祖李涉之直系男孙，籍贯都在都畿道①河南府境内。

---

① 都畿道是唐代十五道之一，治所在东都洛阳。辖河南府、郑州、汝州、陕州、怀州。

李褒与灵都观观主柳默然书信往来数次，又面谈了一次，终于安排底定。

仲春吉日，李姓族人长辈四骑联辔在前引路，将子弟们送入了玉阳山。途中先去往东玉阳山以东二十里的奉仙观。这座道观内立有垂拱元年（685）所立的太上老君石像碑，阴刻老子及二真人像，碑文追述唐高宗功德，由李审几撰作，沮渠智烈书丹，共同题名者有河阳县令李儒意、云骑尉李公协、骑都尉李德爽等祖籍陇西、世居济源一带的李氏宗姓二百五十人。奉仙观因此有着类似李氏家庙的意味，而李褒、处士叔和义山都属于这个大宗族的不同房派的直系后裔。

能被选中入山修道，自然是被看作了仙才根苗。少年义山虽然对道门尚且懵懂无知，心里隐隐然也存了一份骄傲。

李姓六道童中，义山和李觏两人善书，因此初来玉阳山便被尊师白道人安排到灵都观经坊抄经，其他同时入道的子弟则在东玉阳充当杂务执役。义山才思敏捷，人又守静，尊师玄微先生和执掌经坊的女冠智玄法师都认为他是可造之才，平时皆悉心辅导。

佣书的事也没有因为入道停下来，弟弟羲叟每隔半月就会入山，送来要抄的公私文书，然后将哥哥已抄好的文卷携带回去。羲叟这年十一岁，现下也进了处士叔的家馆。

参寥不能吹竹哨了，松林中的雀鸟也不再飞出，他们三人默默背着经架下了白道。

此前每次路过东庄路口所立的刘尊师碑，义山总要停脚，读一遍碑铭文字，今天却不宜停留。最后一段铭文颇富哲理，他已能记诵：

> 天长地久兮物则亏盈，阴化阳施兮有衰有荣。达士所以肥遁居贞，得道可以齐乎死生。吾师仙化兮神游上清，寂兮寥兮可知其名。千秋万岁仙台之下，萧然惟有松风之声。

东西玉阳山两边的山麓都有隶属道观的田庄，玉溪东称东庄，玉溪西称西庄，西庄的规模面积比东庄大。两庄的佃户农家世代依托道观生活，其子弟中就有不少人在道观做杂役净人①，见了路过的道童也都很礼敬。这天，东庄里一位在灵都观料理药圃花草的园丁正要入观，见三个道童背了经架步履缓慢，就从自家取来担子，将九副经架挑上了肩。

少年们郑重谢过，松了松酸疼的肩膀，跟随在后。山谷里起了风，东方缓缓飘来的厚层云遮住了初升不久的日阳，光线暗淡了下来。

园丁和三个道童来到了横跨东西两庄的栈桥前。

玉溪自北面王屋山余脉流出，一路南流十里，其间又汇入了其他溪涧水，到尚书谷谷口这里也不过三丈宽。不过，因为入夏过后溪河有时也会暴涨而将桥梁冲毁，所以在两岸间的河床里每隔一丈距离固定设置了若干组石墩，石墩上铺设了以长钉连接的桥板。因为是临时铺设的栈桥，两边并没有安装横栏。

---

① 中古时代，道观和佛寺拥有土地与财产，并将土地出租给佃农，这些依附寺观生活者也被称为净人。除了耕作庄田缴纳地租，也会为寺院提供劳役。

这天的栈桥边，大柳树下停了两辆马车，尊师玄微先生、女冠法师赵右素和几个俗家打扮的少男少女正站在第一辆车的旁侧观瞧，车夫正在挠头。已上桥头的第一辆车的车辁辘开裂了，车身一时阻在路中，前后进退不得。

园丁卸下挑担上的经架，与车夫商量了一阵，立即将轮毂拆下返回了东庄，他要让庄中箍匠给轮子做个临时加固，来回得费些工夫。于是，大家就在桥边等待。

在此情形下，义山、李觐和参寥也不好直接过桥入观，于是就站在桥边向尊师和法师问讯致礼。一问，原来马车所载的是宋员外那边送来玉阳山的入道童子，他们延迟了两个月才入山。

因为这个意外事故，两边道童也彼此结识了。

宋家一共送来两名童子、两名童女。男童中一位叫宋永祚（入道后改名宋永，彼时十二岁，义山后来称他为永道士），另一位叫宋祁。还有两位女童，一个着紫衣粉裙，一个着绿衣黄裙。紫衣粉裙的女童年龄尚小，梳了个垂耳双髻，面容清秀，她名唤宋慕云，今年才十岁。绿衣黄裙的女童叫宋向真，比慕云高出半个头，今年十二岁。光看外貌长相，也知她们两个原是亲姊妹。

义山和宋氏兄弟攀谈了起来，一问才知宋永祚家就住在洛阳敦化坊，与义山从侄让山家还是同一坊的邻居，且六岁以前还在郑州住过。宋永祚说，下次你去洛阳，可以到我家来玩。

这下，两伙孩子找到了共同话题。

男孩们站在大柳树下聊天，两女童就站在边上听。宋慕云耐不住无聊，走去了栈桥溪边看水光，蹲看了一会儿又回来了。她很奇怪地一直盯看义山：她的身高刚过义山的肩膀，一双黑眸明亮有光。

"怎么了？"

宋慕云一根手指压在唇上，示意他莫动。

原来义山的肩上这时正停了一只蜻蜓。她慢慢地探出手，越来越近，倏忽一下就捉住了蜻蜓的透明翅翼。

她手指夹了蜻蜓走回溪水边，松开手，向上一抛，蜻蜓悠悠地飞走了。此时，自天而降的一道光柱将她笼罩住，她身上的紫衣粉裙放射出耀眼光芒，仿佛发生了某种幻变或神迹。哦，不是幻变，也不是神迹：是玉溪上空的层云在继续飘移，一束日光透过云层正好投照到溪边。

时间停止了。不过，也就停了那么一瞬，因为上空的云层已移去，山谷里又敞亮了起来。

园丁扛着轮毂、带了箍匠回来了，与车夫议论了一会儿，箍匠开始敲敲打打，重新安装。

孩子们围成一圈看：轮子调试了一会儿，车夫说暂时可以通行了，过后进道观需要更换新的车轮，只是现下这辆车最好不坐人。大家都松了一口气。

第一辆马车由车夫牵引着上了栈桥，尊师和法师坐上了第二辆车，孩子们因为认识了新伙伴，谈说得很热络，就跟在车后步行。

宋慕云忽而想到什么，问义山："你来玉阳山多久了？"

"只两月。"

"那，几多日才可以成仙呢？"

她询问时歪侧着头，表情很认真。对一个孩子来说，关心见效时程再正常不过了。

义山被问住了,他也不知需要多少时间。不得已,只能以每天早晚常朝仪时念诵的《学仙颂》来临时应对:

> 学仙行为急,奉戒制情心。
> 虚夷正气居,仙圣自相寻。
> 若不信法言,胡为栖山林。

这一对还对上了,也吻合了教理宗旨。孩子们和车中安坐的尊师和法师听了都发笑,觉得义山回答巧妙。宋慕云一下羞红了脸,躲到姐姐宋向真身后去了,过后一直走在队伍的最后边。

到得观门前,尊师和法师下了马车,一众男女道童整衣冠,同向山门重阁上高悬的那块体量巨大的玄宗所题榜额"灵都观"致礼,过后才引领他们由正门入观。车夫引马车走左侧门去了骡马坊,园丁转去了药圃,义山、李觐和参寥与大伙暂别,他们要去写经坊。

这就是义山和宋慕云之间发生的第一次交涉。谁能料想到,九年过后他们还会缔结一段因缘呢?

灵都观被时人称誉为列仙聚会之都,乃东京道门威仪使张探玄奉玄宗皇帝之命,于西玉阳山仙人台下的古奉仙观旧址特为玉真公主所建的皇家道观,时在天宝元年(742)。玉真公主景云元年(710)十六岁时入道,晚年长居灵都观,修行于柴门栝亭、竹径茅室之间,宝应元年(762)卒于东玉阳山仙姑顶,葬于平阳洞府前台地。

观中天尊殿前就有百年前所立的《张尊师探玄遗烈碑》《玉真公主受道灵坛祥应记》等数通碑碣，记载创观事迹。义山初来时就抄录了碑文，常常加以揣摩。

宋慕云他们入道观后，必定先去前院天尊殿礼拜，与义山初来时同样。

西玉阳灵都观与寻常道观不同，建筑规制一如皇家宫阙，殿堂、楼阁、院落依台地地势纵向分布，前后错落分为两院，但它向左右坡面的横向延伸更为宽阔。每逢三元节①，道观都会举行大斋会，入夜时分内外灯炬全部燃亮，在谷中玉溪边远远望去宛若九天宫阙，又如金凤展翅。

前院有两进，第一进次第为山门、大坛场及十二级玄坛和九开间的天尊殿，天尊殿构造皆用名石名木，外有金玉雕饰、丹墀碧砌，内有霞梁云栋丹青图画。此殿百年来屡经修葺，姿态依然巍峨壮美。

殿内正面造有无上法王元始天尊、太上虚皇玉晨大道、高上老子太一天尊的塑像；天尊平坐，指捻太无，法座为九层玉座；戴金冠，着杂锦黄裳，上帔以九色离罗。

天尊、道君、老君左右，塑上清真人各一组，戴芙蓉冠、飞云冠或元始冠，或持执经简，或捉握香华，又有玉童、玉女、侍香、侍经、香官使者簇拥。左右两壁又塑有天丁力士、龙虎二君、香官使者。内中的香官使者为护法灵官，能降魔召鬼，传言驿行。

---

① 道教以天、地、水为"三元"，设三神。天官紫微大帝诞于正月十五，称上元节即元宵节。地官清虚大帝诞于七月十五，称中元节，在佛教为"盂兰盆会日"。水官洞阴大帝诞于十月十五，称下元节。

殿堂四隅皆塑有金刚天之四极神，身披天衣，戴飞云宝冠，足蹑巨山神兽、大石诸鬼之上，做杀鬼之势怒目威吓姿态。金刚四神旁又有神王及三天魔王、五帝魔王、飞天魔王，皆衣甲冠矛，持刀按剑，或立或坐，役御群鬼，驱除凶恶。

两壁之上还有俗称"八威"的毒龙、猛虎、螣蛇、电兽、长牙、奔牛、玃天、雷晶备门守关，以及俗称"四灵"的龟、龙、麟、凤等祥禽瑞兽，或口诵灵文，身生图箓，漫行于天庭苑囿。

义山当初踏入天尊殿，见到立满全殿的这些塑像，真是惊诧赞叹而又感到震慑。

前院第一进左右立有钟阁与鼓楼。每逢天尊殿集会或遇斋醮法会，钟鼓都会齐同响应。

钟阁旁又有受道院，凡道士、女冠初入道，都在此院受持经戒、符箓，院中另设有道坛、天尊堂与静室。

天尊殿后为前院的第二进。

这里安设了说法院，为大德法师集众教化之所，空间阔大，可容纳数百人同时听讲。

说法院后为师房（即观主院），又连通了名为"精思院"的别院，精思院中辟有十数间静室以供法师们炼气存思修行，各配浴室、药堂，又有行廊、引院连通了左右两边的飞鸾阁、延灵阁及各自的望台。

前院左边设斋堂、斋厨，斋厨旁开辟有面积不小的菜圃。凡斋食所资，除五辛之外，种植了应季的菜蔬瓜瓠。这边又设有净人坊、骡马坊、车牛坊。右墙外，在玉真公主墓址所在的平阳洞府前台地又建有升遐院和烧香院。观中道士、女冠身亡，皆移来升遐院，院内有开度堂，安置供器、几席、床座、香具等物事。

前院右边为十方客坊，专为接纳巡山诣观的外间道徒。

后院为三进，次第为翼门、祖堂及东西配殿，祖堂中绘有前代宗师司马承祯、薛季昌、焦守静、刘若水、谢自然、张果老等人的写真画像。

灵都观与其他道观不同的是将经楼和写经坊设在了最后方。经楼又称为静念楼，共分三层。写经坊面积也甚大，可容数十位抄经生一同作业。经楼的左右又建有祈真台、九清台。这里是台地的最高处，可俯瞰整座道观。

此外，灵都观中净人坊旁侧也设有药圃果园。花木种植也不少，天尊殿前后及各处别院、私房内外，或引山泉辟有清池，或种植了花树、香草与绿竹。四时花草可随时收采，或供养三宝，或装点房室。这些都需要园丁专门照管（义山在东庄碰到的那位园丁即是园头）。

上面已说过，在山下尚书谷中，灵都观拥有东庄和西庄两处庄田。除此又有碾硙磨坊两处，也是委托了本地净人负责日常作业。

灵都观内，殿堂楼阁前后密布耸立，又有众多的别院、门屋、轩廊与台榭，再加上周匝其间的无数甬道、步廊、引院，第一天进入观内的宋家孩子们必定都绕晕了。义山初来的第一天也是这样，晚上入睡时还做了迷路的梦。

西玉阳灵都观为女冠道观，与之遥遥相对的东玉阳道观则是道士观。它的建筑布局就有所不同，乃是沿山脊线呈东西向散布，分为了上院、中院和下院。上院为尊师院,为大德法师所居,中院占地最为广大,为凡常道士和如义山这样的道童所居,半山下院此前已描述过。除此,山中还有其他法师的茅屋或小别院。若逢三元节,灯炬齐同点燃,则从山下东庄望去,东玉阳道观群落就宛若一条依山匍匐的游龙,也是气势非凡。

以上都是义山在灵都观内的亲历见闻。

观内道徒众多,也是个小社会,每人都分演了不同角色。因此初入道的孩子还须了解和遵守道观的各种程式规矩。

入道道童拜过天尊殿后,即去往钟阁旁受道院与师尊相见。

其时执掌灵都观及王屋山阳台宫者为观主柳默然,柳为天宝名士萧颖士孙女、柳澹之女,丈夫赵伉曾在韦应物门下从学。赵伉元和元年(806)去世,柳默然抚养二子赵璘、赵璜成年并进士及第后,携二女赵景玄、赵右素于天台山入道,习正一和灵宝经文,又去衡山受上清经文,此后即移住了王屋山和玉阳山。

柳默然及其二女赵景玄、赵右素三位都是获得大洞三景法师称号的女冠高道。

义山在受道院中拜见观主,眼目不敢直视,一直盯着脚下地面。

柳观主在受道仪式的讲说有很多道门语句,他只记得其中一句嘱告:"求无生之道,惟在专注不移。明道之志坚定,则见道之日可期。"

道观中又有负责督导道徒纪律的职位名为"监斋",以整齐法教,使道众不离弘轨。约束灵都观女冠的监斋即赵景玄,约束东玉阳男道士的监斋即义山的尊师白道人。

白道人当即向入道童子宣讲了入道须知的"二十五事监斋"和"三十事不可",以及违反监斋后的惩戒措施:

> 若有犯科者,各依法罚香油,鸣钟礼拜。如再犯不悛,当致重役。若使营修观内,又强梁不顺者,决以法科,摈还本主。

说得很明白,倘若触犯道观条规律则,轻则罚香油、敲钟礼拜,再犯就会服劳役,倘若仍然强项不从,将告知介绍入观的家中族长,摈出道观。

入道道童平时的举动施为、坐卧立行、衣服饮食、住所居处,亦须遵循各项礼仪成规。其他日常行事如立观度人、造像写经、供养礼拜、烧香明灯、读诵讲说、传授启请、斋戒轨仪、修行法相,每一事都有法仪规则。其中的八仪,即法次仪、法服仪、诵经仪、讲经仪、常朝仪、中斋仪、中会仪、度人仪,由道童所属尊师另行教习与说明。

所谓法次仪,即须了解道观中道士、女冠中的法位、阶级次第及称号,须知尊卑上下,不得叨滥。白道人过后曾出示道门中各项法位的图表,予以讲解说明。

法次不同,服制也不同,又有法服仪。从法服穿着即可分辨不同等阶的道士女冠。义山初来时觉得很奇妙。

初入道门道童及凡常道士女冠,一律戴平冠,着褐衣;正一法师则戴玄冠,着黄裙、绛褐、绛帔。又有高玄法师、洞神法师、洞玄法师、洞真法师、大洞法师、三洞讲法师，各有服制。类似宋慕云姊妹入道，所穿的女冠裙，皆全幅帖缘，以栀黄染成，绰袖为深色。

道士所戴冠，或用谷皮笋箨，或用乌纱纯漆，女冠则戴玄冠。义山在受道院所见的柳观主，戴的是上清大洞的飞云凤气冠。山居法师则戴二仪冠、上下黄裙。

道士、女冠所穿鞋履或靴，制式皆圆头，有二仪像或山像，以黄黑皮布纯绢装饰，入夜后须安放鞋床或席面上，不得直接顿地。所穿袜子颜色也须纯素。

平时出入随身携带的坐褥，方四尺，表里帖缘。大德尊者、法师用紫色，其余道众皆用槐色，不能用锦绮、珠条来帖络。

头上束发所用的簪，以牙角、竹玉制成皆可，都不得雕镂，入晚应放入函笥中收存。

道童一旦入观，但凡登坛入静、礼愿启请、悔过求恩、临习经戒、讲说念诵、看读敷扬，持奉斋戒、受人礼拜、饮食供养，礼拜师尊，出入所居、出观入世，祝禁符劾，章奏表启，觐见国主、父母及俗民，检校修造，斋供花果，检校种植，无论何时，无论何种场合都须穿着法服，平时不得擅自脱下。

只有在寝息休暇、沐浴浣濯、大小便曲或遇到泥雨浊秽时，才可脱下法服。

道士女冠须护持法服如同两眼、手足。不得随宜抛掷，不得坐卧其上，不得以脚踏洗及槌拍。法服平时有三套，平时应勤加洗濯更换，新洗的法服要熏香清净，藏于箱箧，常置净室，不使污秽。

另外，初入观的道童平时多会参加执役劳作，因此还须备下执役衣。上中下衣皆用浅黄色，短小称身即可。

东西玉阳山道观中，但凡天尊形像、金铜宝玉，每至当月十五日，都要特为设斋，以香汤洗饰。这是道观中一项行事定例，所有塑像都需揩拭光净，所有道童弟子都须执役。义山初来观中的第一个月就参加了这样的劳作。不过，义山不去主殿，他擦拭的是经楼的较小的天尊像、经架和经橱经柜。

今天自然不用擦洗劳作，三人走入了经坊院。

经坊有独立的炉灶和浴室，先洗沐净身，头面和两手用净巾擦洗洁净，过后就在经坊各人座位前落座，解开书物布囊，在书案上摆好笔墨砚台。从坊中当值的智玄法师那里领取了纸张和样稿，就各自抄写起来。二十来个抄经生默默不语，就着明亮的晨光下笔，只听到偶尔触动纸页的声音和稳匀的呼吸声。在道徒心目中，抄经有大功德，故而每个人的态度都很庄重恭敬。

隔了一条引廊，经坊还连着道观自有的治纸处，纸匠们有的在用木杵捣纸浆，有的手持裁刀在裁纸，在经坊中可以清楚听闻他们的作业声响，更衬托出经坊之静。

抄写过四刻时间，会有一段时间的小休。其他抄经生往往结伙闲聊，义山则喜欢独自去经楼旁的祈真台望远。上午道观上空鸟雀出林，常常飞来望台。他有时想：倘若一只鸟儿从这里飞去东玉阳的中道院，大约要多少时间呢？他徒步往来两山之间单程要花上近三刻时间，鸟儿飞回的话估计只要半炷香的时间就够了吧。

经坊也不是只有抄经生才会来，观内道士、女冠每次受经戒法箓前，都会来此根据所授经目自手抄写两份，一份裱褙入藏，一份置于自己静室，朝夕都要供养礼忏。

中午齐同赴前院斋堂过斋，倒是看见了新来的宋氏兄弟。女冠都在单独斋堂，宋氏姊妹自然是见不到的。

堂内当门安设了天尊帐座，帐前置有香炉、幡华、净巾、食床、几褥，左右铺有方形毡褥各三十具。今日在灵都观的道士、道童在门前分成两列，分别入堂就座。自然，义山他们这些道童就只能坐在靠壁的后排了。

斋堂值守法师负责分发食器，有三重铜钵，大者五升，中者三升，小者一升五，各按所需领取，又有铜箸和铜匙。垫在食器下的净巾是从东玉阳道观自带来的。每人食毕，还须将这些食器在水槽中洗拭干净，回放笫架。

用斋过后的下午，义山大多回东玉阳中道院自己静室里抄录弟弟送来的文书，有时也会由主理经楼和写经坊的智玄法师带领，与其他道童一同登上经楼二楼看经。

经楼底楼也立有天尊像，只不过规模比天尊殿所塑要小得多，只是供诵经时行仪所用。二楼为看经、校经、演经和熏经之用，有坐席数十，各铺有毡褥，放置了读经案，每个坐席间有矮屏作间隔。

三楼是经楼重地。立有多排经柜书橱，存放三洞宝经、四辅玄文和他类杂书。这里藏有玄宗时道士史崇玄等与昭文馆、崇文馆学士修成的《一切道经音义》一百四十卷，《道藏音义目录》

一百一十三卷。又藏有开元年间敕令编成的《三洞琼纲》，分为三洞，三十六部，即洞真经十二部、洞玄经十二部、洞神经十二部，共计三千七百四十四卷。

其中，属于上清派①的大洞真经目总计一百五十卷，安放于特制的转轮经藏中。转轮下有四方基台，通身以沉檀木制成，内外髹漆，表里饰有彩画，上下七重，各安门扇，门上皆置锁钥，左右以金彩绘有看护经藏的金刚神王。

三楼内除了位于中部位置的转轮藏，三面都立有同样由沉檀木制成的经橱。橱内摆放各式经函，每函内都有卷轴经帙，一概有锦绮装裱、书题经名。

当时道童习读的道经主要是道举②五经《阴符经》《道德经》《南华经》《黄庭经》《文始真经》。经楼三楼所藏的经书在道童成年后有一定年资且修行到一定位阶后才能获许展读或抄写，如陶弘景编著的《真诰》。

一般道童自然不能常去看经藏，唯独义山被智玄法师特别看重，月中会被安排到这里擦拭转轮藏和经橱。他很喜欢嗅闻这里的檀木香气和芸草的清新气味，待再多时间也不觉得厌倦。有时，他也会被法师叫去整理卷册或誊抄经藏书目。耳濡目染，渐渐也受了

---

① 本山在茅山，故又称"茅山派"，以主修《上清经》得名，尊魏华存为祖师，经杨羲、许谧、陆修静等传承，至东晋陶弘景大盛于世。信徒多出自簪缨世家，强调存神、行气以炼形，融摄道门各派和儒释修行方法，主张三教合一。教理创设最为繁富，经戒、科仪、符箓、斋醮、炼养、金丹、医药等无所不备。

② 此科唯设于唐玄宗时。《通典》载：（开元）二十九年（741）始于京师置崇玄馆，诸州置道学。其生徒应举，谓之道举。举送、课试与明经同。应道举者试《老子》《庄子》《文子》《列子》，及第待遇同明经。

影响。成年后的他喜好编写自用小类书、随身卷子，过后又搜集撰写《杂纂》，或许也是因为少小时有这段经历。

宋家道童来灵都观后的某个夏日早晨，观主柳默然安排东西玉阳山所有道童齐集看经。

这一天，经楼二层的四面阁门全部打开，光线异常敞亮，来自四个方向的云天碧树、山崖芳草一同映入了眼帘。义山、李觐、李让山、李雍、李朴、李广成等二十几名男道童每人分得一个坐席，身前经架上垫了素色巾帕，巾帕上安放了今天所要读的《道德经》首卷。

男女道童之间安设了连幅挡屏，义山看不到那边情形，不过可以听到她们接续走上楼梯时的步足声和三三两两的低语声。

在经架上展读，只能对经默诵，不能发声。楼堂内静谧至极，清夏的微风吹来，从东首入堂，又由西面出堂。远处近处时时都会传来鸟叫虫鸣声，此起又彼伏，宛似夏日从不间断的变奏曲。

独自看经，又不能与旁人接语，时间久了难免就会发困。李氏族兄弟几个里面，广成最是体壮，到后来就头首低垂打起了瞌睡，只是瞌睡也还好，他还打呼噜，那声响连隔屏那边的女道童们都听到了，大家都不由发笑。景玄法师报告了白道人，广成后来就被尊师责罚，要连续七天清扫经楼前后的回廊和庭院。

除开这类集体看经活动，有时也会列席道观中的集体诵经，或去说法院聆听大德法师讲经演教。这些都是道观中的庄严场合，重要程度不下于斋醮大法会。男女道童初次进入成人的修道世界，事先都会由各自尊师提前说明入场仪礼和程式规矩,并且经过排练预演。

义山后面重新见到宋氏姊妹,是在她们入道观半月后在受道院举行的度人仪式上。东西玉阳山道观的男女道童一同列席见证,如同义山初来时那样。

斋时未至时,受道人宋向真、宋慕云已站立在台阶下等候。

观主柳默然、灵都观监斋赵景玄、东玉阳监斋白道人在天尊殿拜礼完毕,进入受法院,站立于堂中西侧,仪式便开始了。

女童入堂,立于地面铺设的毡毯之上。先向西面辞父母,又谢九玄众仙,合共十二拜。

过后再向北面拜天子,合共四拜。

入道过后,脱离世轨,自此以后着道冠、披法服,见父母、国君将不再行跪拜礼,所以这是郑重的辞谢。

辞谢完毕,两位女童拱手端身,再次向北面行"三归三宝"大礼。"三宝"者一为道宝,二为太上经宝,三为大法师宝,分别代表了"道""经""师",各行三大礼,合共九次礼拜。

以上程序结束,受道人即回首向西,礼拜监度三师,各三拜结束后,就长跪于毡毯之上。她们的保举师即观主柳默然,因此由柳观主为她们俩穿上了法裙;其次是监度师为其着云袖,监度师为监斋赵景玄;其后是度师为其披法帔,这次她们的度师是智玄法师。法师又从侍立道童端盛的木盘中取来法冠为新受道人戴冠。

法服授受完毕,受道人向三师再行三拜,过后就朝向北面执简端立。三师仍立西侧站立,开始诵"智慧三首"。

每诵一首终,堂中所有道徒齐唱善礼。受道人回身礼十方,从北方始，次东，次南，次西，次东南，次东北，次西南，次西北，次上方，次下方。过后站于东侧，面向西侧三师。

度师仍在西侧，为应度人说十戒。每说一戒，受道人都要报称自己道名表示接受（宋向真的道名为"宝灯"，宋慕云的道名为"华阳"）。

一者不杀，当念众生；二者不淫，妄行邪念；三者不盗，取非义财；四者不欺，善恶反论；五者不醉，常思净行；六者宗亲和睦，无有非亲；七者见人善事，心助欢喜；八者见人有忧，助为作福；九者彼来加我，志在不报；十者一切未得道，我不有望。

说戒完毕，受道人礼师三拜，再向北面礼三尊各三拜。然后诵《奉戒颂》，其词曰：

道为无心宗，一切作福田。
立功无定主，本愿各由人。
虚己应众生，注心莫不均。
大圣弘至教，亦由雨降天。
高陵靡不周，常卑故成渊。
海为百川王，是能含龙鳞。
万劫保智用，岂但在厥年。
奉戒不暂亏，世世善结缘。
精思念大乘，会当体道真。

女道童的仪式完毕，就是男道童宋氏兄弟的入道式。义山因为已经亲历过，这时已熟悉全部程序了。

　　度人仪式结束，观主柳默然、监斋赵景玄先期退出了受法院。智玄法师和白道人将观主、监斋送出后又回进了院中，安顿仪式后的各项处置。

　　这时，已戴了平冠、穿上道服的宋慕云向义山走近来，拱手施礼，稚声稚气又严肃地对义山说："这位道兄，我已知道何时可以成仙了。下次可不许再笑话我了。"

　　在义山的印象中，仍鲜明存留了她穿俗家衣时的形貌，在玉溪边时，她那身紫衣粉裙是那么耀眼，其实当时并没有太留意她的样貌。现在近切地看到她的颜面，反倒觉得有些陌生了。因为不知道该如何回答她，义山一时有些窘迫。这回，红脸的却是他自己了。

　　姊妹两个跟着智玄法师就要出院，宋慕云走至院门口又回头戏耍他："呆道童！"

　　宋向真，不，现在该唤她宝灯了，连忙扯扯妹妹的袍袖，为义山解围："都入了道怎还如此言语，小心尊师听了去，罚你香油！"

　　"即便罚香油，也要把话说透了才能走。"现在道名叫作华阳的宋慕云如此回应，出了院门。

　　宝灯歉意地对义山笑笑，也跟了出去。义山发现她也有一双黑亮的瞳目，而脸的轮廓已脱去孩童模样，依稀是一位娉婷少女。之前见到宝灯的时候，她常常沉默不语，外加还低垂着头，所以才一直没有留意她的姿容吧。

东西玉阳山道观的道士女冠也有旬假，不过并不遵循朔日、望日或晦日（这三天道观会有很多法事活动）。每年元日，监斋法师都会颁布新一年里的行事历，大体会将整年活动安排底定。

因为年纪尚小，并不能独力修道，道观对道童们的管束就比较宽松。除开日常的习经、抄经、参加诵经或聆听讲经，可自行支配的时间也不少。那时，道童们就各有各的活动。

逢到旬假，李广成就爱睡觉，常常一个人躲在静室里贪眠。大家讪笑他懒怠，他就说自己入睡后也在修道，每次都会等待做梦，希望能梦到飞升成仙。千真万确，有一次他真的飞升了，不过，地点却不是在东玉阳山，而是在洛阳的家宅。升仙可是每个道徒的梦想之境啊。明知广成谵妄，大家也愿意信以为真。

李觐和让山两个爱下棋，他们两个常常坐在道童院的老松石坪上对弈。义山有时也会加入对局。不过，他的棋力不及他们两个，几次落败后就甘心当个看客了。李觐在东玉阳并没有待很长时间，到年末入冬就因为家事离开了道观（后来才知是他母亲去世）。

李雍、李朴的家就在怀州[①]济源，距东玉阳并不远。他们非常熟悉周边的山野丛林，常常领了其他道童去游山。他们两个会在古树下或灌木丛里捉草虫，捉来后就会评选，选出叫声好听的几只放入用竹篾编制的鸣虫笼子。他们模仿道观中的度人式，也会对着虫子唱"智慧三首"和说十戒。每说一戒，虫子也会应和鸣叫一声，感觉非常奇妙。

义山的静室窗户前便也悬了这么一笼。这笼中的草虫伴随他度

---

① 今河南省沁阳市，范围为焦作、济源所辖地域。

过了夏天，度过了秋天，到入冬后，虫子的鸣声才消歇。

与成年道士女冠的静室有独立的浴室、厕间不同，东玉阳道童院的浴室和厕间是共用的，类似一个集体道场。院中汲引山泉而有一口水质清冽的泉井，道童早晚漱口洗手和沐澡擦拭都要用水，入夜就会用铜盆贮满净水，先滤后用。盆上再覆盖净巾，不使风尘虫物秽污。院中角落里也造有旱厕小屋，东庄农人每日定时会来清洗，更换厕下深埋的粪缸，取粪为肥。道观和寺院不同凡俗场所，最是讲究洁净，厕间会放置香粉以除秽气。

静室约有三张铺席大小，室内陈设洁净素朴：按教内科戒，当门不能施屏风障子，门户挂有青布幔。对门向南开有长窗，视野极好，天气好的时候能望到河源一带田野风光。窗前有一张矮脚大案，案上有灯台、经架、书物、函笥，案前铺有一张铺席大小的坐褥，还有一架老树根做成的凭几。东面靠墙放置了贮水铜盆与净巾架，另有一只双层橱柜，放置尘拂、香炉、香盒及食钵。西壁那侧放置了床褥、木枕等卧具，夏日山中蚊虫多，临时加了薄纱幔帐。

义山也爱独自待在静室里。

不过，他不像广成那样爱睡觉做梦，却喜欢耽溺在书卷里做另一种神游。他从尊师白道人那里借来了刘向的《列仙传》、葛洪的《神仙传》、王嘉的《拾遗记》，这些神仙记传本就收在上清派洞真部的经典里。过后又请托洛阳亲友搜集来了干宝的《搜神记》、陶潜的《搜神后记》、吴均的《续齐谐记》之类的志怪书，他尤其喜读讲述人神相遇故事的《穆天子传》《汉武内传》《汉武故事》。

西王母乘云驾龙，食三千年一结实的仙桃；东方朔前身曾为太上仙官，三偷西王母仙桃，因失职而被贬下凡界；彭祖寿有七百七十岁，皇初平能变石为羊；刘政会化作百人，壶公跳进了壶中；葛玄能画符求雨，坐水不湿，姚光入火不焦，刀不能伤；孙博口中吐火，费长房行符收鬼，日行千里，而班孟终日飞行，能喷墨成字。林林总总的神仙异人真让少年义山好奇神往。

某日读到了《汉武内传》中的这段描写：

> 唯见王母乘紫云之辇，驾九色斑龙，别有五十天仙，侧近鸾舆，皆长丈余，同执彩旄之节，佩金刚灵玺，戴天真之冠，咸住殿下。王母唯挟二侍女上殿，侍女年可十六七，服青绫之褂，容眸流眄，神姿清发，真美人也。王母上殿，东向坐，著黄金褡襡，文采鲜明，光仪淑穆。带灵飞大绶，腰佩分景之剑，头上太华髻，戴太真晨婴之冠，履玄璚凤文之舄。视之可年三十许，修短得中，天姿掩蔼，容颜绝世，真灵人也。

其中描绘的西王母及其随侍女仙的衣饰、姿容，很容易让他想起西玉阳灵都观中的观主与众女冠，尤其是举行盛大的斋醮法会时。当法事进行到夜中，观内烛炬四燃、灯火通明而山中雾气漫卷之时，身着各色道服、巡游坛场的她们望去更是如同神仙中人。

只一点不同，文中的西王母年纪是三十许，而现今灵都观观主柳默然已五十多岁了。但这并不妨碍义山展开上述的联想。

遇到尊师白道人有事下山或去往洛阳，道童们上午抄完经或执役劳作完毕后，下午就有时间可以自由活动。有时，早间也会以餐霞养气为名，外出游山。

餐霞即是名为"存思日月法"的修炼术，《列仙传》中就有春食朝霞，夏食沆瀣①一说，大德法师讲解上清派存思术时，就有相关解说。

如法师教示的那样，道童们要在日阳未出时洗面清心，然后去山中等候日出。当日阳跃出二丈与眼目齐平时，正面向之，存思太阳从外入身，口吐浊气，鼻吸日精。等到鼻子打喷嚏时，真气即通（这一点孩子们觉得很奇异）。服食太阳的光芒精气可以补精复胎，延年长生：一日三为之，则一年疾病免除；行五年则全身焕发光泽；行十八年就可得道。上清派另外还有存月、存气之法，原理也类似。

道童们选择的餐霞地点就是玉阳西北面王屋山的天坛琼林台，实则就是借此名目而出游。

提前一天，下午就来到距离天坛南麓尚有一段距离的上方院，此处山门远远直对了天坛山峰顶。游王子晋祠、浮丘公祠、司马承祯写经洞等，过后道童们就走去了迎恩宫。

迎恩宫在黛珠峰，西临小有河。少年们并未在此停留，来到了中岩台的紫微宫。自此而上，直达天坛峰顶的那条细长山路被称为了"神路"。王屋山的各处宫台都有道士或女冠驻守当值，当晚即在紫微宫的别院借宿。

寅时四刻，天还蒙蒙亮时，道童们就起身了。紫微宫当家道士

---

① 指夜间的水汽、露水。

举火把在前照路，由神路向上攀登，来到了天坛峰阳台观。

阳台观由前代宗师司马承祯于开元十二年（724）创建。山门有玄宗亲题的"寥阳殿"榜额，天尊殿内壁画描绘神仙真人、瑞兽灵鹤、云气烟霭及王屋山周边溪涧丘壑，据说极为精妙（此时天色尚未大亮，看不分明）。观内有多棵古柏、古松，又有一棵百年娑罗树，据守宫道士说还是当初玉真公主所栽。此时正是花季，熹微天光中，但见千百白穗花柱浮现于前，宛若悬停空中的无数玉塔，无比圣洁美丽。

入轩辕庙拜礼后，道童们就直上峰顶的琼林台，在此静候日出。此时东方的地平线已露出淡白色的一条光带。因为并没有尊师教授具体的法术，他们的餐霞方式就是手扶东廊栏杆，一边口中吟唱道歌，一边远望自极东海面升起的曈曈朝日。

此番经历，义山终身难忘。

日阳渐渐升高，道童们下了峰顶。他们没有照原路回返，下面还要游仙洞。

从天坛山北坡下山，过北斗坪，对面灵山五斗峰的半山崖壁上有王母洞，相传为西王母修炼之所。此处又名清虚小有之境，故而又有一座只两进小院的清虚观。

到得近前才看清，王母洞其实是崖壁向内凹进的一处石龛，龛内有西王母寝宫。后壁凹处的确有一个入口极小的洞穴，向里望去，黑黢黢深邃莫测。道书里描绘王母洞周回有万里，而且还潜通了瑶池。这或许是前人的夸张之词。紫微宫道士说，乡人以前确曾手持火把进洞探索过，内里曲折蜿蜒，忽高忽低，忽宽忽窄，起初还可直立，越往里走就越难前行，有时只能侧身，有时须弯腰或爬行才能通过，也有人说走到最后连通了东面的灵山洞。

夏秋的晴夜，会有无数萤火虫从王母洞附近的泉瀑水潭处飞起，直升天坛。上下蹁跹，高低明灭，如同伴随王母身边的仙灯。道士说，你们要看的话只能等到晚间，再说也不是每晚都有。

义山观看王母洞情形时，一直在回想《汉武内传》中绘写的西王母形象。那么，今日途中会遇到女仙么？

等他们走出洞龛，西王母没见到，不意却遇见了灵都观的六七个女道童。一问才知她们也是昨天午后就出游，不过昨晚是借宿在了迎恩宫。她们并不专为看日出，因此男道童下天坛顶时，她们恰好上顶来。

两支队伍当下合为了一股。

义山又见到了宋慕云，这回她不再作弄调笑把他唤作"呆道童"，只对了他抿嘴一笑。

出王母洞，向东徒步六七里有灵山峰，山腰处即是灵山洞。

男女道童走到时，正是晨雾弥漫时。灵山峰状若高塔，几个洞口悬列分布于崖壁。东面入口有石室，上有额书"第一洞天"。向北有两个洞门，一曰"九天门"，一名"洞天门"，洞内有水泉灌入成池，名为"眼光池"。西面洞口有额书"七宝洞"，塑有王母玉像一尊。灵山洞与之前王母洞的狭洞不同，周边是浑圆的山体崖壁，四面皆通风透光，高大宽敞，行走其中完全没有阻碍，白天时也无须打火照明。山体等于中空，七个洞穴彼此连贯，纵横交叉宛如迷宫。

李雍、李朴早就熟悉这里，兄弟俩和广成在前面引路，女道童跟随进入，而李觊、参寥、义山他们三个就殿后。在洞里潜行绕走了一圈又回到东入口，感觉并无险况，女道童们的胆子也大了起来。她们觉得还不过瘾，又在这个山洞里随处游走，于是大家伙就散开了。

向南还有一处名为"朝阳门"的洞门，洞门只一席大小，义山在此席地而坐，眺看洞外风景。一个十四岁少年此时还能有什么绮想呢？无非将这个洞天现场与他熟读的神仙记传相对照了。倘若此时西王母和众仙真降临这里，他也不会有丝毫的怀疑。

旭日高升，日光将洞口照得透亮。从洞口能看到对面的天坛峰和阳台宫的部分建筑，也能看到他们之前走下峰顶琼林台时所经的山道，满目都是草木的碧色。义山看得渐渐入神，心思恍惚了起来。李雍、李朴大约在用什么物件敲击洞中的怪石，回声如道观中的钟磬持续在耳边鸣响，不时还能听到女道童们百灵鸟般的语笑声。

回返路上，紫微宫道士又带他们去到了天坛峰北的舍身崖下。这里有流瀑飞泻为池潭，潭边有宽阔的坪台，坪台上修道人搭建了茅屋两间。贴崖也有一处洞穴，宽一丈余，深有数十丈。洞顶时有水滴滴下，玲琅作声。出洞后，义山发现西侧壁上刻有传为商山四皓所作的《紫芝歌》：

莫莫高山，深谷逶迤。
奕奕紫芝，可以疗饥。

> 唐虞世远，吾将安归！
> 驷马高盖，其忧甚大。
> 富贵之畏人，不如贫贱之肆志。

他想到了为自己取商隐之名、义山之字的父亲。《紫芝歌》仿佛是父亲的一个提示：你随时都要看清楚，现时是不是唐虞之世；倘若所遇非时，可以效仿四皓退隐避世。驷马高盖是显达富贵的意思，可是，为什么又说其忧甚大？还有，最后两句究竟有何含义呢？

在少年这个年纪，当然不可能有很深的理解。

坪台那边，宋永在唤他。在东玉阳道童院，义山曾与李广成一同模拟扮演过广成子遇轩辕黄帝的情节。这个故事就载于《神仙传》开篇卷一。

义山演黄帝，手里拄着登山藤杖。让广成演广成子，那也是名副其实。

这不，此刻宋永钻去草窠里，已为广成快速编织了一个草环戴在他头顶上。

义山站起，开始念白：

> 广成子者，古之仙人也。居崆峒山石室之中。黄帝闻而造焉，曰：敢问至道之要。

体壮如牛的广成跌坐于地，随后念白：

尔治天下，云不待簇而飞，草木不待黄而落，奚足以语至道哉？

义山在坪台上绕了三圈，广成则选了个最舒服的姿势躺卧下来，头朝着洞穴口。

义山上前，看着躺下的广成，接续念白：

黄帝退而闲居三月，复往见之。广成子方北首而卧，黄帝膝行而前，再拜，请问治身之道。

广成闻声翻身坐起，仔细打量着面前的义山。忽而腾地一下跳站起来，头顶的草环不慎滑落下来，连忙抓起重又戴上。他挺直了身，清清喉咙，向了面前的道童观众大声念白：

至哉！子之问也。至道之精，窈窈冥冥；至道之极，昏昏默默。无视无听，抱神以静，形将自正。必静必清，无劳尔形，无摇尔精，乃可长生。慎内闭外，多知为败。我守其一，以处其和。故千二百岁而形未尝衰。得吾道者，上为皇，入吾道者，下为王。吾将去汝，适无何之乡，入无穷之门，游无极之野，与日月齐光，与天地为常，人其尽死，而我独存，而我独存焉！子知之否？知之否？！

最后几句是广成自己添加的，配合了他的夸张表情，很有感染效果。紫微宫道士捻须点头，坪台上各各席地而坐的男女道童都笑得前仰后合。

义山拄着藤杖原地站立,向广成长揖三拜,脸上仍自不动声色。后面忍俊不住,也噗哧笑了出来。

几个女童结伴去采野花了,其余道童散坐在坪台上闲望风景,谈说聊天。宋慕云没有跟了去,走来坐到了义山的身边。

她问义山:"这出剧是你编排的?"

义山说他并无编排,只是把《神仙传》原文分段演说了一遍。

"在天坛脚下扮演倒也妥帖。"

"是呢。"

宋慕云又问:"你是因何缘故入道的呢?"

义山想了下,答说是家族长辈处士叔和十二叔安排来的。

宋慕云的目光有些茫然:"我也是。"

他们有了第一次较深入的交谈。义山也了解了她的家世来历。

宋慕云乃礼部员外郎宋中锡二子宋慎微的次女。他们这一支出自贝州宋氏,乃初唐诗人宋之问直系后裔,后来迁去了桂阳郡义昌县。

贝州宋氏近代以来也是大族。贞元年间,贝州宋廷棻五个女儿宋若莘、宋若昭、宋若伦、宋若宪、宋若荀负有才名。贞元四年(788),经昭义军节度使李抱真表荐,德宗召五姊妹入宫,时称"五宋"。贞元七年,诏宋若莘总领秘阁图籍。宋若莘、宋若昭在穆宗朝和敬宗朝先后拜为尚宫,帝王呼为学士,六宫嫔媛、诸王、公主、驸马皆以其为师,深加礼敬。宋若莘元和末卒,赠内河郡君,而宋若昭不久前又被封为梁国夫人。宋若莘著有《女论语》十篇，宋若昭为之作释注，流传于世。五姊妹中，宋若伦、宋若荀已先卒，若昭以外，还有妹妹宋若宪现也在宫中任女官。宋氏姊妹在掖庭和朝中可谓根基深久。

论起宗族辈分来，慕云的祖父宋申锡是宋氏姊妹的隔房从侄，所以，按照本宗九族五服的关系来说，宋慕云就是当今学士尚宫宋若昭的曾侄女孙。

午时在紫微宫用斋后，道童们下山回程了。途中遇到一处开阔缓坡，广成忽又起念，要让大家学《神仙传》卷中的涉正，试着闭目而行。看谁能走到坡下，手摸那棵大槐树，由他来做鉴证。

广成所说的这个涉正，字玄真，是巴东人。说起秦王时事迹如同就在目前。据说他经常闭目，行走时亦不睁开，跟从他的弟子有数十年都没见他睁开眼。有一个弟子恳请他睁眼，涉正睁眼时，有霹雳声，发光如电，身边众弟子一时都匍匐在地。广成让大家做这个游戏，自然是要测试众道童的胆量。

其他道童试着闭目行走，走了十来步就睁开了眼，义山和宋慕云两手探出，缓步前行，是最后还没睁眼的两个。

义山口中一直计着数，数到百步时，忽听从侄让山大声叫道"前面有土坑！"这才睁开了眼。原来让山是在耍弄他，前方并无坑沟。回头看去，却见身后的宋慕云并未受到干扰，仍自闭目下行，一直走到槐树边才站停。

这个十岁女童的胆气可不一般。

问她如何可以做到，宋慕云答说：她闭眼之前已将眼前坡路状况牢牢记于心中。尊师说过，这是存思摄影之功，潜心专注再加长久训练就可以获得。

不消说,这回轮到义山感到惊诧了。

回程的路,道童们走得比来时快。义山和宋慕云两个落在了后边,他们似乎有了某种默契。像这样自由自在地游山是多么难得啊,而且,今次与之前李雍、李朴带着翻野山还不一样,有了别样的体验经历。

下山将要走到平路时,慕云见道边有粉紫色的野豌豆花,蹲下身来采撷,插在了自己发际。她手里还有一枝,说是也要给义山插。

义山乖乖低下头,随她插在自己的发簪边。反正只要在进道观前将花取下就好。

两人相对而笑。笑容无邪,让人安心。

野豌豆花即《诗经》中所咏的薇。头戴簪花的义山咏出了《采薇》中的诗句:

采薇采薇,薇亦作止。日归日归,岁亦莫止。

走在前面几步远的慕云咏出了脍炙人口的后面四句:

昔我往矣,杨柳依依。今我来思,雨雪霏霏。

现在是初夏时节,并无雨雪。在他们各自的生涯途中,此刻正是他们两个的杨柳时节。在这个世界上,没有任何一人是可以在童稚少年时就能预知今后命途的。

午后鲜明的日光下，他们赶上了走在前面的道童们。再翻过一道山冈，就能看到通往玉阳山前的道路了。

他们在玉阳山比较亲近的交往，也就只有这么一次。

这次游山给义山留下了美好印象，但也只是游山而已。

这个年纪的少年始终会被其他的新鲜物事吸引。比如李觐年末离山时赠送了他一卷郭璞的《游仙诗》十九首，很快他就沉浸在云天霞霓的仙界想象中了。

他性格守静，很安于道观宁谧的氛围，镇日沉浸在卷册书籍中。无论是道书还是儒书，文字包蕴的那个无边无垠的世界几乎就是这个十四岁少年生活的全部。

而隐伏在他内心的另一个自我也跃跃欲试，等待去体验尚未展开的未来。

入秋八月，宋向真、宋慕云姊妹到灵都观四个月后就离开了。宋永说她们已还俗回到了京城，也有说是以道童身份入宫（这是尊师白道人后来告诉他的）。他并没有发表什么意见。

这年年末，长安发生了一件震惊朝野的大案。

十二月八日，少年皇帝敬宗在游猎时被近幸中官刘克明等人所弑！

敬宗李湛登基后，不理政事，游乐无度，较其父穆宗有过之而无不及。即位后的第二个月，某日先到中和殿击球，隔天转到飞龙院击球，第三日又在中和殿设宴。除了马球，还喜欢自捕狐狸，宫中谓之"打夜狐"。出事的前月，中官许遂振、李少端、鱼弘志因打马球侍从不力遭削职。月底，中官李奉义、王惟直、成守贞又因事得罪，各杖三十，分配去守诸陵。十二月八日夜，敬宗游猎还宫，又与中官刘克明、田务成、许文端打球，与军将苏佐明、王嘉宪、石定宽等二十八人饮酒。酒酣已醉，入室更衣，殿上烛火忽灭，刘克明等人合谋弑君。敬宗时年才十八岁。

刘克明弑君之后，又与苏佐明等矫造御制，调禁军接宪宗子、绛王李悟入宫，欲迎立为帝，并在紫宸殿召集文武百官。神策军中尉魏从简、梁守谦，枢密使王守澄、杨承和密谋反制，遣仪仗卫士迎敬宗弟弟、江王李涵入宫。两天后，枢密使王守澄、中尉梁守谦领左右神策六军及飞龙兵攻入内苑，以弑君矫诏之罪诛灭刘克明一党，杀绛王。江王李涵即位，是为文宗。

宝历三年二月十三日，文宗御丹凤楼，大赦天下，改元大和。

这是该年的大事件，但最初外传敬宗只是暴病身亡。

因为这个朝局变动，后面又发生了一桩与灵都观有关的事。

此前长庆元年，回鹘保义可汗遣使入朝求婚，穆宗遂封第九妹为永安公主以降嫁。长庆二年三月，保义可汗卒。四月，册封崇德可汗。五月，新可汗遣使迎请之前许嫁的永安公主，朝廷封穆宗第五妹为太和公主降嫁。崇德可汗仍坚持迎娶永安公主，最终未获许可，命中书舍人王起充鸿胪寺赴回鹘宣谕圣意。

长庆二年时，永安公主十五岁，至大和二年（828）春，她已二十一岁，仍是未嫁之身。这年正月，浔阳、平恩、邵阳三公主皆舍俗入道，文宗敕令每年各赐封物七百缎匹，仍准旧例，春秋两限支付。随后永安公主也请求入道，七月下诏赐邑印，按浔阳公主等前例同赐婚资。

永安公主在和亲取消后过六年才入道，显然也是和亲出现变故，长期没有合适婚配所致。当时必也带着无奈的意味，否则完全可以在和亲不成之初就请求入道。

这年八月，宋向真、宋慕云姊妹以女道童身份入宫，就是陪侍这位预备入道的公主。这是梁国夫人、尚宫女官宋若昭和从侄宋申锡的共同安排。

就这样，在离山两年后的大和二年的秋九月，宋氏姊妹将随同入道的永安公主再次归返玉阳山。义山是从尊师白道人那里听来的，而尊师又是从监斋赵景玄那里得知的，赵景玄当然是从观主柳默然那里听到的。观主与宫中道观联络频繁，消息确切无疑。

果然，灵都观为迎接公主，很快就展开了各种准备，忙成了一团。观主柳默然移住阳台宫，监斋赵景玄主理灵都观大小事务。东玉阳的道童不再抄经，一律参加执役，做洒扫布置，每人都要演练道坛仪礼。

公主入道，照例会有盲道、慕道、游道、守道若干阶段。永安公主此前已在宫中永穆观入道。此次玉阳山法会，将授予她一定品阶的符箓。

九月十三日，永安公主、两位女道童和其他侍从的车驾到达西玉阳灵都观。

二十七日吉日，举行了盛大的授箓法会，东西玉阳山所有道众会同王屋山的道众全部参加。

其时坛场的规格与布置装饰可以说极其侈华：天尊殿前新筑了高一丈的三级法坛，四榜门有紫金题额，坛内以青丝围绕，并缀以金莲华饰。东方铺青锦，南方铺丹锦，西方铺白锦，北方铺紫锦，中央以上等黄锦为垫褥。坛外又设龙须席、凤扇席，摆置五方案，案上镇以金龙与玉璧。又备青罗、绯罗、白罗、皂罗、黄罗以安五方。备有上等香料一百斤，奏纸一万二千番，笔墨各一百二十管，书刀六口，护戒刀、巾各十九具。又有各式香炉、香盒、香㚏，灵都观特制而从未出示的一张雕玉案，案上置七宝函、九仙函、黄金函、白玉函以装盛经卷。复有钟磬法具——如法陈列。

上述这些坛场物品，都是法会所需，用来召邀上天灵官入坛见证。

天尊殿及观内安置经像处，帐座、幡盖、节舆、香炉、几案、帕褥、灯台、烛檠、花树、花笼等等，一律由监斋巡回检视一遍，有缺漏破损之处，立即就要设法更换。

法会坛场的四周，皆立起了五色或九色幡杆，以长竿悬挑于庭中，房廊院宇的各处，也都垂挂了经像。法会在入夜后才举行，因此又备下照明灯笼无数，各院都调遣了庄田役人值守看护。

旌节幢旆是法会的威仪陈设，照例由东西玉阳山的男女道童守持。义山也将作为入坛道童之一侍立执幡。

是日傍晚，道众提前过斋，早早就齐集在天尊殿前，各人按照职分各就其位。

暮色渐深时，灵都观内各处灯笼、烛檠齐同点燃。天尊殿、每个别院以及所有房门廊道，一律悬灯照明。这晚天宇清朗，空中只飘浮了数缕薄云,能见度非常之好。此时的灵都观,真正成了天上宫阙(据说那晚在下方的玉溪岸边站满了观礼的乡民,到法会结束还迟迟不肯散去)。

义山见到宋慕云姊妹了么?法会进行过程中,的确隔了一段距离望见过。时隔两年,已十二岁的宋慕云变化很大,样貌端丽无比,宛若随同西王母降下人世的一位仙子。姐姐宋向真也在公主身边随侍,已是长成模样。

两年前同游王屋山天坛时的情形,清晰如在昨日。少女宋慕云还认识他么?还记得那天游洞下山的场景么?公主授箓法会上,义山曾闪过这个念头。

法会结束后,义山就没有机会接近她了。公主和近侍女冠都住在原来的观主院(当时有所扩建,纳入了邻接的精思院的池院,另外砌墙以隔断),平时门禁森严,外人不得随意进入。

不过,少年的心本来就像浮云,很快就飘移到了其他地方。宋慕云她们重新回到玉阳山不久,义山就因为家事脱去道袍,下山去了。

入 世

时间是一个不可测知的神秘装置。

当初是谁将自己从宁静的玉阳山重新带入这个尘世中？下山后的八年中，先后五次应举，其间有多少次往来于两京道？开成二年（837）中第后，又辗转进过几家幕府？南北东西奔走了十七载，自己在很多地方停留过，飘摇不定犹如飞蓬。

回想起来，初始的推手还是处士叔——那个在父亲去世后替代了父亲的角色，承担了养育教导责任的从叔。

义山对处士叔的感情无疑很深。可是，在他潜意识的深处，却也隐藏了一种事后回顾的悔意，倘若当初仍然留在玉阳山会如何？安心做个道徒，人生的面貌会迥然不同吧。或许，一切都会顺其自然地展开，自己将平静安闲地度过一生，如同尊师白道人那样。自来梓州，回忆时常如潮汐般一波一波涌来，义山有时会这么推想。

也只是推想而已。因为之前的路已经走完，没有办法重选路头了。

永安公主受箓后的大和二年（828）十月，下旬某日午间，玉阳山下起了初雪。

静室中，义山抄好一卷文书，收束线绳，投在了书箧中。站起身，松活了一下手腕，抬眼望向窗外：细雪纷纷扬扬，松树的上部高枝已积了一层白，下方草木仍是深秋的斑斓色。山石上，早间留存的露水冻成了小粒的冰珠。寒风拂面，冬天已经到来。

参寥忽来敲门："你家羲叟在前院，快去接应。"

距前次送来文书才不过十天，家中定然发生了状况。义山披上外袍，走出了静室。引廊尽头的前院庭中，弟弟羲叟正不耐烦地来回踱步。

"处士叔病重，快下山返家。"

羲叟冒着风雪上山，鼻尖和两耳都冻红了。见到哥哥立即如此报告，神情急迫。自然，这也是母亲的意见。

处士叔自江淮返回家乡后，一直患有肺疾，经年未愈。这次发作不同以往，不但咳血，还发生了昏厥。病况见危，必须尽快赶回荥阳。义山立即辞别尊师，告假返家。

东玉阳山下已停了一辆马车，洛阳景兴叔已提前预备了车驾。南下孟州，过河阳桥时，雪已经下得很大，河口附近白茫茫一片。冒雪继续赶路，过偃师，沿官道一路向东，再半天路程即可赶到荥阳。

到达索水东面的坛山庄时已是晚间。下马入庄，见母亲、妹妹、景兴叔、从弟宣岳已站在正堂门前等候。处士叔的两个儿子尚在幼年，松隐弟李璆九岁、微隐弟李顼六岁，此时与处士叔养子李思晦也守坐在堂门内。义山向长辈拜问致礼后，外袍未脱就走入了内室，向处士叔叩首问安。

处士叔呼吸急促，面容憔悴。见义山来到，他执握义山双手，连连询问下山情况。

因疾病的煎熬,多日发烧不退,此时病人的额角青筋暴露,两颊亦明显瘦削下来。眼白布满血丝,仿佛刚刚经受了一场剧烈的灼烧。目光却依旧明亮、锐利。

"袍子肩头都是雪粒,头面尽湿。到外间理顺衣冠再进来言话。"

处士叔还是处士叔,即便此刻已卧病在床。对人对己,他总是很留意平时的仪容细节,简直到了一丝不苟的程度,一如当年在家塾那样(这个生活习惯自然也传留给了侄儿辈)。

义山出屋,快速吃好母亲备好的晚食。净手,洗面,脱去外袍。立在门前整理了道服和发簪,这才和景兴叔与思晦一同进屋。

处士叔说要坐直起来,思晦于是拿来软枕垫褥垫身后,扶他坐起。火盆里加了新炭,屋子里暖和了一些。

义山脱去外袍后,现在就穿了道服,他跪坐在毡毯上,将道服下摆盖住了两膝。

那边,处士叔开始发问了:

"文事奋木铎,武事奋金铎。义山你可知如今木铎复出了?"

义山知道,处士叔是引用了《周礼》"徇以木铎"一语的郑玄注,但他不是很明白具体所指。

他久在山中,对于外间的时局变化自然是隔膜的,于是处士叔就让兄长景兴叔代为解说。

"念景让叔吐气艰难,他要说的话,今儿就由我代言了,"景兴叔转身向义山,开始细作解释,"木铎者,仁政也,圣人也,文事也，采诗也。你处士叔说的木铎复出，是在说新帝所行的新政。此前敬宗皇帝在位时，每月视朝不到三次，宰辅大臣很少有机会觐见，朝政几近废弛。新帝作风则大不相同。早年在藩邸为江王时，为人恭俭儒雅，风评就甚佳。去年即位以来，陆续推出各项新政措施，两京士子皆为之振奋！"

下面，景兴叔就将新帝即位以来的各项新政描绘了一番："新帝之新政，总有五项。以下一一分说：

"一曰仁孝。时宪宗郭后居兴庆宫，为太皇太后，与敬宗宝历太后及新帝亲母萧太后并称'三宫太后'。帝秉性仁爱，三宫同时问安，一无偏颇。

"二曰勤政。新帝即位后，每在延英殿与宰臣议政，常常会议论到入夜。理政诸项，尤其注重遴选内外群官。中书省每次递进名单，新帝必会当面询问其操行能力，然后才决定是否任用。有时还会当面检验。譬如鸿胪卿张贾本来要外除衢州刺史，新帝听说他喜好赌博，就罢停了任命。自此，中书省和礼部但凡荐人选官就格外小心了。

"又喜读《贞观政要》，每见太宗孜孜于政道就有意效习。登基后，亦时时加以效仿追摹。今年二月，得李绛进献则天太后删定的农政典籍《兆人本业》三卷，随即下敕，令各地州县抄写散配乡村。

"另外，不久前听闻你十二叔讲，新帝自登基起亲自采录、撰集了《尚书》中的君臣事迹，前月还命画工于太液亭绘制图形，以便早晚观览自励。

"三曰选贤。自去年春正月以来，以御史中丞独孤朗为户部侍郎，以兵部尚书、权判左丞事段文昌为御史大夫，以前苏州刺史白居易为秘书监，以兵部侍郎、知制诰充翰林学士韦处厚为中书侍郎、同中书门下平章事，以翰林学士路随为承旨，以侍讲学士宋申锡充书诏学士，以邠州刺史、邠宁庆节度使柳公绰为刑部尚书。以上这些人都是名动天下的儒林名士，皆一时之选。

"四曰尚俭省，恶侈靡。即位后不久，放内庭宫人三千人出宫，任从所适。又遣散教坊乐官、翰林待诏、伎术官及其他冗员一千二百七十人。凤翔、淮南所进的女乐二十四人，全部放归本道。今年诸道所进的音声女人，也各赐束帛放还。内苑御马坊、球场，归还了龙武军，露殿及亭子已命有司拆去。又拆毁敬宗所造的望仙门侧看楼十间。宫人饲养的五方鹰鹞一并解放。又敕令度支、盐铁、户部及州府百司皆节制贡物数额。

"五曰删汰佞人。僧惟真、齐贤、正简，道士赵归真、纪处玄、杨冲虚，伎术人李元戢、王信，等等，或假于卜筮，或托以医方，疑众挟邪。宝历二年（826）十二月新帝仍以藩王处分军国事时，即将其齐同流配岭南，击球军将于登等六人遣回本军处置。

"义山侄，你想想，这样的措施是多久没有看到过了？"

景兴叔所说的几项新政措施，有一些义山在玉阳山曾听到过，也有些是头次听闻。尤其最后一项放逐三名道士的事，因为可想而知的原因，山中就刻意不传了。这赵归真可是长安城中的两街道门都教授博士，地位非同小可，平素与玉阳山道观也来往频密。

听到这里，义山的表情不由肃然起来。他模模糊糊已预感到了后文。

"义山侄，你之前入道，精修养志，本也是人生正途。常言道，君子择其善者而从之。如今圣主临位，远邪去佞，王道待兴。此刻理应恢复儒生本色入世，谋身仕途以辅佐圣王了。上不负于国君，下不负于祖先亲老。"

景兴叔说到这里，看了一眼处士叔。

处士叔向前伸出手来。义山连忙膝行两步，握住了处士叔的手。

过后，义山从处士叔口中听到了之前未曾听闻的内容："义山侄，你入道两年有余，本来也可以继续。可是你景兴叔已将时局变化阐述分明。智者应该量力而行之，相时而动，我也不绕圈子了：你今后应专力应举，振奋家道。你母亲也是如此属望。你父亲如果在世，也会同样决断！"

处士叔的声音异常高亢有力，简直不像是个沉疴难返的病人。说完，他就剧烈咳嗽起来。思晦连忙递上手巾，又替父亲按抚后背。

过了好一会儿，处士叔才恢复过来。他努力收聚了虚弱的体力，看定了义山："应举的话，你的书判因为多年抄写练习，没有太大问题，唯有策论与章奏还须另行学习，最好寻觅一位当今名师拜入门下。另外，亦须重视文学诗赋。往后的路途只能你独自走了，今后还须多多用心。"

义山被卷入了两股不同方向的涡流，他还来不及消化两位叔叔的话。可是，听到最后他才猛然一醒：太意外了。处士叔向来只重研习典籍，注疏撰记的余暇虽然也写过数百首赋论歌诗，内容却是以复古诸家为楷模，鼓吹以经世致用为旨归。处士叔从弱冠成年到现在，从来未曾写过一首今体诗，可现在，他竟然嘱咐自己要用心于文学诗赋!

他的呼吸急促起来,脑壳发紧。此刻身后炭盆里的热力,透过道服烘烤着自己的背脊,他觉得浑身发热。可是,此刻又不能将道服脱去(按教内仪轨,只有上床休息前才可以脱掉)。

从东玉阳山的午间,到荥阳家中的深夜,两个方向之间没有任何过渡。他的人生即将迅速地切换。

他望向了处士叔,见处士叔的眼眶里已噙含了泪光。转头看景兴叔,景兴叔对他点了点头。只有从兄思晦是超脱于目前处境的。自从被收养以来,他一直静心服侍养父,从来都很沉默。再说,思晦又能帮助自己什么呢?

玉阳山,观主和尊师,学道的同学,每日的作息,日常的生活,这些自己都已经很习惯了。难道一天之内,就要做出决定变换轨道了?他第一次感觉到了人生的不可思议,以及这个不可思议背后的严峻的逻辑。内在的潜意识里的他仍在犹疑、抗拒,而外在的肉身的他已然在处士叔的病床前跪拜下来。

他的额头触到了冰冷的地面,而他口中已说出了其他在场者都在期待的那句话:"义山谨遵母亲和两位叔叔的教诲,不敢违命。"

身穿道服的他开始发热出汗,很快,汗水就浸湿了贴身的内衣领子。

病室谈话还没有结束。景兴叔又谈起今年关试①中发生的另一

---

① 唐制,礼部试进士、明经,及第后送至吏部,由吏部再试,谓之关试。及格后方可授官。

桩事。其时有应贤良方正直言极谏科的昌平士子刘蕡，在策文中直接指斥宦官搅乱朝政。

"刘蕡的这篇策论，如今已遍传京城内外。"

景兴叔递过了一轴文卷，让义山自己通读。

义山稍稍离开火盆，解开道袍的上衣领，感觉松快了些。思晦已将烛盏移近他身边，于是就着灯光展开文卷。起首就读到了这样振聋发聩的话：

> 臣以为陛下所先忧者：宫闱将变，社稷将危，天下将倾，海内将乱。

自元和末年以来，宦官势力尾大不掉、日益骄横，不但操纵内廷，也屡屡干涉南司①施政，近来更是直接介入了天子的废置。对此乱象，多年以来朝中百官讳莫如深，唯独这位刘蕡却能直言中官的为祸之烈。

策论中更提出了明确的对治方略，比如：

> 诚能揭国权以归于相，持兵柄以归于将……即心无不达，而行无不孚矣。

后面再次申说了政出多门的积弊：

---
① 唐时中书、门下、尚书三省均在大内（皇宫）南面，故称"南衙"，亦称"南司"。

> 法宜画一，官宜正名。今又分外官、中官之员，立南司、北司之局①，或犯禁于南则亡命于北，或正刑于外则破律于中，法出多门，人无所措，实由兵农势异而中外法殊也。

末后还有一段慷慨陈词：

> 臣非不知言发而祸应，计行而身戮，盖痛社稷之危，哀生人之困，岂忍姑息时忌，窃陛下一命之宠哉！

读到此处，义山不由肃然起敬。自父亲为他开蒙以来，到跟从处士叔就学，自小就深埋在他骨血中的那个辅佐王道的儒家子此刻已被唤醒。

"景兴叔，刘蕡递上此篇策文后又如何？"

"今年应贤良方正的李郃、裴休、李甘、马植、杜牧、崔玙、王式、崔慎由等二十二人中第，各自都有授官。本年的三位考官，左散骑常侍冯宿、太常少卿贾悚、库部郎中庞严见到刘蕡所上策文，也都深为叹服。可是，他们畏惧宦官威势，终究不敢录取。南院②发榜后，朝议哗然，纷纷为刘蕡称屈。谏官们、御史们打算上廷论奏，最后都被执政宰相给强压了下来。"

听闻此言，义山不由流露出失望的表情。

"义山侄，还有一段后话。该年有同科考生李郃，廷试中作

---

① 唐代宰相办公地在宫禁之南，宦官办公地在宫禁之北，故有南司北司之称。
② 南院即吏部。

《观民风赋》和《求友诗》，条对详明，词旨温雅，能寓褒贬于清和之中，阐忠义于词气之表，三位考官交相荐进，皇帝亲自面试后，擢为了进士第一。

"而刘蕡那篇策文经人传写，不到十天就传遍了京师。此事怎能不传入中官耳中？从北司那里已传出欲加害刘蕡的风声。那李邰知道刘蕡取祸于中官，有性命之危，对友人说：'刘蕡下第，我辈登科，能无厚颜！'于是冒险上疏，请求收回授予自己的功名改授刘蕡，并表彰刘蕡的能言直谏。由此，皇帝也知晓了刘蕡对策中的话语。此事亘古未有，新帝召来宰相问询问该当何如，宰相们当然没有许可。"

"那位李邰后面又怎样？"

"该科考中者二十二人，其他人都授给了京官，唯独李邰因为上疏让第，被排挤出了京师，五月下旬授了河南府参军。所幸河南尹、尚书韦弘景颇为敬重李邰品行，大小事一概信任委托。"

"景兴叔在府中常常见到李邰么？"

"我目前在厅事①中行走，每天都能见到李参军。"

听到这里，义山不由升起了仰慕之心。

处士叔之前一直在床头闭眼听着，到此又睁开了眼睛："义山侄儿呐，刘蕡和李邰皆士林中的豪杰人物，可作我辈的楷模榜样。当年你父亲为你取商隐之名，义山之字，可是蕴含深意的。你可不能辜负了他的期待啊。"

义山身边的涡流渐渐缓慢了下来，一个比玉阳山道观更大的图景已展现在他的眼前。商山四皓逢无道而避世，逢有道而入世，始终

---

① 官署中视事问案、处理公文的厅堂。

进退有据。今晚处士叔揭示这一层，正是为了勉励自己奋发向上。

他再度向两位叔叔叩首。现时他尚未正式脱离道籍，还穿了道服，故而仍然遵行了道徒该有的礼节。

下面处士叔又交代了若干事。

"李郜年才弱冠，正是青年英俊人物。这次随同景兴叔回洛阳，你也可以见识一下他的真容风采。求学之路即访人之路，今后不要胆怯于拜问前贤。"

处士叔已提前写好给李郜的拜帖，当场交付了义山。

义山的十二叔右补阙李褎之前介绍义山入道，脱离道籍这事他可能未必赞同，处士叔已备好了书信，解释情由。另外，他还给自己的重表兄博陵崔戎、表侄新野庾敬休还有昔日游徐州幕时的友人萧澣各写了三封信。这几通书信也让义山一一过目展读。处士叔精通石鼓篆与锺蔡八分，正楷散隶都擅长，这几通书信无论属词还是行笔都能看出其精心构思。为了侄儿的前途，处士叔可以说竭尽了平生才力。

义山这位远房的从表舅崔戎，字可大，恒州井陉县人，伯高祖是博陵郡王崔玄炜，早年明经中第，宪宗时任殿中侍御史，此时担任了谏议大夫。庾敬休论起年辈来是义山的远房表兄，长庆初以宏词登科举进士，刚刚授了集贤校理。萧澣在新帝即位后，刚刚升任了给事中①。内外亲友中，这是目前担任朝官的三位，义山未来倘

---

① 唐代职官名，正五品上。为门下省重职，分判本省日常事务，负责审议封驳诏敕章奏，有异议可直接批改驳还，无异议则封下经门下省长官审复后，交尚书省执行。

若应举，都可以攀缘借力他们。

"这些书信，我都交予你景兴叔寄出。唯独李褒这封，还是留待我过身之后再发。这段时间你仍在玉阳道观，不必急着离山。趁冬天闭户守静，加紧温习儒书经典，尝试练习诗赋。"

听到"留待我过身之后再发"一句，义山不由热泪盈眶。原先两股交错的涡流，现已合成了一股自内而发的志愿。专力应举，振奋家道，他在心里久久默诵着处士叔这个八字嘱咐。此后多年，一直遵循不悖。

退出病室前，处士叔又命他回山过后搜检近来所作文赋，让羲叟尽快送来荥阳。他要亲自过目，稍加批点。过后义山可以抄誊若干卷，以备投谒。

义山在荥阳家中只待了一天，就和景兴叔和羲叟回程了。景兴叔回洛阳应职，羲叟随哥哥回玉阳山，携带了义山近年所作文稿返回了家中。

十一月初先去洛阳，奉处士叔拜帖，先去拜问了参军李郜。义山见到这位年轻的前辈，心中敬意加倍。李郜当然说了不少勉励的话，可是，因为义山此时仍然身披了道服，言语中多有保留。

该月月中，崔戎和萧澣先后致书引荐了中书舍人周墀。周墀长庆二年（822）举进士登第，初授秘书省正字，很快授湖南团练巡官。前年母夫人亡故，守制汴州。日常居处常常垂泪哭泣，邻居里人听到了纷纷称他为"周孝子"。月末，义山携带崔、萧两位书信和经过处士叔批正过的数篇文赋去了一趟汴州，初谒了周墀。

周墀接待了十六岁的义山。见他少年清俊，文字也有风骨，自

083

此就颇有留意。

大和三年（829）正月下旬，义山递交了辞山书。月末，正式脱去道袍，先去西玉阳灵都观，向观主、监斋和智玄法师等辞行。又到上院辞别尊师，白道人仍像往常那样多有嘱咐。

"一日入山来，终身不离道。这两句能常常记念就好。"

白道人又赠义山辟邪符两封与香袋、香炉各一具，作为存念的信物。义山最后一次按道家仪范，向尊师深拜长揖。过后，身不掉转而捉步后行，到堂口才回转身，趋步走出了上院山门。此时想到分别在即，鼻子不由一酸。

要和道观中的同学们告别了。义山与他们朝夕相处了将近三年，已缔结了深厚的情谊。尤其广成和参寥最是不舍，临别都很动情。

"缺了你，今后谁还与我合演《广成子》啊。"

义山说："你自己不就是广成嘛，只要现抓一个演黄帝就成。"

参寥、宋永、李雍、李朴都说自己可以充当替补，可广成还是一个劲地摇头。这次让山也要随同一起下山，山里一下走掉两个同伴，他心里有些受不了。

参寥在旁边插话了："说不定过几年义山还要回山来呢。这样的事也不是没有过。"

谁也不知道是否有这个可能。不过，经他这么一说，倒的确平抚了离别的伤感。

田庄役人担负了他们的箱箧行囊，走下了山道。义山与让山两人一同站在了路头，望着白道、溪水、庄田与冬日，也眺望了对面的灵都观。尚书谷风景一如往常，平静、澄澈、轻柔得几乎不像是人间。

下山过后又会如何呢？

少年心中只有单纯的志愿，并没有答案。

三月二十日，处士叔病危，于二十六日中夜去世，因家墓附近地土塌陷有水患，需要重整修葺，灵柩暂厝家中，留待初冬安葬。四月初义山即去洛阳，寄住在敦化坊景兴叔家中。

这年正月，周墀守制结束后，转任了东都留守监察御史，居归仁坊。四月上旬，义山再次登门拜谒。周墀与处士叔早前也有交往，于是询问处士叔去世前情况。得知他生前为侄儿谋划入仕的各项安排，口中连连赞许：能抚恤孤儿如亲子，处士是真儒士！周墀答应义山，择机为他安排干谒在洛名宦。

去年九月，前相国令狐楚由汴州宣武军任内请求入觐，十月拜户部尚书，进爵彭阳侯。这年三月授东都留守、东畿汝都防御使。令狐楚的政声和文名宇内皆知，素来又喜接引后辈。此时的洛阳官员中，他就是最理想的干谒对象。

周墀是如何将义山引荐到令狐府中的呢？此事说来还有若干转圜关节。

先是周墀带了义山去正平坊的安国观，拜问了到访此地的右道门威仪赵常盈炼师。

赵炼师并不是洛阳道士，他常住的是长安清都观。这清都观的规模、声誉虽然不及玄都观、东明观、终南山宗圣观等道观，在教内地位却非同小可。整理道门科仪的高道张万福即在清都观撰成了《洞玄灵宝道士受三洞经戒法箓择日历》，先天元年（712）又参与了史崇玄奉诏集合诸观大德及两宫学士编纂的《一切道经音义》。赵炼师的先师吴善经、申甫、泉景仙是百年数朝以来一脉相承的道门名宿。他们虽然都曾执掌过其他道观或敕住太清宫供奉，但清都观始终是其根本道场，至今观内仍有申甫之前三代祖师的遗像，以及吴善经为其师申甫、师祖泉景仙所立的事迹碑。

开元二十六年（738）六月一日，清都观奉敕改名为开元观。不过，长安人仍习惯以"清都"称呼之。所以，周墀面见赵炼师后称呼的就是"清都赵炼师"。

新帝即位之初驱逐了数名不法道徒，赵炼师持守净洁，因此并未受到牵连。早前的宝历元年，赵炼师曾奉敬宗敕令，与中使王士岌、太清宫大德阮幽闲、翰林待诏禄通玄于天台山和五岳设醮投龙①。其时令狐楚和刘禹锡都有赠诗。去年新帝即位，征拜白居易为秘书监，赐金紫，十月上诞节②曾召白居易、僧惟澄和赵炼师于麟德殿讲论。能参加御前举行的三教论衡，足见赵炼师道门地位的显赫。他此次来洛，主要是与安国观观主商议池院修缮一事。

有周墀引荐，再加义山之前有过一段玉阳山习道的经历，赵炼师见到义山就多了一分亲近。询问对语后，了解了少年的习道缘由和遵循家老意旨离山的内情，很愿意从旁相助。

---

① 道教斋醮中将祈福消罪的文简与玉璧、金龙、金钮用青丝捆扎，投入名山大川。山简投于山巅，奏告天官上元；土简埋于地，奏告地官中元；水简投水泽以告水官下元。目的在于祈求三官保护生灵、社稷平安。
② 唐文宗生于元和四年（809）十月十日，此日后来被定为庆成节。

"周御史，此子可教。不过，要进得前相国府门，还须再等待几日。"

至于为何要等待以及等待什么，义山就不得而知了。

四月中旬某日，有花匠肩挑了两缸白菊苗来到了留守府邸的大门前。递上周御史的帖子，门仆通报后，花匠将这些白菊送入了内堂庭院。

隔日，周墀和赵炼师两人亲自登门拜会了令狐留守。

三人一同坐在内堂，谈论的却不是什么政务要事，而是庭院里新开辟的花圃。昨日送来的二十几丛白菊苗今天已栽种、培土完毕，花匠正在搭设细竹棚架。

"令狐相公，这是宜阳花匠从江东移栽来的九华菊变种，比原种两层瓣更多一层，有三层，白瓣青黄心，盛开后花头也比原种要大，有阔及三寸甚至三寸半者，人称白菊之冠。"

眼前自然看不到赵炼师所描述的花形。此时的花圃里，这些白菊苗由棚架撑持了也才两三寸高。春夏正是生长季，水肥均施的话，入秋到了花季，这些白菊就会蹿高很多。

内堂屏风前，主人位上那个髭须花白的老者就是当今洛阳留守令狐楚。年纪六十余岁，脸部轮廓方正，眼梢有细密的鱼尾纹，面部神情端严。上身着新制的白葛衣，下身穿了一件道徒执役衣式样的浅黄裈裤，正是一副夏装打扮。左右落座的两位客人，道人赵炼师头戴元始冠，着紫褐黄裙，他的年纪要略年轻些，五十左右。另一位着官服的中年人，正是周御史。

令狐楚爱菊，在两京的文士圈里可谓人尽皆知。今日有赵炼师这样的知交道友相赠名贵的垂丝白菊，心情非常欢悦。

不过，他也担忧一事："赵炼师，这白菊需要特别养护与栽培否？我只恐自家花匠不会料理。"

听闻此言，赵炼师手捋胡须，告诉主人："周御史已从宜阳雇来了白菊花匠，留守不必操心，只需日常供应他三餐饭食即可。"

也就是说，不但送来了白菊，还配合送来了专门的莳花匠人。

令狐楚拍掌，唤奴子端上酒盏，他要致谢两位佳客。

酒过一巡，赵炼师直截挑出了话题："相公爱惜菊花，人称雅事，平日也可留意栽培文苗。今日周御史要特为引荐一位少年道童。"

听说是少年道童，令狐楚就有了兴趣。他是虔诚的道教徒，每年三元节都会召邀相熟的道人、女冠入府做斋醮法事。平日的居家行止，也很接近道徒作风。后面周墀就将此前义山在玉阳修道情状略与分说，再将处士叔如何费心栽培少年的情况讲说了一下。

"还是宗姓子弟啊。倘若确实有才具，的确不可错过。"

有了这句话，周御史当即就和主人说定了少年入府拜问的时间。

三日后，晨间。东都留守令狐楚正在城中私邸休旬假。

拜帖送入后，门仆将义山引到了书阁外面的庭院中，不久又有僮仆自阁内走出，将义山携来的文卷带入了书阁。

义山在阁门外候了足足一个时辰。

他穿了一身素净夏袍，双手合抱微垂，立姿端正。虽然已脱去道服，多年的道观训练使得他很留意自己的出入仪容。并且，还能长久保持这样的姿势。

他大多时候半闭了眼目，随意存思。有时想到了两位叔叔，有时想到了东玉阳山。

不时有仆人走过两边引道，步声轻缓。庭院一角有一丛茂竹，竹丛后面掩有一处轩廊，轩内有两位青年正对坐弈棋，远远能听到他们的交谈语声。

僮仆出阁，告知说："可以入阁了。"

义山在阁门外脱去皂靴，着袜走入了内堂。屏风前坐着的那位老者就是令狐相公了吧。日光从屏风后照入，老者的面部有一些暗影。他携来的文卷就铺展在几案上。案旁有一具铜鸭香炉，正袅袅飘出烟缕，空气中也能嗅闻到青涩的草叶气息。

义山入阁后，在门口已三拜。到得案前一丈距离，低首垂目，报过名姓后又作三拜。

令狐楚将目光从文卷上收回，命义山抬头，细审其容貌。眼前少年身材细长，目睛之灼亮，迥异于常人。

义山这次送交的文卷，有《才论》《圣论》等六篇论，以及咏物的《虱赋》《蝎赋》《虎赋》等赋。令狐楚对其中《断非圣人事》一文很感兴趣，口中吟哦有声：

害去其身，未仁也；害去其家，未仁也。害去其国，亦未仁也；害去其天下，亦未仁也；害去其后世，然后仁也。

这和儒士们的通常说法稍有偏离。细究文词，为后世去其害在当前境况中似乎又别有意涵。

令狐楚问少年："在你看来，'仁'字该如何解？"

"博爱明智，能去其害，不疑不断，才能称为仁。"

少年引用改写了韩愈《原道》起首的两句话，自然是受了早前处士叔的启发。

"何者是当今之害？"

"人非其位，法不画一；政出两门，局分南北，在下以为这些都是大害。"

这句答话明显受了之前刘蕡策论见解的影响，令狐楚怎能不知？眼前少年才脱离道门不久，这些言语终究还是他人见解，有些学舌的痕迹。不过，背后透露出的性情倒是有点意思。

令狐楚不由忆起了往事：大历十三年（778），任正平尉的父亲也曾带了自己前去拜谒客居河中的李十八丈李景略。当时自己也才十三岁，世事又知多少呢？

他在少年身上看到了自己的投影。

现在反刍少年文中"害去其后世，然后仁也"这句话，似乎还可以引申出推善于后世，亦可谓之为仁。那么，眼前可以做的推善一事，不正是好好栽培后进小辈么？

想到这里，他推开了案上文卷，立起身来。

"随我去庭院中走走。"他吩咐少年。

令狐楚绕过屏风，在门阶前跂上木屐，走入了庭院。

少年跟随在后，脚上只着了袜，步履轻稳，距离自己不近又不远。少年体瘦，样貌却很清秀，身上仍保留了在道观中习得的举止仪态。

一老一少转过书阁，来到了内堂前的那个白菊苗圃。

西墙下，花匠搭设的细竹棚架已完工，花圃里还覆了一层黑褐色的培土。沿着花圃边缘以竹片砌了一圈护栏。

"你知道这菊圃是从何而来么？"

少年摇头说不知。

"是赵炼师从宜阳觅来的新种白菊九华菊。光看芽叶，似乎与寻常野菊也无不同。今年秋天不知会长成何种花形。总之，这段时间还须花匠每日细心料理。"

义山听到这句话，才知道十日前拜谒赵炼师时，炼师所说的等待几日是什么意思了。老者面对菊圃所发感叹，似乎也可以做另一种解释。

在苗圃前站立了一会儿，令狐楚领着少年继续沿游廊兜圈，绕过了内堂轩廊，又回到了书阁中。

令狐楚收拾起案上文卷，放入了身边的箱笼中。这个动作，意味着他已打算接纳少年了。然而，他还有最后一问。毕竟如果打算放在身边长年调教的话，有些话还是不得不问。

先问少年之前为何入道。令狐楚神色庄重，面部轮廓也严峻了起来。

义山答说："跟随先长辈，因追慕上清道风，欲习静以修身。"

问他入道两年多来所得。

答说："抄经行仪，只知守一抱真。"

再问他为何又离山脱道。

答说:"先长辈殷切嘱托,欲振奋家道。"

义山今天出门拜谒前,景兴叔专门给他做了一些教示。他的答话简短分明。倘若啰啰唆唆大段说明,其实都不会起到什么效果。

最后再问明其志向。

少年挺直上身,正色道:"如能寄托名师羽翼之下,今后想专力应举。若能入仕,当以刘蕡和李郃为榜样,廓清朝政。"

这的确是处士叔、景兴叔和自己的共同目标,非常地清晰。

听到这里,令狐楚舒展了眉头:"专力应举当然是对的,儒士当以经世济用为第一考虑。那刘蕡和李郃两人的志向也是好的。只是,他们的时机和方法都不太对。其所言与所行,都太操切、太急迫了。徒有胆气而智短,就很不足取……"

沉吟半晌,他又缓缓吐出了后面的话:"要廓清朝政,哪有这么简单?得等到合适的时机与合适的人,相时而动。"

这些话当然是对了少年说的。倘若换个角度来理解,其实也是自我心声的表露。

而在少年听来,令狐相国的这番话可与处士叔的教导全然不同!

少年毕竟是少年,性情还有些执拗,于是继续追问:"依相国见解,士子当依何种门径才是明智可取?"

"中第后先受官,广树名声,过后逐年掌握吏事、政务之诀要。掌人事之机关,通帝王之心腑。没有第二条捷径可循。"

这些内容处士叔也从未谈及过。

少年又问掌握吏事、政务之诀要为何。

令狐楚答："入仕之初，先要通今体章奏。不过，擅写今体只是入门阶梯，还须娴熟吏事。过后，再掌政务，识人事，通心腑，依循如此次第，即是登上宰辅之位的不二门径。"

话说到这里，令狐楚可以说是对少年和盘托出了。因他早年就是因为长于章奏而被德宗、宪宗赏识，过后屡次得到拔擢。

想到自己的寒门家境、父亲的早逝、母亲的孤寡、处士叔的苦心栽培及其去世前的嘱托和两位叔叔的周旋安排，义山心中已有定案。此时立即匍匐长拜："某不才，愿为相国门下弟子，侍从学习章奏！"

令狐楚再次正色打量着义山。

面前的这个少年资质当然很不错，可是，他心里隐隐又觉得少年的内心某处存有某种阴翳，某种连久经世故的自己都无法明了的东西。那么，该当如何决断呢？

他再次站起身，在阁内旋走了三圈，这才回返屏风前落座。

《断非圣人事》。啊，少年这篇文论的篇名好像也适用了这个场合。好吧，自己这次就推善于后世吧。

"可也！今后就倾囊传授于你。平时呢，你就与我三子同游。八郎明年就要入京应举，再过几年你也可以准备起来了。"

少年伏地长拜。令狐楚起身走近，亲手将他扶起。

令狐楚又细问义山与周墀关系，以及处士叔去世前的各项安排。义山都如实以告。

令狐楚听罢，长叹一声，说道："今后切莫辜负家老期许。"

话里面，自然也含有切莫辜负我家的意思。过后还亲自将少年送出了阁门。又将二子唤来，如此如此地交代了一番。

这天在书阁门外，义山也与七郎令狐绪、八郎令狐绹有了正式交结。

义山在竹林轩廊里落座，起初还有些局促。不久，八郎又唤来了弟弟十郎令狐纶。令狐家的三位公子听闻义山之前曾在玉阳山学道，开始询问入道故事。义山说着说着也打开了话匣子。

令狐楚长子令狐绪自小患有风痹，步行有些不便，体质看上去有些偏弱，为人很诚恳热情。次子令狐绹，字子直，颜面长相很像父亲，也是方正脸。他是贞元十八年（802）生，大义山十岁。令狐纶今年十八岁，与义山年龄相近。

"明日就来府中吧，把平时书物一起搬来。与我兄弟几个捉个堆。"

告辞之前，令狐绹如是交代。

令狐府所在的坊里离敦化坊很近。步行回家时，少年感觉很不真切。

洛阳的初夏天，日色明亮耀眼，道旁槐树的叶丛碧色光鲜，柳树枝条迎风轻摇。来来往往的行人车马面目模糊，看着新异而陌生。一种非现实感强烈冲击着少年，令他有些头晕目眩。而他的肉身，好似刚刚才从东玉阳山降落到这里。

景兴叔下午散衙回家后，义山立即报告了上午投谒的情形。景兴叔喜出望外，按住了侄儿的肩："能得令狐留守赏识，未来出仕就有了可靠依托。你处士叔泉下有知，这下也可以安心了！"

是夜义山难以安眠，思绪百回。

自己已站到了人生的第二个路口。能被前相国收入门内亲自教授，这是何等的幸运！试问时下洛阳或两京，又有哪家子弟能有此厚遇？不消说，他对师尊令狐楚充满了由衷的崇敬与感激，内心也生起了骄傲。

这条路，是处士叔、景兴叔、周御史、赵炼师以及未曾拜会的崔戎、萧澣共同为他铺设的。仿佛交接棒一般，在处士叔去世后，接替处士叔辅导他的人就是令狐楚了。

第二天，义山即由景兴叔带领，面谢了周御史。

周御史笑说，少年有此机遇，多亏了赵炼师提前送去的白菊苗。于是又一同去安国观拜谢了赵炼师。

过后在令狐府中，义山慢慢开始了他的"识人事"的一面。

自拜入门下后，恩公令狐楚只要有闲暇，就会唤他进入书阁，教授章奏书写的门径。令狐楚近来在编集《表奏集》，整理自己多年在公府、朝阙中的文章。整理好的篇章就由义山抄写誊录，令狐楚时常会随机抽出一卷加以指点。少年人的记忆力和领悟力很强，令狐楚对弟子的表现非常满意，师徒两个彼此相处融洽。此后令狐楚曾数次对人夸赞自己新收的这个门徒，为之延誉。很快，义山在洛中十人圈中也获得了最初的声名。

令狐家的三位公子待他都很亲切。长子令狐绪因脚疾缘故不是很被看重，但令狐楚也在设法通过门荫让他获得授官。对二子令狐绹，则一直都在精心培养，令狐楚与两京名宦屡有互动，与三省中枢里有可能掌管选举的官员更是往来密切。义山慢慢观察到了这个官场老友圈的内情。令狐绹在各方面的表现确实较为出色：面相端整有风度，与人交际有分寸，言语进退的张弛感很好。他说话较慢，行动也慢，谈说间往往含笑不语。这种时候，义山有时就猜不透他的心思。

令狐楚不仅将义山引入家门，还带他频繁参加洛中文会。

这年三月末，白居易罢刑部侍郎，以太子宾客分司东都，紧随令狐楚之后也来到了洛阳。他四月上旬到洛，将履道坊宅安顿停当，月末即给令狐楚送来了会帖，邀请端阳节过访相聚。

令狐楚与白居易私交不错。宝历元年（825），白居易由太子左庶子分司东都，寻除苏州刺史，从洛阳出发途经汴州时，就曾与时任宣武节度使的令狐楚相聚五日。白居易在苏州任上，与令狐楚往来唱和不断。大和元年（827），白居易罢苏州刺史回洛阳，经汴州时又与令狐楚聚首。今年令狐楚先期分司来洛阳，到任后还曾向仍在长安的白居易和调回长安任主客郎中的刘禹锡寄赠过一首《皇城中花园讥刘白赏春不及》，调笑他们无缘来洛阳赏花。

白翁送来会帖，令狐楚就要依例遣人送去回帖。当晚白居易又递送来诗简一封。诗题是《令狐尚书许过弊居先赠长句》：

不矜轩冕爱林泉，许到池头一醉眠。
已遣平治行药径，兼教扫拂钓鱼船。
应将笔砚随诗主，定有笙歌伴酒仙。
只候高情无别物，苍苔石笋白花莲。

看过白诗，令狐楚自语道："白翁这是鸟脱樊笼啦。"

一边就将诗简交予在书阁中抄誊文稿的义山收存。文箧中,他和白居易、刘禹锡的唱和诗已积存了不少。

义山问尊师:"四丈①,为何说离了长安来洛阳就是鸟脱樊笼呢?"

"你有所不知,长安朝政是非多,处处人事纠葛,待久了其实很觉不安。要论闲适超脱,真还不及洛阳。"

又稍为义山解说:

"大和元年,白翁回朝,其时好友裴度、韦处厚在宰相位,友人崔群也入朝就任兵部尚书。白翁那时仍想跻身相位,三月中却只授了他秘书监一职,虽是三品清贵,可还是颇感失落,自称为散客。即便受邀在麟德殿对新帝讲论三教,仍觉意兴阑珊。

"大和二年春,转任了刑部侍郎。南宫②刑部官公务繁剧,于是愈加颓唐,那时吟出的诗里就有'被花留便住,逢酒醉方归'这样的自嘲语,又说'终是不如山下去,心头眼底两无尘',那时已打定了归洛的主意。

"白翁的求分司退职,照我推想,不外两个原因。其一是他的身体状况不是很好,年轻时就患有眼疾和痛风。今年已五十七岁,头白眼昏,身体又多病。其二是故人凋零,三年前,其弟白行简去世,过后就要替弟弟照顾孀妇和侄儿。去年年末,他在朝中向来仰仗的宰相韦处厚、京兆尹孔戢、尚书钱徽、华州刺史崔植在半月之间先后去世,这对他的打击很大,仕进之志就更加淡薄了。

---

① 令狐楚排行为四,四丈是义山与之私下相处时的尊称。
② 唐及以后,尚书省六部统称南宫。

"于是，从今年元月起，他就请了百日长假。三月假满，刑部侍郎也自动辞去了。由新登宰相位的李宗闵安排，就分司回东都了。

"太子宾客乃正三品，在东宫官属中仅次于三师①、三少②，地位尊崇，俸禄优厚。白翁这下可以专意经营他的履道坊宅园啦。所以，你说他是不是'鸟脱樊笼'？"

义山连连点头称是。

端阳这天，令狐楚将二子令狐绹和义山一同带去白府参加了宴集。

恩公将义山向白翁作了正式引荐。白翁眼力不好，于是义山坐到他近侧，让他仔细打量。

"好个俊少年！样貌好，风姿好，悫士③兄选了个好苗。"

义山对了白翁长拜。

面前的这位诗坛名宿是怎样形象？

白翁头白，连眉毛梢也有见白，样貌有些见老。目睛却很明亮，眼色并不浑浊。身姿如老僧，身上披的夏衣也类似僧衣。语谈亲切随和，并没有通常朝官的那种凌人气势。此次会宴，他与恩公两人仿佛从前线撤退回来的兵士，不自禁就会流露出一种侥幸得还的欢欣。

白家蓄有八名家伎，其中最出色者，一位唤作樊素，一位唤作小蛮，都是白翁此前罢杭州刺史任时从江南携来洛阳的，宴会期间

---

① 北魏以后以太师、太傅、太保为三师。
② 三公的副职。
③ 悫士是令狐楚的字。

她们不时出场歌舞以佐酒。

酒酣耳热后,白翁就不像起初那么坐姿端严,席间与令狐楚一直在相互调笑。樊素、小蛮各坐主客一边侍酒,欢声笑语不断。饮酒多了,白翁顾不得礼数,身姿开始左歪右倒。令狐楚也不遑多让,与一众歌姬还行起了酒令。

义山陪侍在令狐楚身后,席间多数时候只在倾听和观看。白翁见义山不太饮酒,又吩咐樊素敬酒,还直接把他唤作了"令狐徒儿"。

义山连忙起身,接过酒盏趋走几步,来至白翁座前:"望前辈今后多加鞭策!"

"能作诗么?"

"作过几首。"

"择日拿来相看。"

这就约定了后面的登门拜访。

洛阳文会还不止白家这一次。后面河南尹冯宿宴请令狐留守时,洛京分司官参与者除了白翁,还有太子宾客皇甫镛、太子右庶子苏弘、河南府少尹尉迟汾,崔玄亮时以秘书少监除曹州刺史,病谢不就暂居洛阳,也有与席。

八月仲秋时,令狐府书阁的白菊花初开,令狐楚邀了周墀、赵炼师和白翁同来赏花,当时也设有小宴,赏花兼吟诗,义山也一同作陪。

白翁的好友、浙东观察使元稹这年九月罢职,返朝就任尚书左丞,途经洛阳停留数日时,洛中也有文士宴集。

重阳节后第五天的上午，义山将早年诗作《陈后宫两首》《隋师东》《富平少侯》《闲游》《清河》《荷花两首》等抄录了一小卷，去履道坊拜问了白翁。

白家的大门开在履道坊西北，正对了集贤、履道两坊间的大道。门口有伊渠水流经，渠上铺有石梁平桥，桥端有两只蹲伏石兽权做了拴马桩。

敲门，向门仆递上名帖，白家的皂漆大门便开启了。白翁早就预告了令狐徒儿的登门。

大门后是直道，将宅园一分为二，北为居宅，南面有池园。进门就见零散木石器件堆在路边，南园的水池小岛上有匠人正在作业。门仆将义山引进了宅门，内里有一个花木小庭，经庭北一门，就来到了正堂。

正堂有四间宽，左右各挑出四幅遮光竹帘，竹帘后又张设了防止蚊虫飞入的纱帐。正堂如僧堂般，满地铺有水纹簟。主客位铺有青色布垫，上置蒲团座。主人位旁·矮几，陈列香炉和花瓶各一。此时炉中香烟袅袅，淡淡的香气萦回室内。瓶中插了一枝白莲花，花房犹自半开，"苍苔石笋白花莲"，白翁之前所吟《令狐尚书许过弊居先赠长句》一诗中就咏过。

主人爱洁净、喜朴素，不施杂物。官人家中这样的陈设布置还是很少见的。

义山在堂口站立，待主人入堂后，门仆挑帘，义山入堂正式拜见了白翁。

寒暄完，毕恭毕敬递上了自己的诗卷。

白翁徐徐展卷，读完一首就展开一点。因为眼力不济，他上身前倾，凑近了才能看清卷上字迹。

"细审《陈后宫两首》《富平少侯》《隋师东》三首，都是托古讽喻，有想法，有意思。"

《隋师东》这首新作的确是托古喻今。近来义山在洛阳令狐府中，听闻不少征讨横海镇的军报消息。宝历二年（826），横海节度使李全略死，其子李同捷割据沧州、景州自称留后，去年朝廷诏令诸道进讨，久攻而无得，军饷及赏赐无度。这是洛阳人大都知道的时事内情。《陈后宫两首》《富平少侯》则是讽喻之前敬宗的荒政。

"《闲游》《清河》虽下笔稚嫩，但清新可喜。"

白翁批评得对，义山也觉得这两首可有可无。有点后悔选入了。

"《荷花两首》似是写赠歌姬，难道是咏给我家樊素、小蛮的？"

义山连忙摆手，这两首是他近来学习齐梁艳体诗的拟作，并无直接的投赠对象。在当时洛阳一小圈青年文士中，对齐梁诗已有一股效习的热潮，令狐绹也是如此。

诗卷篇数也就十来首，白翁很快评点完了。过后就谈起当年与义山同样年纪时的作诗。

"少年莫急切，作诗如参禅，需要一层一层地去悟解。过一段年纪会有一段年纪的收获。倘若能够节节上升，那就很可观了。"

倘若这时堂中有第三人，会发现这一老一少言语都很含蓄内敛，可是，在柔性的外表之下却都是颇为自矜的性格。白翁宛如成熟的秋果，而义山则是刚刚萌芽。少年的心智的确尚还稚嫩，此时也没有专意作诗。所以这次会见到后面就有些冷场。几乎都是白翁一人在讲，义山在听。

白翁对自己的诗坛地位当然颇感骄傲，从他的语态里也能强烈感觉到。他絮絮叨叨谈了很多笔阵经验，有时找不到恰当措辞，就有些吞吞吐吐。这个样态与义山那时读到的白诗风调还蛮吻合。白翁的文运非常不错，少壮登第，作品很早就流行于世，尤其《秦中吟》《长恨歌》等名作，其声名并不局限在文士团体间，还远播到了坊间市井和域外。

那天，义山只问了两个问题："白翁为何不再写当年的新乐府、讽喻诗了呢？"以及"白翁对去年刘蕡和李部事如何看？"

堂中日影移动，主人座侧，瓶中的那枝白莲花染上了别样光色。

白翁眼神定定地看着瓶花，沉吟了好一会儿，最后如此回答："长安地远事杂，我已不关心了。洛阳近身情好，却只宜赏花赏月。"

意思是今日只谈文事，不议论朝政。白翁久历官场，也许是不屑于与自己谈论吧。义山心底里难免有些失望。

两炷香尽，义山起身告辞了。出门前，主人特意带他往南园里兜了一圈（通池中三小岛的桥梁正在维修，不能走通），两人回到宅门前才正式告别。

这一年义山十七岁，白居易五十七岁，两人年纪整整差了四十岁，差不多隔了两代人。年龄、身份、经历的差异太大，所以当天的谈话气氛并不怎么热烈。

不知为何，从履道坊归来后的当晚，义山做了个奇怪的梦。他梦见白翁在水边游走，也许就是在履道坊南园的池边。走着走着，他脚下打滑，跌入了水中，样子极其狼狈。水并不深，完全可以凭自己走上岸来，可白翁的双脚像被水底什么东西缠住了一样，完全不能动弹。岸上众人皆在嬉笑。义山本想出手将他拉起，不知怎的却与身边几个少年伙伴骑上了几羽白鹤，飞升向上，冲霄而去了。

多年之后，义山曾与洛中其他同辈友人去白府做过一次客，那时白翁修成了西园小楼，特为设宴。又有一次曾在东都的文士宴集中相遇。

开成三年（838）义山婚后，经常暂住岳丈王茂元的洛阳崇让坊家宅，崇让坊就在白翁履道宅的南邻一坊。白翁于会昌六年（846）去世，也就是说，在八年时间里，他们两人还曾做过邻居。

白翁去世三年后的大中三年（849）十一月，义山应武宁军节度使卢弘止召辟入幕。启程之前，白翁嗣子白景受（小名龟郎）曾登门请托义山撰写白翁的墓志铭，两人互有书状往来。因白翁从弟白敏中时为宰相，转托了令狐绹先有嘱咐，故而义山应承下来，为书《刑部尚书致仕赠尚书右仆射太原白公墓碑铭并序》。此是后话。

九月，八郎令狐绹去往长安应进士试。唐制，乡贡进士例于十月二十五日集户部，来年正月就礼部试。登程之时，义山与令狐绪、令狐纶联辔出洛阳，于城西驿亭饯送。

十月初的吉日，处士叔于荥阳坛山家墓落葬。葬仪是一个路标提示，宣告了教诱启蒙义山的这位长辈的正式离场。回程路上，义山的心情不由沉重起来。昔日家人亡故的阴影再次笼罩了过来。

十一月十二日，长安诏书至洛。令狐楚离东都留守任，转授了天平军节度使。仍是白衣①之身的义山被辟为巡官，随同赴任。下旬二十一日，令狐楚一行就到任郓州。

此次随行，义山目睹了节镇大僚与府尹官的不同。

一是随员不同，令狐楚身边不但有文职幕僚，更点署了衙将、仪仗卫兵二十名。离城尚有十里，郓州城中就驰出了两队马军相迎，领头军将见使主立即下马拜班，左右军士齐同呼喝。郓州军转身作前导，将要进入城门，城头金鼓齐鸣。义山还是少年人，此前未曾经历过如此场面阵势，感受新奇又强烈。

使厅也与留守厅不同。留守是文职官，节度使更像是武职官。屏风前的主位两侧设有节杖架，列有大刀长戟。使府文武各职事如副使、判官、掌书记、参军、六曹和兵马使、都虞候、衙将等分列左右。少年巡官义山为使主近侍，就站在府主令狐楚的身侧。

初次投谒时恩公所说的娴熟史事、执掌政务现在就不是说教，而是在亲自示范了。理政正如医人疗病，宜对症下药，宣泄颐养，才能气还神复。令狐楚到任后，大小一切事务皆以诏条国式为基准，自己先做示范，对下属有约束而不刻薄，按行事结果论赏罚。历年积弊也一同消除，停罢了巨额的岁贡钱粮锦缯，又废除了急征偿租导致民户奔逃的苛令，很快，之前离散的乡民就回归了四万户。

令狐楚待人宽厚有礼，门无杂宾，也有凛然不可犯的威严风

---

① 白衣指尚无功名的平民。

仪。某次使府宴集上,他正与幕僚语谈,忽有醉酒军将闯入席间。令狐楚骤然色变,立命撤席。都虞候将犯事军将捆缚,押下处置。

来郓州后,义山研习《表奏集》之余,会协助掌书记写作幕府日用的表状启牒,有时也在令狐楚指导下,试作骈文章奏。骈文重在属对用事,需要博闻强记,义山陆续搜集,编排整理,身边就有了名为《章奏备记》的随身卷子(这个办法也是由令狐楚教授)。

洛阳留守府中的白菊又如何?

周御史推荐的那个花匠真有章法,他将花圃下深两尺的园土整个原地刨起,然后再找其他泥土回填,那一丛白菊全数移来了郓州!还不光这一丛,第二年初春还从宜阳移植来了更多丛,花圃相连,一直连通到了堂阶下。余暇时间,义山常常陪同恩公在官舍后园散心,他们两个人加上亲随判官韦正贯,三人常在水栏前小宴对饮,令狐楚自称山翁,赏花兼吟诗。吟出的《玩白菊》《庭前白菊花书怀》《春晚对花》等诗,义山都会抄誊一份,代寄给恩公的诗友刘禹锡、白翁等人。在义山看来,这是老辈诗人的日常消遣。

大和四年初春还有一事。节镇府主于开春时节例行要巡视辖内郓州、濮州、曹州①三州各县。这天,来至曹州扈通院时适逢佛成道会,令狐楚在道场观礼时,见僧队中有一挈瓶钵②的沙弥眉目疏秀,令其近前对话。沙弥见过府主合掌致礼,答话无惧色,举止进退很有法度。一问得知俗名蔡京,年十九,郓州本地人,本儒家

---

① 今菏泽。
② 瓶钵指僧人出行所带食具,瓶盛水,钵盛饭。代指僧人化缘。

子，因家贫而剃度为僧。

令狐楚问沙弥的当家师："此子似乎可以造就，年纪也尚小，可以令其还俗从学么？"

府主有此意，当家师当然只能听从。于是郓州使府中又多了一位令狐徒儿。

蔡京很快也被招至令狐楚幕府中。此子早年已有诗文功底，人也聪颖，但他不学章奏，而专习吏事，跟从了判官韦正贯。义山将他看成了幕府中的少年伴侣。

可对方并不这么看。表面虽然谦和有礼，蔡京暗中却将义山视为了劲敌加以排挤。只是义山一直不知内情罢了。

大和五年（831）、六年、七年蔡京与义山一同应举，七年，蔡京就中第。这当然是拜令狐楚推举所赐。时间一长，就能看出蔡京媚上而凌下，品行颇有问题。这一点，其实初入使府时已有所暴露。

大和四年春三月，令狐绹应举及第，拜谢座主[①]、参谒宰相之后，等不及曲江关宴，便启程回郓州报讯。

春日间，义山与令狐三兄弟、蔡京、韦正贯等出游赏春，骑马过清河桥，沿岸散辔下马，在河亭中饮酒作乐。令狐绹的中第已然揭开了令狐一系子弟次第入仕的序幕。这一年，义山年方十八，是众人中最年轻的一个。当此意气风发之时，前景看似一片光明。

---

① 唐宋时进士称主试官为座主。

四月初，令狐绹授弘文馆校书郎，释褐①得官进入仕途，是年二十八岁。临行赴职前，天平军幕府中特设饯行宴会，时有美艳歌姬出队歌舞。宴会后的夜中，令狐楚又邀本州道观女冠在府中举行斋醮法事。打眼看去，霓裳幡旌之间，有一位女冠的面貌肖似了灵都观的道童宋慕云。不，慕云那时年纪尚小，不可能是她。那个女冠只是神情样貌约略有些相似罢了。

这年九月，义山初次赴长安，准备应来年的进士试。恩公令狐楚特意赠送资装，让义山随同本州押送岁贡的上计②吏一同登程。到长安后，义山就住在朱雀门街东、从北第二坊开化坊的令狐家宅，如同亲家子弟。

当时应举，进士试通常需要试诗、赋各一、策③五道，后面吏部关试要试判④两节，再后面冬集铨选也要试判三节。诗与赋各由应试者驰骋文才，策与判却要加以特别的研习。令狐绹对义山的备考很上心，不但抄录了近五年的试题，还找来了白翁当年应举时编写的《策林》《百道判》供他备考。

义山翻看《策林》《百道判》的文卷，想起了前次的履道坊之行。白翁贞元十六年（800）中进士，当时已二十八岁（令狐绹也是同岁中第，之前两次落榜）。他自信会比白翁和令狐绹更早地

---

① 脱去平民衣服。喻进士及第后始授官职。
② 上计即由各县定期向上级呈报文书，报告地方治理状况。包括户口、垦田、钱谷、刑狱状况等，编制为计簿，呈送州郡。州郡守再编制统合计簿上报朝廷。官员皆据考核结果，予以升降与赏罚。
③ 科举考试中的论文，通常与时事或政情有关，亦称"策问""对策"。
④ 判决吏事、狱讼的文书，用以考察实际政务能力。

登第。

九、十两月，除了曾登门拜谢前年引荐过他的给事中萧澣和重表舅崔戎，参加过萧、崔两位的几次私宴，他几乎闭门不出，日日研读。直到仲冬十一月的某天暮晚，令狐绹将他引入了一个陌生的世界。

将义山带上雇来的马车，令狐绹一直含笑不语，也不告知去往何处。

车辆向东行驶，行出一坊多距离后又向北折，不久就停在了东市西面平康坊的北门。

长安是名利场，长安也是烟花地，平康坊北里就是宴饮狎游之地。自开元天宝以来，京都侠少、各地举子、三司幕府以及没有任职馆殿的朝官时常萃集于此。每年的新进士放榜过后，依例会以红笺名纸游谒其中，故而时人将此坊称作"风流渊薮"。

这天晚上，令狐绹的进士同年邀请聚宴，他把义山也拉了来，名义是参加京师的文会之宴。

入平康里北门，东面的三曲内尽是青楼妓馆。靠北坊墙为北曲，光顾者多为东西两市商户、各地游商、街头游侠及无赖小儿，彼处妓人多卑屑粗鲁，向来为南曲、中曲所轻视。如令狐绹这样初登秘省的士子会去门前通十字街的南曲。这里同巷连墙有十来座亭馆，每家占地颇广。马车直接驶入了其中一家的侧道，门前有成荫的高大绿杨树。客人下车后，车夫即驱车出坊，明日辰时四刻会来接应。一来一去无人闻知，此即当时士子津津乐道的"潜游仙馆"。

这家仙馆也有门额,题作"得怜堂",据说是南曲中很古久的字号。

走入馆内,前庭遍植山茶花,宛若一座私邸花园,红紫花团大如球,夺人目睛,其间又置有怪石盆池。前后有三间厅堂,他们来到了最后一间。近门处左右两棵梅树正自盛开,清香扑鼻。

堂前垂下暖帘,挑出一幅"吉会"的帷幌。堂内宽静,左右两壁安有彩板,写记帝后忌日,绘有草木吉兽、鱼龙凤鸾之类图案。地面铺设西域输入的厚絮茵褥,陈列食案、录事案、净盂、暖炉、香盒香炉等物,此前招邀令狐绹赴宴的同年们已悉数到场。

堂中主持宴饮的妓人叫作"都知",此堂"都知"名唤绛仙,才貌都是一等。又有善谈谑、能行令的妓人担任了"席纠"[①]来执行酒令。在平康坊筹办日间宴会总须一万至二万文,因为是夜宴,见烛加倍,曲中常价是四万,费用可不菲。上述情报都是令狐绹提前在车中告知的。这和义山在洛中参加的文会宴集的性质显然不同。

宴会开始前先要选胜,即挑选陪侍妓人。令狐绹身边人名叫阿九,义山身边人名叫楚娘,两位姑娘正值芳龄,都梳了时世样的高髻,髻上插凤钗步摇,又斜插一朵嫣红的红石竹花,两鬓垂下如蝉翼,淡妆抹颊,胸敷轻粉。

楚娘将暖手的小香囊塞入义山手中,笑靥正如髻上花:"小郎君暖手先。"

"都知"绛仙做局,"席纠"开始行酒令,堂内欢声笑语如波潮般起伏不息。酒过一巡后便是串场歌舞,堂中只见舞姬旋转的

---

① 唐人宴饮时以一人为录事,执行酒令,称席纠。

腰身与雪白的飞袖。急管繁弦间错奏起，有谐谑旧曲，也有曲中新声，场面欢腾至极。

堂内四角架了炭炉，室内很热，文士们纷纷脱去了外袍。义山不断被人灌酒，令狐绹想替他遮挡都挡不住。座中唯有他最是年轻，故而从"都知"到座中各位妓人，每人轮番过来劝饮。回看杯中，酒色鹅黄，已不知饮下了多少杯。

炭烟混合了薰香、女子的脂粉香和酒气，义山感觉晕眩，呼吸不畅，神思渐渐散失，沉入了迷离状态中，感觉这京师的文会之宴，直如昆仑阆苑中的女仙集会一样。楚娘娇媚，两只玉臂已缠上了他的肩，鬓发贴着他的颊面。发油的特殊香气钻入了鼻中，更使少年迷醉。

不知何时已离了厅堂，来到深院中垂挂了彩帷的洞房。

是谁牵了他的袖，带引不辨方向的他行走？一步又一步，他来到了何处？那壁上灯火照出的人儿是谁，此时正对镜卸妆，收去髻上的花钿头饰？是谁贴着耳根一声声唤他"小哥儿，小哥儿"，要他替她解去袷裆[①]和小裤？三支蜡烛吹去了两支，只半支还在那里燃着，光影摇曳不定。又是谁在光影里轻笑，探手过来轻抓了他的耳垂，引他上了铺着鸳鸯锦褥的床榻？当她将发髻解松，落下的黑发竟然如瀑布般流泻下来，惊人哦，那光的瀑布一直流淌到了他的手边，触之微凉。

"你是神女么？"

半醉半醒间，少年侧头在问。

---

① 即夹裤。

神女含笑不语，捉过少年的手，引他步入了楚王阳台。

初次平康坊宿夜，恍如一梦。这青春的一课，有如大风振海，使义山惊奇、震慑，也有些微的悔意。离开玉阳山并没有太久，他的内心仍然维系在宁静安稳的昔日，而他的肉身已逐渐远离了那个不近人间烟火的道场。

若当时问他：你对楚娘有没有驻情？他会如此答说：不能说有，也不能绝对地说没有。与其说是情色在诱引着他，不如说他对女性世界就此生发了持续探究的兴趣和热情。他毕竟还在青葱年少时。

和令狐绹的狎游当然不止这么一次，这是当时长安士人的普遍风气。义山此后曾重访过楚娘，并无在其他仙馆或其他女仙处留宿。楚娘少小时学过文字，雅好词句，常向她唤作"小郎君"的义山乞赠歌诗。于是在她的箱箧里，过后就留存了义山写留的几张五彩诗笺。

初次宿夜后，义山写下了最早的一首高唐诗[1]，即《石城》：

> 石城夸窈窕，花县更风流。
> 簟冰将飘枕，帘烘不隐钩。
> 玉童收夜钥，金狄守更筹。
> 共笑鸳鸯绮，鸳鸯两白头。

---

[1] 传说楚襄王游云梦泽中高唐观，梦见巫山神女，幸之而去。战国楚宋玉《高唐赋》序："昔者楚襄王与宋玉游于云梦之台，望高唐之观。"高唐诗概指涉及男女幽微情事的诗篇，亦称高阳诗、阳台诗。"阳台"譬喻欢会之所。

过后又作《闺情》《赠歌妓二首》《春日》等篇相赠。

其时长安少年辈士人中也开始流行六朝齐梁的艳体诗，义山在《玉台新咏》中已熟读梁简文帝萧纲，徐摛、徐陵父子和庾肩吾、庾信父子等人诗作。又偶见李长吉、沈下贤等前辈散篇，如《恼公》《夜来乐》等。因杜牧作叙的李贺诗集尚未出世，故而他当时以为李贺只擅长这类诗作。

义山所作艳体诗中，《细雨》一首最为令狐绹等相熟友人称赏，纷纷抄录而去。这首诗是来年夏秋之际自天平幕第二次来长安备考时留赠楚娘的，诗云：

帷飘白玉堂，簟卷碧牙床。
楚女当时意，萧萧发彩凉。

结尾"萧萧发彩凉"句即是仿学自简文帝，只是没有标出"效简文帝"的标题罢了。义山所喜的是萧纲这首《行雨诗》，虽是艳体，却不着一个艳字情语，堪称高妙手笔：

本是巫山来，无人睹容色。
唯有楚王臣，曾言梦相识。

国朝初，陈子昂在《与东方左史虬修竹篇》中说"齐梁间诗，彩丽竞繁，而兴寄都绝"，李白在《古风》首篇称"自从建安来，绮丽不足珍"。言过矣！没有辞采，何以为诗？言志与辞采并非两相抵触。偏持一端，徒有兴寄，诗文就会流于枯涩无味。这是少年义山的一个直觉感悟。因此，他对齐梁艳体不但没有敌意，反而一直有心效习。

大和五年（831）首次应礼部试受挫，三月返天平幕府，八月又与蔡京同赴长安应举。

这一年里仍与令狐绹两人有类似的艳游，其时写给令狐绹的那首《赠子直花下》也是一首艳体诗：

> 池光忽隐墙，花气乱侵房。
> 屏缘蝶留粉，窗油蜂印黄。
> 官书推小吏，侍史从清郎。
> 并马更吟去，寻思有底忙。

作诗写此等游历，总不能太过张扬，只能出之以隐语。而他天然地就能掌握源自齐梁诗的这种隐语修辞术。

大和六年二月初一，令狐楚自天平军转授太原尹、北都留守、河东节度使，再赴太原，请李石为副使。正月时义山仍在应试，等待二月放榜，其时仍负有透迤波涛，冲唼霄汉之志。

该年第二度落第，在长安作《春风》诗，其中一联"若教春有意，惟遣一枝芳"不免流露出失意情绪。到达太原后，又作《谢书》，向恩师表达未能如愿中第的遗憾和惭愧。

令狐楚以亲身应举经历告知，士人凡三次、五次不中第者所在多有，自己从贞元元年（785）弱冠时开始应举，也是经历了三次顿挫，至贞元七年二十六岁时才进士及第。这是宽慰义山的话。

"少年莫急切。"

恩公后面这句嘱告与此前白翁所说竟然一字不差。不过，他们一个是在说应举心态，另一个是在阐述作诗之道。

大和六年九月再次入长安应举，大和七年春放榜，义山第三次落榜。和前两次一样，他都是被礼部侍郎贾𫗧所排斥。对贾𫗧此人，当时义山当然没有什么好感。

四月，落榜后回太原，继续待在令狐幕府。六月乙酉，王廷下诏命令狐楚入朝，罢河东节度使，拜吏部尚书。七月，令狐楚回长安，九月后转太常卿，十一月守尚书左仆射，进封彭阳郡开国公。

该年二月丙戌，文宗以兵部尚书李德裕同平章事，李德裕以为"方今朝士三分之一为朋党"，指称给事中杨虞卿与从兄、中书舍人杨汝士、汝士弟户部郎中杨汉公、中书舍人张元夫、给事中萧澣等彼此交结，上干执政，下挠有司，为士人求官及科第。三月，萧澣出为郑州刺史。六月，义山随令狐楚入京时顺道回郑州探亲，其间曾拜谒萧澣，再度感谢四年前引荐周墀之恩。

八月，礼部上奏，进士举人首先试"帖经"，然后再试"议"与"论"各一篇，罢停了进士试中的诗赋。礼部试的科目发生了重大变动，义山由此决定来年不应举。

因恩公令狐楚任职吏部不能引辟，到长安后至十一月入华山崔戎幕期间，义山临时在司农寺的太仓署兼了一个书吏职，借住在永乐坊西南清都观的客坊中，其间写有《太仓箴》一篇。所作诗篇《赠句芒神》《樱桃花下》都有生不逢时的感叹。

几次在京期间，令狐父子曾多次为义山引荐合适朝官行卷[①]。义山拜问的官人中，有的将文卷置之一旁而无暇览读，有的默然展视却并不出声朗读，也有一开始还朗读，后面连字句都读不通的。义山颇为尴尬，进不敢问，退不能解，只能默默而退。他灰心沮丧至极，从这一年后，除受人所托代作吉凶书仪及笺启铭表之外，就不再作文，也不学他人那样去行卷了。

这种沮丧情绪在恩公面前也有表露。这年九月，令狐家长男令狐绪由门荫得以授官，某日开化坊家宅有宴集，义山作《初食笋呈座中》，直指主考官的无目：

嫩箨香苞初出林，於陵论价重如金。
皇都陆海应无数，忍剪凌云一寸心。

令狐楚发觉徒儿意气颇丧，就让令狐绹择日善加慰解。过后大和八年、九年和开成元年，令狐绹每年秉承父命替义山行卷，写出旧文纳贡院，与自家子弟毫无两般。

不过，这年在长安却有一个意外收获：义山偶然从同年应举的郑州贡生陶乔那里看到了杜牧新为作叙的《李长吉歌诗》，共四编，录歌诗二百三十三首。杜牧在叙文中给出的评定不可谓不高：

盖《骚》之苗裔，理虽不及，辞或过之。

---

① 唐代应举者在考试前将所作诗文写成卷轴，投送朝中显贵以延誉。

元和十一年（816），李贺二十七岁即去世。世人皆说，倘使李长吉未死，迄今也才四十四岁，稍许再加以文理，就有凌驾《离骚》的才能。

义山以前偶或看到过学子之间抄传的长吉散篇，这次读到歌诗全编后大为震撼。于是借来诗卷手录抄写一份，日日揣摩不已。这倒让他忘却了之前应举屡次落第的不快。

他不但研读长吉诗，细加揣摩，还模拟长吉诗风写了一首《效长吉》，借写宫娥失宠譬喻自己的连续不第：

长长汉殿眉，窄窄楚宫衣。
镜好鸾空舞，帘疏燕误飞。
君王不可问，昨夜约黄归。

这首诗的母本即是李贺那首《冯小怜》：

湾头见小怜，请上琵琶弦。
破得春风恨，今朝直几钱。
裙垂竹叶带，鬓湿杏花烟。
玉冷红丝重，齐宫妾驾鞭。

两首都写宫女容颜妆饰及其失意姿态，下笔都以轻艳、流丽为特色。

《效长吉》写出后，义山邀来了同住清都观的陶乔，两人在客舍共论李贺诗。

义山发现，长吉亦学南朝齐梁艳诗，除前首《冯小怜》，还有《赋画江潭苑四首》《花游曲》等多首。单举《花游曲》这首：

> 春柳南陌态，冷花寒露姿。
> 今朝醉城外，拂镜浓扫眉。
> 烟湿愁车重，红油覆画衣。
> 舞裙香不暖，酒色上来迟。

"陶生你看，长吉多采乐府体制，最拿手的就是融合楚辞辞采后的歌诗。我想，这是因为他曾在太常寺任奉礼郎，熟悉音声、精通曲律的缘故吧。故而他作诗，第一看重的就是谐调音声，尤其看重合于燕乐，而不是合于今体。集中这样的篇章可不少，《李凭箜篌引》《听颖师弹琴歌》《申胡子觱篥歌》《大堤曲》《秦王饮酒歌》等皆是，可以为证。元仆射[①]、白翁、李君虞[②]等辈的五绝与七绝固然也被称为歌诗，常被歌姬翻来演唱，但绝句不合燕乐体式，必须加以衬字或拆句减字。因此不如长吉的长短句歌诗自在洒脱。长吉的古诗也不拘韵，今体又多用古韵，此是国朝诗人所未能有者。

"元和中，韩退之、孟东野等辈各逗险怪，写幽雄，写苦涩，写冷艳，以散句入诗。长吉与韩愈徒众声气相投，性格内向敏感又激愤不平，于怪奇一路彼此相通，然而他也自有轨辙，上面所说的

[①] 元稹大和五年去世，追赠尚书右仆射。
[②] 指李益，大和元年以礼部尚书致仕卒。

谐调音声显然是韩愈辈所无。"

义山大声报告着他的新发现，而陶乔充当了唯一的听众。

"看，长吉用字也有特点，尤其是用色。太有意思了。"

他细读长吉诗卷时，在值得留意处都夹有纸签，于是一页一页展示给陶乔看。

"长吉诗中之色有深浅浓淡、轻重厚薄、大小远近、长短尖圆之别，甚或有冷暖、有气味，会哭会笑，会愁会醉。如《正月》这首里的'暗黄著柳'，《南园》这首里的'小白长红'，《昌谷读书示巴童》这首里的'虫响灯光薄'，还有《神弦曲》中的'玉炉炭火香冬冬'，《南山田中行》中的'冷红泣露娇啼色'，《昌谷诗》中的'芳径老红醉'，《春归昌谷》中的'细绿及团红，当路杂啼笑'，我皆已用彩笔一一勾勒描出。写绿，就有寒绿、丝绿、凝绿、静绿、颓绿之语；写红则有笑红、冷红、愁红、老红之别。"

尤其让他感觉奇异的是这首《雁门太守行》：

　　黑云压城城欲摧，甲光向日金鳞开。
　　角声满天秋色里，塞上燕脂凝夜紫。
　　半卷红旗临易水，霜重鼓寒声不起。
　　报君黄金台上意，提携玉龙为君死。

"真是奇突手笔，长吉所用多是'生色'和'猛色'，常人通常都不敢用！为何不敢用，因为根本想不到还能这么用！"

义山激动难以抑制，在屋内兜转了一圈，回到原地，继续发挥：

"长吉又常写梦境与鬼境，杜御史①在叙文中说长吉诗虚荒诞幻，大抵还是在说长吉诗的用色啊。你看，《苏小小墓》中，以'冷翠烛'形容西陵鬼火可谓幽异独绝。《秋来》这首里有'秋坟鬼唱鲍家诗，恨血千年土中碧'一联，以'碧'字状写坟中千载之血，可谓奇诡无两。再如《公莫舞歌》这首，写的鸿门宴场景。'刺豹淋血盛银罂②'。银罂与红血，宴上喝的不是酒，竟是豹血，匪夷所思，匪夷所思啊！"

最后的结语是：长吉歌诗有两个门径，一从乐府音声入手，一从辞采用色入手，音与色并用，就可破作诗的干涩无味之病。这是义山获得的启发。

那天陶乔还携来了简文帝艳诗的抄本，两人便将李贺诗与萧纲诗对读，两相对照之后，李贺诗的特质顿时鲜明。后面两人又谈说萧纲那个"立身先须谨重，文章且须放荡"的著名立论，热烈谈论到深夜才分床睡下。

大和七年，堪称义山作诗自觉的开端。

他不再跟随人云亦云的时潮，对国朝以来诸位诗人前辈有了独立判断：陈子昂、李白对六朝诗的态度与杜子美、李长吉绝然不同，义山当然更赞同后两者。

现在回头再读以前处士叔推荐的杜诗，也发现了杜子美从六朝

---

① 大和七年时，杜牧在淮南节度使牛僧孺幕府任掌书记，京衔是监察御史里行。
② 指银质的酒器。

诗取法的痕迹，与杜诗的浑厚一路正相匹配。子美所长是在律诗，不过也兼擅乐府。

长吉的特异之处还在乐府歌诗，不在律诗。他曾做过奉礼郎，熟悉上古神异记传及道门故事，运用娴熟又大胆，这一点与自己此前在玉阳山学道的经历颇为相似，故而对长吉诗大为倾心。

从感情与气质的吻合来说，李长吉于他也更为亲近。现在，他终于找到了一位可以遥相呼应的前辈诗人。他甚至渐渐觉得自己已负有接续其诗风且加以变化、扩张的使命。

他进入了一种深度的迷狂：此后遇到的很多事，很多人，他都会不自觉地从诗的审美的角度去评判观察，还会以诗的手法去处理实际事件本身。文学外溢到了生活，由此也塑造了诗人的命运。

此时的义山未曾想到，日后李贺还将与他发生一重关涉。

开成三年（838）冬，义山入王茂元泾原节度使幕府。娶王茂元小女后，某日在幕府中谈论诗文，岳丈曾偶尔谈及李贺的姐姐嫁给了已过世的五弟王参元，参元在元和十三年（818）去世，其后李贺姐姐守寡至今，现仍居洛阳。李贺父亲李晋肃早前曾在王茂元父亲、鄜坊节度使王栖曜的使府任职，王李两家联姻是在贞元十四年（798），李贺姐姐年长李贺十岁，嫁王参元时是十八岁。

开成五年秋冬时，王茂元转任陈许节度使，义山短暂入幕代拟章奏后返长安，过洛阳时特意访问了李贺姐姐，这时她已是六十岁的老妪了。过后义山撰成了《李贺小传》，文中所描绘的长吉细瘦、通眉、长指爪的形貌，其与王参元、杨敬之、权璩、崔植等辈的交游，平日如何苦吟作诗，以及临终前由天帝召去白玉楼的异闻，皆是从李贺姐姐处亲耳听得。

义山不曾想到与李贺竟然还有这么一层关系。他该叫李贺什么呢？或许可以叫"外姨丈"吧。有了这层远房姻亲关系，他对长吉诗更感投味了。对他而言，长吉变成了生活实境中的具体的人，变得更可亲可近，更可理解了。

太仓署书吏的兼职职俸微薄，并非长久之计。

大和七年闰七月，重表舅崔戎由给事中出刺华州刺史。十一月上旬，崔戎听闻义山近况，特意遣派长子崔雍携带聘书和赠礼来到了清都观。

这天早晨，长安有雪，崔雍顶风冒雪而来，真令义山感动莫名。入室捧受聘书和二十万文的聘金，仆役又抬入了四筐馈赠，内盛上等绢帛、两件冬衣夹袄、文房砚笔等物。二十万文可不是个小数目，义山此前在令狐楚幕府任巡官，也只有十万文的聘金。此时荥阳家中，弟弟羲叟一边奉母养亲，一边接过了贩春佣书的职责，日常家计还是很艰难。

义山欲要推让。崔雍说，十六兄若不接受，我就回不了华州了。义山只能郑重接受。

次日雪停，至开化坊辞别恩公和令狐兄弟后，即随崔雍赴华州入幕。

崔戎这次招邀入幕，其实就是在令狐楚就任吏部无法安置义山之际施加的援手，好让义山从容应试。到华州后，义山入府见到这位重表舅立即伏地长拜，感激莫名。崔戎随即散衙，将义山邀入内堂面谈，直至入夜掌灯，又备宴招待，可谓关怀殷切。第二天即送他到华州郑南少华山中的陟岯寺与二子崔雍、崔衮共读，以便温习举业。义山隔几日就会下山，入府侍从。

崔戎仪态端好，人称美髯公，为人处事严正敏捷，在朝野内外很有声誉。他亦长于章奏，于是义山在恩公令狐楚之外又得了新的教示。在华州幕府时，他代拟了八篇表书启牒文，几乎无须删改就能定稿，颇得崔戎赞许。到此义山可以说"始通今体"，对章奏书写渐渐掌握得法了。

这段时间静心读书，兼习章奏判文，又钻研诗学，义山各方面功力大有长进。大和八年三月的上巳日，崔戎还携了府中的从事僚属来山寺探望。

三月末诏书下，朝廷调崔戎为兖海观察使。

四月二日即启程赴任。发程前，华州民众拥留于道欲强留刺史，崔戎只得趁夜独自骑马上路，才得脱身。直到出了华州境，团练判官杜胜、观察支使李潘、观察判官赵皙、都团练巡官卢泾、巡官卢鄩和义山等随从才赶上了府主。五月初，崔戎一行抵达任所兖州。

人间的祸与福总是不期而至。六月十日，崔戎不幸染上了霍乱，次日就遽然去世。赴任仅一月，卒时才五十五岁。崔戎是继处士叔之后接连去世的第二位亲交，又去世得如此突然，义山哀伤已极，肝肠为之寸断。倘若将处士叔和崔戎比喻为他精神上的父亲，那他已经历了三次丧父之痛。他在人间的知己和提携者又少了一个。

因事发突然，义山与崔雍、崔衮以及同为崔戎表侄的观察判官赵晢商量后，决定立即扶送灵柩归返长安。途中停留京兆府昭应县①时，曾拜谒时任县令的卢弘止。当时义山的诗名已在两京之间有所传扬。卢弘止对义山的"高唐诗"颇为赞赏，誉之为"才俊新声"。

所谓"高唐诗"，无非指义山此前所作《闺情》、《细雨》、《无题二首》（长眉画了绣帘开、寿阳公主嫁时妆）、《石城》、《赠歌妓二首》、《春日》诸篇。卢弘止尤爱《细雨》中"楚女当时意，萧萧发彩凉"两句。

六月末返京后，起先义山仍寄居在清都观。郑州刺史萧澣前不久转任了刑部侍郎，其间义山也有过拜问。

不久，为让义山安心备考，令狐楚特为在本坊南面的荐福寺②寻觅了一间别院供他温习举业，赠马一匹以备出行，又将自己在太原任职期间所写的两卷歌诗借予义山。恩公专意栽培扶持，义山岂有不知？自然心存感激。

因为借住了寺院，义山偶遇机缘从寺主那里获赠了一部《华严经》。这是他接触佛教教义的起始。

闲时就游览长安各处寺观，尤爱道观。一走入道观山门，仿佛就接通了玉阳山的灵氛。早年的学道经历总会在他身心中引发内在的感应。

---

① 天宝三载（744）分新丰、万年两县地设会昌县，属京兆府。治所即今陕西临潼县。
② 荐福寺始建于睿宗文明元年（684），初名"献福寺"。武则天天授元年（690）改荐福寺。神龙二年（706）扩为翻经院，成为长安继慈恩寺之后的佛学重镇。

渐渐地，他的心情已从屡次下第的颓丧和处士叔、崔戎接连过世的哀伤里恢复过来，对于未来重又抱有了期待。这一年，他周岁二十二，正是青春好年月。

　　然而，他的生命中即将出现一个始料未及的大波澜。这波澜卷来之时，一切是如此的意外、美好与热烈，义山又是如此欢欣向往。

恋　情

　　自大和四年始，义山大约每年都在春夏时入京，到来年春二月放榜后便东还，寒食前后的暮春时节回郑州探亲。他停留长安的时间是片段的、不持续的，故而难有安稳之感。

　　大和八年六月末，扶送崔戎灵柩归返长安后，义山定期会去开化坊拜问四丈。师徒相与共话，义山待不多久就会退出。同列令狐门墙的蔡京就不同，他早间或下午会准时在府门前迎候，待恩主出府上朝或散衙归家时就会上前问讯，几乎日日如此。慢慢地，令狐楚看待两个弟子的眼光也有了些微差别。义山对此毫无所知，也从未有人在旁提示。

　　令狐三兄弟中，义山与令狐绹相交最厚，走动频密。两人时常偕同出游，往年也会去平康坊。不过，今年情况有所不同，恩公令狐楚出任了三省尚书，令狐绹自己也由校书郎授了右补阙，碍于直馆朝官身份，两人之前的冶游便也终止了。

　　新结识的友人多是同时应举的青年士子，同是漂泊京华者。其中往来较多的就是郑州同邑的陶乔。

　　陶乔近来又引荐了一位新友，名叫李肱，比义山年长两岁，祖籍陇西成纪①，父祖几代世居洛阳。李肱该年应举失败，起先寄居城外终南山的宗圣观②，近来也移住了清都观。李肱工诗能文，兼能作画，又喜交名士。他之前已略闻义山少年入幕的事迹，故而某日由陶乔带来了荐福寺。

两边一对家系，义山与李肱还是同宗。不过，李肱属于宗室近支，有正式的谱牒属籍。唐宗室共分四十一房，李肱这支出自第十六小郑王房，乃高祖子郑惠王李元懿的后代，与此前大和二年拜相的李宗闵是同一房（去年李宗闵出为山南西道节度使，被调去了兴元府）。李肱落第后，今年不准备回洛阳参加河南府的贡试，打算经由宗正寺③考试而直接参加礼部省试。这是当时除州府贡试、国子监试以外的第三条入仕路径。自然，他也得到了与宗正卿李仍叔相熟的赵炼师的引荐推助。义山说起当年赵炼师送白菊入令狐府的故事，李肱也啧啧称奇。

三人志趣颇为相投，到此，义山也有了属于自己的一个交友圈。

李肱爱画松，读书修业的余暇，每要外出野望写生，义山和陶乔总会随同。

起先他们只去城内古木较多的寺观游览。后来不餍足，就借了

---

① 今甘肃省静宁县。
② 唐以前名为楼观。在今陕西周至县东南终南山麓。传说老子在此讲说《道德经》，为最早的道教宫观。
③ 唐代官署，掌皇族、宗族、外戚的谱牒、守皇家陵庙。道教是国教，宗正寺一度还管理道士女冠和僧侣。

马车出城兜游。要寻觅姿态佳好的古松,终南山自然是首选之地。李肱曾在宗圣观短住过,从说经台所在山麓向西行过约七里,再登上无人迹的小道,第二道山脊前就有一大片松林。

清秋七月初的某日午后,他们提前一天出城,夜宿宗圣观。第二天早起,三人就在山麓一带漫游闲走。

李肱选了个好视野,席地而坐打小稿,义山、陶乔便坐在石台上闲聊天。要说松柏古木,清都观里就有。清都观的西半在前隋时原为宝胜寺,西北院有长安人俗称的"龙村佛堂",堂前就有一株姿态清绝的古柏。西廊院的院门内又有古松五株,院中天尊殿西壁有开元时名手杨廷光所绘的龙虎君、明真经变,殿门和西窗上下又有杨仙乔画的真仙神像。虽然时日侵蚀,画面已有剥落残损,此前义山寄居时常常走入观赏。在老殿、回廊、院墙的衬托下,义山觉得清都观的松柏反而比终南山的松林更有古味。

问李肱为何舍近求远,他笑而不语。

又问李肱为何单爱画松,他想了会儿,答说:"松树最似人形。端身时如君子,挺胸时若壮士。"

山脊的高处,岩石罅隙里也有两三棵老松,或盘曲,或夭矫,或凌空伸展,姿态与坡下的松树不同。义山注目凝视许久,给出了另一个譬喻:"高处这几棵又似丽姬、越女呢。"

近来他专意研读齐梁诗,头脑里总会冒出类似这样的绮思。

早间山中白雾缭绕,与昨日下午来时所见不同,松林增添了一种神秘之姿。义山恍然觉得这些古松发生了变形,林中似乎藏了五凤鸟①或行雨龙，不觉吟出了谢朓《高松赋》的片段：

> 望肃肃而既闲，即微微而方静；怀风阴而送声，当月露而留影。既芊眠于广隰，亦迢递于孤岭；集九仙之羽仪，栖五凤之光景；固总木之为选，贯山川而自永。

李肱将笔搁于墨盒盖上，手按膝头的画夹，接续吟出了后片：

> 尔乃青春爱谢，云物含明，江皋绿草，暧然已平。纷弱叶而凝照，竞新藻而抽英。陵翠山其如翦，施悬萝而共轻。

谢朓的小赋善于描绘物象，音色尤美。"青春爱谢"一语让义山想起了东玉阳山。当年上下走经的白道两旁，不也有这样的古松么？且比终南山这里的松林更为茂密，姿形也更加苍古，东玉阳山古松的数量有千株之多，枝枝相连，从下院一直延到了仙姑顶的观楼前。

他有点想念当年的同学道友了。

参寥、宋永、宋祁他们现在如何了？李雍、李朴他们有无还俗回怀州家中？今年从兖州回程，中间转去荥阳探家，约略听弟弟羲叟谈起他们弟兄中的一个已下山。还有广成，他又是如何境况？他找到新的同学友伴一同搬演《广成子》了么？

---

① 古代传说的五种神鸟。宋王应麟《小学绀珠》："赤者凤，黄者鹓雏，青者鸾，紫者鸑鷟，白者鸿鹄。"

还有灵都观,那边情形又如何?他已经有很长一段时间没有收到消息了。

午后回城,因李肱有一件书物要让义山过目,他们又一同回到了永乐坊清都观。

三人洗手净面、稍加整理后,先去上方①拜问了赵炼师,过后就来到了西廊院。

此前听炼师说,白翁在贞元末做校书郎时曾在西廊置酒,赏月听歌,还写有记事诗篇。义山左右打量着,想确定当年置酒的方位。总不会在天尊殿旁侧,也不会在殿前的石坛附近,两处都是做斋醮法事的神圣空间。白翁他们定是顺着密竹遮阴的长廊,到了廊底。那里是本观的西南角,有一处占地颇广的水榭。先前修葺园子的匠师凿出了一带迂曲的水池,从坊墙外引来了渠水,池很浅,逢枯水季水源会不足,因此就没有养鱼。池上有模拟蓬莱三岛的叠石堆山,池畔植有各色花木,三月时有梨花、杏花,四月有芍药栏,入秋后还有菊花圃(内中当然也移植了宜阳的白菊种)。坊墙外,几株高大的宫槐叶簇浓密,探出坊墙的树冠看去别有风姿。清都观的这个角落水木清嘉,很适合赏景散心,听说早前这里还曾饲养过一对白鹤。

他们在水榭里落座,一边听着树间的鸟鸣声,一边翻看李肱新抄得的两卷沈亚之诗集,吟咏赏玩。

---

① 古代寺观多采轴线对称分布,中轴线北为正房,称正房或上方。正房以坐北朝南为贵,年长者居之。

过了两刻时间，义山起身告辞，留李肱、陶乔两人在水榭中。走前从李肱那里借来诗集，打算带回抄誊一份。他要徒步走回荐福寺，路程并不远，只不到两坊距离。

水池一侧有铺石小径连通了客院，从客院的引廊可以直接走去东南面的观门。

院中搭有青藤架，衬着秋日的天空，架上的白藤花颜色鲜明。藤架旁还种了几丛木槿花篱。木槿朝开暮落，晨间花苞初开时是淡白色，花开后变红，花瓣落地后就变成了殷红。

义山驻足观看，弯腰捡起一枚花瓣来看。

木槿花的古时别名叫作舜华。《诗经·郑风》里就有咏舜华的诗："有女同车，颜如舜华。将翱将翔，佩玉琼琚。"这是一首恋歌。诗中的男女是相约出游，还是偕同归家？木槿朝开暮落，在时下长安并不是如同牡丹、白菊之类的名贵花种。为何当时会用来形容女子的容貌呢？想来在古时的郑国，无论是宫廷还是民间都很看重吧。它也的确有一种伤逝的美。

院洞门那边传来了人语声，还有踩在沙地上的杂沓足音。他没有多留意，大约是寄住客舍的士子外出归来了。不久前，他也是这里的住客。

足音走近，停住了。

有人轻拍了一下他的肩，在背后唤他："抄书童，还认得我么？"

回头一看，面前有数位青年男女。有士子打扮，也有道徒打扮。士子中的一位是与他相熟的裴衡（他是义山裴氏姐所嫁裴允元的同族从兄弟，早年也曾学道，也住清都观），另一位士子脸孔陌生。他们见到义山就笑着回进了宿舍中。留下的三位道徒皆女冠，最前那位年轻女冠身穿鹅黄色道服，很是面熟。刚才就是她拍了自己的肩。

再一细看，当然认得。这不是昔年同在玉阳学道的女道童宋慕云嘛！义山离开玉阳山已近六年，慕云大约已有十八岁了吧，身量与样貌都有很大变化。眼前的她脸如菡萏①，貌美惊人。义山呆愣半天说不出话，过后才"咦"地叫出了声："慕云，原来是你！"

青藤架边，时间停止了。周围一切都失焦模糊，没有声音，没有色彩，没有感觉。只眼前这个人的存在显明又真实。日光透过藤叶间隙照下来，光影纷披，宋慕云那身鹅黄道服焕发出别样的光彩。她的肩与身，似乎承受了自天庭投下的所有光束。她的脸容非人间所有，而她的眼睛，正似从天而降的一对黑亮宝石。

义山的头脑一下子变得空无，瞬间又被她的形象全部占满。在他体内发生了某种轻微的震颤。震颤一直在持续，使他神昏，使他目眩。

这晕乎乎的片刻过去之后，时间才重又开始。

慕云的姐姐宋向真一直站在最后，这时走上前来拱手施礼："问候师兄。"

"向真！"

---

① 古人称未开的荷花为菡萏。

过后就是多年重遇后的相互询问了。

义山当然会有下面这个提问:"你们怎么来到清都观了?"

慕云和向真这次是随入道的永安公主(她的道名叫作安真法师)来到了京师。今年暮春,她们一行先从灵都观去了华山云台观,前几日刚刚转来长安,居停在永崇坊的宗道观。这宗道观义山当然也去观览过。大历十二年(777),代宗皇帝为华阳公主追福,将剑南节度使郭英义的永崇坊宅征收,立为了道观。因此之故,宗道观又被称为"华阳观"。

"华阳在华阳观……"

宋慕云的道号恰好与此观同名,义山觉得这是第二个奇异的巧合。

七月二十七日,逢北斗真君①下降,安真法师将要由本观观主赵常盈授戒箓,正式晋升为上清派的洞真法师,届时会有一场盛大的法会。其后八月初三,玉阳山的青年道徒也会齐集清都观受箓。今日宋慕云姐妹刚刚拜会了赵炼师,递交了安真法师商议法会各项安排的书状。说起来,这群青年男女在清都观中相遇也并非偶然。

向真、慕云此前经历了数年"慕道"(相当于见习阶段),今次来长安受箓,将正式获得修行女冠的名号,进入"游道"(相当于访学阶段):不再停留灵都观一处,而可以依照自己趣向心性,到各地访师求道了。某种程度上,授箓的性质类似于道教徒的成人式。

"柳观主没来长安么?"

---

① 道教拜星辰为神,尤重北斗。北斗七星各封为真神,亦称北斗星君。每月初三、二十七日为北斗真君下降之日,道徒会沐浴净身,焚香诵经,做迎送斋醮。

"柳观主身体抱恙,全权委托了赵炼师。"

"你们也识得裴衡?"

宋慕云笑答他,眼睛里有星子在闪:"适巧裴信士也在上方拜问赵炼师。从炼师那里得知你正巧也在观内,就由他引导了来寻你了。"

原来如此。"来寻你"三个字在义山听来是如此悦耳。

过后还听闻了更多消息:东玉阳学道的同学参寥、宋永近日也将入京,到时自可会面;李雍、广成仍在东玉阳,现下他们做了下院法师的侍从,兼管了东庄的庄田,他俩会晚一年受箓;李雍的弟弟李朴和宋祁已还俗下山。

向真、慕云她们从赵炼师那里已大体了解了义山下山后的经历,慕云问他为何从无书信寄来灵都观,他只得以忙于家事、应试、入幕等理由含糊应付过去。自己此前和宋氏姐妹并没有太多往来,除了那次结伴游山。而在他的记忆中,慕云还停留在当初的童稚之年。她就是昔年那个女道童么?怎么感觉完全是两个人?他的眼前出现了扰乱神智的多重的叠影。

出观门时,西面的天空已披上了晚霞。

走回荐福寺客舍的路上,义山体内的震颤仍未停止。他颊面发热,额头和手掌出汗,呼吸也变得急促,而腿脚只是机械地交替摆动,人就如同在云端行走。他对身边经的路人和车马毫无感知,对时间毫无感知,长安巨大的都市空间仿佛已经塌缩成一个虚焦单薄的背景。他口中一直念诵着《郑风》"有女同车"那首诗的后几句,"彼美孟姜,洵美且都"。今天的清都观里也出现了一个孟姜。宋慕云的容貌音声已深镌在心脑中，比菡萏还要真实，比满布西方天幕的彩霞还要绚烂。

晚食过后，本想静心看书，可是，心神始终无法安定下来。只能出寺，在已经关闭坊门的本坊内游走。头顶，初秋的夜空一片澄澈，缀满了繁星，其中最为明亮的几颗星粒一直在向他提问：今晚宋慕云和姐姐宋向真会如何谈论自己呢？在她心目中，自己是怎样形象？此刻在清都观客舍，她是已经安眠了，还是同我一样敏感多思？还有，是否要为今日留下什么特别的印记？他直觉地感到，需要用某种方法将今次的相遇总括性地完好无损地保存下来。

给慕云寄一首诗去。

他闪过了这个念头。是的，这是困在此时此地的他唯一可以采取的行动。想到这一层，他快步疾走，返回了寺中。

夜不成寐，费心构思。此前义山曾给平康南曲的楚娘写过若干首艳体诗。可是，那种诗篇更多是应景之作。楚娘更像是一个适时出现的感官引导者，自己和她之间并没有产生那种彼此确认的不叫动摇的强烈感情。

义山喜读的神仙记传以及从章奏赋体习得的用典本领此时发挥了作用：他从《汉武故事》中拈来"东方朔三次偷桃被贬谪凡间"事，从张华《博物志》卷八中拈来"东方朔从殿南厢朱鸟窗中窥西王母"事，又从《汉武帝内传》中拈来"上元夫人自称阿环"事，写出了一首《曼倩辞》。

十八年来堕世间，瑶池归梦碧桃闲。

如何汉殿穿针夜，又向窗中觑阿环。

瑶池用来比作灵都观这样的道观（这是他们重逢的地点），十八年是暗示宋慕云该年刚好十八岁。阿环即代指宋慕云，而义山则以东方朔自比，通篇都在用隐语写自己与宋慕云的重遇。隔日便是七夕，于是第二联里又隐含了意欲与慕云再聚的邀约。

和之前所写的游戏性质的艳诗不同，这是义山写出的第一首恋诗。

他取出道人常用的青藤纸，裁成短小合宜的一幅，以朱笔抄誊了一遍。字体也不用俗世通行的楷体，而采用在灵都观经坊习得的特殊字体：结合了道教符箓特征的凤篆体。这是另一层暗示，指向了两人同在玉阳学道的经历。

第二日起身，想立即将诗笺寄去华阳观，却苦于没有可以传递音讯的人。华阳观是女冠道观，自己如今已脱去道服，不便贸然登门；派遣不相熟的仆役传递也显得突兀、莽撞。可是，恋情既已萌动，眷念的波涛已生成，时时在心脑中翻卷不已。义山现在患上了一种特殊的焦虑症：如何传达情意的焦虑。

过后三日，并未收到来自华阳观的任何音讯。他实在忍耐不住，下午去了永崇坊。在华阳观的观墙外徘徊游走了半天，几次下决心要踏入观门，却苦于没有足够的勇气。直到暮晚时分白月渐渐上升，入晚宵禁前才返回了开化坊荐福寺。

从客舍走去山池院，望月良久，又写下了另一首恋诗《月》：

过水穿楼触处明，藏人带树远含清。
初生欲缺虚惆怅，未必圆时即有情。

心绪忐忑不安,既无心温习举业,也不出门会友。他镇日茶饭不思,常常躺卧房中出神寻思。前后想了好几种传递书信的办法,感觉每一种都不可行。只得收束心神,坐定下来抄誊沈亚之的诗卷。抄完过后又觉得穷极无聊,真不知该如何打发时日。

正自烦恼不已时,七月十一日,当年东玉阳山入道的同学参寥、宋永来到了京城。他们就住在与华阳观同一坊的龙兴观内,观中住持法师为邓尊师(尊师又有道号名为东岳真人,过后义山入观拜见过。十年后的会昌三年(843)九月下旬,义山曾为人代作过两篇黄箓斋①文,又曾到访过两次龙兴观。这是后话了)。

十二日下午,参寥、宋永他们从宋氏姊妹那里得知了地址,一路寻到了荐福寺。

三个老友在别院庭中相见。义山眼前的参寥长得异常俊伟,比他高了半个头,而当年的小道童宋永也到了弱冠之年,仪容秀挺,颜面如玉,已很有道人风姿了。参寥和宋永也拉了义山袍袖左右打量:一个说他已有京师官人的气派,一个说他比以前更加清瘦了,眉目间仍有道人气息。

当晚三人联床夜谈,真是有说不完的话。等两位客人各自睡下眠息,义山仍倚靠窗边,呆看着月色静穆的院落。他终于下了一个决心。

次日清早,趁参寥贪睡晚起的机会,义山鼓起勇气将宋永拉到

---

① 道教斋仪之一种,忏罪、拔苦、祈恩以超度亡灵。性质类同佛教水陆法会。

一边，将自己见过宋慕云后如何眷恋思慕、如何无由通讯的情形如实以告。当时的道门虽然也立有戒除邪淫的条规，可在实际执行方面并不像佛教僧侣那般严苛，对一般道徒的管束总体上比较宽松，既不鼓励，也不绝对禁止。唯有修炼到一定程度，比如得授了高阶法箓的法师，才会要求绝对的单身禁欲。青年道士或女冠发生恋情，也不是没有前例。

义山特意请托的另一原因是，宋永与宋氏姐妹是从兄妹的关系，往来无须避讳，而且又是同在玉阳山修道。他是义山能找到的传递音讯的最佳人选了。

两人都在青春年纪，在玉阳山时同学数载，加之义山这番表白真挚恳切，宋永听过之后，面露微笑，马上就应承了下来，答应为其传递书信。

"唯有一个条件。"宋永看定了义山。

"但请直言。"义山的心怦怦直跳。

"我向来最烦抄经书，今后我但凡有所需求，你都得帮我誊抄，不得生厌，不得反悔。"

自己在玉阳山时本来就是抄书童（前几日重逢时，宋慕云也这么打趣他来着）。抄经就抄经呗，任要抄多少都可以。义山大喜过望，捉住了宋永的手，连声称谢。

"嘘，莫要惊醒了那个懒道人。"宋永示意他轻声说话。

回看床上的参寥，这时又翻了个身，睡得正香呢。

得了宋永这个信使，诗信得以顺利寄出。可是，之前投寄无门的焦虑就变成了等待回讯的焦虑。义山在头脑中做了种种可能的推想,其中最令他恐惧的就是对方直截、确然地回绝了。那将会多么可怕!倘若如此,他觉得自己在荐福寺就待不下去了,不,连长安也待不下去了。他只想远远地避开,即便再返回荥阳探家也好。

他不敢离开荐福寺,万一宋永来了碰不上那可糟透了。于是就在自己的宿房中继续抄诗。抄六朝诗人的诗,抄了很多张纸。

幸运日到来!

隔日他就从宋永手中收到了慕云的回信。宋永将一个扎成方形的小小的紫布囊递交到他手上,言语不多便离去了。

解开布囊,内里是一只嵌了花鸟纹螺钿的漆盒(有点像香盒)。盒盖打开,内里有用黄线绳卷扎的一卷纸,解开线绳,铺开那张约两掌大小的淡青色蜀笺,义山发现笺上同样用凤篆体写了四个字:

谁是阿环?

字边还画了一幅线描,仅用几笔便绘出了一个回眸注视的女性侧影,面上带着神秘的笑容(道观壁绘中有很多类似的仙真图像,可见慕云平时也习画)。这是她的亲笔回信,包括这个可爱的手绘。义山将笺纸捧在手心里仔细端详,感觉总也看不够。他非要从字面和图形上参解出她明确的意向来。

起先还未留意,盒内还有一枚红叶(义山起初还以为是盒底的螺钿嵌)。手拈红叶就近观看,见叶面上以小楷字体写了这么两句:

王母洞前叶，回赠抄书童。

这是从王屋山采来的红叶啊。义山心中一动。很明显，红叶题诗比之前蜀笺的四字问语包含了更多的意思。他仿佛看见慕云站在近前，正连声探问他：抄书童，你有无忘记当年游山时的情形？当时登上天坛，然后下到了王母洞前，记得你与广成合演了《广成子》。下山时有闭眼下坡的比赛，你和我是走得最远的两个。还记得我为你插在发簪上的野花么？我可是都还记得。那么，你呢？

一个微妙的信号，带来了短暂的欣悦。原先的恐惧已消失。可是，义山仍自忐忑不安，因为对方的真实心思仍然是一个谜。而要控驭这个不安，他只能寄出第二封诗信了。

十四日晚，长安北面有大暴雨，义山度过了又一个不眠夜。

其间，仍然照例会去令狐府拜问，还曾随同四丈去了亲仁坊原先的郭子仪宅院看花。蔡京自然也陪侍在旁，他也住在荐福寺客舍，但与义山不在同一院落。这个原先的沙弥对于释教各项仪节非常熟悉，在当值寺僧中间很受欢迎。

七月中旬令狐家还有一件事：前月，令狐绹在授了补阙官后就搬入了在晋昌坊所置的新宅，不再与父亲同住。义山与令狐绹每过几日就会碰头，这下往来路途稍有些远了。不久前，令狐绹刚刚诞下了第四子，取名为令狐涣，于是邀他去新家小住几天。义山答应了，因为晋昌坊与宋慕云所在的永崇坊距离更近。去时他故意绕去了永崇坊那里，顺便看望了暂居龙兴观的宋永和参寥。种种一切，都是为了能更近切地了解慕云那边的情况。

住在令狐新宅的三天里,令狐绹告知了义山今年科举的最新动向:月初礼部有上奏,罢停了进士试中的"议"与"论",又重新改试诗和赋了。

"当今皇帝好学嗜古,朝中取士怎么可以不取诗赋呢。执政宰相郑覃偏重经术,向来嫉恨进士浮薄,这回总算没有得逞。"

听到这个,义山重又燃起了进取之心。

中元节时,清都观和华阳观都有应节斋会。可是,义山往龙兴观寄出第二封信后并没有收到对方的回复,不知宋慕云当天会在哪家道观,更无从安排会面。月底有安真法师的授箓大法会,想来宋氏姐妹都在为此忙碌吧。因为安真法师的特殊身份,类似这样的法会都很隆重,需要准备大量道仪用品,还需要与各方协调人事。目下连宋永、参寥等都去华阳观中协助了。义山后面连着几日都没有机会见着宋永。

二十七日那天,京中的省署官使、道门威仪、各观观主齐集了清都观,预备参加当晚安真法师的授箓法会。本来这是一次亲见慕云的机会,可这天偏偏令狐绹又邀他出城,去往友人的终南别业做客。义山推托不得,只能再次跟去。他跑去了城外的终南山,心里却还悬想着城内的那个妙人。

白露将近,义山在终南山南麓宿夜。当窗站立时,已感觉到了凉意。白昼间刮起的秋风已止息,林木寂静,唯闻汩汩的溪涧水声。一弯下弦月悬在长安城的上空,幽冷又遥远,此时正有一缕长带般的细云停在月轮下。望着眼前的秋夜景象,义山心中不由揣想:城中的那个她知道了我的心意了么?她是故意要疏远我么,就像这清秋的残月?

当晚口号①了一首《城外》,同样也是借咏月来寄情:

露寒风定不无情,临水当山又隔城。
未必明时胜蚌蛤,一生长共月亏盈。

自重遇那天起,已有二十多日没能再见到宋慕云,之前等待的焦虑再度变形,转成了一种悬空的焦虑。义山前行不得、后退不能,身心有些疲惫,感到了虚无。

幸好北斗真君再次下降,八月初三,在清都观举行的另一场授箓仪拯救了他!

再没有其他事将义山拖住,使他分不了身。而且右道门威仪、清都观观主赵炼师还特为派遣道童往荐福寺送来了一份会帖,邀他于当晚观礼。

这次授箓仪与当初玉阳山道童简略的入道仪当然很不同,增加了诸如祈告星君下降、召请天官见证、念诵戒规、授箓佩箓、祝祷早日登仙的很多程序内容,规模虽然远不及公主授箓那次,但也足够庄重荣耀。两京和京畿道有四十名青年道徒将接受符箓戒文,晋升新道阶。他们各自的尊师也一同莅临了西廊院天尊殿现场,玉阳山监斋赵景玄和白道人也来到了。义山由赵炼师引导,仍按道门礼节致礼拜问。两位尊师并未因为义山离观另眼相待,仍然将他视作

---

① 意即随口吟成,与"口占"类似。

门中弟子，令义山颇为感动。只是赵监斋已明显见老，如今满鬓已是白发。

酉时初刻，仪会开始了。今日慕云的装束与之前所穿常服不同：头戴芙蓉冠，一身素净的青褐，肩头搭一条藕色月帔，下穿栀黄霞裙，脚上是一双玄色圆头履。隔了一段距离望去，真如一位随同西王母降临人间的仙子。在天尊殿坛场，她是一众受箓者中最为耀眼的一个（这并非恋爱中的义山的错觉，因他听到同来观礼的李肱、陶乔两位友人一直在讶异惊叹慕云的美貌）。

男道徒在先，女道徒在后。在场边等候时，慕云伫立不动，神情端庄。她的身前，就是姐姐宋向真。她也是同样装束，只是肩头的月帔是浅绛色的。姐姐比妹妹身量略小，眉眼模样也稍有不同，在受箓道众里姿容也很出色。姐妹两人，简直可以譬喻为清都观里的两颗明星。

四十名道徒一个一个走程序，到亥时四刻，全部仪式才告完成。主坛的赵炼师额头渗汗，已疲累不堪，立即由两个道童搀扶两臂，回进上方休息去了。道众三三两两地渐渐散去，西廊院里只留了十几个杂役净人在做扫尾清理。

石坛边的炬火还未撤去，两边游廊的纸灯笼还点亮着。

立在场边的义山终于觅得机会，走向了宋慕云。她现在独自一个留在了石坛边（不知是有意还是无意）。姐姐向真受箓在前，这时已回进了今晚暂宿的客舍。于是，义山和她有了第一次的单独交谈。

"华阳！"

今后不能称她俗名了。面对这个尚未正式表白的恋人，今后在公开场合只能称她的女冠道名。

"抄书童！"

炬火光中，她灿烂的笑靥还与之前一样。目睛仍是闪着光。

"累了吧。"

"不累。今晚我一定难成眠了。"

"那我陪你说会儿话。"

他们并行走去了西廊。长长的廊道里没有一个人，灯笼里，火光在跳闪。

"收到我新寄来的信了么？"

可以感觉到身边的她点了点头。

走到廊底，坐在水榭的靠栏边，宋华阳抬头望向夜空，许久没有说话。今晚不见月亮，只有满天的星光。义山默默地看她，有时也看她落在地面的投影。水榭里唯一一盏灯笼看似火油将尽，灯光黯淡。

"你们在长安会待多久？"

"还不知。短的话只待到十一月。长的话，兴许到明年开春才走。我还没怎么去想游道的事。"

"那就一直会在华阳观喽。华阳在华阳观。"

"对。"宋华阳转头看他，调皮一笑。

义山想，今晚可是很少有的宋氏姐妹不用陪侍在公主身边的日子。平时她们三个又是如何相处的呢？他约略都能猜想到。

"今后还会一直跟在安真法师身边？"

"法师说，随我自由来去。"

话虽如此，近身侍从入道公主却是她自幼入道的职分。义山仍旧记得当年公主初来西玉阳山的那次授箓法会。那一晚，灵都观灯火通明，宛如九天宫阙。

"你还常去王母洞？"义山间接提及了之前的红叶题诗。

"后面和姐姐去过几次。还是头次游山有意思。"

"那时我们都还年少。"

时间过去了八年，恍如一瞬。在义山看来，她已不是昔日的那个她。那么，在宋华阳看来，自己是不是也变得有点陌生？很可能是这样。

过后就是长时间的静默。他和她，对于各自的未来都很迷茫。他们走上目前的路途，此前都是因为亲族长老的安排，而非出于自愿。上天留给他们的选择余地并不多。

夜空缀满了星粒，蛾眉月早已随了落日失去了踪影。此刻的天幕并非晦暗无光，却呈现了奇异的幽蓝。墙外那几棵宫槐伸过了黑魆魆的树冠，夜鸟在枝头扑翅。

"今年你会应举么？"

"会。"

"北斗星君见证，抄书童定会变成真正的校书郎的。过后倘若能得贵人扶助，再过几年就可以升京官啦。"

这是官宦世家子弟才有的言语，即便是出自一个十八岁少女之口。宋华阳是在估量自己可能的未来。属意于己的这个青年明年或后年开春倘若能够中第，那么两个人或许真可以共同谋划一个未来。宋华阳或许也可以变回宋慕云。而眼下，他们之间只有天然生发的相互吸引。

看到少女合并两掌，对了夜空音声诚挚地祈拜星君，义山当然领会了她的心意。之前悬空的心终于踏实了一些。一阵狂喜涌来，冲去了之前多日的焦虑感。义山的眼睛放着光。

宋华阳的祈愿，其实也含有为其家族命运祝祷的内因。

她与姐姐初来玉阳的宝历二年初夏，祖父宋申锡为礼部员外郎，随即充任翰林侍讲学士。宋氏姐妹入秋就被接回了长安。该年年底，敬宗被弑，文宗即位，寻拜宋申锡为户部郎中、知制诰。

华阳与姐姐追随公主入道的大和二年，宋申锡为中书舍人，再任翰林学士。两年后的大和四年六月，宋申锡拜尚书右丞，七月十一日，入阁登相位。此时宋氏姐妹以相国女孙身份陪侍公主，地位自然无比尊贵。

不意平地起波澜。

大和五年二月二十九日，神策中尉王守澄上奏，有军虞候豆卢著指称宰相宋申锡与漳王协同谋反。随即展开搜捕，右军军将至宋宅，拘捕了孔目官张全真，家人宋买子、宋缘信等，又全城搜捕宋属下胥吏。三月初一，诏贬宋申锡为太子右庶子。幸有左常侍崔玄亮及谏官等十四人阻止，才免一死，改贬开州司马，终身禁止返回长安。后来，宋申锡于开州病卒，诏许归葬。以上事变，当时的青年士人可谓人尽皆知。

家道沦落至此，可想而知，已经入道的宋氏姐妹在玉阳山度过了多么胆战心惊的四年。她们前月来到长安，才得以在家墓前祭拜祖父。

宋华阳对义山固然很有好感，近来也产生了真情（哪个妙龄少女不会心许俊秀多才的儿郎!)。可她在潜意识中,也是希望能觅得一机缘,就此跳出深埋她的那口竖井,扭转人生的走向。她是坚强又聪慧的女子!

当义山悟到这一层后,就感到了一份责任。

"华阳,你要等我……"

"长安多娇花,儿郎心易变。"她轻叹了一声。

"我不会变。"这是义山的誓言,也是来自命运深处的认定。

廊道里有步足声,由远而近。不一会儿,宝灯也来到了水榭,她已换上常服,还为妹妹带了一件披搭。这是姐妹俩事先的约定:先让妹妹和义山单独相会对语,过后再由姐姐接回住处。

"冷不冷,抄书童?"

宝灯也学会了打趣他。宝灯的笑和妹妹不同,她身上有更多的母性,似乎天生就很会照顾人,也知道进与止的分寸。

义山摇摇头,推却了。可是另一面,此时他很想拿得一件信物。

他踟蹰着,不知该怎么说才好。他和华阳之间已经有了最初的信约,而这个不言而喻的信约需要一件可靠信物来做见证。这是那个时代的人的执念。

哦,华阳这个少女是何等冰雪聪明。义山嗫嚅着迟迟未张口时,她已从自己所戴的芙蓉冠上抽出一支玉簪,衔在了嘴里。又从姐姐手里接过预先备好的另一支,插了回去。

她将那根玉簪递了过来。

义山伸出了手,他发现自己的手腕在发抖。镇定,镇定,现在你所预想的一幕即将实现。

他没有接取簪子,而是将华阳的整只手承托住了,然后五指又慢慢地合拢。两人的手现在是交握着。宝灯转头看向了外面的水池。

血液在奔涌,皮肤的每个毛孔都张大了。义山体内发生了剧烈的震动,仿佛刚刚遭受了一次电击。

华阳的手是如此温润、安静,就这么任义山紧握着。她没有像姐姐那样别转了头,而是看定了面前这个少年郎。她看得如此深情、如此努力、如此坚定,那是希望能够看清楚自己的未来啊。

美是一切。一切是美。

义山所感应到的,不仅是恋人的目光、颜容和手的温度,还有恋人表露的心意和今晚这个特殊情境。他已下定决心,要引领着华阳,尝试走出命运的迷宫。

而在华阳看来,此际是一个交托命运的郑重时刻。她不知道能否走出这个困局,但她愿意押上全部的赌注。

之后的两个月里,类似夹带密语的诗信仍有频繁传递。有时由宋永(受箓之后就该称他为永道士了)送来荐福寺,有时会约在龙兴观,由姐姐宝灯亲自送来。华阳有时并无回信,有时会像初次回信时那样用凤篆体写上只言片语。她言语机智,每次的回复都让彼此感情获得了明显的递进。义山对华阳的恋慕之情由此叠增,犹如不为人知的暗燃的地火,不断蓄积着热能。

因为心情安定了下来,义山推却了所有应酬,也不再接受邀约为他人代撰文稿,这段时间一直在荐福寺客舍发愤苦读,为来年的应举做准备。这次，他务必一击即中。

不觉已入冬。

十月九日长安初雪，雪不大，落地即化。十三日下午开始下起了大雪，飘飘扬扬下到了第二日仍未停歇。在荐福寺客舍的义山思念华阳，上午遣人递出了三封信。

第一封是给宋华阳的，义山邀约恋人十五日入夜同去乐游原雪中观梅，信里还附有一首《莫愁》诗：

雪中梅下与谁期，梅雪相兼一万枝。
若是石城无艇子，莫愁还自有愁时。

长安城的地势，从居北的龙首原而南，分布有六条坡岗，正合乾卦之六爻，宫室、官署、寺观、坊巷皆分布在这天然的六爻之上。城东延兴门内，从升平坊东北隅延伸至新昌坊一带的乐游原就是长安城内的最佳登高处。汉宣帝时此地即是皇家苑囿乐游苑，故而得名。国朝初，太平公主在此营建亭阁别庄，后分赐于宁、申、岐、薛诸王，接续兴造，规模日益盛大。古园景色宜人，草木荣茂，都人来此游赏者络绎不绝，尤其三月上巳、九月重阳两个节日，或临水祓禊，或登高纵目，两坊附近车马填塞，冈原上幄幕如云。豪门公子往往选在高阁台榭处布设华筵，赏景之余，以乐舞助欢，以歌诗佐酒，义山当然也参加过若干次。

大雪弥天时，乐游原是没有游人的。在义山看来，却是与恋人携手共游的难得机会。

去年早春二月，落榜后的义山曾独自登原散心，写过一首《乐游原》，尾联是"无惊托诗遣，吟罢更无惊"，当时的心情一言以蔽之，就是枯索无聊。这回就不同了，义山为与恋人踏雪同游，颇费心力地做了一些安排。

升平坊西北隅是前兵部尚书柳公绰的故宅（那时何曾想到自己过后还会与柳家后人发生密切联系？）。柳宅的东邻是原东宫的药园，占地甚广，草木繁盛。永道士到长安后，嫌龙兴寺住处逼仄，近来委托熟人在药园东南角租了一间别院作为平时居停的书斋。送去龙兴观的第二封信就是给永道士的，信上说明了明晚暂借别院一事。如此，就为两人幽会觅得了一个合宜地点。

又修书一封给晋昌坊的好友令狐绹，商借好马车。

最后还吩咐送信人提前在升平本坊食肆订好酒食和暖炉。

三封信寄出后，义山就在荐福寺静等回复。不出意料，送信人在傍晚夜禁前回到了寺中，永道士和令狐绹都给了回复。而宋华阳那边，也由永道士亲自交去了诗信。

是日晚间，雪已停。

十五日，义山早起后就在盼望今晚的约会了。看不进任何书卷，索性穿了高靴出寺看景。

本坊卜字街的积雪积了有三寸多厚，沿街民户每家都在门前铲雪，为防止路滑，又在路面倾倒提前攒积好的炉渣屑。街面上，男娃儿在雪地里打闹追逐，女娃儿有的依门笑看，有的两三人聚在一起堆雪台，雪台上还要供上香花、小香炉等物，模拟佛道祭供。也有孩子手抓木杆，正在打落檐头垂下的长长冰挂。每有冰挂落地，立即围上去争捡。孩子们如此欢闹，仿佛迎来了一个节日。

今天也是我和慕云的节日。义山从他们身边走过，心里这么想到。他还是喜欢称呼她的本名，而不喜称呼她的道名。

他走去了本坊北面的令狐府。这几日令狐楚微感风寒，一直在家静养。今日他的精气神已恢复了健旺，见义山冒雪来探望，分外高兴，非要留他一同午食。师徒俩在轩廊上看雪，就着热烘烘的炭炉，还饮了两壶酒。席间四丈曾谈起今年的主考官——工部侍郎、权知礼部的崔郸。这崔郸出自清河崔氏小房，义山听说他向来矜夸自家门第而轻鄙文士。他不知道恩公与崔郸平日关系如何，也没有细加询问。

出令狐府，回到了荐福寺客舍。

此时却又下起了霰。无数细小雪珠落在屋顶、檐头和院落地面，四下里一片沙沙声。时间过得如此之慢，于是就坐在床上闭目存思。这是在玉阳山三年练得的一项本事，可以汇聚真气、收摄心神。他能看清过去种种，能看清当下身心内外，也能看清慕云的心意（她几近透明澄澈的心是人间珍宝）。然而，他仍然看不清未来。

未来仍被大雾笼罩着，这个面容清俊的青年决心抵御一切的不确定感。

申时初刻，荐福寺净人已牵了马在寺门前相候。义山上马，出坊门后过了崇义坊便一直向南去到了晋昌坊。下雪天行路不便，街衢比往常安静许多，大多数人都待在家中不会外出了。清冷的气流拂上颜面、两耳和脖颈，却将赴约青年的神志刺激得异常清醒敏捷。

令狐绹已散衙回家,相与共话片刻,义山就告辞,坐进了马车里。净人将自家马匹安顿好,坐上了驭手位。

出晋昌坊坊门,行去北面隔了一坊的永崇坊。马车的速度不比单骑出行快多少,遇到积雪未除的路段,还需要绕行。义山撩开车帘,发现外面又飘起了细雪。倘若雪再次下大了,明天整个都城都会静止下来吧。他产生了一个幻觉:入冬的这场大雪,好像是特意为他和恋人而下的。

来到龙兴观观门前,永道士早就候在那里了,一坐上车,他就递给义山一具袖炉——内里装了炭火的小铜炉。

"冻坏了吧?来,暖暖手。书斋里已吩咐僮仆提前烧了炭炉。到那里就不冷了。"

永道士浑若无事的言语听着让人安心。义山甚至觉得他很乐于充当一个秘密的同谋。他又回想起了昔日玉阳山的年月。

来到同一坊的华阳观的侧门前,永道士下了车。马车停在门前等候时,义山撩起车帘一角观看,见永道士已闪进了门里。

雪花飞旋着从帷帘一角飘入,落在脚边身前。

不一会儿,道袍外加披了白裘、头戴兜帽的宋慕云就从门后走了出来。当她往车窗这边看过来时,义山体内再次发生了震颤:在乌黑门扉、两侧白墙和地面积雪反光的映衬下,她的姿容愈发娇艳夺目,美得不可方物。

义山推启车门,掀开帘子,慕云迅速钻进了车内。

马车载了他们将要去往东邻的升平坊。随后走出观门的永道士则要徒步走回龙兴观。

暮色渐浓，马车里光线昏暗。慕云一坐进车厢，冷冽的空气中就带入了薰衣香和发油的芬芳。义山之前因等待而生出的忐忑不安瞬间就消失了，他将温热的手炉送到恋人手中，顺势将她双手拉近了身前。于是，慕云的坐姿也向他倾斜过来，她的头已半靠了义山的左肩。

马车遇到融雪冻结的地面就会打滑颠簸，车夫不敢懈怠，不时收紧了缰绳调控车速，故而前行缓慢。两边街市渐渐亮起了灯火，而一路上雪还在下着。驶入升平坊内不久，街鼓就开始在城中各处响起，八百通槌鼓过后，坊门即会关闭。

来到药园的东南角，马车驶入了别院狭道。僮仆已在门前等候。

别院在药园东南一角，有轩屋一间，附屋两间。屋里的两具炉子炭火燃得正旺，很快，外间带入的寒气就被驱走了。义山和慕云脱去外袍，彼此端身对坐，默默不语。

稍过一点时间，僮仆就将温热的晚食端了上来，另还带了一壶烫热的酒。将两位客人安顿好，僮仆和车夫都退下了，通往附屋的小门也插上了门闩。现在，轩屋内就只他们两人了。

"这里真安静。"

慕云的眉头舒展了，身姿也放松了下来。

"我将轩门打开吧。正可以看雪观梅。"

东南两面院墙形成了一个大夹角，院落很开阔。墙下有常绿的书带草和堆石。僮仆细心，已提前将覆盖的积雪除去以便赏景。庭中单立有两株梅树，枝干虬曲盘结，枝头已结了不少花苞。零落的雪花自黑空中飘来，更显出庭院的素净，有几片从轩门外飞入室内，瞬间便融化了。

"梅树的姿态真好。"

"听永道人说，是从扶风移来的早梅名种。"

"只见花苞，尚未开放呢。"

"到月末就会盛放了吧。"

他们一边饮酒，一边如此谈话。后面就说到了玉阳山还有长安，说到了时日变化的不可思议。他们仿佛宿世之前已熟识，彼此间没有任何拘谨生分的感觉。饮酒过后，慕云的颜面微现酡红，目光有些迷离了。

晚食后歇息到戌时四刻，两人披上外袍，穿上高靴，走出了别院。雪已停，天已放晴了。

自升平坊东南隅可以步行登上乐游原，沿着坡面踏雪前行，脚踩雪地嘎吱作声，更衬出周边的岑寂。穿过坊间街道时，需要翻越两堵坍塌残缺、刚好可供一人出入的坊墙，义山抓住慕云的手，在前面小心地探路。升平、新昌两坊间的乐游原因为是风景嘉胜处，偶或也会有金吾卫[①]巡夜经过。还好，此时街面上没有一个人影。

入新昌坊后，走过坡底的松门，上行数百步，来到了密教名刹青龙寺前。山门是一栋七宝重阁，立在雪地中仰头看去更显高大峻拔。此时寺门当然紧闭着，站在门外约略可以听闻内殿传来的钟磬声。每次登乐游原，义山总会走入寺院观览，或在僧廊中赏红叶，

---

① 唐代设左右金吾卫，掌宫中及京城的日夜巡查警戒。

或走去靠近城墙的东平坡，那里的竹林最是茂密幽静，也是他喜爱的游处。

他们一同站在了山门前的高冈上，这里是远眺的绝佳所在。

月轮浮出半空，大如银盘，凝照太虚与大地。四周的雪光照映入眼，感觉如在白昼间，雪下的长安城纵览无余。南面的上空，近日厚积的寒云正向东方飘移。终南山如展开的千叠屏风，纤毫毕现。东原连接了蓝田与骊山，山峦覆雪的峰顶犹如琼玉含光。他们的脚下，南面的曲江芙蓉园相距不远，望去如在近前。只因茫茫一片的白雪模糊了界线，似乎缩小了规模。西南方，慈恩寺雁塔犹如一位白衣僧，静静伫立于坊巷街衢中，周边的灯火宛若弥散的星群。望向东北方，那边的天空仍然堆聚了暗色的云霾，帝城巍峨连绵的宫阙群已与烟云相接。

义山浑然忘却了自己是在寺院门前，不再忆念过往，不再猜度未来，不知己身从何而来，也不知今后向何而去。此时此刻，唯独他和恋人共同拥有了长安的雪境，这才是第一真实。他的身心肺腑被六合八极的清光洗濯一净，雪面的莹白透入骨髓，身体轻盈得仿佛生出了羽翎，仿佛正与仙真共游云天之上。没错，慕云就是上天赐降来到他身边的仙真！他久久凝视着身边这个白裳底下仍披了道袍的少女。少女的眼睛同样也在谛视着他。

慕云何曾有过这样的夜游经历，她合握了义山的两手，连声惊叹："抄书郎，道书所说的白玉京原来就在长安！"

目睛闪着喜悦的光点，她简直就要雀跃起跳了。

"冷不冷？"

"不冷。刚才不还饮了酒么？"

"是么？"

义山将鼻孔凑近，欲要嗅闻她呼出的酒气。他的鼻尖愈靠愈近，他的口唇已合上了她的口唇。慕云仿佛受了惊吓，起先闭紧了眼睛，后来却蓦地抽手，从他身边挣脱，跑去了坡侧的雪地中。

如今晚长安这样星月交辉的光照度，完全可以不凭火烛巡游各处。过后义山拉着慕云的手，沿着遍绕乐游原四周的游廊兜了一圈。每换一处观景，都会有新的发现。他们看到了此前未曾见识的长安的样貌，体验独异难得。如此停停又走走，两个人一点都不觉冷，四肢反而开始发热了。

回至青龙寺山门前，月下一片白，比之前来时更加明亮。那轮皓月已经快要升到天心了。乙夜①时分，街使遣出的骑卒在坊内巡行呼叫，金吾卫游骑十人一队通过了两坊之间的街道（今日碰巧有巡查！）。义山和慕云在墙后等了足足一刻，待四下完全冥寂无声后，才钻过墙隙，回到了升平坊。

这样的冒险穿行，对于青年恋人来说，却也增添了别样的兴味。

从乐游原回至药园，时间已近中夜。炭炉重新拨燃，加上了新木炭，升温还费些时间。宋慕云手冷，义山就为她呵气暖手。烛火光下，两人四目相对。时间仿佛停止了。慕云的颊面飞上了红云。

轩门关闭，布帘垂下，隔离了外间的雪夜。今晚的乐游原之行真像一个不真实的梦，而他们两个仍眷恋停留在梦的尾段，不舍

---

① 二更时候，约为夜间十时。

得就此离去。两人开始谈论玉阳山和王屋山的雪景。那当然也很不错。可是，为何感觉没有今晚长安这般奇美呢？那是长安幅员更为开阔，地形更为多变的缘故吧。

现在，他们都很想找到其他人倾诉，转告他们今晚的所见。可是，他们心里也知道，类似这样的幽会仍然是一个严重的禁忌，今晚的事切不可与外人言。

慕云明显已经很疲累了，眼皮一直在打架，却不肯先自睡下（和一个男子共处一室在外间过夜，在她面前还竖有一架严峻的屏障）。不过，她已经拔下簪子，卸下了芙蓉冠，黑色的发浪立时顺着两肩倾泻了下来。义山怔怔地看着。

"抄书郎，想听你吟诵寄来的诗。我最喜那首《曼倩辞》。"

"好。"

慕云蜷身侧卧下来，头枕上了义山的膝。因她只脱去了白裘外袍，义山只得拉过被角，搭在她的两肩。

"十八年来堕世间，瑶池归梦碧桃闲……"

她的眼睛已经闭合了，口中却还在问：

"抄书郎，你是在说我么？"

"是的，你是天庭降下的女仙。"

"继续啊。"

"如何汉殿穿针夜……"

"今晚你不是已经看到了？……嗯，我很喜欢阿环这个名字。"

"那以后就叫你阿环。"

"好……"

吐出这个字时，慕云已经沉沉地睡去，均匀起伏的鼻息，呼应着烛火跃动的节律。她披散开的黑发、姣好白皙的颊面以及由眉至鼻然后过渡到嘴唇的侧影轮廓线，简直不像是人间的造物。炭火渐渐燃旺，热力混合了薰衣和发油的香气与女子的体味，不时撩拨着义山的感官。可是，一想到这个少女是如此亲近和信任自己，刚刚冒头的情欲随即就转化成了一腔柔情。

义山心里莫名有些感动。他挺直了肩背，一动都不敢动，只是伸出手指轻轻地、慢慢地整理她落下的稍显凌乱的发缕。"萧萧发彩凉"，当时只是顺手写出的句子。原来真是这样的啊。

他不舍得就此睡去，强撑着这个身姿直到黎明前。最后实在困得不行，才伏倒了下来。

日出时的五更二刻，鼓声从皇城中发出，然后，长安各坊的街鼓开始接续振响。升平坊的街鼓声近在耳侧，咚咚咚，咚咚咚，持续不停。

慕云醒了过来，看到身边义山侧倒的睡姿，心中好是怜惜：他竟然一整夜没有合被，被子一直严实地盖在自己身上。

义山也被鼓声闹醒来了，眼目半睁，浑不知身在何处。

慕云伸出一根手指，点住了他额头，嗔怪地唤他："呆郎！已是晨间啦！"

醒来后的义山，将轩门稍稍拉开，让空气稍微流通一下，又弄熄了两具炭炉。枕被也收拾好，放归了原位（的确也未发生什么）。过后，他就倚靠着屋柱，静看慕云梳头整装。

两人吃下僮仆备好的早食，又在轩屋谈说许久，到辰时四刻方才登车离去。

乐游原这次幽会，此后一直令义山魂牵梦萦，终身难忘。

十一月一整个月，慕云和姐姐随安真法师进入了大明宫玉宸观，两人无法见面，永道士时或也会入宫，故而仍可由他传递音讯。

十二月，义山正在备考，多日蛰居荐福寺不出。某日，令狐绹散衙后曾来寺中探望。

义山问他："子直，今年情形当会如何？"

令狐绹答："贡院早行过卷了。就是主官崔郸有点难以捉摸。文卷送入后，一直没有回音。"

听到这样的答话，义山的心神更为焦灼了。与往年不同，今年他可是志在必得。

"入考场如同掷樗蒲①，今年的骰盆中色子②投落，会见怎样彩头我也无把握。只能让阿爷在边上呼卢③了。"

令狐绹是在拿博戏譬喻当年的应举形势。省试中第与否，中第后吏部试得中何种科目，以及过后授官的内外大小，很大程度上都取决于主考官的个人喜好及亲疏关系。自元和以来，每年科举一直争议不断，弊案频出，当年的党争也是由此发端。

于是，义山又随令狐绹入府拜见了恩公。令狐家虽然一向超脱于派系党争，这次也非得在门徒入仕上花些功夫了。令狐楚告知义

---

① 古代博戏一种，投掷有颜色的五颗木子，以颜色决胜负，类似今日的掷骰子。
② 即骰子。
③ 掷子时高声呼叫，希望得全黑，故称"呼卢"。

山，让他再誊抄文卷，过后逢到机会，他会当面投送崔郸。

转眼已是大和九年的正月。义山已有两个多月未见恋人了。

正月十五，准令格有三日休假，十四、十五、十六日长安有燃灯游街的旧俗，全城各坊不夜禁，坊门开启，官民将齐同夜游观灯。

宫中道观历年不定期又有斋醮法会，规模或大或小。比如此前敬宗宝历二年的九月，赵常盈炼师即曾率领京中道士四十人，于凌烟阁北面的三清殿修罗天大醮道场；去年，文宗皇帝亲赴大宁坊的太清宫斋会，曾作御诗《上元日二首》以纪事。

安真法师和随侍入宫的华阳、宝灯此前一直在玉宸观，也是为了预备可能的宫中法事。等到正月八日，皇帝方才降下御旨，今年宫中不行斋会，内外诸道观各行斋醮如常例。由此，宋氏姐妹才出得宫观，返回了华阳观。

十五日傍晚，义山觅得机会，再次与恋人相见。

宋慕云随车还带来了一只衣箱。到别院后，她就在屏风后脱下女冠服，换上了常人的仕女衣饰。这自然是不合道门科仪的冒犯举动。可今日情况特殊，隔天恰巧还是义山的生辰日。当换穿了俗家衣的慕云自屏风后走出，义山都看呆了。恋人梳了个简便的双鬟髻，上穿绛色袄、肩搭紫帔，下着一条夹缬菡萏纹的粉裙，与当年在玉溪边初遇时一模一样！

换装完毕，就出门去看灯了。此时的长安城内，车马骈阗，人流如织。然而他们毕竟避忌旁人眼目，不走北面东市附近的热闹街衢，而是往南向走去了修政坊，该坊的东南邻接了曲江池。

路人看去，两人即如寻常恋人一般。在慕云，却是一个难得的解脱束缚的时刻。

他们来到近湖岸一处少游人的丘台，坐看曲江池对面的紫云楼一带。不知哪位公卿王侯正在设宴，花火灯光照映着水面。

人间和平而美好。义山身边的少女也是，她就是天庭降下人间的女仙神使，亦如曹植《洛神赋》中的宓妃①。

看灯过后回到药园，月影照入了轩屋。

永道士最近新添了一架筝，慕云坐下拨弹吟唱，筝曲断断续续。她唱的乃是名为《泛龙舟》的教坊歌诗，曲词听来有些沉郁：

> 春风细雨沾衣湿，何期恍忽忆扬州。
> 南至柳城新造口，北对兰陵孤驿楼。
> 回望东西二湖水，复见长江万里流。
> 白鹭双飞出溪壑，无数江鸥水上游。
> 泛龙舟，游江乐。

义山欲向恋人告白。是的，他想娶慕云为妻。可是，自己应考数年至今仍是白衣。没有官身，就没有俸禄可以供养妻小家庭。这是迎娶慕云的现实基础条件。即便恋情再深，他也不能不考虑到这一层。

因为缺乏告白的勇气，他有点怨恨自己。

---

① 传说中的洛水女神。《楚辞·离骚》："吾令丰隆乘云兮，求宓妃之所在。"

看灯归来后，慕云的神情也有些忧郁。上元节的欢闹气氛令她想起了往昔在长安的无忧童年。而今亲族四散凋零，怎不让她感慨生愁。

这晚，她第一次跟恋人谈到了贬死南方的祖父宋申锡，讲述的语气却很平静。

大和五年的二月底，祖父宋申锡已知被诬反罪，午后从中书省回到家宅时，神色自若，脱去朝服，换上了常服，独自在外厅等待捕吏登门。

慕云祖母不解状况，问他："公是宰相，位极人臣，何以会负天子而谋反呢？"

宋申锡正色对慕云祖母言："我受皇帝信托，擢升相位，不能锄奸去乱，今日反为政敌罗织罪名。夫人向来知我，我岂是谋反之人？"

两人当时相对而泣。而府中的叔伯婶母、兄弟姊妹一时惊怖，全都不知所措。当时情形，慕云后来才从他们口中闻知。那年开春，她正好随安真法师在京师，闻讯欲赶赴自宅，被法师给制止了，所以才没有被连累。

"阿翁向来约身谨洁，自从封官内廷，升为宰相，一直持守公廉。四方有投门贿赂的，一概拒纳不受。抄书郎，你可知后来阿翁被治罪，有司验劾时没有查获任何赃物，却看到了阿翁记录每笔退还的簿记文书！"

宋申锡的清廉，长安城里人尽皆知。为其抱冤怀屈者很多，当时舆论对宋家遭遇普遍报以了同情态度。

慕云又说，前年七月，祖父在开州去世后，皇帝下诏特许归葬乡里。九月,亲族扶棺回到桂阳郡①义昌县葬于家墓时,她和姐姐曾由安真法师设法安排潜归乡里,在举行安魂度亡法事的黄箓斋时以道童身份出场。

以上细节,义山听后大为震动,良久不能言。

院墙外的街市中,俗家男女的欢闹语声不绝于耳。轩屋里,慕云低头不语,默默垂泪。义山掏出袖囊中的净巾,为她拭干了泪迹。

彼此倾慕的这两个青年,各自都有暂不可解的烦恼愁结。他们两手相握,头肩彼此倚靠,面朝打开的轩门坐看着外间。上元夜的月光投照院中,将两株梅树照得通体明亮,也照映着他们年轻的面庞。

是晚,轩屋中铺设了两张卧铺,两人分枕而眠。

他们侧着身,脸对着脸说话,谈说了好久。她唤他十六郎,他则叫她为云娥。慕云忽而噗哧轻笑,音声娇俏可爱。刚才的烦愁似乎已消散。看着她夜间入寝时尾端扎起的长发,看着她多情的双目和翕动的口唇,义山仍不敢有非分之想。不是不想,他当然很想得到她的全部。可是,他还有不知前路会如何的迷惘。如此的亲密幽会已让他心醉不已。他唯愿时间能就此停驻,让这样的相处尽可能长久;又希望时间能快速推移,让一切都显现它最终的答案。

黎明时,他早早即起身。在永道士平时所用的书案前点上灯,写了封短笺。还是用凤篆体写的,内容是:待得摘桂,永结同心。可是,转念他就有了反悔,觉得此时不是求婚的好时机,便将纸笺投入了尚未熄灭的炭炉中,看着它一点一点变成了黑灰的余烬。

---

① 今湖南省郴州市。

十六日这天恰好是义山生日，僮仆从本坊食肆买来了菜食，还提了一壶玫瑰酒回来。这天中午，慕云面露浅笑，举杯为恋人祝贺，义山将杯中酒一饮而尽。酒液接续入喉，周身渐渐温暖发热，而她娴静的姿容比美酒更让义山沉醉。

沉浸在恋爱中的他，丝毫没有预料到今年将会发生的两重波澜。这两重波澜此后都将极大地改变他的人生。而这个貌似美好的脆弱的世界随后也将趋于碎裂，发生一系列的崩塌。

慕云走后，义山在药园别院又住了两天。十七日便写出了《昨日》。刚刚相会不久，他就开始盼望下一次重聚了：

　　昨日紫姑神去也，今朝青鸟使来赊。
　　未容言语还分散，少得团圆足怨嗟。
　　二八月轮蟾影破，十三弦柱雁行斜。
　　平明钟后更何事，笑倚墙边梅树花。

是年二月九日礼部进士试，二十二日放榜。虽然科目中重又试诗、赋，但是义山再次落榜了。因为已有和慕云的约定，打击之大可想而知。从礼部南院看榜归来后，他极度沮丧，好几天蛰居不出。

二十六日，令狐绹前来探问，又邀义山赴晋昌坊家宴。这当然也是遵循了父命。这次家宴，令狐绹特意邀来了新近从宫中放出的教坊伎乐人，以歌舞佐酒，还频频出语宽慰。座中还有其他两位令狐公子和另一个令狐绹的友人，众人拈字作诗，义山拈得了"分"

字，真是不讨喜！当晚有作《子直晋昌李花》：

> 吴馆何时熨，秦台几夜熏。
> 绡轻谁解卷，香异自先闻。
> 月里谁无姊，云中亦有君。
> 樽前见飘荡，愁极客襟分。

在这首诗里，他第一次嵌入了"云"字。第三联里的云中君，表明了令狐绹的朝官身份和得到他多年照护的情谊。不过，这也是一个双关，又暗指了宋慕云。

义山心情索莫，日日如坐针毡，很想立即返回荥阳。只因恋人还在这里，所以延到仲春过后，他仍然滞留在长安。

二月二十九日，慕云曾邀义山同游终南赏桃花（也是慰解他的失落情绪）。不过，这次不再是两人幽会，同行的还有姐姐宋向真和永道士。这次出游时，慕云、向真和宋永都没穿道服，慕云还梳了京城新近流行的高髻。她的装扮，正预示了她期求回归俗世的心愿。

义山归来有作《判春》诗，将宋氏姊妹一同写入了诗中。是年慕云十九岁，向真二十一岁。

> 一桃复一李，井上占年芳。
> 笑处如临镜，窥时不隐墙。
> 敢言西子短，谁觉宓妃长。
> 珠玉终相类，同名作夜光。

虽然应举再次失败（已是第四次了），大和九年却是义山的恋爱之年。事后证明，这段经历极大地刺激了他的恋诗的酝酿与创作。此后他的《燕台四首》即分写大和九年的四个季节，很明显就是回忆之诗。

上巳日又有约会，这次仍旧约在了药园。慕云中午即到，他们驱车去了南面不远的曲江池。两人坐在车中依偎说话，行到人迹少的地方，方才下车来至水岸边。义山有《向晚》诗咏到了这次相会。

池边柳树下，宋慕云告诉义山，自己四月上旬将随安真法师归返玉阳山。她问义山今后有何打算。她问的当然是恋人的前程安排。

义山此时心思烦乱，不想考虑来年的应举，只答道："我只愿随云游走。"

慕云明显感到了失望："那么，明年不应举了？"

正处歧路中的义山一时难以作答。也许，跟着慕云回去也是个办法，至少可以离她近一些。总之，究竟如何他还没有想好。

他反问慕云："你就打算一直追随法师下去么？今后又去何方游道呢？"

这回轮到慕云犯踟躇了。她当然了解义山的情思，虽然他还没有最后表白。倘若此时他开口的话，她一定会应承下来的。

他们就像两艘漂泊到一起的小舟，此时非常需要一根牢靠的缆绳将彼此命运紧紧地系缚到一起。倘若之前在药园写下的那张字纸不曾烧却而是交给了慕云，情况可能就大不同了。可是，义山的性格里有很严重的迟疑不决的成分。这也塑造了他和她的命运。

他现在没有办法许诺，这就是义山传递出的心绪。他的犹豫未决明显让慕云感到了失望。失望又引发了深深的痛苦。

此时此刻，道家的众多神祇、仙真、异人没有给出任何提示，能让他们预知今后的局面。他们像是两块注定碰撞的磁石一般，只是想看不断靠近，靠近，直到电光火石的刹那间吸拢合并到一起。他们的情爱如此炽烈，即便其间曾经有过疑虑，过后也仍然在不断地危险地升温。

这次宋慕云没有留在药园过夜，暮晚就坐车离去了，留下义山一人怅然伫望着恋人的远去。过后，他独自骑马回到了荐福寺。《明日》这首诗即是写上巳相会后的愁绪，他在水榭池边徘徊游走，又通宵夜坐直到天明。诗中的碧绮寮即喻指了药园：

天上参旗过，人间烛焰销。
谁言整双履，便是隔三桥。
知处黄金锁，曾来碧绮寮。
凭栏明日意，池阔雨萧萧。

不过，义山在三月里还写出了一首美丽的诗。他去拜问恩公令狐楚起居，告知自己四月里打算返家探亲。其时令狐府的西园里有一处本坊有名的牡丹花圃，令狐楚就引徒儿同去园中观看。牡丹丛中，独有一株百枝牡丹最是艳丽荣茂。义山怔怔谛视许久，归来荐福寺后写出了这首《牡丹》：

锦帏初卷卫夫人，绣被犹堆越鄂君。

> 垂手乱翻雕玉佩，招腰争舞郁金裙。
> 石家蜡烛何曾剪，荀令香炉可待熏。
> 我是梦中传彩笔，欲书花叶寄朝云。

不消说，结尾"寄朝云"三字差不多已经直接提示了恋人的名字。而对不知情的外人来说，这样的隐语手法自然很难索解。这首诗转交慕云之前还曾展示给永道士看，永道士读后也连连叹赏。

四月一日，令狐绹又邀义山与兄长令狐绪、蔡京、从弟令狐纬（令狐楚弟令狐定之子，此后改名为緘）五人同登慈恩寺雁塔，并刻石题名。彼时令狐绪升任了侍御史，令狐绹前不久调任了右拾遗。义山和令狐纬只是乡贡进士，皆署名为"进士"[①]。

上巳相会后，慕云一直回避不见，义山担忧恋情转冷，四月初又作《残花》，时盼团聚，相思极苦：

> 残花啼露莫留春，尖发谁非怨别人。
> 若但掩关劳独梦，宝钗何日不生尘。

很快已是春末夏初，慕云这天托永道士寄来短信，告知即将归返玉阳山，启程是在十二日。义山考虑一番后，决定随其东返。此次回郑州，已有了迁家济源之想，再作《牡丹》诗：

---

① 唐人眼中，只要能参加进士科考试的，都可称进士，有题名资格。考中后添一字为"前进士"。

> 压径复缘沟，当窗又映楼。
> 终销一国破，不啻万金求。
> 鸾凤戏三岛，神仙居十洲。
> 应怜萱草淡，却得号忘忧。

第二联写牡丹难以求得，是为譬喻娶慕云的艰难，第三联隐指恋人将回灵都观，而尾联则宣示将要回乡探母了。

离京前，先去本坊向恩公辞行，过后又去晋昌坊与令狐绹告别。令狐父子当然都嘱咐义山今年入秋还来长安应举。气可鼓不可泄，切不可就此罢休。

四月十日，义山骑马，雇了一役夫挑送行李，离开了长安。他追随在安真法师等人的车驾之后，先回了洛阳，过后与永道士在城中安国观待了两日。离长安时还写有一首《东还》诗。此时距离宝历二年初入玉阳山学道已十年，距离大和三年春脱去道服也有七年。下山至今，科举屡屡遇挫，他隐隐已有悔意：

> 自有仙才自不知，十年长梦采华芝。
> 秋风动地黄云暮，归去嵩阳寻旧师。

将行李和马匹暂寄洛阳敦化坊让山家，义山过后与永道士一同坐车返回了玉阳山。

途中永道士一直在向义山鼓吹重新入道，还提示了门径：玄宗朝的可授道官的道举早已废止，贞元四年（788），崇玄馆罢大学士，宰相不再兼领道教事务。宪宗元和二年（807）二月，诏僧尼、道士同隶左右街功德使，自此祠部[①]、司封[②]不复直接管辖僧道事。功德使下面，又设左右两街道门威仪，专管道观诸事，清都观观主赵炼师即是右街道门威仪。道门威仪身边历来都有副职道官比如都教授博士等人来辅助。宝历二年被放逐岭南的太清宫道士赵归真就曾充任过此职。

如果学识修行根基深稳，又得相熟法师推荐，获得此位倒也不难。

"你与赵炼师本来就有旧缘分，倘如要获得推荐，安真法师、灵都观柳观主、赵纲首和龙兴观邓真人都可以相助。"

此次在长安，永道士也拜见过左街道门威仪郄玄表，郄氏与赵炼师同为长安玄门的领袖。

义山听后心中略有所动。倘若重回玉阳山，若干年后再拜入赵炼师门下，的确是一条可行路径。具体如何，他还要再细想一下。

义山与慕云的情恋，永道士一直从旁协助。最近义山与恋人略有疏远，永道士当然也知情。来洛阳后见义山情绪低落，就有意相助。

"当年在经坊中，你不是抄过陶弘景《真诰》么？可还记得其中女仙事迹？"

义山依稀还有印象。不过，那时抄录的只是散篇，他并未读过完

[①] 隋唐别置祠部曹，属于礼部，掌祠祀、天文、漏刻、国忌、庙讳、卜祝、医药等，及僧尼簿籍。
[②] 又称"司封司"。吏部诸司之一。掌封爵、命妇赐予之级。设郎中、员外郎各一人，为正副长官。

整经文,只记得其中有女仙降神的片段,感觉飘渺、美丽、神异。

《真诰》与《大洞真经》、《黄庭经》并称上清三部之一,修炼到特定等阶的法师才能持有,且须盟誓不得外传。此次长安受箓,永道士已受得此经。

"十六郎莫心急,从这部道经解入,自可揽云入怀。"

永道士是在打双关譬喻,义山当然懂得。因永道士言语说得太过轻易,又有些将信将疑。

见义山不信,永道士皱了皱眉,起身去车厢后堆放的书箧中翻找。他摸出了一只书匣,里面就装盛了《真诰》十卷。这是去年八月他从授箓法师那里借了原本抄来的,装裱颇精致。

书匣递交到了义山手中。

他们的车驾到达孟津,过河阳浮桥后追上了宋慕云她们所坐的马车。义山和永道士下车松腿歇脚的那会儿,恋人曾拨开帷帘,对他粲然一笑。义山心里的冷炉灰顿时又复燃了起来。

复又登程,不到半日就来至玉阳山下。傍晚时分,慕云、向真等女冠随同安真法师回返了灵都观。义山有作《无题》诗描绘恋人车驾回山情形:

> 白道萦回入暮霞,斑骓嘶断七香车。
> 春风自共何人笑,枉破阳城十万家。

时隔多年,义山再次站在了通往东玉阳的东庄山麓。提前接到报讯的李雍、广成已早早站在松门旁等候。啊,广成已长成了一个端正高大的青年，李雍下颔留了蛮长的髭须。三人相见时，顾不得行道礼，肩臂两两相搭，不停地询问答话，如同少年时一样。

义山和当年的玉阳学道伙伴永道士、参寥、广成和李雍，一同先登仙姑顶，在上院拜会了新近住持东玉阳的刘几微道士（白道人已退职）。过后又回至中道院，看望其他相熟的尊师和同学，相见彼此亲切。虽然义山已是俗家装扮，在玉阳道人看来，他仍旧是当年的同道伙友。对于义山这几年来在京师所获得的才名，因为永道士和参寥经常有吹嘘，他们早就耳闻过啦。

当天，义山暂住在中道院的客坊。次日上午，由永道人和参寥陪同去王屋山阳台宫拜会了柳默然观主。柳观主前不久身体稍有复原，已可行动自如了。义山归山，她自然也很欣悦，嘱咐永道士仔细照料。

"今后无论留山，还是下山，玉阳都是你的家。"

观主这句话朴实真挚，义山听后感动莫名。

又去拜问了昔日的尊师、如今已移居阳台宫附近茅庐的玄微先生，以及同样在王屋山中隐居的白道人。早年在经坊时对义山悉心教授的智玄法师不日将要移住湖湘某道观，也有专程去探望。上述回山后的拜访，义山都有作诗留念。

灵都观中，赵景玄仍是监斋，现在的上座①即是入道公主安真法师。义山由永道士带引，第一次走入由原先观主院改建的上座院，在莲叶田田的水池畔，拜见了安真法师。

安真法师这年二十八岁，尚且年轻。去年成为洞真法师后，已

---

① 《唐六典》卷四："每观观主一人，上座一人，监斋一人，共纲统众事。"

可接掌道观。柳观主屡次上书京师功德使，请求辞去观主职，然法师因柳观主德高望重，又是自己授箓恩师，故而一再挽留，迟迟不肯接任。

法师见到义山，直接询问其意愿：这次回山作何打算？

义山的想法是："打算暂住若干月，其间会下山，将荥阳家迁来济源。"

"穿了俗家衣在观中行走毕竟不便。还是重披道服吧。来年即便要应举，也无妨碍。"

法师似乎很明了义山此时的境况（应该是宋氏姐妹已提前告知了）。她既然已经如此嘱咐，义山敢不遵命？隔日就由东玉阳监斋刘先生设仪见证，重披了道服。

当天就从客坊转去了中道院内院的独立静室，这里房间大，还自带小庭院和可供望远的坪台，植有松萝与草竹。视野也好，正好面对了西玉阳的灵都观。

夜幕笼罩了西玉阳，既熟悉，又感觉陌生。对于今后何去何从，他仍然没有一个确定的方向。只有一个事实是明确的，他的恋人此时就在对面的灵都观里。无论慕云到了何处，他都打算追随其左右。

当晚写出了《玉山》诗，可以看作当时心境的反映。他已有意愿投身道举，也期待着此后能与恋人双宿双飞：

玉山高与阆风齐，玉水清流不贮泥。
何处更求回日驭，此中兼有上天梯。
珠容百斛龙休睡，桐拂千寻凤要栖。

闻道神仙有才子，赤箫吹罢好相携。

后面几天，义山就在中道院静室里览读陶弘景的《真诰》。

陶弘景字通明，自号华阳隐居，谥号贞白先生，丹阳秣陵[①]人，为上清派尊奉的大宗师。齐永明十年（492）上表辞官，挂朝服于神武门，退隐句容句曲山（即茅山），不与世人交。梁武帝萧衍即位后，屡请不出，恩礼不减，书问未曾中断。天监三年（504），帝遣人送黄金、朱砂、曾青、雄黄等物，以供炼丹之用；天监十三年，又下敕于茅山为建朱阳馆。陶弘景自居最上层，弟子居中层，宾客只能至下层。自此过后便与外物人事隔绝，唯有一家僮随侍在旁。

沈约有诗《华阳先生登楼不复下赠呈诗》：

侧闻上士说，尺木乃腾霄。
云骈不展地，仙居多丽樵。
卧待三芝秀，坐对百神朝。
衔书必青鸟，佳客信龙镳。
非止灵桃实，方见大椿凋。

陶弘景却并非《真诰》的作者，而是编纂者。此道经系东晋时杨羲、许谧、许翙等人的降仙通灵记录。在陶弘景之前，南齐吴郡的顾欢曾加以搜集整理，编成《真迹》。陶弘景搜访遗编再加注

[①] 今江苏省南京市。

解,编成了《真诰》。真诰者,即仙真传授的诰语。此经仿《庄子内篇》七篇,每篇一卷,以三字为题,命名与汉代纬书类似。

道书中提及的人物多是玉阳山道流尊奉的上清宗师:上清第一代太师、南岳魏夫人魏华存,乃西晋末东晋初人,引众仙真降于杨羲(杨为司徒琅琊王的舍人,上清第二代玄师),夫人命子刘璞传法于杨羲,杨羲受神仙诰语并记录,再传护军长史许谧(上清第三代真师,晚年退官与杨羲同修道书)、许谧子许翙(小名玉斧,上清第四代宗师,因郡举为上计掾、主簿,并不就,真诰中又称之为许掾)。以上诸人并皆升仙。五代宗师为马朗,六代宗师为罕子言,七代宗师为陆修静,八代宗师为孙游岳,九代宗师即陶弘景。

这部道书汗漫幽微,初读的头几日,义山毫无头绪。某日永道士来,加以点拨:

"此《真诰》乃上清宗师破天师道①黄赤、混气②邪术之书,不得以寻常道经看,亦不是小说怪谈。前两卷皆以人神相恋以获长生登仙为主轴,其余无非道术策应。你须看透字面隐语,才能得其要旨。"

经此提示,后面数日义山再披览细读,果然渐渐看清了全貌。

最先的《运题象》两卷,以女仙萼绿华降神故事,引出了杨羲

---

① 早期道教教派,融合了很多巫风方术,创始人为东汉张道陵,张道陵之孙张鲁在曹操远征巴蜀时受封赏,天师道徒几万户被安置于长安、洛阳、邺城等地,始在中原传播。因奉其道者须纳五斗米,又称"五斗米道",很多世家华族加入天师道,如王羲之祖辈自汉魏之际即信仰五斗米道。
② 黄赤与混气皆喻指阴阳之气的交合,即房中术。

与安妃的人神恋爱。

这位萼绿华原是九嶷山①中得道女罗郁，年可二十，上下青衣，颜色绝美，以升平三年（359）十一月十日夜降羊权。一月之中，六次往来。赠羊权诗一篇，以及火浣布手巾一枚，金玉条脱各一枚。

萼绿华故事，乃为引出后面的人神相恋。

东晋兴宁三年（365）六月，诸仙真屡次降临杨羲家，促请杨羲与神女九华安妃（又称安妃）发生人神恋爱。行文穿插了道家玄言诗与问答。又罗列降临诸仙三十八位，其中二十三位男真人，十五位女真人。先由南岳魏夫人、紫微夫人、安妃各自传授隐奥秘旨，由杨羲录写。

紫微夫人说众真所言乃是"三元八会群方飞天之书，又有八龙云篆明光之章"。

> 尔乃见华季之世，生造乱真，共作巧末，趣径下书，皆流尸浊文淫僻之字。舍本效假，是嚣秽死迹耳。夫真仙之人，曷为弃本领之文迹，手画淫乱之下字耶。夫得为真人者，事事皆尽得真也。奚独于凡末之粗术、淫浮之弊作，而当守之而不改，玩之而不迁乎？

这段文字可注意者，在于提示俗世粗术与真人书章的分野差

---
① 又名苍梧山。《水经注》："苍梧之野，峰秀数郡之间，罗岩九峰，各导一溪，岫壑负阻，异岭同势。游者疑焉，故曰：九嶷山。"

别。在义山读来,思路却从道徒的说教旁逸到了写诗作文的品第高下。他思虑长久,若有所悟。

萼绿华故事之后,《运题象》又描绘众仙屡降的情形。

六月二十五日夜,紫微王夫人领神女安妃再次降临杨羲家。安妃馈赠以仙枣,并有大段告白解说,细节很多。

安妃的样貌如下:

> 神女着云锦襦,上丹下青,文彩光鲜。腰中有绿绣带,带系十余小铃,铃青色黄色更相参差。左带玉佩,佩亦如世间佩,但几小耳。衣服倏倏有光,照朗室内,如日中映视云母形也。云发鬓鬒,整顿绝伦,作髻乃在顶中。又垂余发至腰许,指着金环,白珠约臂,视之年可十三四许……神女及侍者,颜容莹朗,鲜彻如玉,五香馥芬,如烧香婴气者也。初来入户,在紫微夫人后行。夫人既入户之始,仍见告曰:今日有贵客来,相诣论好也。

读到此节,义山就想,慕云即我的九华安妃也。

后面情节,紫微夫人都在撮合杨羲与安妃缔结情好。比如下段:

> 紫微夫人又问某:世上曾见有此人不?某答曰:灵尊高秀,无以为喻。夫人因大笑:于尔如何?某不复答。紫清真妃坐良久。都不言。

过后，安妃又令杨羲听口授而录诗。因为之前有了永道士的提示，义山立即看出这是一首描绘安妃向杨羲求爱的恋诗：

云阙竖空上，琼台耸郁罗。
紫宫乘绿景，灵观蔼嵯峨。
琅轩朱房内，上德焕绛霞。
俯漱云瓶津，仰掇碧柰花。
濯足玉女池，鼓枻牵牛河。
遂策景云驾，落龙辔玄阿。
振衣尘滓际，褰裳步浊波。
愿为山泽结，刚柔顺以和。
相携双清内，上真道不邪。
紫微会良谋，唱纳享福多。

其中"濯足玉女池，鼓枻牵牛河"以及"愿为山泽结，刚柔顺以和"两联都以隐语暗指了男女的相恋合欢。后面紫微夫人所授诗也是同样内容，比如其中的两联：

乘飙俦衾寝，齐牢携绛云。
悟叹天人际，数中自有缘。

后续情节都是在劝说杨羲认识到此人神恋爱乃修道之必须。

此时杨羲与安妃尚未结好。到六月二十六日傍晚，众仙真又降临。有紫微夫人、九华安妃、南岳夫人、紫阳真人、茅中君、清灵真人、茅小君和桐柏山真人王子乔。安妃又作长篇告白,意思仍在宣说人神恋爱乃修行之正途。

而后紫微夫人就直接挑明了这一点:

> 偶灵妃以接景,聘贵真之少女。于尔亲交,亦大有进业之益得,而无伤绝之虑耳。

以上情节故事,与义山早年所读汉魏六朝小说《穆天子传》《汉武帝内传》《搜神记》等极为相似,只是描绘更为详尽,形貌言行的细节直观丰富,一一如在目前发生一般。义山想:当年在经坊时也曾抄录过这两卷,若不是永道士提示,至今依然不能解。十四五岁时情窦未开,只喜读神异故事,故而智识未通吧。

此篇后面解说三十六天及十方上下,皆大段贬斥黄赤术及帛家道①血祀术,宣谕上清长生登仙之旨。卷尾陶弘景有注:此卷并立辞表意,发咏畅旨,论冥数感对,自相俦会。你看,陶隐居自己也并不讳言《真诰》有启发情恋的一面。

接后的《甄命授》二卷内容类似前篇。也是众真降临,教导许谧与右英王夫人发生人神之恋,一如安妃与杨羲前例。罗列上清经目,叙述历代修道者掌故及神仙传说,讲说学道的要诀旨意。

其后五卷都是修道辅助之用:《协昌期》二卷讲众真如何治病

---

① 魏晋时的一个道派,以"煞生血食"为祀.修炼炼丹服气、召劾厌胜等方术。至东晋传入江浙一带,为士族信奉,后与天师道和上清派合流。

消魔，多录经诀，提示导引、咽液、内视、远听、祈祝、服药、应梦等要诀禁忌；《稽神枢》二卷记茅山地理形胜和入山修道者事，旁及诸洞天仙、地下鬼官位次，与佛家地狱轮回亦相似；《阐幽微》一卷则将梁代以前人物如秦皇、汉武、孙策、董仲舒、张衡、阮籍、嵇康等纳入，讲解与佛家类似的福报原理；《握真辅》一卷则记杨羲、许谧、许翙三人在世时的修道生活及书札往来，多记感梦、通神、写经、修行诸事；最后《翼真检》一卷为陶弘景自述，分《真诰叙录》和《真胄世谱》两部分，述《上清经》之源起、传授以及该道书的出世、流传、收集与编集情形，《真胄世谱》记许氏谱系，附杨羲等人传略。

《真诰》以降真与人神恋爱故事杂以玄言诗，充斥了大量的隐语、暗示和梦迹，敷衍教理，申明真诀，以神谕形式揭示了经过上清派改造的男女合修之术。

义山又入灵都观经楼，查阅所藏的六朝史书。对照参解，渐渐悟得这是上代宗师以六朝时流行的神仙降诰、预言、谶语、玄言诗为相王司马昱（即后来的东晋简文帝）求子嗣。

也就是说，《真诰》的出世，自有其实际的指导作用。

一旦解通，义山便沉浸在这个仙真世界中了。后几天重读，恍然感觉自己已代入了羊权、杨羲、许谧，而萼绿华、九华安妃、右英王夫人的化身，不就是现在灵都观中的慕云么？！过后几日里，他白昼时游走道观内外，常常喃喃自语，而每到入夜就寝便会做梦，梦到与慕云在灵境云端遨游，或在仙界宫台前相会。青春绮想、恋梦与仙真传说、道观实境渐渐混融在一起，几不可区分孰为真、孰为幻。而在未来，这次读经也对他的作诗法产生了持久的影响。

来玉阳一旬后，他已想好了该怎么做。

既然《真诰》以萼绿华诗来起头，那么他也要以诗来发端。这天早起，他将静室里的书案与文具搬至坪台上，一边听着初夏天起伏的松籁声，一边握笔蘸墨，写出了《当句有对》：

密迩平阳接上兰，秦楼鸳瓦汉宫盘。
池光不定花光乱，日气初涵露气干。
但觉游蜂饶舞蝶，岂知孤凤忆离鸾。
三星自转三山远，紫府程遥碧落宽。

因为认真研究了《真诰》的设辞术，义山对于作诗时如何布设隐语已经娴熟。首联是指东西玉阳山的道观，灵都观上座院中有水池，因此颔联以池边露气作譬喻，描绘恋人慕云之前的有意疏远。东玉阳道徒每隔一旬就会去灵都观参加男女合班的早晚常朝仪，结束散班时，义山曾见宋慕云与其他青年男道人接语交谈，心生妒意，这是第三联的意思所出。尾联纯是感叹：两道观距离如此之近，自己与恋人却隔得如此遥远。

诗写出后，又加添了从《真诰》"运题象"篇抄录来的一段。这是只有道徒间才能解得的密语，只为向恋人再次剖白心迹：

情已如一，方当相与。结驷玉虚，偶行此玄。同掇绛实于玉圃，并采丹华于阆园。分饮于紫川之水，齐濯于碧河之滨。东玉阳石台抄录真经语句，以赠慕云。

合班常朝仪十天才一次。义山委托永道士转交宋向真，过后再由向真交予宋慕云。慕云如有书信回复，也可通过同一传递路径返回。

许久未能与恋人相聚，从永道士那边转回的慕云信笺也是只言片语。因为不能明白探知对方心意，义山心情苦闷。

很快，玉阳山迎来了夏天的雨季。

某日义山去灵都观参加常朝仪后，因阻雨去了经楼看经。从经楼高处正可以俯瞰恋人所居的上座院。雨幕中的池院景物空明，漆成红色的曲栏杆围绕着山池，池中莲花已绽放数朵。精思阁前垂落了挡雨的油布帘，帘后似乎有人影正在走动。那是慕云，是向真，还是安真公主？看不分明。精思阁连接的后院是她们平日起居休息的内室，院中三株高大的楝树正在花期，柔枝蓬开了巨大的树冠，缀满婆娑的花簇，远远望去犹如淡紫色的云霭。

雨势渐小渐停，雨止后，灵都观又笼罩了薄雾。似乎是慕云和向真两个走出了前阁，手里执握了绫扇，正站在下方庭院中彼此交谈。

来灵都观后，相距咫尺而不能相见，实是难忍。义山有点想念长安的药园了。难道像天上的织女牵牛那样，一年只能团聚一回么？牵牛啊，不要让织女来回奔波了，你应将她拥入怀中，让她常驻身边不再离去。倚靠着窗口的义山神魂出窍，好几次都想呼喊出声，让池边的恋人留意后面经楼上的自己！

归来东玉阳后，神思还系留在灵都观。夜间已放晴，看向静室窗外，雨云散去后，天幕幽蓝如同海底，满布了繁星（因为是晦日，不见月亮）。明日又会如何？他并不知道。对方的心意倘若不变，应该像夏日晨间的露珠一样明亮而确定啊，义山唯愿与这明珠般的恋人长相厮守，除此别无他想。

愁闷无可排遣，只能上床就眠。他希望能在梦寐中与恋人相聚，听到她轻柔的语声，闻到她兰薰般的气息。

回荥阳前，义山想见慕云一面。机会终于来了。

五月初，雨水停歇，天气仍然温凉。当年玉阳学道的几个同学约好游山，重游王母洞。同行者有宋向真、宋慕云、永道士和参寥。李雍和广成因为要督促东西两庄的农事作业，所以无法分身。

初夏的晨间，尚书谷中轻雾缭绕，两边山麓林地中，鸟雀低飞欢鸣。日阳升过东玉阳岭头后，雾气渐渐散去，现出了澄澈碧蓝的天，视野顿时清明了起来。

慕云和姐姐向真走在前面，她们今天都穿了同款色的山居道服，脚上一双便于登山的皮履。女冠道服肩袖部分比较宽大，行走起来袖口随风摆荡。从后面看去，她们犹如两羽扑翅的蝴蝶。

沿了玉溪上行，路上不时会遇到出田的农人。也有役夫正在修理从山麓溪涧引流的水渠。村中望过云气的长老说，过几日或许还会下雨，正是稻麦播种的好时节。

他们五个人，彼此间走走说说，只有义山和慕云没有搭上话。有旁人在场，他变得口拙，不知该说什么好。慕云也是如此，两人之间似乎竖起了一架看不见的隔屏。

到得王母洞后，当然也游了灵山洞。多年前的游山记忆重现了。只是这回大家都已长大成年，不再新奇地在洞里兜转呼喊了。一早出来，人已经走得很疲累。坐在灵山洞前歇脚时，永道士提议再去金炉峰的东王母洞，然后直接从北面折回玉阳山。按他说法，反正已请得假期，慢慢走去就可以了，到东王母洞后，可以向山民雇两架篮舆让宋氏姐妹乘坐。大家傍晚前返回道观就可以了。

义山和慕云不约而同都说路途太远，不去了。于是，五个人就在洞前分了途。

待他们三个走远，义山和慕云相视而笑。这是来灵都观后他们的首次相会。

然而洞前有数条山道交叉，时或会有樵夫、猎人、山居法师走过，不方便说话，还是要寻觅一处景致佳好也僻静的地方。他们走上了侧坡小道，穿经一道又一道嵌岩，登上了天坛峰。

孤峰的东向有一座茅亭，可以望远直至天边海头。他们坐在了亭中。

"累不累？"

"不累！"

"自上次相聚以来已多久？"

"整两个月！"

"在观中为何不与我说话？"

"我怕被人识破……"

"寄来的诗看了么？"

"看了！"

"我还以为……"

"怎会！"

他们不再是孤凤与离鸾，所有情侣间会说的话他们全都说了。此际只要在一起，任什么话语都能浇灌他们彼此渴慕的心田。爽劲的山风已将之前的犹豫、迟疑和小小的不快驱走，连沾身的汗水也被吹干了。岭头的云那么洁白，那么悠然，离他们又那么近。义山看着恋人的黑瞳，那双瞳目里也映现了天光和云影。

当慕云再次确切地告白、誓言永不分离时，义山的心都快跳出胸膛了。

在这个没有阴影的夏日正午，眷爱的人就在身前，他执握了她的手一直不曾松开，也不想松开。她的面容看不够，她的音声听不够。真想永久地停在这一刻，或者此后的每一天都只围绕这一刻旋转而不偏离；真想羲和的日车就此驻留，不再匆忙地赶路；真想让王屋山中的众仙听到并见证他们的誓言；他还想从西王母那里讨得绳索，系留住天心那朵最大的浮空的白云！

这是大和九年端阳节的前三天，这年义山二十三岁，宋慕云十九岁。

五月十日，义山离了玉阳山，返郑州探母，商量安排移家济源一事。永道士也一同下山，他要去往洛阳的安国观。

义山之所以考虑移家济源，不只因为济源离恋人所在玉阳山比较近（雍店①故庄离玉阳不到百里），还有几重较现实的考虑。

义山的高祖李涉、曾祖李叔恒原先都是安家怀州，皆葬于雍店

---

① 今河南省沁阳市北的山王庄镇。

之东原。曾祖早逝,义山的祖父李俌少小时随曾祖母寓居荥阳,后以明经中第得以授官,曾任邢州[①]录事参军,不幸亦壮年去世,卒于任上,因家贫未能归葬怀州。所以,荥阳和怀州两地都是义山的祖地。

弟弟羲叟年初来信,曾告知路过雍店故庄时见祖茔荒废倾圮的现况,义山当时就有了修葺祖茔之想。义山自大和三年入令狐幕府为巡官,即便入长安应举,每年都有例定十万的俸金,加上受崔戎召辟的聘金和历年为他人撰文所得的润资,手头已有一些积攒(他平时日用很节省,此前赁居荐福寺的费用也由恩公支付)。

总之,他现在稍有余力可以做成此事。

另外,大和三年处士叔去世后,因为所遗留的二子年龄尚小,从弟思晦又外出应职,家田一直无人料理。倘若将处士叔家田与自家庄田合并出租给他人耕种,每年也可以有一笔固定入项。雍店故庄仍保有十亩薄田,仆佣稍加耕作,就可以勉强为食。

移家之后,生计虽然算不上宽裕,但安稳度过若干年大可无忧。

到郑州时,义山曾登上夕阳楼远眺野望。这座城楼乃昔日引荐过自己的萧澣出任郑州刺史时所造。此时此际,义山对于举业与恋情都很迷茫,杨朱歧途[②]之感初始发生,咏出了《夕阳楼》:

[①] 今河北省邢台市。
[②] 《荀子·王霸》:"杨朱哭衢途曰,此夫过举蹞步而觉跌千里者夫!哀哭之。"谓在十字路口错走半步,到觉悟后已差之千里,杨朱为此而泣。后世引作典故,表达对误入世道歧途的感伤忧虑。

> 花明柳暗绕天愁，上尽重城更上楼。
> 欲问孤鸿向何处，不知身世自悠悠。

回荥阳后，安排好内外诸事，于六月上旬移家济源（处士叔家小亦随迁），坛山那边宅田则交由当地可以信托的亲属代管。月内又雇用匠工修葺了先祖墓茔。这时收到了永道士的来信，言说近期将在安国观筹备中元节斋醮。此外还传递了另一条重要消息，宋慕云姊妹六月底也将下山来洛阳，为法事预作安排。

于是，义山不返玉阳山，下旬二十五日去了洛阳。

他仍是暂住敦化坊的从侄让山家。此前大和三年让山随同义山下山，现在河南府做了书吏，而景兴叔已因老病从府中退职，在家闲养，其子景岳来年打算去长安试明经科。敦化坊就在安国观所在正平坊的东北邻坊，往来非常方便。

这次来洛阳，义山发现永道士也有恋人，且恋爱对象也是女冠。其时风气开放，道教弟子多有交好的道侣，像永道士这样年轻而又常常往来都市者，似乎已是常例。如在长安时赁居药园别院一样，他这次也在城中僻巷租下了一间废寺的院落，到洛阳后与情人私会不断。义山有次受邀去做客，曾亲见一位着道服的妙龄丽人走入庭院，只是永道士没有引到轩屋正式相见而已。

从那天开始，他和永道士之间确乎存在了一种无须明言的默契。

七夕将近，义山渴盼着能与慕云再次相聚。这次仍然还须求得永道士的协助。在义山看来，永道士（还有宋向真）就是他和慕云缔结情缘的青鸟信使。

"莫急。容我时间来安排。"

被视为青鸟的永道士如此回应。

二十九日，慕云来到了安国观。安真法师在七夕后的十一日才会到洛阳。因此，他们会有难得的数日可以私密相处。

安国观占地广大，差不多占了正平坊的整个西半坊。该道观原为国朝初太平公主旧宅，从建筑规制也能看出它当年的等级：其北墙超出了坊墙半丈，东墙伸出坊内十字街的南北道数步（街道因此而拐曲），南面和西面则是坊墙围护。道观东南隅为东都国子监和文宣王庙（即先圣孔子祠庙）。道观中殿宇房院很多，其间多筑有引廊、楼阁与山池。

在等待的焦灼中挨过了数日。

七月六日傍晚前，义山依照预先安排，先从敦行坊来到了宜人坊西，在这里登上了泊在城南通济渠中的带篷小艇。舱内经了一番布置，舱板铺了软垫，软垫上铺了龙须席，有一张小案（铜灯盏铆于案面），有木枕和凉被，另还特意放置了一具蟾蜍炉，提前燃了薰香。炉边有香盒，可随时添加（这是永道士特为预备的，他知道义山素喜雅洁）。进舱坐下不久，就有仆人送进了盛于木盘的净巾，让他擦拭脸面与两手。今晚义山将在船中过夜。

推开船窗，静看水面的灯影。待灯影渐渐稀少，就探头怅望天宇。层云遮没了星月的辉光，四周暗沉无可观看，义山只得躺卧下来独自眠息。相思的愁苦已换作了好奇心：永道士为何要安排我在舟中宿夜？难道夜半时，慕云也会登上船来？

但是并没有，一夜无事。

天蒙蒙亮，义山还在睡梦中时，船夫解去了缆绳，使篙一撑，船身便轻缓地滑离了驳岸。向北行至淳化、淳风、宽政、宜人四坊之间的十字水，转折向右。经伊人坊北面，向东不久即来到了正平坊北，然后等候在闸口前。待晨鼓过后闸门开启，就驶入了直通安国观内的水路。义山在晨鼓敲响时也已醒来。

安国观北面的精思院占地广大，有房宇、楼阁、台榭、引院，亦有行廊、轩廊四面周匝。慕云所居曲水院在精思院西北，有一片开阔的池水，绕池遍植了竹木花草。义山所乘小艇过闸口后，直接进入了曲水院，入眼就看到了池中的青碧莲叶。晨间水光潋滟，义山蓦然产生了来到六朝江南的幻觉——那个简文帝及其词臣们反复吟咏的江南。

小艇停在了岸边。船夫说之前雇船人已吩咐他十日早间同样时刻再来，客人到时仍从这里上船。言毕划了小艇，重又钻入了莲叶丛中。义山恍如做了一个梦，心想，这永道士可真有巧心思！

沿岸边花径前行，转过盛开了黄花的菖蒲，面前有座三面开敞、垂有竹帘的台榭。

走入水榭，不见一人。继续往前探行，沿行廊走到了侧边的临水小阁。走近阁门，就听得阁里响起了衣服的窸窣声。

绕过隔屏，见慕云和向真姊妹俩正端坐等候着。义山原以为只是与慕云一人私会，这下就有些发窘：她们两个此刻都穿了道服，我自己也是如此着装。那么，现在是应该按道徒礼仪，还是按俗人礼仪呢？

面前的慕云低垂着头，见义山来到便仰头来看，目光流露了欣喜。可是，或许是受到身旁姐姐的影响，她一直用帕巾掩住了半个脸，身体稍微斜侧，一手撑扶在龙须铺席上。阁外投来的日光将她的发际和肩身照得光影朦胧。

只得按道徒礼仪相见了。三人默默地相对而坐，一种庄重的气氛笼罩着室内。义山觉得尴尬，几乎有些怪罪永道士了：费了这么多心思安排，为何不是两人单独相见呢？

时间似乎回到了去年七月在长安清都观初遇宋氏姐妹的起点。可是，因为姐姐宋向真在场，因为他们三人的着装提示了道门禁忌的存在，因为他们的恋情一直处在暧昧模糊的状态，慕云的美反而更像某种凛然不可犯的神圣存在，宛如水池中央只可目睹而难以触碰的白莲一样。省视自己内心的情感，这一年来，他一方面忍受着等待与失落交参的折磨，另一方面，却也训练出了持续恋慕与说服的耐心。

平抑了稍许有点激动的情绪，义山开始谈论这次移家济源、修缮祖茔的情况，也说出了移家的部分目的：离玉阳山更近，也是为了能与慕云长久相处。

宋氏姐妹了解了义山家的很多情况，也知道了义山当初投谒令狐相国的往事。对义山来说，洛阳曾是改变自己命途走向的第一站。

后面，宋向真很认真地询问义山今后的打算。义山答说：今年已经放弃了府试贡举，明年打算再做一次尝试。应举已多年，这条路无论如何也要继续走下去。

义山感觉自己正坐在礼部的考堂中，只是考官不同，这次考试也无须落笔。他心里隐隐生出了厌烦。

幸好这样的会面没有延续太长时间。宋向真去了精思院，留妹妹一人在阁中。起身离开时，她向义山投来的目光非常平静，这平静里自然含有一种距离感。

阁里只有义山和慕云了。可是，一开始两人还是沉默，似乎都在等待之前尴尬的涟漪渐渐消失。夏间的曲水院异常明亮，日光穿过竹帘缝隙渗透进来，在铺席上投下了刺眼的条纹。

慕云仍然单手撑扶在铺席上。她皱着眉，心里似乎纠缠了一个念头，却并不想直接开口说出。而当她抬眼注视义山时，目光又充满了期待，仿佛一个不善游水的人正在测试水深，正欲纵身一跳。

她有一句没一句，一直在说些无关痛痒的话：

"曲水院已经锁闭了。只有送进吃食的时候才会打开……"

"你听见打雷声了么？"

"这样的日子什么时候是个头……"

以及"曲水院的莲花真好……"

水阁竹帘外，近处有一枝骄傲的莲花周身映着闪动的水光。

义山接不上话，任她在那里自言自语。他昨晚很晚才睡，醒得又太早，被暖暖的晨阳一照，人就有些发困。

慕云突然膝行靠近，前额几乎快要抵住了他的额头。她很严肃地问义山此前有无相好的情人。义山听了一愣，过后当然摇头否认。慕云不信，义山就当场赌咒发誓，甚至还发了个倘若虚言任由天地诛灭的毒誓。慕云见状连忙伸出一只手堵住了他的嘴。可她的手，就此被义山捉住了。

义山的另一只手搭在慕云肩上。她摇摇肩膀闪开了。可是，这躲避是多么无力啊。当义山腾出两手扳住她的肩,她就像被捉住的猫儿那样乖顺地投降了。

义山的脸紧贴着慕云的脸,慕云又是左右摇头欲想摆脱。可是,肩膀已被捉住,这样的挣脱已然无效。现在,两个年轻人如同被胶泥胶住了一般。

慕云眼眶湿润,一颗泪珠从莲叶般饱满的脸颊滚落。眼里的表情不知是欣悦还是悚惧。她长叹出一口气,之前绷紧的防御着的身体也松弛了下来。现在,她只有两只手可以自由活动,于是拔去了玉簪,解下了芙蓉冠。那道芬芳的黑发的光瀑,从她两耳边流泻下来,一直垂落到肩身和膝盖上。

"慕云!"

"呆郎!"声音里带了幽怨与嗔恨。

他们走遍了曲水院的每个角落,识别了园中每一种草木。甚至还想登上系在岸边的另一只小艇。可这艇子好久未有修理,探身往舱板看去,舱底已漏水。于是不敢冒险,又撤了回来。

有侍女送来了饭食,他们在台榭上吃了午饭,此时还有微风吹来。午后,夏日骄阳放射出热能,气温开始上升,他们又退回了水阁。隔屏后,两人脸贴脸、肩贴肩地躺下说话。这样的场景真是奇特,仿佛在梦中才会发生。义山有些困倦,于是就在四处鸣响的蝉声中睡了个饱足的午觉。时间在慢慢地减速,倘若说它还未停滞而尚在流动,那也是像池塘里的水流那样,静而无声。

曲水院也布置了书斋和静室。下午和晚上,他们大部分时间就在书斋里消遣,如同在长安药园时一样。道观精思院中,每个单独的静室小院都配有浴室，曲水院也如此。傍晚时有侍女进入院里，在浴间灶上加柴烧热了水，慕云和义山轮流坐在木桶里沐浴洁身。深夜时分，慕云回进了静室，而义山就在外面书斋里眠卧。

七夕这天是慕云祖父宋申锡的忌日，他们并未交欢。

八日白天，早间天气转阴，午后下起了雨。宋向真没有再进到曲水院（慕云说姐姐已暂离了道观），除了侍女，并没有闲杂人等走入。淅沥的雨声似乎将曲水院从整座道观，不，应该说从整个洛阳城分离了出来。这里成了恋人的桃花源。

外间无比静谧，可是，内室里却开始了诱引与逃避的甜蜜游戏。

中午，他们在书斋里饮了酒。借了酒液的后劲，义山将身边的慕云揽入了怀中。她的头枕上了他的臂膀，他们相互谛视着。这双抹了口脂的柔唇曾在青龙寺前避开了他的亲吻，如今依然紧闭着。当他低下头，鼻尖即将触到她的鼻尖时，慕云把脸背了过去，仿佛檐头下躲避闪电的雏鸟。

雨点声紧促起来，撩拨着心弦。义山将她的身子抱在怀中，如同抱着世间的一件珍物（天知道他有多看重她）。他并没有更进一步的举动，只是抱紧了不动。他凝视着她发根间露出的白皙的脖子，那色泽，有如藏在黑发下的一段温润的白玉。从她穿着的夏季罗衣的领口、袖口那里，溢出了肌肤的芬芳。那芬芳里，还混合了微风透过竹帘带来的雨水的温凉气息。

抱紧她的手缓缓地松开，慕云也慢慢转过了头。因为羞涩，仍低垂了眼帘。义山的右手轻触到她的下颌，那赧红的面颊似乎在微微颤抖。慕云终于抬起了眼睛，那双乌黑的瞳目正凝视着恋人，两目之下，是琢玉般的美丽的半透明鼻翼。

义山的唇再次抵近，小心地合上了她的唇。触到了，又离开一些距离静候着，然后再次轻触。他耐心地慢慢地试探着她的反应。慕云流露了新异感，稍后，这双如乌潭水般的瞳目里便升起了小簇的火焰。

当义山的口唇稍微离开，贴着她的鼻尖时，慕云却将他拉了回来。她略略仰起了头，勇敢地迎了上来。当他们经由身体语言的对话获得了彼此的信任，一种甘美的融合就开始了。

恋人眼中的小簇火焰正在不断地融合、增生与分形，他们越是投入感情，这火焰就燃烧得越有活力，而慕云的体肤像是着了火一样。义山抱着她站立了起来，这是要去哪里？他每踏出一步，两臂勾住他脖子的慕云就在笑问他，他们出了书斋。

慕云忽然挣脱了他的臂膀，跳下地面，逃走了。她去了水阁，义山也追到了水阁里。绕隔屏一圈，她又奔入廊道，跑去了竹帘围合的台榭。义山试图抓住她身后的衣带，慕云轻巧地一跳，又躲开了。她在各处都躲开了追捕，最后就跑进了洞门垂挂了珠帘的内房。

一股特殊的焚香气息钻入了鼻孔。义山并没有马上走入，而是停在了门前。他在寻思是否要更进一步。也许他犹豫的时间太长了，帘子后伸出了一只手，将他牵引了进去。

绕过门首的屏风障子，进了幽深的内室。这里面向了曲水院的另一侧池面，轩廊入口和窗户都蒙上了深色纱幕。自高处橡梁垂下了两顶避蚊蚋的凤尾罗帐,义山跟随了慕云左右穿梭着,走入了一个暗影迷宫。正对轩廊的那顶罗帐前,陈列了香炉、几案、帕褥,地上立有一架九枝灯檠,床铺的枕边又有一架小烛台。刚才进来的洞门旁侧还搁了一只纸灯笼(那是夜间出室时所用)。

义山探手出去,想将慕云抱拢过来。她嘻嘻笑着再次跳开了。于是,两人绕着罗帐又是一场追逐。当他最终捉住了她,两人已身在罗帐中。

雨声不止,一如急促的鼙鼓声。他们彼此逗引着,一会儿身贴着身,一会儿又分开,手指一会儿缠绕在一起,一会儿又展开了新的追逐。当义山再次以唇吻来平息抗拒时,周边一切物象都开始围绕着罗帐旋转,晕眩同时袭击了他们两个。慕云步步后退,身披的那件半透明罗纱飘然落地,现在,她的两肩、上胸及后背已袒露着,只颈间挂了一枚凤鸟玉佩。义山探到她背后的手,已解开了诃子①的衣扣。此刻,经历了整整一年的相思苦恋,自己渴慕的这个少女终于白璧无瑕地呈现于前。她正是萼绿华和九华安妃的化身,姿体之美令人叹讶。

他俩一同半跪在了铺席上。

慕云始终没有说话。无力的推拒变成了无言的顺服,后来变成了热烈的回应。电光火石的刹那,义山自问:现在是不是拥有她的恰当时节?有那么一瞬,他恍惚预见到了可能的结局的幻影。

他的手一时停止了摸索。

此时,慕云再次闭上了眼睛,面颊上泛起了最初的红潮。她

---

① 即妇人的抹胸。

仰面向后倒去，黑发的流瀑已落到了铺席上。耳边似乎听得慕云娇唤了一声十六郎。受此鼓舞，义山体内升起了另一股更为强大的蛮力，这桀骜不驯的蛮力不停推挤着他，怂恿着他。于是，义山将双唇再次印上了恋人的口唇。

这两个彼此吸引的恋人终于来到了这场感官追逐的终点。此时外间的雨势越来越大，雨声盖过了一切，也盖过了他们在罗帐中交相应和的喘息声。慕云的身躯已飘浮在欢乐与痛苦并存的波峰浪尖之上，为要竭力忍住不发出声，她口中衔含了那枚小巧的玉佩。

而在她上方的义山感觉自己已幻变成一条赤鳞的蛟龙，正在这纱帐阵里摇头狂舞。

仿佛共同经历了探险的两个旅人，他们的身体开始松弛下来，心脏仍自激烈地跳动，难以平静。外间的雨势已变小，雨声仿佛也带了依恋的柔情，持续回响着。室内的暗影中，慕云将头枕靠在义山的肩臂上，紧紧依偎着恋人，一度浅睡了过去。面颊仍然余留了热量，在外间光线的映照下，这热量又内化为了别样的微弱的荧光。一个坠入情网的少女在做出决断、付诸行动后，迎来了她的真正的成人时刻（此时，任何科仪道规、世俗禁忌都无法阻挡）。

在洛阳城中这个秘密幽会地，两个年轻人释放出了全部的青春的热力。而现在，恰如外间重现的晴空，他们也进入了甜美的休憩。

情事过后，义山和慕云相拥坐在外面的轩廊上，久久无言。雨后的日阳分外热烈，池水和池边的花木一同折射了耀眼的夕光，满目都是光亮。每回慕云轻唤义山十六郎,义山也同样回应她,唤她那个云娥的小名。没有任何人知道他们的情事,也没有任何人听到,只有穿梭来去的夏日清风明白这个下午发生了什么。

那天傍晚,义山在书斋里落座,摊开纸卷,捉笔蘸墨,写出了一首窃喜自得、语带谐谑的《风》:

> 撩钗盘孔雀,恼带拂鸳鸯。
> 罗荐谁教近,斋时锁洞房。

连续三天的欢会,犹如一个非现实的梦境。时间暂时停止了。义山难以忘怀慕云的眼睛:如今那双黑瞳不再满含深澈不可知的潭水,已幻变出各种奇异的色彩与图像。

虽然情恋炽热,慕云仍然还有难以排遣的愁绪,她常常预感此情不能长久。某日夜半时分,义山醒来发觉她独自端坐在轩廊的帘幕前,背后身形看去像是入了定,久久不动。来至她身前,才看到她脸颊边的泪光。

中元节斋醮时他们仍有相见,不过是在安国观的道场中。

慕云担任了奉捧道具的仪师,侍立在安真法师和观主王虚明的身旁。这位王虚明也是身为大洞三景法师的女冠。本系大理评事[①]柳汶宾之妻,丈夫与所生二子先后去世,遂在长庆年间顿悟入道。

[①] 大理评事,通常是进士及第的初授官职,官品是从八品下,为校注审核公文章奏的低阶官员。

初投东都玄元观韩贞瓘门下,受正一盟威箓;四年后,又投嵩山太一观法师邢归一门下,受洞神、洞玄等箓;此后又在东都太微宫从麻姑仙师邓延康处受得上清法箓,住持安国观是前年的事。那位邓延康高道去年奉诏入京,隶籍太清宫,义山在长安时也由赵炼师引荐拜会过。

中元节那天,安国观坛场庄严,规模虽不及安真法师入道时那般宏大,却也布置得备极隆重。新筑了象征蓬峦的一丈高的土坛,青丝周绕坛内。五方设玉案,陈列奏纸、笔墨、书刀、香炉香盒等,又铺龙须席十二张,以金龙玉璧镇之,陈列锦罗等供物。

此次斋仪,还特地从长安太清宫请来了绛节,坛场内仙仗、云旗、幡盖林立,皆由男女道童执握,房廊院宇的入口两侧也挑出了长幡。坛场四隅列置了四组九枝灯架与钟磬架,亦有道徒侍立。

安真法师十一日来观中后,宋氏姐妹一直陪侍在旁。深陷情网的义山系念恋人,仍然期盼能继续幽会。近日道观中人来人往,慕云担心耳目众多,一直推却。义山恳求永道士再去说服,永道士两手一摊,他也没办法了。

义山写出了《中元作》,内中很多细节就直接来自数日前曲水院中的情事经历,而作诗的隐语术已能娴熟掌握:

> 绛节飘飘宫国来,中元朝拜上清回。
> 羊权须得金条脱,温峤终虚玉镜台。
> 曾省惊眠闻雨过,不知迷路为花开。
> 有娀未抵瀛洲远,青雀如何鸩鸟媒。

又作《一片》：

> 一片非烟隔九枝，蓬峦仙仗俨云旗。
> 天泉水暖龙吟细，露畹春多凤舞迟。
> 榆荚散来星斗转，桂花寻去月轮移。
> 人间桑海朝朝变，莫遣佳期更后期。

从榆荚飞落的暮春三月到现在，好不容易不久前与恋人欢会，很快就是桂花飘香的八月了。慕云哪，请不要将佳期一再延后。与其说诗中有抱怨，不如说是亟盼重会的急迫。当命中注定的那个人出现，内心就会产生非理性的贪婪的期求，这是恋爱中人的典型征候。

七月二十五日，宋氏姊妹随安真法师离洛阳，返回了灵都观。隔日，义山与永道士也一同返回了。因为无法与恋人相聚，回到道观的义山镇日神思不定，简直就像得了忧郁症。

仲秋前夕某夜，一轮璀璨明月悬在东西玉阳山的上空。义山来到中道院石坪台，在月下伫立良久，眺看对面山麓灯光明灭的灵都观，过后写出了一首《袜》。他将恋人比作了曹子建笔下的宓妃，渴盼她能涉过玉溪前来相会：

> 尝闻宓妃袜，渡水欲生尘。
> 好借常娥著，清秋踏月轮。

又作《月夜重寄宋华阳姊妹》，这首诗同时寄给了宋慕云和宋向真：

> 偷桃窃药事难兼，十二城中锁彩蟾。
> 应共三英同夜赏，玉楼仍是水精帘。

诗信寄出后，了无回音。

自七月十日晨间坐船离曲水院，一直到九月初，义山很难找到与慕云单独相处的机会。灵都观的合班常朝仪须等待十天，借此机会方能看见对方，见面却又不能私密共语。有过两次，义山曾在经楼上望见慕云伴随安真法师巡视观内。与宋向真倒是在经楼遇到过几回（慕云为何从来不单独来经楼，义山一直不解。因为这里是他来灵都观常会去的地方）。可是，宋向真似有难言之隐，不愿多言。后面一次，义山在楼梯口叫住了向真，恳请她代传消息。宋向真略微点了下头，不置可否，目光仍是不受扰动的平静。

季秋石榴结子的季节，复有求婚之想，作《石榴》诗，仍是委托永道士转交了宋向真：

> 榴枝婀娜榴实繁，榴膜轻明榴子鲜。
> 可羡瑶池碧桃树，碧桃红颊一千年。

然而，他为求婚思考了什么实质问题么？

并没有，眼下他只是贪求能与恋人长相厮守。而当时社会婚配所需的诸项条件比如门第、家财、声名，他全都没有把握，因此下意识地回避了。当时也有和永道士讨论过，永道士出身京师名门，父辈也是朝官，自然是个明白人，何尝不知义山的难处。可是，即便有旁人说透了又如何，义山只想着如何维持恋情的热度。

"到底该如何是好？"

"慕云又不会长了翅膀飞出灵都观，你太多虑了。"

"游道过后呢？"义山是在担心慕云移情别恋。

的确，受箓过后的慕云现在可以移住任一处道场，安真法师和柳观主都不会阻止。因此，永道士也难以给出明确而肯定的说法了。

义山将安国观中宋向真考问自己的对白说给他听，永道士听了一击掌："原来初次欢会前，慕云的心思就只系留你里了，不然也不会让姐姐出面询问。她已在预想未来的婚配了。"

"是么？"

"可凡事不能太过执着。有情之时须作无情之游，不然会很麻烦的。"

永道士在长安和洛阳的恋人并不是同一个，他采取的是游戏姿态，并不会考虑固定的感情，只求随波逐浪。义山显然不是这样的类型。

"等到时机成熟，婚配自然成形。目前该如何就如何，明年照样应举。"

这个说法倒是与义山之前回复宋向真的说辞如出一辙。

永道士又对义山诡秘一笑："只要不越界，一切自然安顺。"

以义山当时的热恋程度和悟性，他还没有听出永道士的话外音来。

隔日，永道士送来了口信，义山被邀至麻姑院与宋向真见面。

这座下院位于东玉阳山南麓的山谷中，因附近有麻姑泉，也被称为麻姑院。麻姑原名侯真定，玄宗时人，十五岁入山拜玉真公主为师学道。尊师命她担水浇麻，故而得麻姑之名。麻姑依傍泉水结庐修道，去世后这处居所也成为灵都观诸下院之一。义山曾去观览过一回：院落于山谷东侧依山而筑，前后有两进，南进有祖师殿和麻姑殿，北进有麻姑泉和宿房静室。因原先驻院的女冠开春后离去，安真法师便让宋向真接手处置了。前不久安排匠师扩建了宿房，还重修了斋堂与浴室。附近多山石、花木，溪泉边还搭了座茅亭，倒不失为清幽胜境。

宋向真那天完全是一副修道人装扮，衣冠整肃，随身携了一柄拂尘①搁于前臂。义山到后并不接入院内交谈（因有其他闲杂人等在），她示意去坡下谷中相谈。等四下无人，她才换了更为亲切的口吻，讲说妹妹宋慕云近来愁思百转的苦恼景况。

"华阳现在不知该往何处走，前行不能，后退不得。她是被困在了情爱罗网中。"

宋向真这么说，显见含有并不乐见恋情发生的意思。可是，从她的屡次叹气以及逐渐轻柔起来的语声里，义山也能感觉到一种无奈的同情。

"莫非慕云已经……"

---

① 手柄前端附上马尾或丝状麻布的器物，以扫除尘迹或驱赶蚊蝇。道教徒和佛教徒皆用。

向真摇头表示否定,妹妹并非已经移情,绝无此事。

"华阳想知道你的心意。"

"我早已说过……"

"她问的是前途。若你能顺利求得功名,那么……"

义山理解了。他们现在谈论的不是定情,也不是约婚,而是约婚的条件。从认真投入恋爱的女性角度来理解,这是自然而然的一步,她们迟早都会思考这些现实境况。

此际和宋向真在山谷中漫走,感觉却跟前次在安国观水阁中类似。他发现自己的恋情已经来到了人生的考堂。并不是宋向真在为难自己。不,不是。慕云钟情于自己因而欲求一个可靠的保证,这是她的实际心理。可是,关于应举一事,自己不是已经屡次说明了么?明年打算再做尝试,不可能放弃。

"难道是说,在我中第之前,再无机会与慕云重会了?"他这样想道。

这未免太现实、太冷静了。自己和随波逐情的永道士并不一样,现在全身心只爱了慕云一人。这个心意早就传递给了慕云,宋向真也是知情的。

他又生出了厌烦。而他也很憎恶自己的厌烦。他的心理就是这样的矛盾。

倘若如此,自己会因为长久的焦渴等待而心碎的,他忍受不了与恋人的长别离,那就像要求一条鱼儿出水过后仍能存活十天一样荒谬。

于是,他再次鼓足勇气做了一番表白。上述矛盾心理,也一一如实陈说了。他并不知道说出后会有什么结果。

听到他这番话，宋向真继续向前走了十来步，过后站停了对义山说："我已知你心意。我会转告给华阳。过后，就让她自己来决断吧。"

她答应设法安排两人的相会。

季秋望日前的某个暮晚，夜色初降时。早霜已下，染霜的草木被月光照得莹白。

宋向真将义山从灵都观侧门引入，两人顺着无人的游廊走着，来到了后院的经楼前。贮藏道经书卷的三楼还有一个四方阁，此前是法师宿房，这里也是道观的最高处。这次长安受箓归来，因智玄法师已离观，宋向真被临时安排接管了经楼事务，有时就在阁中过宿。

义山跟在宋向真身后踏上了梯阶，因为未掌灯，楼道里昏暗不见光。他走得异常小心，生怕步足声惊扰了邻近经坊中不相干的人。

高阁的云母屏后，身着素净道服的慕云正端坐等候，侧影宛若美神。

此次经楼相会，因之前已由宋向真再次转达了心意，其实并没有什么事需要当面说明。为让义山这条已出水两个月的鱼儿不致因焦渴思念死去，恐怕更像是一个临时救助的举动。

一来是在本山灵都观中，二来又有宋向真陪伴在旁，两人自然无法亲近。然而，当义山在恋人面前对坐，再次切近看到慕云充满眷爱怜惜的目光时，此前因漫长等待而生的痛苦瞬间就消失了。其实也没有真正消失，只是暂时被相见的喜悦掩盖了。

彼此的心思已相互知晓，他们话语不多。义山打算来年开春入京，这已经可以确定。他思念慕云，慕云也眷恋着他，这同样也很分明。

"抄书郎，帮我抄一部短经吧。"慕云如此吩咐。

书案上空白的纸卷已铺平，经架上要抄誊的那卷经已放好。这似乎是经楼管理者宋向真的一项安排，让他们俩有一个合情合理的由头可以私下相处。所抄的经其实也不短，采用了纯阳子吕岩①《道德经释义》作底本，释义部分太冗长不用抄录。

五千字要照录下来，还不能有差误，对一般抄经人来说很有难度，对自小佣书的义山来说却不在话下。他看了看宋向真，又看了看宋慕云，手捉鸡距笔②杆就开始抄写。虽然经文早就能记诵，但还是要随时对照原文，看有无讹字。

书案前，特为点燃的莲花座九枝灯檠将室内照得很亮，义山抄录得并不像平时那么快，而是有意放慢了速度。他想尽量延长慕云在身边陪伴的时间。

到亥时三刻，终于抄录结束。义山上举两臂，伸了个懒腰。慕云轻笑出声，唤了他一声"呆郎"。得了这个奖励，他的心情如同再次入水的鱼儿，马上就鲜活了起来。

抄好短经，他还与宋氏姊妹一同走到阁外，凭栏望月。清霜下后的深秋，自然已听不到蝉鸣，夜空中有雁群结阵自北向南飞过，

---

① 即后世所称的吕洞宾。
② 因笔头形似鸡爪突出的鸡距而得名。鸡距笔笔头硬劲，可有效控制笔锋，能写出道美细致的小行草和精工的楷书。

音声高远而嘹亮。天心的明月皎洁圆满，而夜气已寒凉。

他问慕云："冷不冷？"

慕云摇摇头，对了他浅笑。

又问宋向真："要不要再抄一卷别的什么短经？"

宋向真也摇了摇头。而他的恋人忍俊不禁，噗哧一声笑将出来，连忙用袖口遮住了口鼻。

在义山心目中，这一晚的宋氏姊妹就是降临了人间的青女①与素娥②。

经楼看月后的九月下旬，安真法师有事下山，去了玉阳山以东的奉仙观。其间慕云和义山有过欢会，地点就在麻姑泉边的下院。宋向真以抄经为名，将义山邀来了这里。扩建后的宿房引泉水筑了水池，添造了轩廊，与安国观曲水院约略有几分相似。两人这次相处了三日。

第一日，姐姐宋向真有陪伴。这天傍晚，义山抄写好经卷后，还有幸坐在廊上亲聆了宋氏姊妹的合奏。向真吹笙，慕云击磬歌唱，歌诗选的是苏郁《步虚辞》：

十二楼藏玉蝶中，凤凰双宿碧芙蓉。
流霞浅酌谁同醉，今夜笙歌第几重。

---

① 古代神话传说中的霜雪之神。
② 嫦娥的别称，亦指代月亮。

姐妹俩的音乐艺能皆是早年入宫时从教坊伎乐人那里习得，以便娱乐入道公主安真法师。两人天资既高，又加精勤用心，学艺不久就能娴熟操弄。让义山感觉惊异的是姐姐宋向真，今天她不再是往常的素颜模样，而是和妹妹一样修饰了妆容。若说眼前的两人是灵都观中的一对并蒂莲，那真是十分相称的。

后面慕云又起身作舞，演唱了崔国辅的歌诗《白纻辞》：

洛阳梨花落如霰，河阳桃叶生复齐。
坐恐玉楼春欲尽，红锦粉絮裹妆啼。

唱到末尾叠句时，她含情看定了恋人。有意无意间，歌词似在提示之前的曲水院情事，传递出歌唱者眷念又加忐忑的心情。

后两日宋向真返回了灵都观，只留了一个贴身侍女在下院。义山终于可以与恋人单独欢聚了。

夏日间的情热之火，经了两个多月的暗燃与冷却，在此深秋之夜终于复燃。渴念成痴的义山进入了迷狂状态，早就忘了不久前永道士的提醒。而慕云也仿佛蓄积了全部的感情能量爱着义山。至于热能释放之后结果会如何，她已决定全部交由天意去裁夺：倘若天意让她与义山结发白头，她当然无怨无悔；倘若天意并不允许这样的恋情维系长久，那她也只能听任今后的分离。

十月五日为道门例定的"三会日"之一（其余两日是正月七日、七月七日），每逢此日，天官、地官和水官会考核修道者的功过，宜授符箓、斋戒上章。倘若正好碰上了戊辰日，则无须做朝拜斋会，可以入静室存思忏悔。这天从清晨至黄昏，义山就做了这样的入静。当日有诗《戊辰会静中出贻同志二十韵》记述心得。内中词藻典故多出自道经，其中就包括了前段时间研习的《真诰》。又作《寓怀》诗剖露心迹，描绘道人超脱尘世、求道升仙的理想境，末尾一联"星机抛密绪，月杵散灵氛"，一指织女有意，二指嫦娥有情，皆暗示了与慕云的秘密情恋。

出静后，义山站在石坪台，俯瞰尚书谷中的入冬景象。东西玉阳山一带，严霜过后已是一片萧索地貌。玉溪水变成了细流一股，露出了河床底下的白石。天空堆聚了灰暗云霾，对面灵都观中的殿宇也不再像之前黄昏时那般辉煌闪耀。

十一月上旬某日，白天起了风，午后下起了冷雨。将近傍晚时，永道士撑着油伞，冒雨来到了中道院义山宿房，告知慕云刚刚离开了灵都观，临走前委托他寄书告知。打开信笺，纸上却没有说明任何情由，只写了"天意无悔"四个字。

"安真法师呢？"

"一同离开了。"

"宝灯呢？"

"宝灯还在本观。"

"她们走了多久？"

"她和法师坐了马车离去。我上山前在玉溪栈桥边与她们分别，到此也就一刻时间。"

"她们要去往何处？"

"不知。我猜是去洛阳了。"

如此仓促地离去，定是发生了什么紧急事。义山得知消息后的第一反应就是打算下山跟随。倘若赶得及，还能在河阳桥边追上。他从同学处借来了雨具，正和永道士商量着如何去山麓东庄雇得一辆马车时，监斋刘几微先生也从山下来到了中道院。

"请止步！"

刘先生站在宿房中间，面上没有任何表情。他冷冷地看着义山，传达了上座安真法师的令旨。

"宋华阳奉上座法师指派，须即刻离开灵都观。切勿在后面追赶牵扯，坏了修道人的清誉。"

离开前，刘先生抛下了以上的严厉警告。对宋慕云为何离去，他没有做任何解释。

恋人突然离去，一时又无法联络，义山焦躁万分。因为不明所以，更是如同丢了魂魄一般。当夜整宿未眠，左右推想猜测，案上的烛灯燃了一整夜。过后连着好几天不出静室，连过斋也都让参寥递送。

永道士后面曾来探望，见他蓬头垢面、神思恍惚的样子，不知道该怎么安慰才好，待了一会儿就退出了。

十一月十五日，玉阳山下起了大雪，想及去年与慕云在长安青龙寺前观雪的前事，义山眷念怀想不已，苦苦盼望与恋人相会。他拉上永道士，一同踏雪去了灵都观，欲找宋向真询问。到经楼后吃了闭门羹，值守道童回复说宝灯正在做长斋戒，不能出阁相见。义山怅然归来后，有作《无题》诗记述此事：

紫府仙人号宝灯，云浆未饮结成冰。

如何雪月交光夜，更在瑶台十二层。

只能继续向几个知情者求告，希望得到一点消息。但是都没有收到回音。义山在东玉阳待不住又去不得，苦恼不已，简直是度日如年。

十一月晦日的前一日，刘先生突然来访，落座后先告知义山的却不是慕云之事。

今月壬戌冬至日，也即二十一日，长安宫中发生了大事变。宰相李训欲剿除中官势力未能得计，遭仇士良指挥的北门禁军反扑，李训被杀，首级献于太庙，宰相王涯、贾𫗨、舒元舆及朝官王璠、罗立言、郭行余、李孝本等被捕后皆腰斩于西市独柳树下，枭首于兴安门外。内外亲属株连皆死，连同孩稚也被处决，妻女不死者没为官婢。李训的同谋、凤翔节度使郑注其后也被诛。

刘先生刚刚收到长安友人的急信，特来中道院相告。

义山听后震惊莫名，马上就想到了自己的恩公令狐楚。

"彭阳公现下如何？"

"令狐相国无事。事变当夜，皇帝曾召右仆射郑覃与他两人宿于禁中，商量制敕。本来皆欲用为宰相，不知为何后来却任命了户部侍郎李石。彭阳公以本官领盐铁转运等使。"

义山悬着的一颗心稍稍放下了。想来令狐三兄弟也在长安无恙。等自己稍稍平复了情绪，他已想好了要做的事：修书一封，加急寄往开化坊令狐府，拜问近况。再与长安诸友人一一通讯，询问平安与否，了解朝局动态。

"信中切勿提及朝政。"刘先生嘱咐道。

义山点头。

刘先生离去前,略作踟蹰,后面还是报告了宋慕云的近况:过几日,她将跟随安真法师移去洛阳北邙的玄元观,不过,应该不会停留太久,过后会移往他处。他嘱咐义山一切听从安排,切莫鲁莽生事。

"我后日即去洛阳,过后如何到时再议。"

义山知道,如今只有刘先生可以助他接触到慕云了。

义山随后也下山,先回济源家中。正月人日去了洛阳,仍借住敦化坊让山家。此时新年已改元为开成元年(836)。

其间继续求告刘先生,期图与恋人会面。正月上旬某夜,刘先生本已安排好在玄元观让两人相见,无奈又落空,义山只得惆怅离去。

三日后,两人最终在刘先生的东郊别庄相见了。这次见面却是义山一大重挫。当时在座的不仅有刘先生,还有上座安真法师,他们两个全程都不发一言。多么冷漠、尴尬的场面!

宋慕云低垂了脸,独自做了告白,话语只寥寥数句,大体意思是:两人情事已犯出家法身,难逃责罚,皆是宿世孽缘造成,只能及时断除。此外,也陈说了其他理由,诸如祖父宋申锡冤情未申、自己与向真姊妹两个身份特殊、随公主入道难以割舍、如今时事艰危等等。总之无法退道还俗,不合嫁为人妇。这是正式的拒婚。

当她抬头看向义山,面颊上泪水涟涟。目光里已满是绝望。

义山跌跌撞撞走出门去时,只觉头昏眼黑。当所坐马车驶离了别庄，他心头猛然一紧：与慕云的情恋眼见已没有挽回的可能，今日一别很可能就是永别了。他在车中痛哭出声，惊动了驭车的车夫。马车在路口停了一会儿，才继续前行。

隔天，永道士特来敦化坊告知了前后真相：去年十一月时，慕云发现自己怀了身孕，姐姐宋向真报知安真法师后，法师随后报告了宋家的长老。只因义山此时未有官身和匮乏资财，长老回告婚姻无法成立，宜秘密处置为妥。安真法师与柳观主、两位监斋商议后，决定将宋慕云遣回桂阳郡原籍安顿后事。到这时，义山才明白永道士之前所说"毋越界"的潜台词是何寓意。但此时木已成舟，悔之晚矣。

正月十八日，慕云所坐车辆出洛东建春门时，刘先生曾让义山出城相送。马车发程前，车窗帷帘后的宋慕云曾解下颈中玉佩作为留赠。两人都没有机会说上一句告别的话。

不管如何，刘先生许可了义山与慕云保持通信，仍是由永道士代转。离别两旬后，想来恋人已到达南方，义山寄出了第一封长信。过后不久，宋慕云曾有回信，报告了平安抵达湖湘的消息，并寄来一对玉珰。可是，此后义山数次寄信，再也没有收到回复。

惆怅中归返济源，努力收拾心神，准备来年的进士试。

二月中旬，去长安前再来洛阳停留。此时，在长安的蔡京因令狐楚引荐，早已进士及第。令狐绹来信告知，催促义山早来长安筹划。蔡京比自己晚入令狐门下却先期中第，对比之下，义山的失落可想而知。这是他接连遭逢的第二个打击。

开成元年，失意已极的义山写下了大量追忆性质的恋诗。年初所写的《燕台诗四首》《即目》《晓起》《春雨》《拟意》，到长安后所写的《如有》《槿花二首》《河阳诗》《河内诗二首》《咏云》《月夕》《嫦娥》《夜思》《碧城三首》诸篇都有同样的悲情内质。沉沦于痛苦的渊薮中，义山的诗创作却迎来了一次大爆发。

唯有饮酒取醉，才能暂时忘却。饮酒过后，唯有作诗才能排遣哀愁。很多诗都是脱口吟出，凭空飞来一句，任由情志驱动而联结成篇。本就没有诗题，也无法标题，索性就以"无题"为名。在他多首《无题》诗中，下面这首语态尤为沉痛，允为千古绝唱：

相见时难别亦难，东风无力百花残。
春蚕到死丝方尽，蜡炬成灰泪始干。
晓镜但愁云鬓改，夜吟应觉月光寒。
蓬山此去无多路，青鸟殷勤为探看。

二月末的某日，从侄让山告知了一件事：有邻女柳枝，年十七而未嫁，擅长管弦而独喜歌诗。昨日让山在她家门前下马，曾口咏义山的《燕台诗》中的一首。柳枝听到后惊叹，询问是何人所作。得知作者是让山的少年叔后，她手断长带，结于让山臂上，希望转赠作者以乞诗。第二天，义山与让山骑马并行出坊巷，途中遇到了柳枝。三日后是上巳日，相熟邻人要出游踏青，柳枝约义山在邻居家相会，义山答应了。

不过，因为第二日有同赴长安的士子友人恶作剧，将他的行李带上自家车辆先行出发，义山只得提前发程，并没有如期赴约。

该年冬天，某个下雪天，让山也来到了长安。问他柳枝现况，让山告知说柳枝姑娘过后被东面藩镇的豪强人物以重金聘取为妾，入秋时已离了洛阳。开成二年（837）春让山返回洛阳前，义山曾作《柳枝五首及序》，留下了另一则传奇。

三月回长安，在京期间仍寄住荐福寺客舍。在开化坊令狐府宴集时，义山曾被邻座的蔡京等辈嘲笑排挤，归来作《嘲桃》：

无赖夭桃面，平明露井东。
春风为开了，却拟笑春风。

令狐绹过后告知，父亲之前听了蔡京言语，于两位门人中决定先推一人。

"本来也没有先后之说。义山你年纪比蔡京小一岁，故而阿爷觉得还是先推蔡京。我也无奈，不能再多言了。数次落榜才中第的所在多有，我也曾落榜两次。你还年轻，莫要灰心啊。"

此时令狐绹与义山交情甚好，义山听后颇为感动。

六月回郑州参加府试。临行前，令狐绹曾造访荐福寺客舍。过后又赠送夏日所穿葛衣，作书慰问。义山离长安前有书信留赠令狐绹，对俗世人情的浮薄洋洋洒洒说了一大通，尤其严词抨击了当时男女婚配的鄙陋风气。义山的裴氏姐和徐氏姐早年嫁入大姓之家，先后郁郁而卒，遭遇了悲剧性命运。现在，他自己也遭遇了宋家的拒婚（未能与宋慕云婚配，门第阶层不相当恐怕还是主因）。信中某些段落，义山难掩愤懑的情绪：

> 今山东大姓家，非能违摘天性而不如此，至其羔鹜①在门，有不问贤不肖健病，而但论财货，恣求取为事。当其为女子时，谁不恨，及为母妇则亦然。彼父子男女，天性岂有大于此者耶？今尚如此，况他舍外人，燕生越养，而相望相救，抵死不相贩卖哉！细而绎之，真令人不爱此世，而欲往走远飓耳！

义山情恋遇挫之事，令狐绹并不知情，故而当时以为只是青年人的寻常牢骚。

七月于郑州府试，获乡贡资格。八月初，返回长安前又经停了洛阳。其间义山曾让永道士带引了再访安国观曲水院。眼见物是人非，心境无比凄凉。去年的现在，和慕云两人还在热恋中。时隔一年，情势陡然逆转。经此重大变故，义山的心神与五脏六腑已被烧成了一片焦土。

这年九月，前宰相李固言再次入相，与郑覃、李石同在厅事堂。李石上书，提出为前宰相宋申锡平反。宋申锡先前被王守澄、郑注诬告谋反而遭流放，今王守澄、郑注已先后被诛，郑覃和李固言都附议赞成。皇帝允准后，下诏追复宋申锡为正议大夫、尚书左丞、同中书门下平章事、上柱国，赐紫兼赠兵部尚书。过后又授其子宋慎微（即宋慕云之父）为城固县尉。

归返长安的义山当然也在第一时间听到了这个消息。宋申锡得以昭雪，对宋氏遗族包括慕云、向真姊妹而言，自是去除了一大隐

---
① 即羔雁。古代论婚聘的赘礼。

忧，可谓扬眉吐气。而在义山看来，横亘在两人之间的家世鸿沟却越来越宽、越来越深了。苦恼不已的他却找不到人倾诉。

入冬后，义山参加户部召集后正在等候应举。十一月某日，永道士突然来访，转来了宋向真的书信。信中话语不多，但言在湖湘的妹妹宋慕云于今年七月诞下一女。因慕云身在道门，孩子久留身边颇为不便，望义山可以预作安排，接去济源家中。此外就是宋慕云一心入道，两人不宜婚配而只能了断情缘这样的话。而宋向真目前也离开了灵都观，转往他处。

收到这封来信后，义山无言以对，只得修书一封回家，告知母亲实情，望母亲提前选择可靠相熟的亲族人家寄养。此时女儿无名，义山为其取名为"寄寄"。第二年暮春返家时母亲有告知，开成元年的腊月中，正是穿了俗家衣的宋慕云亲自将尚在襁褓中的女儿送来了雍店旧庄。她依依不舍，在义山家中停留了三日，临走前曾在正堂中向义山母亲跪拜，愧称不合为人母。登车离去前，又留下了不少财货用物。闻听此节消息，义山不禁泪如雨下。

义山与慕云的恋情就这么结束了。除了宋向真、宋家长老、玉阳山几个道人、母亲、弟弟羲叟知道，几乎瞒过了所有的人。开成二年春，中第后返回济源，他才得空去探望了被寄养在乡里亲戚家的女儿。那个被乳妇抱在怀里的孩子，那么娇小，那么柔弱，义山简直不忍多看。每当她啼哭叫唤，他就痛苦地闭上了眼睛，仿佛听到了恋人慕云的凄楚哀告……

义山此后与山中道友永道士、彭道士（参寥）仍有书信往来。

尤其与永道士这个中间联络人经常有通书信，以便探听恋人的近况。这年回济源时，给永道士的信中就曾附上一首《寄远》诗，期望由他代转宋慕云：

姮娥捣药无时已，玉女投壶未肯休。
何日桑田俱变了，不教伊水向东流。

到什么时候才会发生沧海桑田的巨变，可以让恋人不再驻留道观，让一切恢复从前旧貌，让过去炽烈的情爱重新燃烧？义山生出了幻念奇想，仍在苦盼慕云能够回心转意，一家人得以团聚。这是他最后的爱的呼告。

然而，对方没有做出任何回应。

岁月荏苒，义山已进入了另一条生活轨道。开成二年冬，他进入王茂元泾原节度幕府①，次年春，娶其小女王氏为妻。这是经过现实考虑后，符合他目前身份地位的婚配。

会昌二年（842），义山从永道士那里偶尔听闻宋向真近来在华山云台观②。玄宗时玉真公主就常常往来云台观与灵都观之间，至今两个道观仍有密切联系。宋向真驻留此观，完全可以理解。此后数年间，义山来往两京道时曾数次踏访，希望能见到宋向真，了解慕云的近况。

---

① 府治在关内道泾州，今甘肃省泾川县北。
② 位于华州华阴县华山峪口北，在两京道必经之处。

宋向真三次都不在，义山怅然而返。最后一次偶然从观中道士孙逸人那里得知了一项前情：大和九年十一月，宋慕云不告而别离玉阳山后，曾在云台观停留了一个月。过后开成二年正月又来过一次，时间就在将女儿寄寄送到济源家中之后不久。这次也只停留了半月就移往他处。云台观从此成了义山的又一个心结，过后屡次以《圣女祠》为题，留有诗作。

会昌四年（844）初春，义山携家移蒲州永乐前，曾再度回访玉阳山。距离上次离山又过了十年，相识的故人大多已不在。其时作有《谒山》诗，感叹人事倥偬与时光的飞逝：

从来系日乏长绳，水去云回恨不胜。
欲就麻姑买沧海，一杯春露冷如冰。

宋慕云多年无音讯。直到大中三年（849）八月末，义山在清都观再次偶遇了她（又是这个地点！）。

自情事中断后，义山已多年未至清都观。是年初夏，于自己有恩的赵常盈炼师去世，有长安相熟道人请托他撰写碑诔，故而入观。

此时的慕云已是道貌尊贵、修持谨严的宋华阳宋真人了。这年她三十三岁，面貌轮廓仍是当年模样，鬓发间却已见霜白。自宝历二年初遇，至此已二十三年；自大和八年清都观重遇发生恋情，迄今已十五年；自开成元年洛阳建春门离别，也过了十三年。伤痕已淡，彼此对面唯有唏嘘感叹。

然而，一当说起后来不幸夭折的女儿寄寄，宋华阳仍然控抑不住，低头垂泪了。见此情形，义山不由五内俱裂。

两人在僻静的内院轩室交谈许久，多是讲说别后多年的彼此情况。过后，刘先生也走入轩室相与共话（他当时已是清都观上座，预定接任观主）。到此时，义山才知道当年为掩盖两人情事出过力的刘先生本是宋家的世代姻亲。

故而义山当天归家后所作《赠华阳宋真人兼寄清都刘先生》一诗中，就有"但惊茅许同仙籍，不道刘卢是世亲"的感叹。

重见宋慕云，记忆又开始复活，持续闪回。隔日，义山出游曲江遣闷，曾作《暮秋独游曲江》：

荷叶生时春恨生，荷叶枯时秋恨成。
深知身在情长在，怅望江头江水声。

尾句"深知身在情长在"是自我安慰的话语，也是他对这段恋情的最后认定。然而，一切毕竟已成过去，他也不再是当年那个炽情狂热的少年了。

大中五年（851）的暮春，夫人王琬在长安病故。六月，义山扶妻子灵柩回荥阳坛山落葬。办理好丧事，曾在洛阳崇让宅停留暂住。七月末某日傍晚，友人王秀才、郑秀才曾来宅中听雨夜话，客人走后义山独自入眠。

他做了一个梦。

梦中出现了一个身着道服的少女，站在身后拍了他的肩，过后似乎是随了少女在云山雾海中遨游。醒来后，窗外的夜雨仍自淅淅沥沥地下着。梦的细节已记不清楚，义山恍然觉悟那梦中少女就是昔日的恋人宋慕云。大和八年再遇生情的场景重现了。

本以为已经彻底忘情，原来并没有忘记。义山坐起身，不由连声长叹，当即写出了记梦之诗《七月二十八日夜与王郑二秀才听雨后梦作》。

他的内在的烦恼，还在于感情受挫后的颓丧和怨悔。这重心理的翳影，几乎笼罩了他的全部人生。

一张张鲜活的面孔

仍是大中五年。

八月初,义山自洛阳归返长安,回到了春日新授的国子博士任上。

月中旬假时,有小雨。妻兄王瓘与连襟韩瞻来永崇坊探望,招义山外出小饮。义山因为仍在悼亡心情中,加之腹疾又犯就推却了。这段时间,唯有在家陪伴孩子能够让他安心。

下旬某日散衙,回到赁居的小院。刚踏进院门,儿子衮师就跑来报告:"阿爷,今日有访客,现在堂里候着呢!"

衮师已六岁,长得俊秀可爱,身后跟着大他两岁的姐姐小宛。每次门前有人来访,衮师总会抢先迎接,稚声稚气地询问客人姓名来历。客人走后会学客人的模样:有客人留了张飞样的长髯大胡,他就取来拂尘装扮;有的客人不善言辞,如三国魏将邓艾那样口吃,他也会学舌模仿,被大人制止也还是那样。

义山笑问他是何方客人,衮师摇头答说不知,只报告了一个关键讯息:"是个少年郎君。"

"还有一位军爷。"姐姐在弟弟身后补充说。

到堂屋中一看,那位少年郎君却面熟,正是现任河南尹柳仲郢的三公子柳璧。此前扶亡妻灵柩回荥阳安葬,过后停留洛阳时柳璧曾来崇让坊拜问。当时他刚刚通过府试，呈上了新写的《马嵬》诗卷，又请托义山代拟了投谒中书舍人韩琮的书启，事后还留下了谢礼。这韩舍人当年与义山同在泾原幕府，王茂元移镇陈许时又辟为判官，过后转任了司封员外郎，今年开春刚刚擢为户部郎中，寻又迁中书舍人，官运实在是亨通。

那位军爷倒是面生，幞头抹额，青袍戎服，身姿挺拔，面容端严。两厢见礼后得知他是跟随柳仲郢多年的衙将，姓胡名宗一（即此后梓州紫极宫胡道士）。胡宗一见过主人，立即将书启奉上："府主倾慕博士才具，特为发遣在下送来聘书。"

再听柳璧讲述，原来他父亲近日刚刚转任了东川节度使。前年春天，早年引荐过义山的故人周墀罢相，出任东川节度使，今年二月二十七日于任上去世了。因辖地内蓬州、果州有民乱，七月底朝廷罢柳仲郢河南尹，新授了东川任命。

义山此前早已结识柳仲郢，不过往来不多：柳仲郢出自柳氏名门，父亲柳公绰、伯父柳公权皆一时名臣。柳仲郢早年才器不凡，在武昌幕府中就很受当时府主牛僧孺赏识。会昌五年四月，又被相国李德裕拔擢为京兆尹，政绩斐然，其时任秘书省[①]正字的义山在某次京师文会上与他初识。会昌六年三月，新帝即位次日李德裕罢相，柳仲郢也由京兆尹出为郑州刺史，当年弟弟羲叟参加进士试，就是在郑州通过府试然后报送贡举，当时义山也有致信问候起居。柳仲郢后由大中二年五月拜相的周墀荐为河南尹。

---

① 唐代中央官署名，掌典籍图书，主官为秘书监，监以下有少监、丞及秘书郎、校书郎、正字等官，领国史、著作两局。秘书省又有"兰台""麟台"的别称。

"柳公已到长安？"

柳璧答："阿爷只在长安停留了一天，昨日就启程赴任了。今早刚出渭城驿。"

展开聘书览读，言语诚挚简洁：

> 梧桐期凤凰南飞，凤凰择梧桐而栖。久慕才名，欲聘为东川本镇节度掌书记。若应允入幕，将赍钱三十五万以备行李。

另有附言：留三子柳璧与亲信部从胡宗一在京师，等候音讯云云。在当时，一方节镇使主邀人入幕，馈赠大笔资金也是常例。

此事重大，并非当场可以决定。义山谢过柳璧和胡宗一，询问能否给三天时间考虑。

柳璧答："那就静候佳音了。如要传讯，请遣僮仆到升平坊本宅即可。"

两人随即告辞离去了。

客人走后，好奇的衮师围着父亲问东问西。客人来家中有何事啦，少年郎君多大啦，那位军爷腰间为何不佩刀剑等等。

"他们邀阿爷去外州做客。郎君呢，他今年十九岁，比你大很多。军爷今天不当差，所以无须佩刀。"

义山摸摸衮师的头，唤来了保姆，让她把孩子们带去后院，他要一个人静静。

赁居的这座小院在坊曲内巷，兜两个转弯才能到，前后都是大宅高墙，视野光线均不佳。现在正是夕光尚能照入的时段。前院狭小，左是厨间，右是仆佣房，正堂左面是义山的卧室兼书斋，右面是孩儿和保姆的卧室。正堂后还有一个院落，院里有竹丛、花圃。还有一株高大的宫槐，粗枝上悬了一具秋千，树干旁搁了一张木台，台上有六甲棋盘①和孩子们模仿演参军戏②的偶人（义山不久前刚带两个孩子去东市看了优人曹叔度、刘泉水的演出）。

此刻，已能听到衮师、小宛两个叽叽喳喳的说话声了。衮师虽然不像小时那样会抓着鞭子撩拨蛛网，踮起脚去拉扯窗板，也不再随意翻弄姐姐的妆奁，把匣盒铰链拉脱，但是现在也是极好动的一个孩子。

义山自会昌六年复官秘书省以来，一直寄寓在这处陋院（平时上职来此，假日则回樊南居所）。当年韩愈在国子监做了三年博士，无所事事，难道今后一直守着这个闲冷官职，如他一样困窘度日么？

柳仲郢聘书中许诺的三十五万聘金差不多相当于节度使的半年俸了，可以说相当丰厚。这无疑是对新近丧偶、长年家贫的义山的特别关照之举。倘若应掌书记一职，年俸至少也有二十五万。这比国子博士的区区十五万高多了。

后院传来了孩子们的语笑声。一想到儿女幼小，失母孤苦无依，他不安分的心思立即又被打消了。可是，一忽儿，刚才的思虑

---

① 即古代象棋，又称象戏。有王、上将、辎车、天马、卒（六甲）等棋子，皆全铜成形。牛僧孺《玄怪录》中有故事两篇。
② 唐代优戏之一，又称"弄参军"，由参军和苍鹘扮作二角表演，以滑稽调笑为主，也有表演与歌唱。晚唐时发展为多人演出，并有女角出场。

重又盘踞了头脑。

他将正在厨间堆放劈柴的老仆钟娄唤来,让他马上去安业坊一趟,报知好友兼连襟韩瞻有急事相商。时间已不早,快去快回,定要赶在坊门关闭前回家。

钟娄放下手中活计,换了身干净外袍,立即出了门。

第二日午后,义山和韩瞻两人一同坐在书斋中。韩瞻已知道了昨日邀聘一事。

"要不等孩子再大一些,先在国子监待一阵?"

韩瞻的意思是先在京城待几年,等衮师养到十岁,这样儿女就可以跟随在身边了。

"令狐相国那边也可继续说动说动,你们当年可是……"

义山摇摇头。自己与令狐绹的交情早非昔日。去年十月二十七日,令狐绹以兵部侍郎同中书门下平章事,正式拜相,此后自己屡次求告而遭其冷遇不顾。今年春,此前所投的武宁军节度使卢弘止病逝,自己接连数次上启,低声下气,才求得了国子博士这个冷闲官。虽说是正六品上的品级,可官俸实在是微薄可怜。长安居,大不易,何况还要抚养两个未成年的孩子。

留在长安,今后生涯完全可以想见,而且保不定什么时候又要外放到偏远的京畿小县或外州去,这也是义山不愿赴任的。

韩瞻的境况要比义山好一些,前不久刚由凤州①刺史调回京城担任了吏部司勋员外郎,能否在长安久任也未可知。因为性喜诙

---

① 今陕西凤县东北。

谐，素不为上司所喜，他在朝中也不受看重。

"你我都是内无强近，外乏因依啊。"

一时默然。

过会儿韩瞻又问："将孩儿们交托羲叟如何？"

大中元年春弟弟羲叟进士登第，第二年由李褒等人撮合，与宣武军节度使卢钧小女成婚。到大中三年三月释褐秘书省校书郎、知宗正表疏，五月改授了正八品下的河南府参军，虽然入仕较晚，起点却比哥哥要好。不过，羲叟刚刚安顿下来，初诞长男抚养不易，还要帮扶同在洛阳的幼妹一家，日子也过得很紧。此时再将孩儿们托付过去显然很不合适。

义山想起了王勃的两句诗：心事同漂泊，生涯共苦辛。这苦辛的生涯到什么时候才是个头呢？设想未来前程，顿觉心中一片茫然。

"你我俱是梦中人，俱是梦中人啊。"

义山落入了两难窘境，苦恼地长叹。

韩瞻站起，伸了个懒腰。走去书案前落座，铺开一卷废杂纸涂鸦起来，先圈了个大大的圆圈，然后左点右点，画了一张似笑非笑的脸。自己这个进士同年与连襟，总会有一些率性少年般的举动。

义山默然不语看着，这场景让他想起了开成二年中第后的春夏之交。

他们两个的初识是在开成元年白露，李肱相赠两纸画松诗书的那天吧。

这两纸却不是李肱自己所作，乃吴郡张璪所画松、元稹所题

《画松》诗，据说本是宰相王涯府中所藏。王涯好古能文，雅好书画成癖。大和九年十一月二十一日，李训事败，王涯被腰斩于西市独柳树下。自涯以下十一家，家中财物资货被北衙军士劫掠一空，又有知情者打破王涯家中秘藏法书名画的夹墙，或剔取函奁上的金宝装饰，或抽出装裱的玉轴，书画绢纸一并丢弃，据说纷乱了一整天。此件书物由家中奴僮趁乱携出，后由市商转售于李肱，珍贵如同宝镜、神剑，绝非凡物，李肱以此雅物相赠，一时让义山很有兴亡之感。

那天同来看画的还有陶乔和韩瞻。义山与韩瞻是初相识。韩瞻，字畏之，长安万年县樊川人，也是该年应举的同年。

那天看画完毕，四人还讨论了该年应举试题的变化。

历年进士试的命题、判卷与录取，照例皆由礼部侍郎决定，礼部省试诗多用格律体。当时文宗皇帝好古博雅，一改诗赋格调，希望能效古为义，以正颓俗。自开成元年开始，连续三年的试题都有变化。这年夏天，仙韶院乐官丁阎人尉迟璋作《霓裳羽衣曲》献上，当时传闻皇帝有意以此为题，士子们热议的就是这个消息。

仲秋时，果然下诏礼部侍郎高锴复司省试，并临时决定以《霓裳羽衣曲》曲名赐贡院为来年进士试的题目。有唐一代，这是仅有的一次。

夫宗子维城，本支百代，封爵便宜，无令废绝。常年宗正寺解送人，恐有浮薄，以忝科名。在卿精拣艺能，勿妨贤路。其所试赋，则准常规，诗则依齐梁体格。

由诏文可知，这次省试是明显偏向录取李氏宗姓子弟的。而诗体也明确规定为齐梁体，这也是一个变格。

该年省试果然以"霓裳羽衣曲"为题，传闻被证实了。

故而开成二年正月二十四日放榜时，居头名者即是由宗正寺递进的李肱。义山与韩瞻、张棠、沈黄中、王收、柳棠、独孤云、韦潘、郑宪、李定言、曹确、牛蘩、郭植、杨鸿、郑茂谌、吴当、杨戴等共四十人一同及第。

多年应举一朝中第，欢欣之余也有惆怅。只因恋人宋慕云并没有等到这一天，义山的潜意识里，隐隐有某种怅恨。

从元和年间开始，各地藩镇节度使与朝中权臣就会在礼部南院放榜后，于新进士中择选佳婿，此后渐成惯习定例。泾原节度使王茂元先就垂青了韩瞻，三月初就有了正式议婚。义山那时急于摆脱前件恋情的郁闷，听闻王茂元家中还有一位待字闺中的六女，曾与韩瞻讨论过经由韩撮合、两边缔结婚姻的可能性。那时在荐福寺客舍，韩瞻也这么在纸上涂鸦来着。

"要不就寄养在我姐姐那里①？她早年丧夫，二子已抚养长成，女儿也嫁出，一直看守我家樊川老屋。倘若你觉得合适，我去与她商议。"

义山的目光明显流露了认可。倘若寄养在韩瞻姐姐家，那他是绝对信任的。韩瞻妻子是自己过世夫人的五姐王琰，姊妹两人向来情深交好。如此，则韩瞻无论在京还是离京，孩子们都能有另一层

---

① 在长安东南郊外。

照应。

于是，这天的讨论结果，就是韩瞻去探问樊川姐姐的意向。义山就在家中等候消息了。

隔日韩瞻来，告知已与阿姐商量好，义山入幕时两个孩子就交由她带养。姐姐说了，怕娃儿们认生，最好不要直接送来，义山离长安前可来樊川同住一阵。

永崇坊这间院子如何处理？因为刚签了五年的契约，所以要找人转租出去。而这里的家具陈设及琐碎杂物都要搬去樊南。韩瞻让自己的妻子负责料理此事。

柳璧来访后的第三日，义山遣老仆钟娄往升平坊递交了答应入幕的书信。

很快，柳璧和胡宗一就再次登门，送来了聘金与聘礼，他们两个不日就将奔赴东川。义山与他们约定，九月内安顿好家事就登程。

八月二十七日递交了辞呈，月末批文发下，辞国子博士任。此后义山每天陪伴儿女，又带他们游东西两市，采买了不少玩具奇物、女孩簪饰等，付钱时毫不疼惜。两个孩子开心坏了，感觉就像是在过节。

九月初搬离了永崇坊，家具物件搬去了樊南居所。韩瞻原籍就在樊川，义山的樊南宅之前就是经韩瞻介绍购得，离他家老屋路程很近。相比永崇坊里那个逼仄的小院，衮师和小宛当然更喜欢郊野乡间，这里不仅活动玩耍的空间大得多，还能找到邻家的同龄儿童相与玩耍。

这天，韩瞻妻子将儿女都带来了樊南，两家孩子加上韩瞻姐姐家的孙辈娃儿，家里可真欢闹。孩子们结伴游戏，这会儿可不分舅甥叔侄的辈分了。他们一会儿在厅堂里追逐，一会儿又跑出门外，砍了青竹骑上竹马，在秋野树林里奔走呼叫，喧闹得就像灶上铜锅里正在滚沸的开水。

义山在书斋里翻拣书卷藏物，正寻思着要将哪些带去东川，冬郎走了进来，倚在门边看着他。冬郎是韩瞻长子韩偓的小名，今年十岁。

"怎不在外间玩？"

"玩够了。衮师领了男娃们在捉蟋蟀，女孩们在采秋花。"

"你不捉虫，也不摘花？"

"我帮姨夫整理书物吧。"

义山笑着让他进屋。窗口那株枫树张开了半已变红的叶簇，仿佛正在探听室内的对话。满眼的斑斓锦色。

有几件文卷要拿古锦裁制书衣，然后粘贴装轴，冬郎默默充当了助手。少年的目睛那么明亮清澈，神情那么专注，手部动作又那么稚拙，当年自己初上玉阳山时也是这样的吧。

冬郎毕竟大衮师四岁，眉宇间已有些秀拔英气。衮师虽然自小聪敏，目前看来仍是顽童一个，对于诗书并无浓厚兴趣。本来也已到了开蒙的年纪，自己这次南下入幕最牵挂不下的就是这件事。可是，将他带在身边实在是行不通啊。也罢，就让他在长安南郊自由地生长吧。长大后也不必像我这样死守书卷，将来倘若凭借武功去取万户侯也是不错。

没有了母亲的孩子，就像断了线的风筝。没有了妻子的家，就少了真正的魂魄。他一边和冬郎默默整理着文卷，一边这么寻思着，心境无比的感伤。

入夜，保姆带了孩子们已安睡，义山终于可以安静独处了。他走到书斋外间专设的佛龛前，点上了龛旁的两架纱灯，在香炉里插上三炷香，叩头拜佛。夫人去世后，他特地从相熟的兴善寺知玄法师那里请来了一尊鎏金铜佛，每日早晚都要礼拜。

龛前供案上摆列了去世亲人的神位牌，各自写有年辈和名姓。神位牌的数量几乎和存世的亲人一样多。于是，闪动的灯火光里，一张张鲜活的面影开始浮现。

义山四十年的生涯，几乎都在与亲人告别。亡人们到底离开了没有？不，他们始终在他的梦里萦回不去，好似从来都不曾离开。

曾祖李叔恒、祖父李俌都是英年早逝。迁家长安以来，怀州雍店东原又有好些日子未去探视，只能在佛龛前远祭了。

长庆元年，父亲李嗣在浙东润州去世。当年与母亲、徐氏姐、弟妹扶棺返乡的情景仿佛还在目前，一晃竟已过了三十年！

那个如父亲再生般的处士叔，到大和三年去世前，一直养育、辅导自己如同己出，深恩厚情，永难回报。开成二年中第后探家，自己曾特意赶赴坛山，在处士叔墓前焚香叩拜。前几年总算为他老人家迁了墓址，了却了一桩心事。

亲爱的裴氏姐和徐氏姐，性情是那么柔顺美好。可惜都是婚姻不偶，在自己尚且幼小时就先后离去了，她们的遭遇实在是引人怅恨。

还有自己那个没有名分的女儿寄寄，名义上只能称她为侄女（小宛和衮师并不知道她是自己的异母姐姐）。开成五年九月，恰在自济源移家长安之前数月，四岁的寄寄刚从寄养人家接回，未久就不幸夭折，只得暂厝济源，过后才移葬到荥阳家墓。义山因为未能随身养育寄寄，自小陪伴无多，每一想起，心中就不胜苦痛。"于鞠育而未深，结悲伤而何极！尔来也何故，去也何缘？"会昌四年正月所写的《祭小侄女寄寄文》中，义山曾发此哀声。

寄寄的去世，意味着与慕云不为人知的情缘的彻底割断。虽云割断，可他的内在的创痛并未彻底消失，已化为一道永久的伤痕。

还有含辛茹苦的母亲。开成二年春天，她老人家终于等到了长子中第的喜讯。此前她盼望了有多少年，又有多少个日夜翘首等待自己的归来。母亲于开成五年从济源移住了长安，会昌二年十月即于樊南去世。次年三月，灵柩迁往荥阳坛山家墓落葬，与祖父、祖母、父亲和处士叔陪伴一处了。

义山因母丧丁忧时，五服之内的亲人仍分葬各处。为使过世亲人无流寓之魂，一门中人悉共归来，当时积攒资财再加亲友馈赠，开始了一系列的迁葬：会昌三年七月，徐氏姐权厝灵柩迁往景亳[①]夫家，与姐夫合葬；处士叔坛山坟茔遇水有蚀坏，于是另择新穴安葬；裴氏仲姐的棺柩则在会昌四年正月，由旅殡的获嘉[②]迁回了坛山（事隔三十年，墓址已难寻找，弟弟羲叟遍访乡里耆老，才寻得确切墓址）。过后，暂厝济源的寄寄棺柩也迁回了坛山。到会昌四年十月，又将曾祖母卢氏由荥阳坛山迁往怀州雍店东原，与曾祖父合葬。

龛前供案上当然也有岳丈王茂元的神位牌。会昌三年三月，

[①] 即西亳，因景山得名。在今河南省偃师县西。
[②] 今河南省新乡市获嘉县。

泽潞节度使刘从谏死，其子刘稹自称留后，发动叛乱。四月二十九日，岳丈由忠武节度使转任河阳节度使，五月十三日，奉命讨伐刘稹。九月中旬，病重卒于河阳行营。因正逢战乱、沿途不靖，棺柩只得暂厝于行营所在的万善城①。会昌四年，灵柩由权厝的万善迁移落葬邙山，义山曾赴洛阳拜祭，前后写了两篇祭文。

每看一个亲人的神位牌，义山就双手合掌，口诵阿弥陀佛号三遍，过后再行拜礼。行礼就是启程前的正式告别——看不到对方形影面貌的告别。

还有那些没有神位牌的已去世的前辈，他们都曾提携帮助过自己：比如大和八年去世的崔戎，开成元年夏去世的萧澣，开成二年冬天去世的恩主令狐楚，大中三年去世的赵炼师，今年二月去世的前相国周墀，义山都一一诵佛追念。如今，能在仕途上接引自己的长者已一一离世，义山每想起未来前景，都有一种无力感。

佛龛旁侧，另一张供案上单立了妻子王琬的神位牌。壁面上还挂有一幅她的写真画像，那是数年前义山特请李肱介绍，由当时名手、集贤院画直②程修己绘制。义山此前出京入幕时常携带在身边（另还有一幅婴戏图，描绘的是衮师和小宛）。

画面上，王琬手持一柄玉如意倚窗站立，窗外有红枫和竹石，正是樊南居这里的现场实境。她脸部正向，看向了画面外。这是一双永恒凝视的眼睛，目光蓄满了期盼、等待与情意，因为眉头微

---

① 唐代万善城，在今河南沁阳市北二十里万善村。
② 杂任职名，募擅长绘画者充任，员额八人，掌绘画之事。有官者称直院。

蹙,甚至还有些微的不易觉察的怨念。从开成三年正月成婚到大中五年暮春去世的十三年里,夫妇俩聚少而离多,王琬更多时候是独自度过,义山对此有深深的悔意。

在王琬生前,义山写到她的诗文不多。与写给宋慕云的恋诗相比,写给她的诗不是痴狂的焦灼的,而是温存与安心的,当然也有无奈与愧疚(她与家族父兄无疑都对义山抱有了期待,而他多年来一直沉沦下僚)。伴随了早年情事记忆的淡漠虚化,义山深觉夫妇相濡以沫的可贵,王琬去世后感念尤深。到东川入幕时,他对宋慕云的记忆差不多已沉睡,而对亡妻的眷恋则愈加深浓。

此际面对了妻子的写真,记忆开始一幕幕快速闪回。

义山是如何与王琬缔结婚配的呢?当然还是韩瞻在穿针引线。

王茂元先后有两房妻子,前后共育有六女,长女嫁予了朔方书记张审礼,次女嫁予了荥阳郑某,三女嫁给了陇西李畤、四女嫁给了汴州张某,五女王琰就嫁给了韩瞻,当时年纪最小的六女王琬尚且待字闺中,年方十七。

话说开成二年三月韩瞻与王家约婚后,岳丈王茂元便为他在安业坊购入了一处小宅,稍加修葺营造筑好了新居。六月底,韩瞻离长安赴泾原迎接新妻。当时已探家归返的义山曾在《韩同年新居饯韩西迎家室戏赠》一诗中流露了羡慕之意,还自比为"南朝禁脔"①。

---

① 出自《世说新语·排调》,袁山松欲以己女嫁谢混,王珣将谢混比为禁脔,意在提醒袁不可妄想,因孝武帝已有意将晋陵公主嫁给谢。后以"禁脔"比喻他人不得染指之物。

七月末，韩瞻携新婚妻子回京，王家六女王琬陪伴姐姐一同来到了长安。义山去安业坊贺婚时，第一次见到了她。

园圃花架下，铺设了两桌宴席，男女宾客分作了两堆。新婚韩瞻被一众友人围着轮番敬酒耍闹，已经喝至半醉，冠帽歪斜，外袍也半解开。纵使如此，巧舌善辩的他还在调笑每一位来宾，一点不落下风。这是韩畏之的本色风范。他们从午后一直欢聚到入晚夜深，仍不见消停。义山向来不适应这种欢闹场面，就退坐到水栏边一人独饮。

韩瞻不知什么时候从宴席间溜了出来。他将义山拉去了角亭中，说是要散酒。可他手中还拿了半瓮酒和两只酒杯。义山担心他醉酒失态，韩瞻说他已服了葛根汤作醒酒药，瓮中不是酒，是药汤。

"不信，你也饮一口试试？"

义山啜了一小口，先是微甜后又微辣，如同姜汤一般。看颜色，也与酒液类近。这是狡猾的韩瞻提前备下的防醉利器，之前一直没有被人看破。

"你看，有人喝上了头，要抢我这瓮去喝，这怎么可以呢？"

义山笑出了声："原来你是躲酒来了。"

"你这位南朝禁脔看清楚了么？"

"看什么？"

"看佳人啊。我的妻妹。"他抬起手，指向了花架旁的女子宴席。一位身穿嫩黄罗衫的少女正坐在新娘身边，时而谈说，时而抬袖轻笑。若问义山当时印象，就是不谙世事的一位妙龄少女。

"六妹要在我家住一阵，择时先让你们会上一面。"

韩瞻将瓮中药汤各斟一盏，与义山对饮。饮下后打了个大大的饱嗝，伸手捉住义山的袍袖走出角亭，就往女子宴席那边带。义山无法，只得与各位女眷们一一见礼。

轮到王琬时，她告诉义山："我会诵你的诗。"

白藤花下，少女颜面纯洁而目光明亮。

这就是义山与王琬的初识。当晚他们并没有太多交谈，义山很快就退返，与新郎回到了友人坐席间，新一轮饮酒调笑又开始了。韩瞻把那瓮汤药留在了新娘身边，不时回来取饮。

那晚，新郎韩瞻是没有醉倒眠卧的两人之一。还有一个就是义山，他一直在寻思刚才见面交谈的那位少女。她的音声很安静，也很动听。

几天后，新婚夫妇去招国坊的三姐家串门，韩瞻就把义山也捎上了（还有已娶妻的陶乔做陪衬）。在李家南园，青年男女们有联句之会，在座者除了主人李氏夫妇、韩瞻夫妇，还有王茂元的次子王瓘。王瓘时为校书郎，排行十三，大义山十岁，不久后就分司去了洛阳。

三姐所嫁的李畴，此前一直在岳丈王茂元帐幕下，官职为从三品的千牛将军，李家的南园自然要比新近中第但尚未授官的韩瞻家庭园大多了：前方有开阔水池，临水有一座轩厅，四面垂挑出竹帘。时近仲秋，暑气已稍退，坐在厅内时有凉风吹来。池边花木繁盛，岸边一大丛蔷薇花圃正值花季，花朵连枝绽放了近百朵，很是赏心悦目。

这次，义山可以从容细看坐在对面的王琬了。她时常低垂了头,要不就与左右坐着的两个姐姐攀谈,总是躲闪着自己的目光。以月亮来作譬喻的话,倘若之前苦恋的宋慕云是一轮满月,则王琬就是一弯蛾眉月。她的姿容里自有一种高贵的娴静,然而因为月面很细,也让人猜疑那种姿容是不是过于娇弱了。义山想,这或许是年龄尚小的缘故吧。

因为是白天,席间还有家人女子,所以不能饮酒助兴了。近来两京豪贵之家受风气习染,开始仿效江南人饮茶。于是就由女主人和侍女煮茶、分茶。众人闲坐攀谈,评说着茶汤的颜色和口味,是否要调盐或加其他调料,则各随其便。

饮茶数巡,宜有娱乐助兴。主人李畴提议说,今日恰好有两位新晋进士在场,都不是外人,何不联句佐欢?韩瞻立即赞成响应:作诗可是义山的长项本事。借此正可以活跃气氛,顺便撮合一段新佳缘。

联句本是六朝文士聚会的游戏,自国朝以来就有重兴,尤其经中唐颜真卿、释僧皎然、韩愈、孟郊、李益等人接续推扬,已成为两京贵门尤其是文士高官的娱乐雅事,当时分司洛阳的诗坛名宿如白居易、刘禹锡、裴度等人就颇好此道,故而这个风气也传染到了长安。两人联句或多人联句皆可,随意不拘。可按古风诗格,也可以按今体诗格(即吟成两联绝句或四联律诗或多言的排律)。韩瞻的岳丈王茂元是鄜坊节度使王栖曜之子,虽然出身将门,幼时却颇好治学,随父从戎时就以勇略能文知名。德宗皇帝时曾上书自荐,授试校书郎。他雅好文学,故而诸子和诸女婿都能作诗,连同最受宠爱的五女和六女也都擅长此道。

过后,主人就以东面池畔的蔷薇花为题,定格式为八联的五言排律,取韵书中"灰""咍"两个韵部,众人按韵吟诗。次序就从李畴开始吟出首联,韩瞻、义山、王瑾、王氏姐妹依序吟出,最后两联由义山、韩瞻收结。三姐来做联句游戏的席纠,负责裁量各人表现,倘若吟出时间太长或是不合众人口味也会有惩罚(以妇人胭脂涂鼻子和人中,再取池水泼面)。面临着这个看似严厉的惩罚,大家都很全神贯注。

侍女将轩厅东面的竹帘升了起来。日光照映下,满目都是蔷薇的妍媚花色。主人站起,走到近前细看花栏,回座后很快就吟出了首联:

  如锦似霞色,连夏接秋开。

韩瞻摇头晃脑,接续吟出了下联,表情甚是得意:

  池光分红影,迎风新人来。

新人既可以指义山这个新客人,亦可指待嫁的少女王琬,是个巧妙的双关。
义山略微沉吟,吟出了第三联:

  亲亲依水轩,联袂奉上台。

这一联也是暗含双关:表面是在描绘蔷薇,实则在暗赞王氏姊妹的姿态之美。吟出声时,义山一直定睛看着对面的那个少女。少女本来正面注视着他，立即收回了视线。

少女的兄长王瓘吟出了第四联：

浅深各有态，次第枝相催。

这一联实写花形姿态，感觉十分妥帖。不过，其实也可以理解成双关：次第枝相催无非暗示了两个妹妹的婚事。他似乎已经洞明了义山欲与妹妹攀连亲事的内情（应是韩瞻事先已探过他的口风吧），态度显然是赞许的。

后面韩瞻的新妻王琰吟出了第五联：

盛时愁英落，缘堤移步回。

轮到少女王琬时，她抬首第一次直视了义山。多么明亮的眼睛啊，就像这清秋的池水波光，纯净得没有杂质。开始时，她一直轻声念着姐姐的上联，仔细斟酌着。因为今日晨间下过一场小雨，过后她吟出了这么一联：

芳叶沾雨露，明丽隔远埃。

大家仿佛约定好了，齐同称好，连义山也觉得十分惊异。少女吟出的这一联有六朝余风，颇似萧家手笔呢。

顺接了王琬的这一联，他很快就吟出了下联：

层叠胭脂染,谁家巧妇裁?

　倘若这胭脂染成般妍丽的蔷薇花乃是由人裁出,那我家还缺这样一位有如此妙手的巧妇。用意也很分明了。

　最后要由新婚的韩瞻负责收尾。他却一时想不出词了,喉咙口好似被什么物事堵住,咿咿呀呀了老半天。担任席纠的三姐打开补妆小盒,以手帕蘸取了胭脂颜色,这时已经走到他近前预备点红鼻了。帕巾离鼻子才一寸时,韩瞻大声叫了出来:"姐姐且慢下手!"

　"这回如何解说?"

　"我已想出来了!"

　他眼睛盯看着自己案上的三彩杯,盯了很久才吞吞吐吐吟出了尾联:

　　吟花无别计,唯尽手中杯。

　过后将茶碗中的茶汤一饮而尽,脸上还露出了极苦涩的表情。

　"是嫌我煮的茶汤不顺口么?今次你逃不了挨罚了!"

　三姐裁令不得违抗,由两个妹妹分别捏住这个新郎官的左右臂,在他鼻头点上了红。大家重新落座后,人人都在大笑,只韩瞻一人不笑,故意两手托腮装作苦恼样。少女王琬也在开怀大笑,她的笑容可真灿烂!

　韩瞻平素虽然喜欢搞怪,今天怎会吟不出诗来呢?义山想,也许他是故意要造成这个情节的。为了我,这回他可是使出了浑身的解数。这样的朋友真是难得。

义山因为少女王琬的吟句,对她的好感又添了几分。这次做客回来与韩瞻单独议论时,明确表示了求婚意向。

若问少女王琬对义山印象如何,从她眉眼间的表情就可看出:一面是羞涩躲闪,一面就是瞅空偷看。她早就知道眼前这位新科进士的文名与诗名,这次见面过后显然对义山也很有好感。

联句会之后的八月初,入秋开始降温,义山感染风寒偶有小恙,额头发着烧,却止不住想去招国坊再登李将军的门,因他从韩瞻那里得知这几天王琬又移住了三姐家。可是,到后听门仆报告,偏偏不巧,李氏夫妇、孩子们和王琬这天上午结伴去游曲江,还不知何时归返呢。门仆已认得这位士子的清俊样貌,请他入府相候。义山想,这样可不太好,自己的举动好像有点过分了,于是谢过门仆,只能怏怏而返。

这天回荐福寺写出的那首《病中早访招国李十将军遇挈家游曲江》简直就把自己的心思和盘托出了:

家近红蕖曲水滨,全家罗袜起秋尘。
莫将越客千丝网,网得西施别赠人。

这首诗很快经由韩瞻转去了李家。婚后王琬曾告诉义山,当三姐在她面前读出这首诗,将诗笺直塞到她手里,并且调笑她是王家的西施时,她真是羞赧得恨不得立即遁地逃走。三姐和五姐还一同围坐在身边,强要问明她的意向,究竟是好还是不好。她逃无可逃，只得点头承认了，过后马上脸红耳热地跑回了自己房中。

"那一刻，心跳得好快！"

新婚的妻子曾这么告诉丈夫。她就是这么一个单纯的女子。

开成二年十月初，泾原节度使王茂元正式致书，邀义山入幕并许婚。义山正欲赴泾原，因恩主令狐楚病重，转而奔赴兴元府，年底才扶柩回到长安。因为错过了该年的调选，开成三年仲春，义山再应博学宏词科却被中书驳下，暮春时才赶赴泾原成婚。

许婚后，义山有作《无题二首》，分别描绘当时男女双方的心绪。

前首是女性视角，描绘待嫁少女夜间缝制青庐，心神志忑的情形：

凤尾香罗薄几重，碧文圆顶夜深缝。
扇裁月魄羞难掩，车走雷声语未通。
曾是寂寥金烬暗，断无消息石榴红。
斑骓只系垂杨岸，何处西南待好风。

后首是男性视角。收到王茂元允婚书信后，义山当晚就失眠了：

重帏深下莫愁堂，卧后清宵细细长。
神女生涯原是梦，小姑居处本无郎。
风波不信菱枝弱，月露谁教桂叶香。

直道相思了无益，未妨惆怅是清狂。

秋夜的中宵，时间流动得尤其缓慢，勾起了义山数重心事：

那个神女般的恋人已无影踪，炽热的恋情犹如梦一场。远方的她已经错失，再也没有可能挽回，却一直在心里难以磨灭。这样轻狂的相思毫无益处啊，我不能再这样下去了。不能。

可是，即便想通了现实处境，还是感到无比惆怅。口中犹如始终含了一粒黄连屑。

义山忘不了过去，同时也在期待未知的将来。即将迎娶的这个少女单纯无邪，对自己前段情事一无所知。她看上去如此青涩弱小，能与我一同抵挡今后生活的风波么？他生怕辜负了对方。无疑，这是成婚之前的另一层顾虑。

站在感情的歧路上，他就是这么无所适从，患得患失。

开成三年三月暮春，义山到达泾州[①]。先入幕赴任，后正式完婚。府主王茂元为能收得两位新任进士为婿颇感自豪，待义山如自家子弟，每日一小宴，三日一大宴，公务之余就与义山两人赏花论文。义山此次来泾州，特意收纳了自己的诗集（撇去了与恋情有关的部分高唐诗和艳体诗）奉上，岳丈读后连连叹赏，尤其看重义山在甘露之变之后所写的咏史诗和讽喻诗，如《有感二首》《重有感》《曲江》等篇。继学习李长吉之后，这是义山诗创作的第二个升华阶段，他从杜子美那里取法甚多，巧加研习琢磨，又融入了自

---

① 今甘肃泾川北。

己擅长隐语抒情的特色。

王茂元尤喜《曲江》一首的尾联，吟咏再三：

天荒地变心虽折，若比伤春意未多。

岳丈很看重此次婚礼，备办了很多嫁妆。新人双双来前见礼时，多有亲切嘱咐。他最怜爱的小女出嫁，他也完成了最后一桩心愿，过后，就是指望几位女婿，尤其是两个新进进士女婿能仕途高升了。只要他能使上力，一定会相助。听到这样的体己话，义山感动莫名。

入洞房时，义山再次恍惚了一下，之前的那种顾虑重又翻涌上来：眼前这个盛装的少女，如此纯洁无邪，她就是自己的妻了么？她会与自己同甘共苦，偕老白头么？我能保护好她，不让她受苦受累么？她能信任我，替我筑起一个安稳的家室么？他将妻子的头巾挑去，仔细打量着她。因为从未离得那么近，近得能听到她的鼻息与呼气，他仍然感觉她的脸容有些陌生。

王琬羞涩地低首不语。可是，当义山两手托住她下颔，将她脸庞抬起，两人四目对视时，他看到了一个女子努力投入未来时全部的美和勇气。年轻柔弱的她，不仅面对了今夜必然会有的人生篇章，也面对了尚不明朗的未来。她的目光从容恬静，内里寄托了无限的爱怜与信任。男女之间的感情，往往只靠几个瞬间直觉就可以确认。这一夜，这对新婚夫妇无疑已经相互得到了印证。

义山的婚后生活是安乐适足的。此次入幕，本就是岳丈照顾之举，他除了逢到重要场合（比如境内所辖州县长官的例行月集），多数时间都在使府官舍陪伴新妻。王瓘喜爱诗文，以前就是义山诗的爱读者和崇拜者，现在可不同了，这位长安才子变成了她的夫君。空余时间，她常常协助丈夫整理、誊抄诗文卷，她的字写得端雅灵秀，显见早年有过研习。也会操弄琴瑟，弹奏演唱《白雪》和南朝谢朓属词的《江上曲》。义山尤喜后首的曲词：

> 易阳春草出，踟蹰日已暮。
> 莲叶尚田田，淇水不可渡。
> 愿子淹桂舟，时同千里路。
> 千里既相许，桂舟复容与。
> 江上可采菱，清歌共南楚。

闲暇时也会两人联句。义山曾赞赏过她去年初识时的南园联句，他很庆幸自己能娶到这样一个体己知心的妻子。

有时，两人也会出城游乐。王氏不善骑马，义山就小心地将她扶上鞍，在旁边牵引了慢慢试骑。再练习几次后，王瓘自己也能独自骑行了。过后，泾州城门口的守兵经常看到两人联辔而出。

两个青年起初还懵懂陌生，慢慢已相互接受，后面就变得亲密亲近。从开成三年暮春至四年春，义山在泾原幕的这一年可说是平静而幸福的。

此后就是一道已经走完的人生轨迹了。

开成四年正月，新婚夫妇先回济源家中省亲。母亲见到新娶媳妇入门，欢喜不胜。

二月，义山再回长安应吏部的书判拔萃试，中选后释褐授职秘书省校书郎，应举十年，到这时才算谋得了初步的官身。不过，他的校书郎没有做多久，三个月后的夏末，就被外调为弘农尉。在弘农尉任上，不久就因为"活狱事件"（审理在狱犯人时与上司意见不合）触怒了陕虢观察使孙简而乞假归京，说是赌气罢职也完全可以。开成五年春，因新任观察使姚合"谕使还官"，又返回了弘农郡，该年九月正式离任。

开成五年深秋，得岳丈王茂元内兄弟、河阳节度使李执方的资助，义山从济源移家长安，十月十日搬入了购置的樊南居所。同月赴岳丈陈许幕，协助处理章奏文书。十二月义山即离陈许幕，其后又暂入了故人周墀的华州幕。会昌元年，义山往来于长安、华州之间。

会昌二年春，再入秘书省为正字，品阶由正九品上落到了正九品下。不管如何，总算重新回到长安了。这次的朝官职又只维系了半年，这年冬天义山就逢母丧而丁忧在家。

会昌三年，义山竭尽所蓄财力，安排好了亲族的迁葬诸事。九月，去年转任河阳军节度使的岳丈王茂元奉命讨伐昭义军节度留后刘稹，病重卒于河阳行营。其间义山两赴万善，代为起草了《遗表》和《谢宣吊并赙赠表》。对义山来说，他失去了可以信托依凭的最后一根支柱，对妻子王琬来说就更是伤心，世间最疼爱她的父亲已经离开了人世。

会昌四年正月，迁葬事大致处理完毕，义山携家再移蒲州永乐。母亲在永乐这边还留有几栋祖产旧屋需要处置，义山早前来长安时曾在此地短暂居停过。移家原因无非就是之前迁葬用度较多、守制期间无收入所导致的家贫。

二月，闻知岳父棺柩自万善移葬洛阳家墓，义山因身体不适，又值妻子怀孕诞期日近，故而有作祭文《祭外舅赠司徒公文》遣家僮前往万善祭奠。

这年暮春，妻子王晏诞下了长女。从母亲的"晏"字中取一"宛"字，因为生在永乐，就叫作了宛乐，小名就叫小宛。义山将女儿小宛抱在了怀中，感觉真是奇异。婴儿的身体那么小那么轻，却是如此鲜活的生命。简直是一个不可思议的奇迹。

开成二年中第后返家时，义山并未抱过长女寄寄。不是不能，他完全可以从寄养的乳母手中接过来。可是，当时他不得不掩饰自己强烈的感情，不得不掩饰这种感情中深藏的震惊、痛苦与受挫感。现在，当他捧抱了襁褓中的宛乐，仿佛曾经失去的寄寄经了转世轮回得以复生，一时百感交集。

义山流了泪，泪水滴落在手背上。他侧过身，避开了妻子的目光。

开成三年赴泾州迎娶王晏前，自己曾写信问过母亲，要不要将过去情事告知对方？母亲的回信只说了"旧事不提"几个字。那时寄寄还在。

怀中的孩子睡着了。她闭着眼睛，睫毛是那么的长，呼吸那么调匀，睡姿那么甜美。虽然已然降生，但这个小小的生命仿佛依然超脱于时空，不受人间纷扰的影响，这种蒙昧状态真让人羡慕。自己也很想回归这样的蒙昧，哪怕只有一天，哪怕只是一瞬。

该年四月，义山曾去长安，不久便回。八月，刘稹乱平。九月初，义山曾去洛阳祭奠岳父王茂元，作《重祭外舅司徒公文》，过后随即返回了永乐。

是年冬天，义山与妻女在永乐闲居。腊月除夕前下起了大雪，下了整整三天。他们的居所就在城郊，大雪覆盖了附近原野，田地和树木全都披裹了白妆。雪天外出活动的人很少，家家户户闭门不出。

妻子王婉刚刚将孩子哄睡，这时也来到书斋里，在丈夫身边落座。义山对她说："今日雪景大佳，何不联句佐欢？"

王婉能诗，也常有吟句。在新婚时的泾州使府，在济源家中，在长安樊南居，在洛阳崇让坊水亭，两人常会做联句游戏。这也是他们的日常消遣活动之一。

"有谢道韫好句在前，就不必跟作了吧。我常常想，对资质平常如我这样的人来说，能顺应时节吟咏前代名句就足够了。若是逞才，只怕会闹笑话。"

王婉的脾性就像柔顺的水流，静而深，说话与行动都是如此。她从不急躁，有她在，家事总能被安顿得很妥帖，日常节用、饮食冷暖诸事几乎不用义山操心。这是两人共同生活数年后义山的真切感受。

她生下女儿后，产后恢复得不好，一直体虚乏力，入秋天寒后常常卧病在床。这几天才稍稍好转过来。

晚食后，妻子将温热的酒壶送来了案头，又让老仆钟娄烧热了炭炉，过后就留义山一人在书斋中静读。

在入夜的永乐，在安逸的除夕的雪夜，义山收束心神，开始重新研读杜诗。与早年喜爱的长吉诗不同，近来他深觉杜诗绵厚有力又富有情致，读得越多越细，就越能发觉其好。但凡成熟的诗人，总会随了年岁经验的累积而获得心智的再提升，义山也是如此。杜子美可以将任何外物化为自己的诗材，这是很了不起的地方。包括风雷雨电等天象就写过不少，不过，似今日这般的大雪，他好像吟咏不多。

翻拣多时，义山找到的大多是散句。杜子美在夔州时所写的《前苦寒行二首》与《后苦寒行二首》皆以雪天作题材背景，可是，细说起来却不是纯粹的咏雪诗。

安史之乱陷长安时的这首《对雪》，重心似乎也不在咏雪，而在悲叹世事艰危的苦境：

> 战哭多新鬼，愁吟独老翁。
> 乱云低薄暮，急雪舞回风。
> 瓢弃尊无绿，炉存火似红。
> 数州消息断，愁坐正书空。

他在文箧中找出了谢惠连的《雪赋》，对其中写雪片段玩味再三，连连叹赏：

> 若乃玄律穷，严气升。焦溪涸，汤谷凝。火井灭，温泉冰。沸潭无涌，炎风不兴。北户墐扉，裸壤垂缯。于是河海生云，朔漠飞沙。连氛累霭，掩日韬霞。霰淅沥而先集，雪纷糅而遂多。其为状也，散漫交错，氛氲萧索。蔼蔼浮浮，瀌瀌弈

弈。联翩飞洒，徘徊委积。始缘甍而冒栋，终开帘而入隙。初便娟于墀庑，末萦盈于帷席。既因方而为圭，亦遇圆而成璧。眄隰则万顷同缟，瞻山则千岩俱白。于是台如重壁，逵似连璐。庭列瑶阶，林挺琼树，皓鹤夺鲜，白鹇失素，纨袖惭冶，玉颜掩嫮。

读罢这篇小赋，义山鼓起了尝试的勇气，意图改换笔法，以赋体的铺陈手段来咏雪。他所擅长的四六章奏，实质即是赋化的文章，故而这正是义山作诗的长项。这天夜间，他在书斋临窗对雪，写下了十韵的《喜雪》，下笔从容流动，亦可看出欲与谢惠连和杜子美争胜的用心所在：

> 朔雪自龙沙，呈祥势可嘉。
> 有田皆种玉，无树不开花。
> 班扇慵裁素，曹衣讵比麻。
> 鹅归逸少宅，鹤满令威家。
> 寂寞门扉掩，依稀履迹斜。
> 人疑游面市，马似困盐车。
> 洛水妃虚妒，姑山客漫夸。
> 联辞虽许谢，和曲本惭巴。
> 粉署闱全隔，霜台路正赊。
> 此时倾贺酒，相望在京华。

写成搁笔，义山望向了窗外。星月辉光下，但见穹宇辽远，大地一片淡白的荧光。此时此刻,长久以来一直在身心内部蓄积能量的诗人已迎来了新的蜕变。

会昌五年初春,义山应时任郑州刺史的十二叔李褎之邀,离永乐去到郑州。在郑州时,他为李褎撰写了数通书启,又陪侍宴饮。弟弟羲叟这次也受到邀聘,被李褎辟为了巡官,开始了职事历练。李褎当年接引自己入道,又是家族长辈,这层内亲关系,义山一直小心维护着。

夏五月,义山回到洛阳,其间又为李褎写有一篇《紫极宫铭》,获得了一笔厚赠。秋八月,母丧守期满前,他患了腹疾,上吐又下泻,浑身无力,此时接到了时任右司郎中的令狐绹的来信,询问老友的近况。义山有作《寄令狐郎中》一诗回复,基调还是感念旧交,诗中并没有流露出请托乞援之意。

嵩云秦树久离居,双鲤迢迢一纸书。
休问梁园旧宾客,茂陵秋雨病相如。

九月某日,保姆告知说,夫人的腹中又有胎动啦,推算产期是在明年夏秋间。义山很惊喜,因为女儿出生才不久。

十月下旬,义山母丧服制期满,曾回返长安。因选官期集已过,这次回京主要还为联络京中旧友,为来年复官做一些准备。

会昌六年三月宣宗即位,仲春上旬,义山离永乐,先将夫人王琬送往洛阳崇让宅静养安胎,过后只身回长安,重官秘书省正字。

七月末,居停洛阳崇让坊的妻子王琬,由住在洛阳的二姐照料，诞下了一子。八月仲秋前，义山请得假期赶回洛阳，预备接上妻子与儿女归返长安。

主人王茂元去世后，崇让宅里遣散了很多家仆，连园丁也只留了一个。妻兄王瑾和王珪已迁去了长安，目下就只有寡居的二姐和三个老仆佣看守，比之前冷清了很多。

义山踏进家门，走入妻儿卧房时，心情真是喜悦激动啊。这里是整座大宅里最热闹的地方，姐姐在门边扑到他怀里亲热地唤他"阿爷"，弟弟就在房里咿咿呀呀地啼哭，空气里满溢了孩童特有的奶香味。妻子王琬倚靠在床头，面上又是幸福又是疲惫，而她怀里的婴儿浑身肉嘟嘟，四肢健全，眉目秀美。义山又抱上了第二个孩子，因为是男儿，自然倾注了较多的期待：要振复家门，今后不但有自己和羲叟，又添了第三人！他为儿子取名为衮师，意在师法代宗皇帝时的执政宰相常衮，常衮擅长章奏表疏，工诗能文，登宰相位后又拔擢了很多文士，正是宦心未灭时的义山的人生偶像。

义山到洛阳后的第二天，从侄让山登门，告知了一个消息：履道坊的白翁去世了。白翁自今年入夏后风痹加重，又有其他并发症，在病榻躺卧了两个月，前日已归山。这年白翁七十五岁，已是很高寿的年纪。

让山问义山："叔叔早年与白翁有过交往，是否要登门吊问？遣人去代行也是好的。"

义山想了想，说："自大和三年后，我和白翁少有往来，这样上门吊问恐怕太唐突了。要不，大敛①之后的宾吊日后你就自行登

---

① 丧礼之一，将已装裹的死者放入棺柩。

门,代我口唱凭吊吧。"

他还清晰记得早年那次拜谒时的谈话内容,过后白翁还曾带引他绕走了一圈南园。的确已是很久远的记忆了。白翁、元稹他们的世代终于过去了,而转眼,彼时那个十七岁的少年也已步入了三十四岁的中年。

离洛阳那天,保姆抱了小宛先已坐上马车。妻子怀里的衮师一直在哭闹,二姐接过抱着,在院子里兜了三个圈子,哭声才停歇,直到将他哄睡着,才重新交回给妹妹。王琬产后身体虚弱,二姐一直劝说她多留几日,可王琬说丈夫已在长安供职,长久分居不合适,自己和两个孩子还是要跟随身边。

"长安入冬天寒,浮尘又大,风土不及洛阳好。你回去过后自己要注意调养身子。若想回洛阳来,随时来信告知就好,我这里会提前预备。"

真是如母亲一样的二姐啊,虽不是一母所出,情分却很深。

王琬也舍不得姐姐,垂泪告别。车行辚辚,驶出了崇让坊,义山骑马跟在了车后。

秋光里的洛阳,街坊城阙依然如往日那样,却早已物是人非。马车往北,行经隔邻的履道坊时,义山曾想下马登白家门,考虑了一下就作罢了。过往的人与事已化成云烟,这已经是一个没有白翁和刘禹锡、没有裴度与令狐楚的洛阳,毋要怀旧了。现在,他全部的心思要集中于这个四口的小家,他感到了肩头负有的责任。

回到长安,很快就陷入了新的困境。秘书省正字官职卑微,官俸菲薄到简直难以启齿，每月领到的禄米也有限，他陷入了生计无着的烦愁。前几年的积蓄因为迁葬诸事已花去泰半，他只能尽量多地接一些撰文委托以补贴家用，为此经常向相熟的友人求告。五姐和韩瞻是帮助最多的，他们的孩儿生得早，生活压力要小一些。为求仕途升迁，义山有时也不得不低头干谒朝中权臣，结果却是常常碰壁。他和旧友令狐绹仍有走动，本年初春就曾委托他致书时任中书舍人的韦琮以求援引，后来也无下文。以当时令狐绹的官位与能力，他的帮助也很有限。

为家计考虑，必须有个出路。此时的替代方案就是外出入幕了。

在长安忍挨了半年之后，大中元年的二月，义山接到了新近停罢给事中，出任桂州刺史、桂管都防御经略使的郑亚的邀聘。去年四月，李德裕带宰相衔，已出为荆南节度使，九月又改授东都留守，台面下对李系党人的清洗已悄然开始。义山对时局态势缺乏敏锐嗅觉，浑觉无事。

大中元年三月初，义山辞别家人朋友，随郑亚赴桂州。

在桂州幕时，该年十月义山曾奉郑亚命，出使江陵，面见当时刚刚被罢相的荆南节度使郑肃，打听朝政动态。

十二月，罢相后的李德裕被贬潮州，李系党人受到公开的连番整肃。义山得知朝政内情后，立即返回了桂州。大中二年一月二十四日，郑亚受李德裕牵连，再贬循州刺史。朝廷制书于二月中旬到达桂州。

三月下旬，义山启程北归。五月过潭州时，因曾想入前相国李回的湖南观察使幕，逗留了将近一个月。李回自己也正受政坛风波牵连，此事当然未果。六月时，义山经洞庭、荆江又过江陵，其间再次拜谒荆南节度使郑肃，稍作停留。

其间七月下旬，义山又曾西向入峡，拜问时任夔州刺史的李贻孙。此前会昌四年四月义山短暂回长安时，曾受李贻孙委托，为作致宰相李德裕的书启，两人有些交情。入峡的另一动机则与文学有关：义山现在已是杜诗的深度爱好者，对杜子美的夔州诗尤其印象深刻。此番入峡，也想借机观览杜子美停留居住的夔州，了解其风土形胜。这是一个诗人对另一个前代诗人的访问。

自两个孩子出生后，义山对妻子王琬的眷爱日甚一日，入幕期间经常往长安寄去家信。写信时常常想象她收到诗信览读时的喜悦，尤其眷恋她明澈的目光。这次旅行途中所作《摇落》《东南》等篇都是寄内诗，《摇落》中"结爱曾伤晚，端忧复至今"一联是他诚挚的心理告白。我的妻，为何不让我更早遇到你？每想起此事就令人伤怀。为家中生计，我不得不奔波外州各地，无法与你和孩子们长久相伴，心中烦忧日积而月累，至今难以平复。

初到夔州时，义山在白帝城客堂写出了名作《夜雨寄北》，这首也是寄内诗：

　　君问归期未有期，巴山夜雨涨秋池。
　　何当共剪西窗烛，却话巴山夜雨时。

经过多年的技艺锤炼，义山已能自如运用那种时空往复回环的修辞法，再加投入了深切的感情。之所以说君问归期未有期，乃因他现在前后无倚靠，亟须寻找下一个仕途出处，打算沿途拜谒几位重要的地方官。

在夔州逗留了十天，八月上旬出峡东下，中旬到江陵。过后改走陆路，停留襄阳。此前他跟随郑亚赴任桂州途中，曾受到山南东道节度使卢简辞的热情招待。义山上《献襄阳卢尚书启》，陈述歧路哀情，期望卢能施加援手。然而此时朝局势变，义山某种程度上已被视为李党同路人，卢只是口头揄扬了一下，并无实质帮助。时已深秋，无奈只得离开襄阳继续北上。行至邓州，受到了当州周刺史的招待。周刺史是韩瞻的友人，待义山非常热情，临行又馈赠入冬的及腰褥靴、裁具、酒筒、盏杓、匙箸等物。由邓州折向西北，已来到武关西面的商洛。这年早寒，九月初商於一带就下起了雪。过商州，入蓝田关，长安已然在望了。

此次北归途中，义山写有多首纪行诗，这也是近年钻研杜诗的结果。随着命运生涯的渐次展开，义山的心气、怀抱与笔致，在前辈诗人那里找到了更多的呼应。

终于回到了长安。

因为提前遣出了随行僮仆通报，樊南居所的门前，妻子和孩子早就在路口等候了。远远望见他们的身影，义山提前下了马车，迎向前去。看，两岁的衮师多调皮，他非要攀上肩，让阿爷背进家门里去，四岁的小宛又长高了，懂事又可爱。义山的头额被儿子的小手覆盖着，向妻子欢快地报告："我归家了！"

王琬只是抿嘴笑，她是一个不会太多显露感情的人。可是，心底里的欢快可不比义山少。这一年半里，本就虚弱的体质，因为连续的生育，家事的烦劳，她的样貌变得消瘦憔悴，义山看了很是不舍。

入晚，孩子们已安睡，他们终于有了独处说话的时间。

她对夫君的幕府生活很好奇，问了一连串问题：桂州是个怎样的所在，地形风貌如何。南国与北地，风土气候有何不同。饮食上是否习惯，居处是否宽敞。在幕府时，府主待他怎样，与同僚相处得如何，平时假日又有什么游乐。又问义山为何前后去了几次江陵。南行与北归，沿途有什么景致，风俗与两京有何差异，日常又有什么见闻。

义山一一作答。他只问她一个问题：在长安寂寞不？

她回答说不寂寞。白天还好，有孩子们在身边怎会寂寞呢？夜中有时失眠，她就坐到书斋里，点上灯，细读夫君的诗文，读几首便安心了。心情舒展时，也会记下自己的吟句，随家信寄出。每回接到义山寄来的信，她总是喜悦不胜，每一封都会读上很多遍。还一字一句念给孩子们听，也不管他们听懂还是没听懂。春秋两季，天气晴好、腰腿不酸累的时候，她就带了孩子们去近处的曲江游玩。五姐和姐夫常来樊南探望，逢到节日，总叫她带了孩子们去安业坊小宅同住几日，有时就随了五姐到长安各间寺院拜佛。她常常为夫君未来的仕途前程牵肠挂肚，投身幕府总不是长久之计。可是，她的父亲已去世，王家这边再也无力援助了。于是，佛前祷告时，她总会祈愿夫君未来仕途的平顺。

义山静静地听她讲，仿佛正在聆听山间溪水的呢喃。这流动的语音里饱含了爱与深情！此际他能做的，就是将她紧紧拥在怀中，一遍遍地吻她的发绺、头额还有双唇。

到家的第三日，一家人还有保姆齐同坐车出游。去哪里好呢？还是去佛寺吧。义山当然不会去青龙寺，也不去早前住过的荐福寺，而是去了延康坊的西明寺（他相熟的知玄法师起先居留该寺）。佛堂里，义山、妻子、两个孩子和保姆齐同跪拜合掌，祈望一家平安、喜乐永随。拜佛过后，一家人还去逛了西市。

自完婚的开成三年，到归来长安的大中二年深秋，这婚后的十年里，义山拥有了一个温暖安乐的家。虽然仕途不顺，生计一直吃紧，但是他是幸福的，幸运的，完满的。

让义山忧心的是，妻子在前年生下衮师后，身体状况愈来愈堪忧。

这年入冬后，王琬常常咳嗽不止。某日，义山发现她的巾帕上已见血迹，问她这样有多久了，王琬答说去年冬天就发作过，入春稍稍好转，夏秋间就没有症状了。义山很着急，第二天一早请了官假，出门邀来了医师博士诊视。医师来后诊脉许久，开了一纸药方。

送医师出门时，义山忐忑地询问病况如何。医师答说，尊夫人体质虚弱，加上两度生育，气血亏虚又有郁结，已染上了肺疾。因为还在初发期，所以按方定时服药，过一两月后应无大碍。就是需要好好调养，饮食须留意滋补，平时不能受寒受热，家人要多加照护，防止复发。

王琬当时已有不祥预感，对丈夫说出了"也许命不久矣"这样的话，语含悲辛。义山连忙捉住她的手，将医师的嘱告转述给她，又说了很多宽慰的话。妻子的手凉凉的，目光也有些暗沉。一枝正当花期的蔷薇，眼见着已经提前开始枯萎。

服药一月后，病情渐渐好转，已经不咳血了。可是，自此过后，义山心里就添了一层隐忧。

大中三年十月选调，义山接受了盩厔①尉的新任命。开成四年释褐入仕时的秘书省校书郎是正九品上，经了十年，盩厔尉的品级反而降到了正九品下，真是官卑而人微。可是，换从旁人比如牛党诸辈的角度看，一度追随了李党郑亚的他，得此处置好像也很正常。当时李党要员已纷纷外贬，朝中势力已被清除殆尽了。

下旬某日，义山与盩厔县令班玦、武功尉刘馑依例谒见京兆尹郑涓时，因为善写章奏之名已广传宇内，当即就被郑涓留下，暂代了法曹参军一职。京兆府廨在光德坊，为职事方便，先寓居了邻近的西明寺客舍，后来知玄法师移去兴善寺，才租赁了永崇坊的小院。

法曹参军的俸金和禄米远不够应付在京生活，之前处置出售母亲永乐故居所得的资金也在快速消耗，义山很快又面临了生计问题。所幸已与妻子儿女团聚，大中三年的新春，韩瞻夫妇带了孩子同来贺春，樊南家中依然洋溢了欢声笑语。

义山的人生，很快又开始了新一轮的重复：这年十月中旬，户部侍郎、充盐铁转运使卢弘止转任武宁军节度使后发来了聘书，邀义山赴徐州幕任节度判官，同时还奏请了正八品下的侍御史宪衔。

早在大和八年，卢弘止还在京兆府昭应县令的任上时，义山就

---

① 盩厔是长安京兆府的属县。

与他有过交往，也可算是旧交了。卢弘止是卢纶三子，父亲卢纶与大兄卢简能皆在甘露之变中遇害，二兄即义山桂州幕归返时拜谒过的山南东道节度使卢简辞，弟卢简求此时担任了吏部郎中，兄弟四人都有文名。卢弘止的邀聘，卢简辞自然也起到了引荐的作用。

沉沦下僚多年的义山接获聘书，心情是喜悦兴奋的。聘金不薄，聘礼贵重，这次又加了侍御史宪衔，自己的仕途已初露了一道曙光。一如之前郑亚相邀卜聘时那样，他怎会不心动呢。于是接连上了三道致谢的书启，对卢弘止表示由衷感谢。

义山并未立即登程。

这年九月末，白翁嗣子白景受（此前会昌六年因门荫授了颍阳尉、典治集贤御书）陪侍白翁遗孀杨太夫人来京。十一月初，白景受登门，恳请义山为会昌六年去世的父亲撰写墓志。义山此前与白翁交往不多，本想推拒。其时宰相白敏中为白翁从弟，又经令狐绹转达了旨意，说这是白翁本人的遗愿，所以他就郑重接手了下来，为此还颇费了几日时间构思撰作。十五日，墓碑铭并序写成，白景受奉上了厚重谢礼。

启程前三日，义山问妻子："此去徐州，家中事如何料理呢？"

"有五姐、保姆和钟娄帮衬我，夫君就安心上路吧。"

"离京后，只怕你身边无人照护。"

"还有小宛和衮师啊，虽然他们两个天天让我不省心。尤其衮师，简直是猕猴化身，整日没个消停，也不知是像你我当中的哪个。"

王琬自说自笑起来。每当谈起儿女，她的音声语气总是满怀了柔情。

义山伸手为妻子整理鬓发，发丝凉凉的；握执妻子的手，手也凉凉的。可是，迎向他的目光依旧热烈而明亮。那明亮里面有一股坚韧的心念在撑持，正努力向义山表明自己的态度。然而，一颗泪珠终究还是从她眼角滚落了下来。

夫君才回长安一年多，怎么又要出门远行了呢？潜意识里，她有这样的疑问。这样的疑问又带来了未知如何的恐惧。她并不害怕自己的病，她害怕的是无人陪伴的孤寂。义山外出入幕后，就只能由她带了两个娃儿独自度日了。等待会不会很漫长？长久的思念会不会像潜伏的蛇蝎，渐渐啃噬她的生命？夫君何时才能归来，与家人团聚？

当晚，这些疑虑她都没有说出来。她就是这么安忍守静的一个人。

十一月二十二日上午启程。

出发前，长安下起了雪，樊南一带的远近景物已在白色帷幕中。村巷两边民居，屋顶全都覆盖了一张素毯，雪大得连房舍间的路迹也看不分明。行李已装束完毕，车夫在催促早日上路。雪天路难行，傍晚前他们须得赶到第一站的灞桥驿。

义山与家人道别，登上了马车。车轮碾轧着雪地，吱吱嘎嘎作响，这声音也碾轧着旅人的心。行到转弯路口，撩开车帘后望，见妻子牵了小宛和衮师已离了家门。他们依依不舍，踏雪走出好远，一直送到了官道路边。义山望见他们三个的身影，眼泪止不住地流下来，立即让车夫收勒缰辔，叫停了马车。他跳下车，踩着积雪疾走。到得近前，便将他们三个紧紧拥在了怀中。

寒风劲吹，雪花被裹带着飞旋飘落，一片一片落在头与肩上。雪花也飞上了他们的面颊，瞬间就化成了冰冷的水滴。

"阿爷早归来！"孩子们音声稚弱地告别。义山与他俩约定，明年入秋就回家。

按着妻子的肩，义山叮嘱："你不能受寒，快回家取暖去。衮师和小宛，要听妈妈的话。"

"放心吧，我会看护好他们的。"

义山再次登车。马车行出很远路途后，妻子的告别话语仍还停留在他的耳畔。

在徐州幕，义山除判官本职，还要为府主撰写表奏启状。因为颇受卢弘止看重，又身带侍御史衔，任职期间心情比较愉快，与李枢言等使府僚佐也相处融洽。大中四年六月，义山本拟请假回长安一趟，适逢卢弘止罢武宁节镇迁宣武节度使，于是只得跟随来到汴州，探亲一事遂作罢。其间一直给家里写信，解释逾期不归的原因。初到汴州诸事繁杂，府主亟须协助，等稍微安定下来就回家。

可是，到汴州后，义山仍然公事缠身而不得解脱。入秋后，府主卢弘止卧病休养，他和几个亲从部属不得不担负起很多超额职事。义山案头的文牍堆得如山高，与此同时，原先由府主亲自督行的军政事务，他也不得不暂代处置。那时写信去家里，妻子王琬的回信总是一如既往地报告儿女近况，既不催促义山归家，也很少谈及自己。她不再像以往那样，会将吟出的诗句随信寄来给夫君看了。她现在整日为家事劳心费神，已没有之前的闲心。

到大中五年春府主卢弘止病故，义山才罢幕归返了长安。出发前并没有收到家信，想来一切都正常。回程途中，他寄出了告知返程日的短信。

四月十日午后，义山到得樊南。家门前并没有看见出来迎接的妻子和孩子。刚一进门却听老仆钟娄报告了夫人去世的噩耗，时间就在主人到家前的两日。钟娄说完已跪倒在义山面前，伏地不起。听闻此言，义山瞬间跌入了冰窖。

韩瞻和妻兄王瑾闻声从正堂走了出来，见到义山也是呆立在原地，五姐立在堂口，扶了门框止不住地哭泣。

堂内停了空棺，人尚未收殓。卧室里，王琬躺卧在床，额面覆盖了方巾。当韩瞻为他挑开巾子，义山看到妻子苍白的脸容，一下扑倒在床前，泣不成声，差点昏晕过去。

再也看不到她的明澈目光，再也听不到她温柔的语声了，她的手掌已冰凉，她的头发依然泛着黑色的乌光。她紧闭双眼，神态静默，仿佛刚刚睡着了。四月初踏上归程时，义山无疑是欢快期待着这一刻的，谁知到家已是长别，已是天人永隔！她还那么年轻，才三十一岁啊。不是说好要共白头的吗？

待义山情绪稍稍平复，韩瞻和妻兄搀扶他坐进了书斋。听钟娄和保姆报告说，夫人的肺疾去冬和今春并无发作。大前日中午，她料理好两个孩儿午睡，刚走进院落中就胸口闷痛。由保姆搀扶了上床躺卧，那时她已经浑身抽搐，眼白上翻。待唤来的医师进到家门，人已经没了鼻息生气。据医师说，夫人是患了心疾猝然去世的。

上回医师来时，只说她是气血亏虚染上肺疾，调养得法就无大碍。义山何曾想到会遭遇如此变故。去年在徐州幕时,他没有如约返家探亲,到汴州幕后也没有回长安,此时想到真是肝肠寸断,痛悔不已!

小宛和衮师被五姐接到了安业坊暂住,五姐要赶回城中照护,韩瞻和王瑾就在樊南陪了义山守灵。义山从汴州出发时曾给韩瞻寄信,告知归返时程,本来昨日韩瞻已向沿途驿站发去了急报。没想到义山的归程这么快。

书斋的窗外,院里那株枫树张开了枝叶,满眼仍是绿意。这个初夏天,它却再也看不到女主人倚窗而立的姿影了。

此后就是大殓入棺和移葬坛山家墓等后事。七月上旬葬事完毕,义山去洛阳看望了守宅的二姐。见面之时,二姐哀恸垂泪,义山默默无言。他在崇让坊停留了半月,幸有让山和景岳陪伴,又有洛阳友人频来安慰解说,心情稍微平复了一些。

经历了失侣的哀痛,义山的形貌与精神一下就衰老了。这年他才四十岁。

妻子病故后,义山为她写了很多首悼亡诗。《房中曲》《崇让宅东亭醉后沔然有作》《夜冷》《西亭》《昨夜》等等皆是。《相思》这首就是归京不久后写给亡妻的,次联语句无比哀痛:

相思树上合欢枝,紫凤青鸾共羽仪。
肠断秦台吹管客,日西春尽到来迟。

如此,樊南居所的佛前供案上,又增添了一位新亡人的神位牌。

夜已深，佛龛旁的纱灯暗了下来。壁面写真上，画师摹勒的那个形象渐渐变得模糊。伊人神魂已逝，再也无法索回。沉浸在复盘回忆中的义山对了神位牌伏身长拜。此后他出京入幕，都随身携带了这幅画像，夫人王琬永恒凝视的眸光一直伴随着他。

经历了两次痛彻心扉的爱恋，义山变成了一个仅凭记忆过活的人。他的心，已经彻底地冷却了下来。

要告别樊南了。

启程赴东川前，义山带着孩子们先移住了韩家老屋，宅院只留了老仆钟娄看守。没有了家人共同生活的生气，这里就像是一个突然清空了的舞台。走离前，他再次倚靠了书斋窗口，观看那株叶簇嫣红的枫树，仿佛它就是最后的见证者和倾听者：没有了妻子，这个尘世还值得珍爱么？潜意识里，他只想远远地避开这个伤心地。倘若不是还有两个孩子需要抚养长成，他真想随了知玄法师剃度，就此从红尘烦恼中彻底解脱。

九月二十日，韩瞻在安业坊家中设席饯行，义山的京中好友陶乔、李定言、杨筹和妻兄王瑾等人都来送行。席间，十岁的甥侄冬郎即席赋诗，才惊四座。在这个小儿郎身上，义山依稀看到了很久以前的自己。

次日上午登程上路，天气晴好。义山和韩瞻联辔并骑在前，新雇得的僮仆小敢坐在了马车车夫的身旁。韩瞻夫人、冬郎坐了另一辆车送行，出延平门十里他们就回城了，而韩瞻这一送就送到了五十里外的咸阳城下。当晚，他和义山合宿在了城内官驿。

渭城驿客舍中，晚食后两人坐在窗下相对共话。金色的夕光投照在义山身肩上，他的脸色却那么苍白黯然。

韩瞻仍然建议义山继续干谒令狐绹：不管怎样，现在令狐子直已是位高权重的宰相，而你们两人早年的情谊可不浅。为今后仕途计，为家中孩儿计，还是要做些努力。

义山摇头。此前也尝试过恢复联络，可是全然无效。如今情势已变易，两人的旧情再难恢复了。

今年三月，他曾奉令狐绹之命，书写元和年间恩公令狐楚《寄张相公》诗以备刻石。四月，令狐绹由兵部侍郎迁中书侍郎兼礼部尚书。义山过后连续呈上了《上时相启》和两封拜帖，却始终没有收到回讯。义山现在连他的面也见不着，更别说出力相助了。

或是令狐绹从中有所运作，罢徐州幕、等候选调的义山被授了个国子监太学博士的冷闲官职，官品终于升到了正六品上，从大和四年开始应举，至此已历二十一年，从开成二年中第起算，也有十四年了。早年他在上崔戎的《崔华州书》中即说自己行道不系今古，直挥笔为文，不爱攘取经史，讳忌时世，如今却要在国子监给太学生讲经布道，教授他们作文章了。真是够讽刺的！

这次离长安前，义山也想借离京告别的机会见上一面。十日旬假的前一天，他提前夜宿晋昌坊的坊亭，第二日早起就登门拜谒。岂料仍然吃了一个闭门羹，门仆说令狐相国昨晚在禁省值夜，没有回府。南行奔赴东川之前，仍然未能晤面（他们已数年没有直接交往了）。谁知道他在不在家中呢？或许这就是他封相之后隔绝以前人事的惯有做法吧。这很像令狐子直的行事作风。

"畏之兄，你没看到他拜相之后已经让长子令狐滈罢举以避嫌么?这是令狐滈亲口告诉飞卿兄①,飞卿兄前几日来樊川时转告我的。这是典型的谦退邀名以求进啊。连自家嫡长子尚且可以用作棋子,又何况商隐这个外姓人?"

韩瞻默然了。他并不清楚义山与令狐绹交往的具体前迹。倘若知道问题出在哪里,或许还能补救一二。

与挚友交心对话,无须虚文掩饰。趁此机会,义山将两人交往的前后过程略微梳理了一下。

"冷热转换的节点应该是在大中元年三月随郑亚入桂州幕时。不过,此前也有一些疏离了。人情是很微妙的东西。

"大和九年雁塔题名时,令狐绹的确是不二密友。过后蔡京比自己晚一年入门却早一年中第,商隐心里颇有不平,那时令狐绹多次劝慰宽解,我们亲密无间仿佛异姓同胞。有几年,还曾与令狐绹、任秀才等同去平康坊北里冶游,一同合写艳体诗。由此也可见当时我们交谊匪浅。

"自大和三年拜入门下以后,令狐太尉②对商隐眷爱有加,激聘入幕又教授章奏,随计③应举时也屡有资助,过后还租下荐福寺客舍以供备考,种种恩惠无须多言。开成元年令狐太尉助蔡京中第,开成二年就要主推自己了。

"开成元年九月,先是将自己推荐给了同州刺史刘禹锡。实则入幕赴任后即可回长安,挂名领薪俸,不过刘很快就分司洛阳,此事遂作罢。入冬前,还送来了馈金和五匹帛绢,提供资助。这年十

---

① 飞卿是温庭筠的字。
② 令狐绹拜相后,其父令狐楚追封为太尉。
③ 即跟随上计官员一同入京。

月，令狐绹奉父命，曾在当年的主考官礼部侍郎高锴面前三报商隐之名而退，这是很直接的荐托了。

"商隐能够得第，当然是仰仗了令狐父子的推荐。进士放榜后，你我同榜。登第后，立即修书给恩公去信报告了喜讯。

"三月动身去济源省亲，京中友人于东门设宴饯行，令狐绹、令狐绪兄弟皆有出席。行前给恩公去信，预告仲秋前后到兴元府问候起居。

"照理说，放榜后本该第一时间面谢恩主。之所以有迟延，不瞒畏之兄，商隐那时仍在等待之前恋人能够回心转意。但是，从二月中第到六月省亲归返长安，这几个月里没有收到对方任何回应。

"那时，你早早就与王家约婚，七月已携新妇归来。商隐对前件情事已心灰意冷，前后无着落，于是心思转向了另一面，急于缔结一门亲事。故而到仲秋时，仍未去兴元府。"

听到这里，韩瞻流露了惊异表情。此节内情，义山此前从未告知韩瞻。当然，他并没有说出具体名姓来。

"十月初，收到了岳丈的入幕邀聘和允婚书信。月中，恩公病情转重，急招商隐驰赴兴元。此际正是选人期集的时段，由此也错过了年末的铨叙官职。

"十月末赶至兴元府，那时令狐绹就曾当面责备商隐：省亲后就该立即来兴元府，这些日子里，你在长安在做些什么？

"两人之间第一次产生了隔阂。

"在兴元府，先为草拟了《请寻医表》。十一月八日恩公病危。临终前一日，商隐又协助起草了《遗表》。并且，遵恩公遗旨，墓志铭过后也交由商隐来撰写。

"恩公传授章奏之术，可谓倾囊以授。如今商隐撰写章奏表状与诔奠之辞稍获声名，不能不说是拜他所赐。可是，多年以后商隐渐也生出怀疑，心中常耿耿：学到章奏之术后并没有复制恩公的前迹，获得居高位者和皇帝的赏识。不但仕途毫无进展，反而多年厕身下僚，屡屡充当了他人的文字吏。看着这些文字，商隐常感虚耗了生命，心中有才略未展的暗恨。

"畏之，现在回头去看，大和三年时干恩公谒究竟是好是坏呢？答案好像并非唯一。"

韩瞻的回答当然是好。这是他人难以学到的文事本领。

"中第不久，恩公就过世了，商隐顿时失去有力依托。不能不说是个大遗憾。

"来年春应吏部博学宏词科。试文三篇，试判三条。早年引荐过商隐的座主周墀、中书舍人李回本已录取，拟注官职提文复审时，意外被中书宰相郑覃驳下。此番受挫对商隐打击很大，久久为之愤愤不平。

"事后推想，原因之一是令狐太尉已不在世，而当时令狐绹官职卑小，尚未得势，也无法援助。其二是郑覃此人偏好经术、厌弃文学，他甚至还曾上书废除科选，可谓狂悖之极。听闻他此前读过商隐的《燕台诗》，还有几首专写冶游艳情的高唐诗戏作。郑覃为人拘牵守旧，素不喜此类。这是令狐绹后来亲口告知商隐的。

"于是先去泾原幕府成婚。开成四年春再应吏部的书判拔萃考试，三试得授官职，这才释褐为秘书省校书郎。

"商隐过后的履迹，畏之你也知道了。因为内外无援，从开成四年到大中元年，其间虽然三入秘省，一直在弘农尉、盩厔尉这些边缘卑吏间打转，品阶低贱为人轻视，资俸微薄不足养家，境况可谓困窘至极。"

上述过程情形，韩瞻大体都有了解。不过，义山因艳情诗而在博学宏词科被郑覃黜落，在他也是首次听闻。

"大中元年决定赴郑亚的桂州幕，解决家困是首位考虑。

"赴桂州幕时，令狐绹由右司郎中出为湖州刺史。四月到任后就寄信来，对商隐事先不与他商量、贸然跟从郑亚十分震怒，严词责备。当时商隐曾作《酬令狐郎中见寄》一诗回复，希图有所转圜。

"大中二年正月二十四日，贬郑亚为循州刺史。接制书后，商隐代草了上刑部侍郎马植、大理卿卢言的书启，过后又代他为相国李德裕《会昌一品集》草序并代拟致李德裕的书信。尤其那两通申冤辩诬的书启，过后直接冒犯了当权的马植、卢言、白敏中等人。任谁读过一遍，都会猜测商隐已投入了李党阵营。上述文字虽然是代书，现在看来措辞的确有些过激了。可是，要说全无个人见解也不对，商隐只是见义直发而已。这一次，与令狐绹真正产生了裂痕。"

在义山看来，令狐绹的反应未免太过激烈，为几封代书文字而大动肝火，实在难以理解。可是，韩瞻试着代入令狐绹的立场，却能部分解透对方的心理：令狐绹对多年密友未能在朝局转换之际与自己保持同步，当然会大为光火。这是两人关系急转直下的主因。

两人此前友谊有多深，令狐绹对义山就有多怨恨。在令狐绹来说，也许当时义山最好的对策就是立即辞幕吧。

可是，他这番解析义山并没有听进去。到今天，他仍说自己只是见义直发。也就是说，对遭遇全盘整肃的李党，义山是报以同情甚或还是与之共情的。根本原因还是义山与令狐绹在政见上出现了重大分歧。

在韩瞻看来，这是义山刚直性格所造成。简直可以说是宿命。

"大中二年罢幕启程前，得知令狐绹二月十日由考功郎中、知制诰充翰林学士，曾作《寄令狐学士》。虽有得意、失意的两相对照，诗中可没有乞怜之态。

"五月故人周墀拜相，曾上《贺相国汝南公启》，希求汲引，但也没有下文。因为周墀此时也顾忌白敏中、令狐绹等人的态度。次年三月周墀即罢相，出为东川节度使。

"八月末返长安途中，某夜在山驿过宿时，商隐曾有梦到令狐绹。真是如此，梦里还是在令狐绹的晋昌坊宅，令狐绹把此前书信中的话原样说了一遍。商隐百口莫辩啊。于是先作《梦令狐学士》，后又作《肠》一诗。回京后如何处理与令狐绹的关系，实在是左右为难。

"那时还能去晋昌坊拜问。令狐绹虽然纳入接待，但言语寡淡。我坐了没多久就退出了。

"后面大中二年十月选调任命为盩厔尉，被京兆尹郑涓留置暂代法曹参军，第二年十月又应卢弘止召辟入徐州幕为节度判官的事，畏之你已经很了解，就不多说了。

"我流落辗转的这几年,令狐绹的运气却来了。大中三年九月,令狐绹以御史中丞充翰林学士承旨。重阳日商隐曾作《九日》诗,感怀与令狐父子两代的关系。此时,令狐绹官身显贵,晋昌宅门口已设置了行马①,除门仆外还添了两位军将左右值守,令狐府已不是我可以随时出入的地方。这天只得邀了陶乔去住处附近苦竹园南面的椒坞,坐在草亭中饮酒赏菊。回想往年与令狐绹重阳日的清宴,不胜感叹,又吟出了一首《野菊》诗。

"到今天,令狐绹拜相已一年,我却要奔赴南国,继续寄人篱下,凉热境遇全然不同。畏之你说,如今两人关系还有可能转圜么?"

听到此处,韩瞻不由摇了摇头。他也觉得没有转圜可能了。倘若仍然寄予希望,反而显得不悟世情,徒增烦恼了。

不过,站在朋友的角度来看,义山的个性太过执拗。他单纯从一己判断出发来评判是非,并没有像令狐绹那样敏感地探测到武宗去世后朝局的走向。在这方面,他的反应可以说是非常迟钝的。

"畏之,你的性情也很执拗,常常不被上司所容。可你的境况总比我好多了。更别说其他的同年了。这或许就是天命吧。"

是的,开成二年那科的进士同年多数已进入了稳定的上升通道。与义山交往较多的几人中,韩瞻做过吏部司勋员外郎,出任过外州刺史,李肱先后任岳、齐二州刺史,独孤云新近在吏部任了员外郎,与韩瞻同曹,李定言是工部员外郎,曹确屡任外州刺史,近

---

① 官府或高官家门前阻拦人马通行的木架。

来也回长安做了朝官，郑宪官至尚书右丞，杨戴为监察御史，郑茂谌迁了兵部员外郎。他们的仕途都要比义山顺利得多。

此刻的义山真有歧路彷徨之感，他仰起头，发出了一声长叹。

"攻文三十年，对于如何处世商隐依然鲁钝不堪，自诩诗文技艺可睥睨天下，可这些浮名犹如虎皮，挂在那里又有何用？我只是活成了一只两脚书簏①而已。畏之兄，你说说看，我究竟做错了什么？"

驿馆的窗外，夜色渐渐深浓，义山脸上露出了异样的表情。那不是绝望，更像是某种骄傲与自嘲的混合物。与其说是发问，倒更像是自问自答。因为答案已经不言自明了。

这世上还有谁能比韩瞻更了解义山呢？两人不但是进士同年，是挚友，还是两家亲好的连襟。他深知义山的孤傲脾性，能诗善文的才具似乎使他脱离了真实人间，与人相处时往往不顾场合直接抑扬善恶。而命运偏偏捉弄人，令他长久辗转幕府而不得翻身。

仔细思虑过后，韩瞻当然只能这么回答："义山你并没有做错什么。只是，人行走世上，有时却不得不低头屈身。"

"此世不想学奴婢下人，自屈于人。"

义山说的是心里话。他是如是想，也是如是做的。

此刻，义山的内心发生了一系列不可见的连锁反应。更多的追问如同滚落的山石，彼此相互碰撞着，充塞了他的心脑：活着的意义究竟是什么？难道就只有讨取官身这一个目标与结果吗？天底下，还有公义良知这种东西么？不改变自己的见解看法，还能在这

---

① 藏书的竹箱。

个世界上立身么？前方还有什么样的人可以为我领路？早年入道那条路是不是会更好一些？倘若当年宋慕云应允了婚事，境况是否会有所改变？此去东川，我是否还有机会回长安任朝官陪伴儿女？诸如此类的问题蜂拥而来，不计其数。

这些提问只能锁闭在他自家心田，韩瞻自然是听不到的。因为无以排遣的愁闷，义山感到了幻灭，他很想面向苍天大声地喊出来："我不能够！我不知道！我不甘心！"

这一晚，两人谈心直至深夜。

第二日起身，天候丕变，日阳不时被上空的云层遮没，光影暗沉，而西面连接群山的天际已密布了厚厚的雪云。气温骤降，义山不得不提前裹上了绵袍。他和韩瞻在客舍前道了别，一个要继续向西行，一个反向归返长安。义山将坐骑缰绳交给僮仆，自己坐进了马车。

中午过兴平县时下起了小雨，这天晚上在武功县过宿，雨已停。

第三日早起，中午至扶风县，当晚在岐山县留宿。

第四日途中无休，从岐山县直接到达了凤翔府。从此转折向南，就是入蜀驿道了。义山在凤翔吟出一首《西南行却寄相送者》，寄给了韩瞻。

第五日早间自凤翔府再次登程。走出没多久，天空就开始飘雪。这是该年的一场早雪，漫天飞舞的雪花起初像是随风飘飞的杨絮，到达陈仓驿时渐渐就大了起来，马车很快只能在泥地中前行。傍晚来到散关前时，雪大得已经遮蔽了四野。

义山拨开车帘，看着沿路雪景。想到两年前离长安时妻子和孩子们的雪中送别，不禁潸然泪下。往后出京入幕，再没有人会给自己寄冬衣和夏衣，家中的那个她已经不在了。以前自己为何没有好好疼惜她，爱护她，陪伴她？此际他才觉悟到她的离去乃是一种巨大的缺失。人世的虚无感，犹如一个逐渐扩大的伤口撕裂着身心，他感到了剧烈、锐利的疼痛。他只想早些在驿站的卧间躺下，投入那无边的黑甜乡。今夜的梦里，或许会梦到坐在织机旁的妻子吧。

　　前次的长安离别已成死别，今日的再别长安不知何时才能归返。坐在转折向南缓慢前行的马车中，义山如此想道。

梓州幕府琐记

春夏交替间，梓州的雨季已开始。

义山回州城的第三天，上午就异常闷热。正午时，空中已阴云密布，从涪江上游刮来的大风劲吹两岸，顺势登上坡地后，猛烈摇撼着东山山麓的茂密林木。午后，狂暴的雨点不由分说骤然落下，使府内外回响着雨声、风声和枝条落地的合奏。

南国的雨势总是热烈而短暂。瓢泼大雨下了一个多时辰后，日阳又出来了，风也已经止息。眼见雨幕渐渐向南漂移，移至了中江对岸的本州南境，梓州上空重又明亮了起来。天空分作了两界，北面一半蔚蓝纯净，南面一半仍停留了灰暗的雨云。自府城高阁远眺西南面的连绵山岭，远近视野中的草木越发绿意葱郁。

下午散衙后，义山漫步走上游廊，正要返回官舍。

路经使府马院门前时，见院内两个军丁正在调训一匹新入厩的枣色马，打算给它安上辔头。于是就站停了观看。

这是一匹刚刚成年的马驹，耳如削竹，蹄足劲健，却特不驯服。雨后的清爽空气似乎使得马儿有一种欲将挣脱羁绊的念头，它不情愿地摇头摆尾，又是嘶鸣，又是顿足。场院里有积水，马蹄踩踏地面，不时飞溅出水花。两军丁遍身沾满了泥浆污点，气鼓鼓地连声呵斥。人与马双方僵持不下，就这么在场院里闹腾着。

可是还能怎样？

稍过片刻，两个军丁有了主意。他们唤来一个正在马厩喂料的役夫，让他帮着牵住了套马绳，然后一个军丁手中拿了辔头悄悄抵近马头侧边，另一个军丁则在正面以草料诱引。这马儿张口去咬嚼美食，一被分神，辔头就被安了上去。此后，引颈嘶鸣也好，顿足尥蹶子也好，它不得不接受连接辔头的缰绳的控勒。旁边的马厩中，它那些早已被驯化了的同伴们这时纷纷抬起头来，打着响鼻呼应。

喂好草料，军丁一手执马鞭，一手牵引了马驹在场内兜转练步。再调训一阵，还要给它装上新鞍具。

"还是安顺于自己的命运吧！"义山走离时如此想道。

可是，一忽儿又开始往另一个方向寻思："倘若真是良骥骏骑，又怎会甘于伏枥呢？它的命运是在原野上纵横奔驰啊。"

他的思绪很快又返照了自身。

官舍院门前，几个役人手执笤帚正在清扫地面的落枝残叶，见义山走近，齐同站停了道安致意。义山向他们微微颔首走入了庭院。

他再次停住了脚步：院中有两棵高大的芭蕉，夕光照映下，展开的碧绿巨叶上有无数珠溜反光，煞是吸引目睛。

义山眼力不济，要凑到很近才能看分明。芭蕉叶上的水珠显得奇大，近半碧绿，近半莹白，照映出微缩的庭院全景还有一张变形了的人脸。水珠好似凝固了一般，静止不动。微风吹来，瞬间又变成了活物，轻微地摇颤。叶缘部分的水珠，正一颗接一颗地滑动，向下滚落到地面。

义山鼻中闻到了一股沁人心脾的芳香。

芭蕉的侧边还有很大一片丁香花丛，此时淡紫色的花簇也浸透了雨水。丁香花叶上的水珠要小很多，却也照映了同样的外部世界。这是南国的雨珠，梓州的雨珠。还有长安的雨珠，洛阳的雨珠，荥阳的雨珠，济源的雨珠，永乐的雨珠……之前自己居留过的任何一地都有这样的雨珠。仔细想想，雨珠真是一个奇妙物。

现在看到的，就是《华严经》描绘的因陀罗网中的宝珠之影吧？每一颗宝珠既映现了自身，也映现了他者一切，彼此交错互现，以至于无限。某种奇观就蕴藏在这些微细物像中。以前自己为何没有好好留意呢？

世间的人事境遇恐怕亦如雨珠一般：我可以观看当下之境遇，也可以如此观看过往之境遇，而未来之人想必也能观看到我的前后境遇。这重重叠叠的观看和被观看将会无穷无尽。何者为真象，何者为假象？何者为我，何者为他？何者为苦，何者为乐？何者为知者，何者为不知者？倘若能够洞察三千世界的这些秘密，或许就能遣散日常存在的烦愁了吧。

走入官舍，义山就势仰躺在铺席上。闭目休息时，仍自顺着之前思绪继续遐想。

无论如何，自己都要了却心头的一桩大愿。今日早间，府主柳仲郢视事完毕，曾在使府厅堂中与几个亲近僚佐闲谈共话，张觊、李上謩、胡达义等人都在座，义山当时就将捐资慧义寺刻经之事作了禀报。府主听到后，当即表示了赞许。他对梓州僧正在筹划的其他寺院的复建也很关心,还让义山择时将楚公邀入府中细谈。

说起义山的亲近佛教,除了近年来在京师时与知玄法师的交往以外,追随了府主柳仲郢也是一大动因。柳这个人作风谨严,处事细腻,从不一味威压下属以求慑服,很会渐次地诱引与感召。到东川后,日常闲时与义山相处,常常以佛理阐发解说,希望能帮助义山走出丧妻鳏居的伤痛。去年欲为歌姬张懿仙赎籍然后赠予义山为妾,自然也是出于同样的关切心理。

毋庸说,两人已超越了寻常府主与幕宾的层级关系,发展出了一种近乎相知相得的友谊(虽然彼此的深交从义山入幕后才开始)。在东川,义山不但与府主关系密切,与同僚也相处融洽(因性格倨傲,又不善交际,此前入幕时曾多次受人排挤),日子过得比较舒心安定。这次长安探亲归来,思乡情结得以纾解,感觉就更自如了。

雨后的官舍内特别安静,适宜短眠。义山迷迷糊糊睡着了,补了个饱足的午觉。其间还做了一个白日梦。他梦到的是霜姑。

几乎同时,在西溪水阁这边,义山梦见的那个人也刚从午睡中醒来。张懿仙起身不久,正听着水阁檐头的滴水声,侍女送入了一张抄写在黄经纸上的便条。是西山牛头寺的楚公遣沙弥送来的,说是近期要准备下月四月八日的佛诞祭供,诸事忙碌,待料理结束,即会约郎君商量刻石一事。她立即打发侍婢将信条送去了使府。

慧义寺刻石事暂时搁置,这段时间里,义山只能静待楚公来联络。不过,他并没有太多思虑,过几日就将约定的十万捐资装在匣盒中,委托两名使府走吏送去了慧义寺。想来,楚公很快也会知悉这一情况。十万钱可不是小数目,在当时可供五口之家两年的生活日用，义山入幕东川多年，加上之前的聘金和积财，手头已较往时宽裕了很多。捐资助刻，他早就下定了决心。

近期要不要回西溪去呢？义山想了想，决定在与楚公见面前不再回水阁，因此他也给霜姑写去了一封短信。

蜀地分为东川和西川治理，始自安史之乱中的至德二年（757）。从这一年开始，设剑南东川节度使分其东部，简称东川，治所在梓州郪县，与剑南西川节度使治所成都府并列。东川藩镇辖境内有梓州、剑州、绵州、遂州、渝州、合州、普州等十二州，梓州作为东川首府已历百年，人户至大中年间已逾四万户，被称为蜀川巨镇、郪道名邦，可谓实至名归。

义山于大中五年十月下旬到达东川幕府履职，至此已跨四个年度，眼下对于使府日常运作已很熟悉。

柳仲郢八月末接任时，因交接前后文书繁多，就由吴郡张黯代理了掌书记，义山到任后，改任为节度判官，佐理军政要务。

当时外镇的藩府，配有武职的兵马使、诸将官，柳仲郢到任时还另辟军将、参谋若干（入道的胡宗一入幕后即升为游击将军）。文职僚佐亦为数不少，其中又以副使、行军司马、判官、掌书记最为紧要。使府中另还有执掌推勾狱讼的推官、执掌当州财政统计的孔目官、检视各州政情的巡官等文职僚佐（义山初入令狐幕府就担任过巡官）。副使及行军司马通署办公，判官和掌书记都有单独的厅事，判官掌管藩府的仓兵骑胄四曹事，掌书记负责表奏书檄，都是位高权重的职位。

剑南东川是当时国境西南的重要藩镇，领十二州，常驻兵有二万余。柳仲郢到任后的头等要事就是整顿军务，立即安排各州将官率领精兵逐一开赴梓州例检，又下令在州城南面的印盒山山麓开辟新教场，检阅军容。义山初到后转任判官，除了处理军中的移檄版刺①，还须协助府主检举条理、安排调动、检查军备，无暇从事笔砚。到大中六年八月，张黯请求离职返回京师，义山才重新接任了掌书记。

掌书记负责起草撰写与府主任职直接相关的朝觐、聘问、慰荐、祭祀、祈祝之文以及使府重大军政号令、官员升黜的牒状，其人不仅要富有文辞，还要精于草隶，处事通练。当时朝中，曾担任过掌书记者多矣。宰相白敏中早年入仕后试大理评事，曾历河东、郑滑、邠宁三地节度府掌书记；也有进士及第后直接入幕充掌书记的高官，如早前的李逢吉、杨炎。

义山受府主器重，加之此前有过判官履历，故而在使府地位已类似副使和行军司马等高职。平日他与继任判官的郑说联署办公，来自本府六曹司②、各州县的义牍牒状齐集于厅事，手下有三名书吏，每日分理不停，义山经常协助郑说处理公务，需要府主过目签署的件状文告，则由两人联名呈报。

藩镇还负有管理境内屯田、营田，勘察田亩，审核户口，督课赋税的职责。每年春夏间，为当年的"上计"做准备也是重头工作，从四月起就要督促各曹司和所属州县限期申报，于九月前造册完毕，节度使就会指定府内官员作为朝集使赴京。上计官十月下旬

---

① 古代官方文书"移"和"檄"的并称，多用于征召、晓谕和声讨。版刺即名片。
② 唐朝府州的常任佐官，即功曹、仓曹、户曹、兵曹、法曹、士曹。

到达京师,将本镇诸州簿册呈交尚书省,十一月一日于户部引见、尚书省礼见后,就要与各地朝集使齐集于考堂,尚书省诸司会根据节度使、刺史、县令履职情况、灾蝗祥瑞、户口赋役增减、盗贼多少作出当年考评,排出各级官员考绩的优劣等第,上奏核准后,据其功过决定官员的升调或罢黜。

梓州地处剑南的水陆转运的要冲,物产丰富,红绫、绵、丝布、柑子、曾青矿石的土贡和布、绢的岁赋历年都是府主必须亲自关心的要务,故而从四月开始,义山即开始协助各曹司与孔目官开始筹备今年的贡赋安排,为此前后起草了十数通牒状,督促各州主官开始预备造册。

上值的中午,使府有会食之制,这是从京师传来的制度定例。

除府主、副使在官舍单独安排餐食,其他官员一例都在使府食堂进午食。倘若上午公事办理顺利,下午有余暇,有时众人还会稍许饮酒,其间或评议公事,或屑谈佐欢。义山这次长安探亲归来,心情颇好,这天也来到了食堂。此前因为不喜与人交接,他常常在官舍独自进食,不常参加这样的会食。

梓州使府的食堂安设在南门官楼的二楼上,可俯瞰前面的州院街。公厨就在官楼近侧。原来的食堂位置偏狭,逼仄昏暗,此处空间敞阔,光线明亮,是柳仲郢就任后移来扩建的。冬日垂下双层厚布帘,安设暖炉,霜雪不能侵;夏日挑张竹帘,可避日晒,江上清风吹来时,暑热顿消。逢到年节,府主还会特许安排酒馔。

使府佐官、六曹参军及属吏齐同落座后有三四十位,各人以官次排班列座。照例应以行军司马为上座,判官、掌书记居次。不过，接任判官的郑说素来为人谦抑，总是让出次席给义山，彼此推让不休，后来义山也就坐上了。自从常来食堂，他渐渐喜欢上了这里同僚共谈的气氛。

在座者里面，正论谠议者有之，说笑谐谑者亦有之，静默不语者有之，聒噪不休者有之，治所郪县的县令、县尉和外州官员有时也会被邀入席，于是，话题里又多了不少梓州本地民俗风土的闲谈，由此话风也变得更为活泼。义山属于言语不多也不少的那类，他一直留意听讲。感觉有趣的部分，过后回官舍还会记录在纸卷上。

这几日多雨水，午食后聚谈的人变少了些。趁雨后天晴，义山便走到外廊上望景。

流贯州城左面的涪江水，滔滔汩汩，水声永不止息。江水自西北面流入，离城墙不过一百多步，离官楼所在位置也不过五百步。涪江在州境之内共有十七处急滩，到梓州城下时水流已不再湍急，水面变得阔大。

州城西面和正南全是山岭。西面有长平、牛头、观鹿诸山，望去犹如翠绿屏障，屏障后连接了西北面的层叠群山。涪江对岸有茶堵山、东山，南面有印盒山和云台山，云台山背面是被山峦遮挡的中江，义山也常去那里的江亭散目野望。

梓州是江山秀丽之州，物产丰饶之地，一晃已停留四年，自己简直变成了本州的土民。望野的义山不由感叹起来。

义山这次回长安探家，消解了长居南国生出的乡愁，此前的忧郁症也得到了部分治愈。

与初到时相比,他看待梓州的心情已有变化。大中六年、七年时可不是这样。那时候他的忧郁症状,友人韩瞻看得最是分明。

　　大中五年十月,义山刚到任时,蓬州、果州有贼盗以鸡山为营寨,寇掠三川。王廷以果州刺史王赘弘充三川行营都知兵马使,讨伐平叛,十二月,友人韩瞻出任了东川治境内的普州刺史,义山闻讯就有寄诗《迎寄韩普州》。韩瞻一月到任时,义山出使了成都府。二月贼平之后,两人始在梓州重会。当时义山尚未走出丧妻、离家的情绪阴影,意志极消沉,完全是一副委顿颓丧模样,常常对着韩瞻唉声叹气。

　　初到梓州时,他不甘心寄身幕府,仍旧试图挣脱仕途不顺的命运,有干谒权臣之举。

　　大中二年,此前在会昌六年拜相的杜悰出任了西川节度使,大中五年,东川、西川辖区接壤地带的盐商与盐民因纠纷发生斗殴,上告御史台。十二月十八日,义山到任不久,柳仲郢就遣义山以东川使府判官的身份,赴成都会谳①议罪,次年二月初才回到梓州。

　　在成都期间,义山曾连作两首四十韵的长篇五言诗,试图取悦杜悰。元月二日先作《五言述德抒情诗一首四十韵献上杜七兄仆射相公》,后一首题目超长,为《今月二日不自量度,辄以诗一首四十韵干渎尊严,伏蒙仁恩,俯赐披览,奖逾其实,情溢于辞,顾惟疏芜,曷用酬戴,辄复五言四十韵诗献上,亦诗人咏叹不足之义也》。

　　论起与杜悰的关系,义山与他还是远房从表兄弟的关系,杜

---

① 地位平行的两个官署合同议罪。

惊母亲是义山的姑母辈，义山称之为杜七兄。杜惊与杜牧乃同宗同祖，两人都是前代名相杜佑之直系裔孙，只是父系不同。杜惊早年以门荫入仕，过后娶宪宗女歧阳公主，于是官运亨通。大和末年杜惊出任工部尚书判度支时，义山在长安曾投刺①过，当时并没有深交。这杜惊据说素来以廉洁自诩，在亲故间又有不恤亲戚的薄情寡义名声，同门姊妹有贫困者从来不予接济，逢到节腊也没有任何馈赠，甚至还发生过家族亲老乘坐肩舆至衙门前诟骂不止的情况，因而被长安人取了个"秃角犀"的绰号。

大中六年三月初，杜惊遣兵马使陈朗携带聘金与鞍马，召辟去年刚刚进士及第的柳仲郢二男柳珪为成都府参军充安抚巡官，三月四日、六日义山先为柳仲郢代作谢书，后面又为柳珪代作《上京兆公谢辟启》。

该年六月四日，杜惊调任淮南节度使，义山奉府主命亲往渝州界首迎送。当时所作《巴江柳》一诗中，他仍旧指望杜惊能有所荐引，择机回调北还。

当然，义山再一次失望了。杜惊对他只有口头的称誉，后续并没有任何实质性的提携行动。他的返朝愿望再次落了空。

大中七年年中，也曾向弟弟羲叟的岳丈、时任太原尹、北都留守、河东节度使的卢钧献诗，作《寄太原卢司空三十韵》，以求荐举。无论是之前写赠杜惊的数首，还是写给卢钧的这首，义山写作此类干谒诗的才力气势皆不理想，獭祭用典过多，充斥牢骚怨语，无法令人动容。这些诗作，正反映出他当时局促萎靡、心凉体弱的

---

① 古代礼节，登门投递名帖、通报姓名以求相见。

实况。

献诗卢钧，大约是义山最后一次明确希求引荐的举动了。这类干谒诗过后被画上了休止符，再也不写了。而京师长安，那个不能长久居留、屡屡将他排拒在外的冷漠的都城，在义山的感情认同上也渐渐变得疏离隔膜。长安不再是他切盼归返的家，只是子女暂时寄寓的一个所在。

令狐绹大中四年起一直为宰相，义山与这个早年友人差不多中断了往来。大中六年三月曾写有一首满怀悲情的《天涯》，尾句就暗指了令狐绹：

> 春日在天涯，天涯日又斜。
> 莺啼如有泪，为湿最高花。

大中七年八月时还写有一首《人欲》，义山借燕太子丹"乌头白、马生角"①故事，发了一通牢骚：

> 人欲天从竟不疑，莫言圆盖便无私。
> 秦中已久乌头白，却是君王未备知。

历经多年的幕府沉沦，义山终于看透了人性的本来面目，也洞悉了自己的生涯命运，就此断了仕进的念头。柳仲郢是值得信任的

---

① 唐·司马贞《史记索隐》"燕丹子"条："丹求归，秦王曰'乌头白、马生角，乃许耳'。丹乃仰天叹，乌头即白，马亦生角。"比喻不可能实现的事情。

上司和同道人，如果可以，他愿意继续追随左右，如此这般，他在心理上也去除了因执念而生的纠结与麻烦。义山与接任判官的郑说联署共事，这首诗就被郑说抄录了去。

府主柳仲郢读到《人欲》一诗，很快体察到了这位亲信部属的心思。这年十月，他为义山奏请了检校工部郎中的宪衔，品级为从五品上。无疑，这比徐州幕任判官时六品下的侍御史衔和正六品上的国子博士上升了不少。义山异常感激，自此之后，干谒权贵之心彻底消歇了。

大中六年、七年这两年，义山在梓州心情苦闷，常常独居官舍，文牍公务之外，与同僚往来不多，其间所作《二月二日》《初起》《柳》《忆梅》等首都有苦涩语。

七年仲春参加使府宴集时所作《夜饮》一诗颇有杜子美风调，正是义山入蜀后研读杜诗的一个成果：

> 卜夜容衰鬓，开筵属异方。
> 烛分歌扇泪，雨送酒船香。
> 江海三年客，乾坤百战场。
> 谁能辞酩酊，淹卧剧清漳。

糟糕的是，自大中七年春夏开始，他的健康状况也出现了初始的危机信号。他常年患有失眠症，失眠多了，有时会出现幻听、幻视的情状。体力不济，腰腿酸痛，时或感到困乏无力。尤其眼疾开始加重，看人视物已模糊，连日常阅读书物都感觉吃力，因此还特为请求府主，免除了夜间的轮番上值。

《属疾》一诗即描绘了当时实况：

> 许靖犹羁宦，安仁复悼亡。
> 兹辰聊属疾，何日免殊方。
> 秋蝶无端丽，寒花只暂香。
> 多情真命薄，容易即回肠。

这年十月，友人杨筹（即杨本胜）以东西川监察御史身份自京师来梓州，检视本镇军政内务（义山的新授宪衔也是由他到梓州后宣布的）。本胜向他讲述了去樊南韩家老屋探望义山儿女的情形。闻听衮师、小宛牵住本胜叔袖管，言说苦盼阿爷归来、询问归期的细节，义山当即悲伤泪下。

十一月月初，即向府主柳仲郢呈交文书，请假回返探家以及医疗眼疾。柳仲郢安排好接替人选，允准了假期。义山在月内中旬即启程，大中八年正月初抵达长安。

当踏入家门，小宛和衮师扑在怀中呼叫"阿爷"时，不但义山自己，老仆钟娄和保姆也跪伏在地，喜极而泣。义山离家已两年加三个月，衮师长高了不少，这年已九岁，小宛十一岁，已有少女之姿。入晚，孩子们已睡下，义山在家人神位牌前燃香祈念许久，心情渐渐平静了下来。然而，坐在空荡荡的书斋中，他很快又想起了亡妻，心下无比感伤。丧妻之痛虽然随着时日流转已稍许淡化，却仍然令他伤心动怀。他很想带着孩子离开樊南这个家。可是，这个设想目前仍不成熟，还需再等若干年才可以实行。

在京期间，义山与儿女共住了一个月。看医寻药的同时，又从时居兴善寺的知玄法师那里获赠《天眼偈》三章，诵读之后果然有效验。

其间也有访问在京诸位友人。七年年末，之前出刺普州的韩瞻已回朝，两家人总算在正月里再次团聚了。二月上旬，义山离长安前，写有赠韩瞻的诗作《留赠畏之》。

义山的思绪重又回到了梓州，眼前仍是官楼望远的视景。

雨后空气湿润，涪江江面上和西面山岭萦绕了薄雾，带有水汽的轻软夏风拂上了颊面。几只江鸥扑扇着翅羽，从江岸飞来了州院街，落停在街口的柳树枝头，不时发出欢快的鸣叫。它们仿佛也约齐了，正在参加一次午间的会食。

风向在变，印盒山南面的雨幕看似又翻过了岭头，正向州城这边移来。空中已飘落了几点雨星子，看来下午又会有一场阵雨。

身后的食堂内，友僚和县令蒋公侑又在谈说本地的某件逸闻，依稀听得是在说紫极宫那位老观主、道号易玄子的王昌遇，蒋县令在夸说王道人的道行如何高深，近日施行法术，连续治愈了数位患有不治之症的病患。义山听闻此言，嘴角不由流露了嘲讽的微笑。不过县令说得有板有眼，时日、人名、病状说得很详细，惹得义山也生出了好奇心，打算下午散衙后去紫极宫一趟，询问胡宗一究竟确实与否。

散衙后，他徒步走去了紫极宫。胡宗一透露的情况是，王昌遇确实是一位有修为的法师大德。早年在青城山常道观入道前，他本是益州药商，本来就会一点医术。近来的确医治好了几个病人，也不是什么法术，就是对症下药而已。梓州乡民向来信仰巫术，以讹传讹，就把王道人说成是身怀异术的奇人了。眼下紫极宫香火很盛，恐怕也是传言流播的结果。梓州本地和外州时常会有求医访道的民众登门，观中应接不暇，现已在筹备专门的药料库房了。

原来如此。听胡宗一这么讲述，义山也想择时请王道人开具一帖药方了。他虽然向来厌恶饮服汤药，还是希望能够益寿延年。在他现在的认知中，道门往往就指向了这些实际的功用。至于信仰皈依的内面，他当然更加亲近释教。

这天傍晚，府主柳仲郢往义山官舍送来了新作的八韵十六句的《细雨》诗，义山当晚写出了《细雨成咏献尚书河东公》应和。

四月入夏后，义山身体状况不是很好。头昏脑胀，食欲不振。于是，他向府主请了病假，又特为去紫极宫向王道人求了一帖治疗消渴症的药方，回到了西溪水阁小住。

医治眼疾的药汤仍要定时服下。在京师时，房处士抄给他这个药方时曾叮嘱他要少用眼，多闭目养息，于是最近他又开始重新入静——对，还是早年在东玉阳时练就的那套存思术加上呼吸吐纳的功法。

早起后，漱口，就食。过后自己按摩头面百数遍，又由霜姑再按摩颈肩和手足部。饮下药汤后，他必然要口含一片蔗糖去除药味。糖块在口中化解后，这才坐回书斋，稍许检点诗书文卷。近来他很少作诗，感觉自己能写的诗差不多已经写尽。自从决定在慧义寺竖立经碑后，他似乎对任何事都提不起劲头了。于是就誊抄杜子美或李长吉的诗篇，吟咏，辨析，回味，以作消遣。他在早间、下午和晚间都有一长段入静的时间。这时，霜姑就退出，留他一人在书斋，不会去打扰。

十日上午，西山牛头寺的沙弥送来了拜帖。楚公打算第二天下午来访。于是义山就在水阁这里相候。

第二天楚公来到时，身边还跟随了一位肤色黝黑、匠工打扮的中年人，名唤阎通达。义山引客人在轩廊落座，那阎通达坐定后马上就谈起了后续刻经上石的过程安排。言语间，义山感觉他的行事作风很是爽快直截，其中又有些匠人通常会有的粗鲁。

先商定所刻经目。

"是刻《法华经》。"

楚公又加以具体解说："要刻的是姚秦鸠摩罗什译七卷二十七品的《法华经》。合题头以及终南道宣大师[1]的序文在内，字数约七万八千余字。"

"要描金否？"

义山点头。

阎通达就开始一边计算所需石料，一边就在口头报出数字：开好面的巴中青石需要采购多少量，梓州境内哪边的青石质料最好，本地存料不足，不如直接从原石矿购买，途中需要多少运费，等等。

最关键的还是刻工。本地刻工只能雕刻一些放置在室外露天的石灯、石莲花的粗样，连经幢都需要从外地输入。此次刻经非同一般，需要雇用掌握相当技艺的熟练刻工，员额为四名，这样才最合

---

[1] 道宣为南山律宗开山祖。

工本效益。刻工来源问题不用担心，他在益州倒是认识几个。

因此，目下可以做的，就是委托楚公代为采购石料。梓州西北一百四十里有通泉县，县南二里有通泉山，阎通达说那里西面山麓开采的青石最为上佳。他和楚公先去通泉山订料，楚公留在通泉县等候，而他要去益州雇好称职的刻工。等他带了刻工回到通泉山，再与刻工一同看料，这才有前后衔接的准数，不然选购回来的都是不能上手的废料。过后，他和楚公协同石料和刻工，将一同返回梓州。

义山问阎通达："此番出行需要多少时日？"

"加紧一点的话，半月之内人与石料必定归返本州。"

阎通达是个办事干练、不喜欢拐弯抹角的人，能够让人初识过后就建立起信任感。义山和楚公商议好其他细节，当场就和他敲定了上述计划。

四月下旬，石料送到后，义山由阎通达、楚公带领着亲去慧义寺经藏院现场踏勘了一次，选定经石的安放位置。因为是刻石经，所以既不在光线较暗的室内（不利于信众观瞻敬拜），也不宜曝露在露天之中（要避免风雨侵蚀和日晒）。

他们在经藏院内兜巡了一圈，之前楚公选定的几个位置阎通达都觉得不太理想。最后商量的结果，看中了经藏院两侧的廊庑。左面北向廊庑背靠一段山崖，好处是可以承托倚靠，缺点是倘若下暴雨后，山体容易有泥石滚落以及水流侵注，因此比较妥善的办法，还是选择右面廊庑竖立石经，此处廊庑两边通透无倚靠，如此经石下方就要安设石制基座以巩固。

宽度为九间[①]，约占右侧整个廊庑总长的四分之三，每间安设三面经石，正反两面均镌刻经文，合共五十四面，每面一千四百字左右。经碑正面迎向东方，从晨间到午后很长一段时间都有充足光照，日阳向西后又能照映经碑反面。而且上有廊顶遮盖掩蔽，能抵挡风雨。确实是比较理想的方案。

《法华经》人称"诸经之王"，如南山大师道宣所言，自汉至国朝初六百余载，受持盛者无出此经，至今诵读修持者广布。因为是一部大经，刻经文字很多，不宜直接在碑上书丹（即写经人以朱砂笔将经文直接写在碑石上）而改为了摹勒。义山先要将经文写在纸上，然后再交由刻匠以双钩摹勒[②]上石。经额用阳文刻，经文和落款通用阴刻。

长安城务本坊的国子监内就有石经，自大和七年始刻，至开成二年刻成，前后耗时四年，义山任职国子监时就观览过。不过国子监所刻为《周易》等十二种儒经，约六十五万字，共立了一百一十四块碑石，每石两面刻。相比国子监的石经，慧义寺经碑的规模要小很多，因单面字数相对较少，字体就可以稍许放大些。

阎通达带来的四名益州刻匠根据石料大小和廊庑高度，很快确定了壁面的高与宽。过后写经人就要裁切出同样大小的纸材。写经人当然就是义山本人。

---

① "间"是唐宋时代木构建筑中相邻两榀屋架之间的间距，约合现代计量单位的五米。
② 以线条勾描物象的轮廓，称"摹勒"，以左右或上下两笔勾描合拢，故亦称"双钩"。

义山少年时在灵都观经坊抄经，都是抄在一轴高宽的纸卷上，伏于书案捉笔书写就可以。要在如此大幅的纸材上落笔，于他还是第一次。更为特殊的是，此次他不但是写经人，还是出资助刻的檀那[①]，自然恭敬不敢怠慢。

为书写经文，他请阎通达让木匠特制了一张大案，以便铺展纸张。过后在西溪水阁，他每日早起，晨光大亮后就以正楷书写。一开始尚无经验，字写得要么过大要么就过小，经由刻匠拿到开凿好的壁面上检验，方才确定了字体大小、每块壁面上的字列数以及每列的字数。调适得宜后，这才开始正式动笔书写。

刻工作业开始后，阎通达每日就在慧义寺现场监督。义山写好的经文，楚公每天中午会定时过来，领取一张。由他在水阁亲为熏香念诵后，装盛在特制的长竹筒内，携往慧义寺。写成的部分就由刻匠摹刻上石。

因义山白天仍要赴使府应职，因此有时就会隔上一两日才能写成。费时二月，义山在六月末才写完了《法华经》全文。他的身心，前所未有地投入到了这项写经事业中。

这段时间，幸得有霜姑在一边服侍。每日除了衣食起居的照料以外，她还为义山磨墨，裁纸，铺纸，上下压以镇石和墨线。义山写累了就替他按摩肩臂、手腕。为了护目，每写好一列，她都会提醒义山休息，闭眼养目。天阴下雨时，就在案上添置灯盏，光线如果太暗，会再搬来灯架，加点灯烛以照明。

---

① 梵语施主一词的音译。

在水阁待久了，义山恍然感觉这里就是自己的家。能在南国梓州这里安居下来，亏得有这样一个贴心人在身边，他是幸运的。霜姑虽然不是自己正式的妻子，但是对于她，他早已产生了如同家人的感情。每当写毕一张大纸，搁笔之后，他都会双手上举伸个懒腰，这时候，两人常常就会相对会心一笑。霜姑在他写完后，会仔细观赏写成的经文底稿，那时，她眉眼展开，笑容是如此地欢欣喜悦；当她侧转身，颜面朝向水阁外时，义山看她的视线中就叠合了已去世的妻子的姿影。她们两个，都有一颗平静安宁的心哦。

经文写成后的七月里，义山每日散衙后都会去慧义寺现场，观看刻匠们的现场作业。经藏院的庭院中搭起了联排的草棚，午后的秋阳仍旧炽热，每个刻匠都赤了膊，头上扎了抹额。他们全神贯注投入工作，手眼并用，各以小锤持续敲打着凿刀，石面上落满了细碎的残屑，还有他们额面落下的汗珠。他们各自带了一个学徒小工，替换轮番上石时，匠师大口饮水消渴解乏，总会站在一旁提醒或指正徒儿。不过，多数时候还是由他们自己亲自上手。

其中最年长的一位老刻工告诉义山："徒儿就像顽石，只有多加磨炼削砍，才能变成一块好石。不挨骂，不流汗，是出不了师的，也对不住碑主的交托。"

这番话说得入情入理。

老刻匠重新接手上位，随手就将敲打出的石粒残屑抹去。当义山看到自己录写的经文语字在碑面上镌刻成形，心中生出了喜悦。缁叟长老先前嘱告的"从今而后为自己作功德"原来并不虚妄。已经刻好的碑石都横躺在另一架大草棚下，义山探手抚摸时，感到了一种充实。在寻求解脱的路途上，最近几个月来，自己每一天都没有空过。

倘若将自己的诗作镌刻上碑，也会发生同样的变形吧。恍惚间，他也在做这样的想象。在那个年代，诗作上碑的情形并不太多（三年前，奉令狐绹之命，他曾书写恩公令狐楚诗《寄张相公》刻石）。虽然自己的诗文并没有刻石，可是，他已强烈预感到自己的诗文必会传之于后世。这不仅是个人的自傲，而近乎是一种确然的信念了。诗倘若能够投入真切的心绪与感情，又富有辞采的感染力，就是人间的珍物啊。

府主柳仲郢很关心刻经的进展，其间也亲来慧义寺现场观看。那天见到佛殿前的莲池年久淤积，曾派遣府中衙吏带了本州民伕前来挖掘疏浚。楚公则让阎通达从印盒山那里挖来了几块美丽的白石投入池中，为加固池缘，又加立了周绕的池栏。

八月二十八日石经刻毕，过后十日安装在基座后，再以金粉描字。九月初，慧义寺刻经费时五个月（加上采购石料的一个月），终告功成。义山完成了一大心愿。

竣工这日，义山由楚公陪同，前去竹院拜见了缁叟。

茅屋前，长老仍在禅床上结跏趺坐。知客僧趋前通报后，老人由陪侍的沙弥搀扶着起身，下了禅床。他一臂向前伸出，知客僧连忙送上了挂杖。他一步步走向义山，那亲切姿态，犹如家族父老正在迎接一位迷途归返的浪子。

义山先以俗人官礼作拜，过后又按弟子礼伏地三叩首，老人伸出空出的那只手亲自将他扶起，言道："李郎中，法缘合机，今日我等当为汝授菩萨戒。汝受戒后，发大誓愿且持久贯彻，定能助汝早日脱离尘世烦恼。居士者，梵语优婆塞，华言清净士也。"

老人身边的禅床上，已提前备好了优婆塞居士所着的白练素袍。义山随知客僧进入茅屋，脱去了官服，换上了白袍。

次日晨间，天还蒙蒙亮时，寺中僧众、楚公、惠祥上人、明禅师、僧洪照等十数位僧侣披上袈裟法衣，齐集当寺佛殿内，特为义山举行了授戒式。受戒虽只有一人，仪式却进行得颇为隆重。众人立于当来弥勒菩萨、释迦牟尼佛、卢舍那佛面前，先由惠祥上人讲解《玄宗御注金刚经》，过后缁叟长老亲自担任了证菩萨戒师，楚公担任了教授阿阇梨，僧洪照担任了达磨阿阇梨。

义山跟随了长老教示依法行仪，过后又随楚公唱念。第一念佛，第二念法，第三念僧，第四念戒，第五念舍，第六念天。

最后由惠祥上人发问："今有善男子李商隐，于我慧义寺，求受菩萨戒。所谓摄律仪戒，誓断一切恶；所谓摄善法戒，誓求无上菩提；所谓饶益有情戒，誓度法界众生。此为诸佛三聚净戒。过去诸佛菩萨已受、已学、已成佛意，未来菩萨当受、当学、当作。现今菩萨今受此佛意向学，即拟行当于未来作佛。汝善男子能持不？"

"能持。"

"于后如法修行，莫放逸。"

义山于三佛面前发愿完毕，恭敬礼拜三宝，再礼拜授戒诸师，仪式就结束了。

过后随同僧众一同赴斋。此时你若问义山释教的入道式与道门的入教式有何不同，道徒与僧侣所持义理有何差异，义山只会如此作答："道法有界，佛法无边。"

仪式完毕，又随缁叟长老进入竹院，饮茶对话。

缁叟话语异常简洁："三佛加持，我等见证，今日受戒只是一仪式耳。要救苦拔难，真正进入清净境地，他力以外，还需凭借自性觉悟。此时发愿最为紧要，每位入道者根器机缘不同，汝可择选最为切身相关者，然后终身贯彻实行。"

是的，义山之前已有发愿了：第一愿是刻意事佛，刻经，受戒，入道，念诵等等都在切实进行中。第二愿就是专注作诗，因这个是凭借一己之力就能做好的事。第三愿他近日也有思虑，故去之事、过去之人已不可追，今后会珍视一切善缘，尤其敬重爱惜对自己有恩的府主柳仲郢和霜姑。以上三愿，义山都对缁叟长老如实以告。

长老点头表示认可。过一会，再次提问了他："汝心中尚未断尽之烦恼，今后又如何对付？"

是的，情恋的挫折，仕途的不顺，友朋的疏离，妻子的早逝，儿女的远隔，再加身体的疾患，这些皆是无可逃避的现实烦恼。近年常诵"华严""法华"二经作为日课，诵经后入静，已开始试着谛视自己的烦恼之根。他已觉悟到：以上烦恼是人间的普遍之苦，并非由自己一人独占；既然一时难以彻底消除，莫如就平静接纳了它们。因烦恼而生出怨忿是可怕的，怨忿是无形的毒虫，会在吞噬一个人的肉身之前，先腐蚀掉他的灵魂。另一个体悟是：此生不能只望向过去，更要看向当下、看向未来，去探寻那个更宽阔、更广大、更慈悲的境界——觉者的境界。倘若此生仍有机会累积功德，心念皆能转化为正果，今世之人与后世之人或许能从自己这里得到一些教训、安慰或启示吧。他对自己历年所作诗文也作如是想。哪怕只是文辞的欣赏与感动也好，都是善缘的传递。这就是义山所理解的"当于未来作佛"的本意。

义山如是想，也如是说，一无遮瞒。

早间的日光投照在两个对话者身上。崖上的竹薮中，崖下的密林里，鸟雀在翻飞欢鸣，迎接着一个新生的白昼。义山说完后，一阵静默。长老似乎有倦意，头慢慢垂落下来，打起了瞌睡，口中却低声说着"善哉"。

过后三日，义山就在慧义寺执役，与沙弥一同打钟扫地。他在去年所写的《四六乙集序》中曾发愿为清凉山行者。这个愿望如今实现了。

这晚仍在寺中宿夜，楚公为他单独安排了一间洁净僧舍，今后他随时可来寺中闲居。对义山来说，慧义寺已是他在梓州的另一个"家"了。

次日早起，推开僧舍窗扉，眼前所见视景令义山惊奇，他从未在这个时间点、在这个高度俯瞰过梓州城。日轮尚未在东山升起，然而明丽的晨光越过岭头，已遍照了整座城郭，府城的楼阁、纵横的街衢、连片的房舍全都笼罩在轻烟薄雾中。当雾气稀薄飘散，涪江水面折映了葱茏山色和变幻的天光，州城的整体轮廓也渐渐明晰了起来。自府城所在北门开始，四门城楼的守戍军士彼此呼应，接续敲响了晨鼓，声波一阵阵传入耳内。长长的鼓声停止后，慧义寺、牛头寺、兜率寺和城中寺社也敲响了晨钟。义山长舒出一口气，发出了由衷喜悦的感叹：梓州城苏醒了，我也苏醒了。

经历了长年的苦恼折磨，他的身心早已疲惫不堪。终于，在大中八年的深秋,在他四十三岁时,迎来了一次释放。

这天上午,过完早斋,重新换上了官服。僮仆小敢已在山门前牵马相候,义山正打算入城,楚公和阎通达出门相送时告诉他,他们在廊庑中还留了一块碑石,郎君如能从府主那里求得一篇记文镌刻其上,岂非完璧之美事?他们已咨询过缁叟长老,长老也认可此事,说一切听从府主和郎君旨意就好。

梓州是西南大州,早年杨炯、王勃、卢照邻、李白、杜甫、元稹等人留下了不少诗文,慧义寺天王殿就有杨炯的《重阁铭》,王勃旅居梓州约一年,也为该寺留下了《梓州慧义寺碑铭》。如今柳仲郢与李商隐主宾联袂,先创南禅院四证堂,再立法华经碑,倘若再留下碑铭与记文,正可谓"踵其事而增华",追步前贤也。柳仲郢一向亲好释门,又长于撰述,由他题写记文,也能播扬慧义寺的声名。如此安排,真是再好不过了。

于是,这日义山回使府上值,处理好手头公务,随即写出了一封书启,委请判官郑说递交了府主。书启中报告了在慧义寺经藏院特创石壁五间,金字勒《法华经》七卷已告完工的情况,既成胜果,思托妙音,末段是正式的祈请文:

> 伏惟尚书有夫子之文章,备如来之行愿。不逢惠远,已飞庐岳之书;未见简栖,便制头陀之颂。是故右绕三匝,仰希一言;庶使鹫殿增辉,龙宫发色。流传沙界,震动风轮。报恩于莲目果唇,夺美于江毫蔡绢。伏希道念,特降神锋。瞻望旌幢,携持砧斧,曝身晞发,以候还辞。无任迫迫之至。谨启。

三日后是旬假，府主柳仲郢撰成《金字法华记》，遣幕僚张觌将文稿送去了西阁。义山立即换上官服，僮仆将张觌引入轩廊后，他正冠整衣，跪坐接过了文轴。于书案展卷读罢，难掩感激之情。自己提出求文之请没几日，这么快就收到了府主亲撰的记文，由此可见慧义寺刻经一事已获得了本府首脑人物的高度肯定。

他让张觌在轩廊稍坐片刻，他要再上一封书启以表致谢。

《金字法华记》碑十日后刻成。义山引楚公入府，与府主柳仲郢相见，议论兜率寺与牛头寺修复事宜。柳的意思是，修建宜逐步进行，每年有所创获新葺。如修造慧义寺四证堂前例，仍不能从公费中支出，他自己会拨出月俸若干，加上鼓励本州其他官员、耆宿、商人、民户自愿捐资，这样才可以长久维持。时间可以选在每年年末的佛成道日。楚公深以为然，对府主三拜，过后就引导了柳仲郢去慧义寺看碑及拜问缁叟长老。

慧义寺经碑竖立后，经由本镇府主的亲自鼓吹，梓州和各地官民纷纷前来巡礼瞻觐，捐资者也非常多。看到自心的发愿由原初一个设想变成了可触可见的实物，然后如同涟漪一样渐次扩展出影响，义山感到了无比的满足。

季秋之际，南国虽比北地天暖，草木也开始摇落，银杏初黄而枫叶彤红。某个旬假日，义山跟随了楚公去踏勘牛头寺和兜率寺的遗址。

他们沿着石阶小径，先登临了县西南二里的西山。因形似牛头而四面孤绝，西山又俗称牛头山。牛头寺在西山山头，同样俯临了州郭，但地势比长平山慧义寺高了许多。四周遍布崇石、茂竹与茂林，因此更像一座纯粹的山林寺院。该寺起造于梁武年间，初名长乐寺，本朝正式的寺名叫作灵瑞寺，牛头寺是梓州土人的俗称。

会昌年间，此寺与梓州境内其余十座寺院全都没有逃脱劫难。僧人被驱除，强令还俗，殿宇楼阁被整体拆除，梁柱大木由挑夫役人运送下山，送入了本州府库，窗棂门户等小木则以木柴价售予了当地土民。现在，废址上唯见残留露出的石础、石灯以及后方的经幢与高高矗立的石塔。

楚公就栖息在寺旁搭设的三间大茅屋里。这里按寺院布置，也设了小佛殿，钟鼓齐备。来到这里，义山才知楚公平日所居是如何的简陋局促。问他为何不长居慧义寺，楚公答，我是梓州土生人，牛头寺是当初剃度的寺院，在此做侍童沙弥多年，早就视之如同家园。当此复兴重建之时，岂能离家外居？

楚公年过五十，体力尚健，就是多年患有风痹症。竖立经碑前后的夏秋数月里，他先是外出采购石料，开刻后每日往来牛头寺、西溪和慧义寺三处，头面晒得黧黑，人形消瘦，奔波劳苦可想而知。义山心里由衷敬佩，想到刻碑期间自己每日都安坐水阁中，真有些羞愧。于是对楚公三拜。

楚公也以僧礼回拜：郎君前次为四证堂撰碑文，此次又捐资助刻"法华"，与这两件大功德相比，自己这些忙碌实在算不得什么。现在，从上祖师护佑，又得本镇府主鼎力扶持，牛头寺的复建已指日可待，他现在每晚睡在茅屋里也能做香甜梦啦。

"逆时作顺想，顺时作逆想。譬如炒苦笋，甘苦一如啊。"

这是楚公修行经验的总结语。话语虽平常，却道出了他的心志。

楚公在牛头寺现场，为义山描绘了复建的初规划。步子总要一步步走，目前还是以复建佛殿为第一目标，其余一切从简。

从石径下山走了约二里，有一处正在修葺的山亭，几个乡民搭了竹木架，正在重新组装亭架大木。楚公告诉义山，这就是杜子美客居梓州期间写到的那座半山亭。老亭的木架已经朽坏，这几天正在重新换梁架。杜甫入蜀后，自宝应元年秋至广德二年（764），在梓州停留了一年半，其间所写的二百多首诗篇中，写到牛头寺的就有数首。义山熟读杜诗，《登牛头山亭子》这首他能熟记：

> 路出双林外，亭窥万井中。
> 江城孤照日，山谷远含风。
> 兵革身将老，关河信不通。
> 犹残数行泪，忍对百花丛。

多奇妙的遇合，今日自己站在了杜子美吟咏过的山亭的跟前。杜子美遭逢兵革而身将老，自己是寄幕东川而身将老。世间每一个人都会从青春转向衰老，这是不会变易的。一代代旧人离场，一代代新人就会入场，这也不会变易。

看完牛头寺茅屋，他们又去了印盒山的兜率寺茅屋，惠祥上人恰好外出不在。

兜率寺的情形与牛头寺相同，几乎没有片瓦片栋留存，只留了石础和经幢，目前正在规划重建弥勒院。过后，他们又协同去往了城中香积寺。

香积寺就在南熏街，与道兴观贴壁隔邻。这座寺院被拆得干干净净，完全是一片荒地，现在只保留了一间院落和法社龛。龛内供奉了三佛，保存了十数通记载百多年来州民供养人的功德碑。明禅师说，当时王命难违，实在无力阻止毁寺，四邻百姓说服了早前的道兴观观主，临时将这处院落与佛龛纳入了道观，这才得以保存下来。释道两教经由民众的黏合，很少有地携手互助了一次。

霜降后某日，义山在慧义寺僧舍听闻楚公因为天气湿冷、风痹发作，这几天病倒了，正在山上茅屋卧床养息。于是在西溪写出一首《题白石莲花寄楚公》，第二天遣小敢送去了牛头寺：

白石莲花谁所共，六时长捧佛前灯。
空庭苔藓饶霜露，时梦西山老病僧。
大海龙宫无限地，诸天雁塔几多层。
漫夸鹙子真罗汉，不会牛车是上乘。

鹙子者，指释迦十大弟子之一的舍利弗，以智慧第一著称。其母名舍利，眼如鹙鹭鸟般明亮，又兼身形美好，弗在梵语中即"嫡子"之义，故有此名。如舍利弗这样的阿罗汉[1]，以思辨智慧为第一能事，仍不解最上乘义，停留在小乘果位，不以成佛为究竟目标。直到身临法华会，方才归趣大乘，誓愿成佛。义山是在赞美楚公，能不计苦乐、身体力行地行道，是真正解悟、贯彻大乘宗旨的修行人。

义山之前服下紫极宫观主王昌遇所开药方后，感觉颇有效验，

---

[1] 得道者的梵语音译，小乘佛教的最高果位；亦指断绝了一切嗜好情欲、解脱烦恼、受人敬仰的圣者。亦名"罗汉"。

过后设法撮合了一件事：他通过胡宗一说服了王昌遇，以游山为名去了一趟西山。三人路经牛头寺茅屋，义山陪伴王道人入内给楚公搭脉诊视了一番。下山后，王昌遇就开出了方子。楚公服药半月后，腿脚复原如初，下山后立即来水阁致谢。过后他们两个又结伴同去紫极宫，拜谢了王道人。梓州释道两教又携手互助了一次，这也是义山所乐见的。

这段时间，因本年度的秋收、整军、上计、考绩诸项要务都已结束，东川使府内外上下都松快了下来。十一月冬至日，府主柳仲郢在官楼办了一次大宴，犒赏本州的文武官吏。冬至后，依照前例，众僚佐每日会集议事的时间也从辰时初刻延到了巳时三刻。于是，义山也改变了作息规律：他不再在官舍过宿，而是在西溪水阁和慧义寺两边轮流居住。驻留慧义寺的原因，是想多些时间陪伴自己的证戒师缁叟长老（入冬后，长老身体状况不佳）。

回顾大中八年这一年，经由长安探亲和慧义寺立碑，义山已在红尘世界和清凉世界之间找到了新的平衡。他的身与心，到此终于安定了下来。

冬日的水阁中，轩门外换上了布帘遮蔽，铺地加了厚软的毡毯。暖炉也早早备上了，只是义山讨厌炭火烟气熏人眼睛，并不常常燃着。书物看多了费眼，梓州的冬天又比北地湿冷，于是散衙后的午后或旬假日的白天，他常常蜷在被窝里养神歇息。

有时浅睡半眠，有时却睡意酣深，如同漂浮在明灭不定的海底。魂灵暂时脱离了肉身，在不知觉的梦寐中巡游着。某个旬假日的午后，他睡了很久。过后在意识的迷阵中，依稀看到了远处的小小光晕。光晕慢慢地接近，接近，散开又聚合，不知何时，业已化作了一道柔和的白色泛光。

意识复生，眼帘开启。水阁外的夕光透过布帘缝隙照入室内，将他的神思重新带回了人间实境。

温热的绵被下，霜姑蜷在义山的近侧，两手叠合枕着面颊，安静地睡着。她的肩抵着义山的胳膊，乌黑的额发触着义山的下颌。她微颦着眉头，今天早晨上的眉妆很淡，尾端犹如水中化开的墨点。闭合的眼帘上，睫毛很长，下面是轻盈的鼻翼，正不出声地呼吸着。嘴唇略微翕张，浮出了浅笑，脸颊圆润丰满，而从下颌到脖子的轻捷线条仍然如少女一般。枕在面颊下的那双手，手指细长滑润而白皙，此时微微舒张开，如同池中初绽的白莲。

她的肩外露着。义山伸手将绵被往上拉，重新盖住了她的肩头，仍然专心谛视着这个枕边人。

室内气流平缓，香炉袅袅升起了细烟。义山耸动鼻子，深深嗅闻着年轻女子特有的芬芳，伸手撩拨了她的额发。霜姑轻哼了一声，将脸缓缓别转过去，肩膀也随之移动，现在她已是仰卧的姿势。

发油的香味越发浓郁了。此时，因为承受了透进的夕光，她的脸庞熠熠闪亮，呈现了奇异的期待的表情。很快，她又翻转了身，现在是背对着他了。明暗光影中，她的背影显得愈加柔媚。

许是被窝里有点热，霜姑将左面胳膊伸了出来，肩头又裸露在外，长长的乌发如水瀑般披散在枕上。在近侧脚灯的照明下，脖颈的肌肤泛着象牙色荧光。义山抚弄着她的秀发，将手指探入了发丝，指尖感觉微凉。这一瞬间，眼前连续划过了两道闪电，之前触抚慕云和妻子的同样的体感复活了过来，他的心微微战栗着，大气都不敢出。水阁外的西溪水面，野栖的水鸟不知受了什么惊吓，突然嘎嘎叫了起来。

鸟声平息后，义山手里握着霜姑的发缕，又一次沉入了似睡非睡的梦寐中。

今年暮春从长安归来后，他对霜姑不再像初会时那样迟疑忐忑了。这种感觉并未彻底消失，而是覆盖了另一层更为直感的现实的物质。现在，此前对初恋爱人慕云的苦恋和怅怨，对亡妻的悔恨与眷念，对难以控抑的情欲的羞愧，以及在不能生情与情难控抑之间摇摆不定的心理矛盾，因了时间的关系，因了人事的交错叠合，慢慢已被身边这个年轻歌姬的肌体给遮去了。痛苦虽未消除，但确实已被稀释。

在时间这个不可测知的神秘装置中，所谓人生就是一个经验不断灭失又不断复现的过程。此时，一切过往都在水阁这里发生的几乎不是秘密的情爱的面前后退了。义山与霜姑相处日久，对她早已产生了类似家人的坦然接受的情感。尤其在慧义寺竖立经碑后，他仿佛与长久对峙的过去达成了一项和解。暧昧不清的阶段已经过去，当下的爱恋因而变得更加炽热。

眼帘再次开启。眼前很近的地方，是霜姑裸露的脖颈和肩胛骨。义山一只手支着头部，另一只手顺着肩膀抚摩下去，然后在她的臂弯停住了。那细腻体肤传递了抚慰人心的温热。

他的手继续探索着，已伸到胸部的边缘，过后掌心张开，罩住了圆乳。年轻女子的体香钻出被沿，刺激着他的鼻腔。

"十六郎，让我再睡会儿……"霜姑模糊的轻语仿佛是在梦呓。

"醒了么？"义山这么问道，却没有松手的打算，就势将她的肩膀扳了过来。现在，他们是脸贴着脸，膝盖碰着膝盖了，而他的手仍在她胸前游动。

"再睡一会子……"霜姑咕哝着。

"日阳都落山了，醒醒来。"他的另一只手夹住了她的鼻翼两端。

"不……"

她头部扭动着，意欲逃脱他的控制。眼睛仍紧闭着，身体却更近地贴了上来。她将两手叠放在胸前，意图阻拦而又阻拦不得。很快，她就放弃了挣扎，两只胳膊也围拢过来，半已醒觉的她现在已经温柔地拥抱了义山。

义山感觉到身内腾起的热力——已不再受愧疚影响的热力，感到不可名状的晕眩。这样神魂出窍、听任肉身前驱的情形，已经好多年没有过了。第一次，还是在安国观的曲水院啊。他感觉昔日的慕云已与现在的霜姑合体成为一人，连语声和气息都仿佛相似。这忽儿，不知怎么地竟然一阵鼻酸，眼泪几乎就流了下来。这是上天垂怜已半老的自己，在最为悲哀、孤独和凄凉的时刻，及时送来了一个安慰么？不，霜姑并不是慕云的替代品。她是他珍视的另一个鲜活的生命。这是青春波潮的回归么？哦，对一个曾经丧失了生活的希望与前景的男子来说，这个时刻犹如一个溺水者恰好抓到了一块浮木。这个紧紧拥抱了自己的还未完全醒来的年轻姑娘就是这样的一块浮木。她是他的救赎者，赐予了他生命的再一次复苏。倘若要给此刻的霜姑画一幅写真，那就是自天而降的另一位女仙了，而她的名字本来就叫张懿仙。

热血回流，现在唯有欲念在行动。义山伸出一只手将她的亵衣搭扣解开，另一只手将她的腰部紧紧搂住。霜姑闭着眼睛，轻声呻吟起来，已经不再抵抗。她热烈地迎接了欢爱，已将自己整个交托给身边的这个溺水者。

炽热燃烧过后，义山与霜姑四臂相拥，双双沉入了梦境。直到羲和驾驭的日车没入西方的地土，他们才再次醒来。

水阁外，再次传来了水鸟的声音。这次不是粗嘎的惊叫，而是它们起飞前的扑翅声，已是暮晚前飞出觅食的时候了。当它们飞离了西溪，水阁四周再次静寂下来。后面又传来了车马声，不过，车子并不是驶来这里的，因为声音渐渐又远去了。后院有节奏平均的笃笃的木杵声，那是僮仆小敢在捣药……

晚食前，张懿仙身上披了一件狐裘，倚靠在端身正坐的义山的身前。对今天午睡时的欢爱，她仍沉浸在意外、诧异与感动中。自他们相识以来，十六郎从未像今天这样，那么狂野、那么热烈地迎向她。此时她的颊面上还余留了赧色，心跳仍然很快。义山则很平静，一直摩挲着霜姑的肩与臂，又将她的手指缠绕在自己的指尖。

他们初识时可不是这样。

两年前，大中六年正月晦日，义山出使成都后正要返回梓州，收到了府主柳仲郢寄来的一通书信，告知他新近为本府乐营招入了一名歌姬。那是委托了西川节度使杜悰特意从成都伎乐场中挑选出来的名角，尤其擅长歌艺，年可二十许，正当妙龄。待启程那天，可携之同返本府。

二月三日一早，义山在成都北门外的升仙桥边相候，过后就有成都使府衙官护送了一辆马车来到，两位女子先后下车，一矮一高，身高者乃是歌姬，身矮者是她的贴身侍女。起初她们都以扇障面，义山并未看清面貌。义山与衙官交接完毕，她们向负责接收的李侍御躬身施礼，障面扇子移去了。义山当面看到张懿仙的脸容，顿时呆立在原地。这位歌姬的神情样貌肖似早年的慕云！倘若不细看，简直就是同一人。

经汉州，抵达绵州，在这里他们几人改从水路，在涪江岸边登上了舟船。发程后的途中，义山一直魂不守舍，避见张懿仙的脸容。到临登船的时候，张懿仙以扇障面后方才与之接话。当时所说无非是相互介绍各自的身份来历，唯一将他们维系在一起的，就是东川使府的府主柳仲郢了。张懿仙对柳府主当然也是一无所知，她登船前识得的大官只有成都府的节度使杜悰杜相国。杜悰在送她上船的前三天曾在使府中亲自验看与问话，那天，与张懿仙同来府中的歌姬还有其他四五人，杜悰经过比较勘对，最后选定了她。

张懿仙当时觉得模样清瘦的这位李侍御是个怪人。他与自己对面时常常会走神，目光游移不定，与自己说话也毫无热情（成都那两位送行的衙官可不是这样，一路上对她充满了好奇，一直问东问西）。登船入水后，途中他也是同样沉默，不但不曾与自己主动攀话，与随行僮仆也话语不多。真是性格很孤僻的一个人。

张懿仙有时从后舱探看前舱，常见他独自立在船头，一忽儿怅然望远，一忽儿又低头叹息。那时她就猜想，李侍御恐怕是有什么难解的心事，所以才会对自己如此冷淡的吧。

归返梓州后，义山继续履行判官职分，协助府主柳仲郢检阅本镇军容，很长一段时间没有见到张懿仙。到春深近夏，出席府主在江亭的宴集时，这才第一次重见张懿仙。当他再次见到她的脸容，看到她轻舞曼歌的身影，又是屡屡长叹，勾起无数过往心事。那天，意气颓唐的他饮了很多酒，醉酒后由同僚搀扶着，才坐上马车回到了官舍。第二天曾写出一首《春深脱衣》，以西汉王莽时嗜酒常醉、事亦不废的陈遵作譬喻，来自我解嘲：

睥睨江鸦集，堂皇海燕过。
减衣怜蕙若，展帐动烟波。
日烈忧花甚，风长奈柳何。
陈遵容易学，身世醉时多。

在义山的时代，负有艺能的女伎，就其性质而言，分为私伎、家伎、官伎三种。

私伎即义山早年在平康坊南曲结识的楚娘之类，带有营业性质。家伎为私人所有，国朝延续前代遗风，权贵官宦家中几乎都蓄养了歌伎，以供自娱或者宴请宾朋时起舞作乐。蓄养人数按官品等第而有差等：如白翁大和三年三月以太子宾客分司东都，为正三品，大和九年十月授太子少傅，从二品，按定例家中可蓄养十二名私伎。洛阳人熟知的白家樊素、小蛮皆在其家伎队中。

国朝自玄宗时代以来，长安两京均有官办的教坊、梨园制度，各郡府州也有确定员额，收纳擅长音声歌舞的伎人。安史乱中，教坊梨园的男女伎人很多流散到各地，如杜子美诗中写到的李龟年以及在夔州遇到的李仙奴等人。至贞元、元和年间，诸道方镇，下至州县军镇，无论与王廷关系亲与疏，皆依循前例设置乐营，擅长音声技艺的女伎被编入本府乐籍，衣粮资妆等皆由官家供给。由地方长官决定去留，若无许可，不得脱籍外嫁。

像东川使府这样的乐营伎人又被称为"府伎"，其职责即在使府举办大型宴集或接待宾旅时侍宴佐欢，以夸盛本府声势、娱乐宾客。张懿仙即是柳仲郢委托杜悰从成都伎乐场下了聘金招入乐营的。她的身份就从私伎变成了府伎。东川使府的乐营就在府城之内，所有府伎都集中住在西北隅的单独院落中，使府中有专职的"乐将"负责平日的料理、管束与遣派。"乐将"多为年长、有经验的女乐人担任，平时每月也领取职金。像张懿仙这样，由府主专门拨给西溪水阁、任其外住也是很少有的特例。若欲收养府伎为私妾，则需要府主允许，为之赎籍。

伎人多为年轻女子，时间一长，府主及其属下文武官员倘若与伎人彼此相悦，难免会有私下往来。只是不得强取相争，这是彼此默认的一条律则。他们彼此联络的方式就是通过"乐将"传递书信给属意的府伎。对方倘若有意，就会回书邀约。确定时日后，男子即会进入小院曲房相会。也有致书过后没有收到对方邀约的，倘若被友僚知晓，通常就会被哂笑打趣。

义山在大中七年八月复职掌书记后，公务就不似之前任判官时那般忙碌，有了余暇空闲。平时常听同僚谈论与乐营官伎的情事绯闻。对那些非梓州本地、没有携来家眷的官员来说，这也是他们入幕期间排遣寂寥的一项消遣。当然，没有谁会将此种露水情事当回事，更不会就此生情。

他常会想起张懿仙的面影。但也仅此而已。夫人王琬去世才一年，他仍自沉浸在深深的哀伤与追悔中。所以，尽管下半年使府还有数次宴集，也曾见到张懿仙，他并没有让"乐将"传递书信。大中六年时的他，怎么会有寻欢的心情呢？

每日散衙，无处可去。除了与胡宗一往来比较多，平素又不喜与其他友僚交接，于是就只能在官舍独处。那段时间，身体状况开始转差，看多了字书，脑头就发晕，眼疾发作、视物模糊也是从这段时间开始的。真是一段黑暗孤独的日子。

这年七月是闰七月，义山先后作有《壬申七夕》《壬申闰秋题赠乌鹊》两首，后首第一联中的"邺城新泪溅云袍"就是他的心理自白。

他们真正开始往来是在什么时候呢？

那是大中七年春夏之交时。某个旬假日，府主柳仲郢邀了几位亲信在乐营小宴，张懿仙和其他三位府伎也被叫来歌吹佐欢。那天义山饮了很多酒，饮到后面意识就模糊了。醒来后，他发现自己不知为何躺在了铺着水纹簟席的小亭里，头下还垫了琥珀色的瓷枕。

这是乐营另一处的庭院，院墙下盛放着四月的杜鹃花。天色快要黑了。

席间诸位已不在身边。小亭里点了烛台，只有张懿仙一人在陪侍，正用口巾替他擦拭脖颈。他的额面仍像发烧一样，强要撑手坐起，头脑又觉昏沉发痛。

义山后来问过张懿仙，自己是如何来到她所居小院的？

张懿仙答说，李侍御那时醉得不省人事，是府主让两个衙役将你搀扶来的。他还让我好生服侍,安排你那晚就在乐营宿夜。可是,你终究还是没有宿夜。

自己醉酒过后做了什么,义山是一概记不起来了。整个片段他是失忆的。但是,从当时张懿仙含羞带怯的神情以及簟席上散落的妇人的钗钏翠翘衣物,可以想见那失忆的片段里发生了什么。

一轮清月升出了墙头。月下的张懿仙只穿了一件贴身罗衣,离自己不过一臂之距。

义山默默无言,在亭中坐了许久,始与张懿仙交谈,所说话语无非自己饮酒过后人事不省等等的过场话。后面才吩咐张懿仙取来水盆。将头面浸在盆里,义山的意识才真正返回了自身,搞明白从午后到暮晚这段时间发生了什么。他并不觉得意外,也没有愧疚,而是感到了一种深深的惆怅。倘若今日没有记忆的交欢曾经发生过,在他而言似乎是出现了一个难以避免的疏漏。他对于女色,并没有明确的欲望动机,因他整个人仍自沉浸在漫长的哀愁中。

是的,他没有如府主希望的那样,在张懿仙的曲房宿夜。用过晚食后,他就走离了小院。

张懿仙手持红烛,定要出门相送。月光与烛光的双重照映下,她的面容更像当年洛阳药园的宋慕云了。再一细看,当然还是有不同:当年的宋慕云是清丽的少女之姿,而东川张懿仙却有成熟妇人的妩媚,脸型也更圆润一些。他们两个一前一后,穿过了乐营里曲折的廊子,走去营门。途中走经旁邻小院时,听到了其他营伎与相好官人的欢语调笑声。义山怕被人撞见尴尬,就让张懿仙回去了。

出营门后,他在门前徘徊良久才离去。归返官舍时,月亮已升至了半空中。

这个情节，府主柳仲郢自然很快就知道了。他就是撮合义山和张懿仙的幕后推手啊。他的用心是善意的，无非是希望义山尽快走出情绪低落的哀悼期。过后不久的七月，他又让张懿仙移住了前任府主度夏的别业西溪水阁，还特意配了一名婢女侍应照顾。

让张懿仙从乐营搬出，为的是避开众人耳目，这是府主柳仲郢考虑到义山内向的脾性做出的细心安排，义山当然知道，也很感激。对这一安排，他内心并没有抵触，而是抱着顺其自然的态度。最关键的一点是，他对张懿仙并非没有好感。如此，这个正值青春的乐营女子就这么走入了他的生活，为他在时间隧道中开启了另一扇门。

此后义山与张懿仙又有数次密会，有时也会留下宿夜。义山慢慢已接纳了这位佳人。因为得知张懿仙幼时的乳名叫作小霜，便以霜姑的小名来称呼她了。

这世上哪有不透风的墙。他们之间的互动往来很快也被府主知悉了。

七月朔日，此时距夫人王氏去世已三年。府主柳仲郢关切义山生活，也了解近来他与张懿仙的交好往来，便委托使府评事张觌送来了一封手书。这是一篇讲述鳏居无益于身心、劝慰义山释放心怀的短文，说理分明，又有合乎文士对语的委婉措辞。张觌又当面加以说明：府主意欲从乐营一众音声伎人中挑选张懿仙为之赎籍，赐义山为侍妾以备纫补。意思就是让义山纳张懿仙为妾。

接到手书，义山心里顿时翻腾起来。他一方面诚惶诚恐，另一方面也隐隐觉得愧疚。他的心早已彻底地冷却了，谁知终究没有忍耐住而听任了欲望的驱使。而且，竟然还引得府主如此大费周章地为自己筹划。此外，他心里还藏了一个心结：去年从成都将张懿仙接来东川本是公务，现在看来仿佛就是为了与她缔结某种私缘，感觉十分怪异，也有些荒唐。想来使府上下的僚佐、役人都在谈论这件事了吧。一想到这个前景，他简直无地自容。

他一时不知如何措辞来回复。思虑了两天，才写出了一封书启向柳仲郢剖陈心迹：

某悼伤以来，光阴未几。梧桐半死，方有述哀；灵光独存，且兼多病。眷言息胤，不暇提携。或小於叔夜之男，或幼于伯喈之女。检庾信荀娘之启，常有酸辛；咏陶潜通子之诗，每嗟漂泊。所赖因依德宇，驰骤府庭。方思效命旌旄，不敢载怀乡土。锦茵象榻，石馆金台，入则陪奉光尘，出则揣摩铅钝。兼之早岁，志在玄门，及到此都，更敦凤契。自安衰薄，微得端倪。至于南国妖姬，丛台妙妓，虽有涉于篇什，实不接于风流。

况张懿仙本自无双，曾来独立，既从上将，又托英寮。汲县勒铭，方依崔瑗；汉庭曳履，犹忆郑崇。宁复河里飞星，云间堕月，窥西家之宋玉，恨东舍之王昌。诚出恩私，非所宜称。伏惟克从至愿，赐寝前言，使国人尽保展禽，酒肆不疑阮籍。则恩优之理，何以加焉。干冒尊严，伏用惶灼。谨启。

这是一封明确表示拒绝纳妾的信。他之所以会拒绝，除了担心僚友的口舌议论，还因为那时他的心仍然游离在外而无所系泊。

他又祭出了当年写拟代诗的本领，以传说中曹植与甄皇后之间的秘密情恋为底本，写出了《代魏宫私赠》《代元城吴令暗为答》，同样委托了张觋转交了柳府主。这是继书信之后的另一个态度表达，只是方式显得更为优雅婉转罢了。

柳仲郢接看他的书启和诗信后，也就不再提及此事了。就像什么也没发生过一样，过后在厅事堂议事时也没有提及一句。

这年的七夕，因为前几日发生的这个小小波澜，义山心潮起伏。一想到前年暮春去世的妻子王晏媄，心中的隐痛再次发作。所作《七夕》一诗就是悼伤之作：

鸾扇斜分凤幄开，星桥横过鹊飞回。
争将世上无期别，换得年年一度来。

八日、九日，又连作了《李夫人三首》。义山入蜀时，携来了亡妻王晏媄生前的写真，逢忌日或重要年节时，他都会取出，悬挂壁面上。每当注目凝视画像，迎面看到妻子明亮的眸光，他都感觉心如刀割。回忆如潮水般一阵阵涌来，令他哀伤落泪，而无限的悔恨又像春草一样年年都会复生，以致他都感到了某种莫名的恐惧。

自己与王晏媄伉俪情深，如今伊人已殁，自己断无续弦之心，这是很明确的决定。眼下他只想尽好自己在使府的职分，平安度日，教养儿女。除此，他不想再有其他的变化。

《李夫人》最后一首中，有"不知瘦骨类冰井，更许夜帘通晓霜"一联，义山以隐语术表明了自己的心迹：如今瘦骨伶仃的我，心已冷得如同冰冻的井水，怎么还能接纳霜姑你呢？并非是看低你，我是怕你会不幸落入这冰井中啊。这是他拒绝张懿仙的另一层心理动机。

虽然被义山拒绝，张懿仙对待义山却并无变化。她是个识情知趣的女子，义山心里忧烦的时候，从来不会相扰。义山不在时，她就和侍女两人整理打扫，莳花弄草，有时两人也会伴同出游。义山到水阁后，她迎接他也如同家中男子归返一样自然亲切，仿佛心中并无波澜起伏。

怎会没有一点波澜呢？当然是有的。只是她必须掩饰自己的感情。张懿仙是地位卑微的乐营伎人，他是长安来的李仙郎。他们之间，横亘着一条身份地位的鸿沟，正如当年义山与恋人宋慕云存在了同样的鸿沟一样。

两人相处日久，已然产生了情爱。这情爱起初的成分可能更多与情欲有关，可是，从情欲的砧木上也是会长出成活的接枝来的。到这个冬日的午后，身披狐裘、倚靠在义山身前的张懿仙当然知道这一点。义山也知道。自去年春夏到今年的冬天，发生了那么多的事。他们也共同预感到，今日的欢爱将是两人情分的一个转捩点。

此时，义山仍在摩挲霜姑的肩与臂，而霜姑则将他的手指跟自己的手指紧紧缠绕在一起，仿佛要履行一个无言的约定。

"十六郎，我只想长伴你身边。"

这是霜姑想说的话，她终于说了出来。这是多年来的第一次。

义山心中早已生出一大虚空，对再次结缡、纳霜姑为侧室之事自然不会再提。但此刻，他听到霜姑如此表白时却不再逃避了。

"好。"

起先他只回应了这么一句。

"真的么？今后你无论去哪里，我都要跟随，哪怕什么名分也没有！"

这是霜姑更为勇敢直露的表白了。乐营女子中，像她这样能有一个相爱之人厮守，几乎是不可能的奇迹。在使府中，她没有自由身，只是形同奴婢、任人驱使的一个下人啊。她害怕与义山的离别，然后仍旧被抛回到不可测的命运中！

义山仍然只答一个"好"字。这回答却并不机械冷漠，内里有着深切的感动。因他听到了一个女子一意专情、渴望自由的呼声。这三年来，是霜姑温暖了自己的羁旅岁月，让心中那口冰井慢慢开始化了冻，虽然尚未完全地融化。

现在，他已不再像去年七月时那样畏惧人言，他只担心会误了她的青春。他也如此坦白地告诉了霜姑。

霜姑立刻将手掌合上了他的口唇。

"不，十六郎，你怎会误我？你我相识已三载，我别无他想，只愿长伴身旁。我自小孤离无父无母，出身伎户。即是做奴婢也无妨，比在乐营中快活十倍！"

义山听后不觉动容，他已暗暗作出了一个决定，虽然并没有将它直白说出。代替言语的是另一番举动：他回书斋，在铺开的纸卷上抄写了谢庄《月赋》末尾的歌辞：

美人迈兮音尘阙，隔千里兮共明月。临风叹兮将焉歇，川路长兮不可越。歌响未终，余景就毕，满堂变容，回遑如失。又称歌曰：月既没兮露欲晞，岁方晏兮无与归。佳期可以还，微霜沾人衣。陈王曰：善。乃命执事，献寿羞璧①，敬佩玉音，复之无斁②。

　　抄录的这段歌辞就是他赠给霜姑的一件信物。因这篇小赋中，有这么两句：佳期可以还，微霜沾人衣。东川辞幕卸职之日，他将带了蜀女霜姑一同北归。

---

① 献寿指进酒祝贺。羞是进献之意。
② 复即反复诵读之意。无斁即无厌。

宾主问答

大中八年这年的冬至日，昼间在官楼宴集后，入晚又在使主官舍举行了家宴，义山和胡宗一都受邀出席。

柳仲郢心情畅悦，对他来说，此时正逢三件喜事。

第一件喜事是这年冬十月，宣宗皇帝颁下诏书，甘露之变中除主谋者李训、郑注死罪不免以外，其时无辜被戮的宰相王涯、贾餗、舒元舆、王璠、郭行余等人皆得洗雪前冤。此一暴力事件牵连甚广，时隔二十年，终于等来了伤口愈合的一天。朝野都为之松了一口气。

第二件喜事，是夫人韦氏携四子柳玭在冬至前数日来到了东川，二子柳珪也从成都府任上请得假期，来梓州团聚，只三子柳璧因该年正在应举，目前留在了长安。柳仲郢育有四子，长子柳璞不喜入仕，唯好学问，平时精研《春秋》，潜心史撰。柳仲郢入职东川以来，柳璞一直陪侍父亲，因为性格沉静，平素不好交游，因此与义山往来不多。

这年五月，夫人的兄长、翰林学士承旨韦澳新任了京兆尹。韦澳与韦夫人的父亲是前宰相韦贯之，出自韦氏孝公房。而柳仲郢的母亲韩夫人，乃前相国韩休曾孙，前相国韩滉女孙、名臣韩皋的长女。柳仲郢这一支华原柳氏自国朝初以来虽然也出了不少官宦，但多为州郡长官，从柳仲郢父亲柳公绰与柳公权兄弟开始，依靠与名族高门的联姻，才跻身了当时的鼎甲大族。这一次，也是经由韦澳与宣武军节度使杨汉公的撮合，柳仲郢的女儿与杨汉公侄、前牛党党魁杨虞卿之子杨堪缔结了婚约，约定明年仲春成礼，这次，出嫁前的女儿也随同入蜀来探望父亲。这是第三件喜事。

家宴就无须受官礼拘束了，主宾都换上了日间常服。义山和胡宗一也放松心怀，一同谈笑言说。胡宗一因为今年初夏才从长安回来，席间讲说了不少京都见闻，有些事连韦夫人都未曾听说，连连惊诧。

不知不觉，义山饮了不少酒，人已微醉。这时，柳仲郢让儿子柳玭去到义山座前斟酒，然后自饮一杯，就此将自家四男交托给了身边这位"海内第一文士"，让他跟随学习章奏与判文。

"玭儿这次会驻留梓潼，掌书记闲时随意教授就好。"

府主既然有此嘱托，义山立即应承了下来。柳家四兄弟中，之前他与三男柳璧往来最多，眼前这位清秀少年与哥哥面貌相似，眉宇间未脱稚气。

少年对了义山三拜，郑重行礼，口称义山为"郎君叔"，这是以家族长辈相待了。义山感觉亲切，立即离座将他搀扶起身。

于是，这天府主柳仲郢又有了第四件喜事。他饮了许多酒，不久过后就低垂了头打起了瞌睡。府主尚未离席，就不能自行散去，于是大家伙继续围着胡道士听他闲扯聊天。

家宴后第三天上午，少年柳玭来到水阁，正式拜师入门。

仆役携来的束脩①聘礼甚为厚重，筐箧中盛装了三匹束帛，酒一壶，脯脩②五脡。义山也回赠了上好的笔墨砚具。那砚具，正是开成二年自己中第时所用的那副，珍藏已多年。

义山让僮仆小敢收下聘礼，将柳玭引入阁内落座。张懿仙送入茶饮时，柳玭身姿保持端正，头额低垂而口中称谢，目光不曾有半分游移。柳家素来以谨守礼法著称，在士人间风评很好，少年柳玭待人接物已有一种超越年龄的沉稳静气，这一点令人印象深刻。

入学需要正式取字，柳仲郢此前为柳玭所取的是"直清"二字。义山想，缁叟长老给自己取的居士法号叫作清朗，师徒俩同有一个"清"字，也是不可思议的因缘。

又问柳玭的志向趣好。

柳玭说自己与三位兄长同在父亲膝下开蒙，自幼读书不倦，每日从旦至暮，都有早晚课，不曾荒废一时一日。长安升平坊家宅的西堂有书库，但凡藏书皆备甲乙丙三本，甲本纸墨精良、装卷华丽者镇库，不得取出；乙本品质稍次，由父亲挑选后随行披览；又有丙本品质更次者，就供家中后生子弟研读修学。成年后可自备藏书，与西堂书库不相干。

他虽然也喜好披阅坟史，研味秘奥，但与哥哥柳璞倾心史撰不同，他希望追随父亲足迹，守持儒士经世致用的本位，长成后入幕锤炼吏事才能，未来心志就是能像父祖辈那样辅佐帝室。他对诗

---

① 古时学生拜入老师门下，须奉赠礼物以表敬意，名曰"束脩"。早在孔子的时代已是如此。
② 脯脩即干肉。《礼记·曲礼上》："以脯脩置者，左朐右末。"孔颖达疏："脩亦脯也。"

文也有兴趣，但自觉可能并没有什么诗才。说罢，对着师尊腼腆一笑，露出了少年人本色。

到了义山这个年岁，写作诗文已不像早前那般狂热。少年的回答并没有让他不快，反而感觉到性格上的爽直。这个优点，在四兄弟里还是比较突出的。

于是约定了在每隔十日的旬假面授教习的定例。少年一早就来，午后返回使府。次序是从恩公的《表奏集》开始研读，过后是义山自编的《四六》甲乙两集。义山会依据少年目前程度，从表、状、启、牒、祝文、祭文、书等几个文类中挑选做讲解，碑铭、杂文、序、赋、箴和传也会有所涉猎。勾选出的重点篇目，少年要抄写并记诵。义山特意返进书斋，从书箱中取出了早年留存的《章奏备记》随身卷子，取其中一卷交予少年，让他参考格式，学着随手做摘记。以后等年龄稍大些也要开始学习做策和判，以白翁《策林》《百道判》作教材即可。大抵在两三年内完成全部授课，少年在弱冠以前可以练就比较扎实的文章功底。义山这次不但倾囊以授，还为少年预作了一个长程规划。

"郎君叔会长随阿爷么？"少年问老师。

义山点头："倘若没有重大变故，今后会一直追随河东公。"

河东是柳姓的郡望，义山在正式文启和使府对话中常常尊称府主柳仲郢为河东公。

少年有无感受到他的心意？当然体会到了。可是，他还有些畏难情绪。学习章奏与判文看来并非易事。

"先不求文采，做到意思通达就好了。当年令狐太尉也是这么指点我的。徐徐图之，渐次累积就好。"

义山想了想，又说："文章之道，师尊只有引导的功用，究竟如何，还是要自己亲历体会才能了知。"

炭炉中的木炭发出了轻微的毕剥声。水阁布帘外，一羽水鸟滑过西溪水面，扇翅的声音近在耳侧。内外这些声响，与谈话两人的心情也发生了某种共鸣。与其说义山是在讲一己心得，不如说更像是在自言自语。少年从他的语气里，听到了另一层隐微的叹息。只是，他还在未经世事的年纪，并不能探明对方的真实心思。

义山感觉到少年的静默，转换了话题："你才来梓州没几天，开春过后等日阳发暖些，我带你四处去看看。"

少年点了点头。他对父亲任职整整三年的东川也充满了好奇。

将柳玭送出门，回返水阁内，有那么一会儿，义山又陷入了沉思：少年才十五岁，多好的年纪。自己十五岁时，尚且还在玉阳山学道呢。在时间的迷宫中，这样的场景重现如同幻戏。

今昔对照，真让人感慨万端。不由就联想到当年拜入令狐门下时的情形，与恩公的问答对诘，历历分明还在目前。过后又怀念起改变自己命途的两个人——带了白菊花去令狐府的赵炼师和前相国周墀。一晃，两位前辈都已离世多年了。于是又触发了感伤。

少年柳玭多像当年的自己啊。不过，与内外无依靠的自己不同，柳玭因为出身于簪缨世家，父亲和姻亲长辈多在朝中就任高职，他的前途必定会比自己顺利得多。这一点，似乎已可以提前预料到。

旬假讲授就按商定的学程开始了。义山这个前国子博士只需教授一人，而且柳玭的资质悟性很好，所以，他的日常生活并未受到扰动，反而好像多了一个忘年友。此时虽然心神渐渐安定，幕府生涯终究是很寂寞的。

这年腊月，梓州下了一场大雪，城西一带的溪岸、野坡银装素裹，仿佛换了个天地。早间日出未久，柳批依然骑马踏雪来到了水阁。于是就能看到义山和少年两个围炉展卷、相与对话的场景。午前雪停，阁门开启后，廊上暖帘也挑开了，义山应景吟诵了谢惠连的《雪赋》。

过后就诵至了尾声部的"乱"[①]：

> 白羽虽白，质以轻兮。白玉虽白，空守贞兮。未若兹雪，因时兴灭。玄阴凝不昧其洁，太阳耀不固其节。节岂我名，洁岂我贞。凭云升降，从风飘零。值物赋象，任地班形。素因遇立，污随染成。纵心皓然，何虑何营？

诵读时，义山无疑代入了自己的感情（他的生涯，不也像雪一样凭云升降、从风飘零么？）。少年感应到了这一点，注目凝视着老师。此外，这篇名赋的文辞音声之美也感染了他。

义山讲解了其中的僻字读音，然后让弟子念诵一遍。少年逐字逐句诵完，自己也收获了与之前倾听时不一样的体会。赋这个文体，犹如语词连缀的乐章，极富音乐性。只有一处他还是不解，为何这篇赋要采用宾主对答的格式呢？

"这是古人的拟言之法，并非真有其人、其事、其境，而

[①] 乱是古曲的终章，也指赋的末尾总括要旨的收结。

是假托他人，用来状物、写景及议论。后面谢庄的《月赋》也是同样。"

"就像此刻我发问，郎君叔作答一样？"

"对极。倘若赋里只有一人口吻，又是单纯描摹，就很无趣。"

"是啊。"少年笑出了声，表示赞同。

又问："依郎君叔见解，作文第一关节就是一个'活'字么？"

"对。毋写死文，要写活句。"

义山展颜而笑，心情很是畅悦。现在，"值物赋象，任地班形"这两句，正是他此刻自心的写照。

元月十五过后，已是大中九年的初春。

有时旬假午后，义山会和柳玼骑马出游。不过，他们大都只在近程兜转，并未去到远处。长平山慧义寺当然会去，少年也拜会了病中休养的缁叟长老。也登上了牛头山野望。他们来到了楚公的茅屋，楚公不在。于是就从高台处俯瞰下方：近处山麓坡地草木芳鲜，而西溪两岸和涪江江边，垂柳枝条已抽出嫩绿芽叶，望去犹如美人淡淡的扫眉妆。映衬着明媚的水光，整座城郭已笼罩在萌动的春意中。下方林地中，雀鸟正自欢叫鸣啭，头顶，一尾美丽的雉鸡滑翔飞过眼前。

义山攀登牛头山已有多次。来到梓州不知不觉已跨五年，倘若将长安儿女接来，他是愿意在此长住的。他已安于南国的气候风土，连眼睛也习惯了此地的风景。

少年从未在这个高度俯瞰梓州城,感觉新鲜惊异。这里的景致与北国风光很不一样:"这时节的长安,常常还会大雪封城呢。"

"南国很早就日暖了。就是夏天比较难熬。"

有时,他们也会去城中游玩。

义山当然会带柳玭去紫极宫,找胡宗一聊天。有天下午,他和柳玭并马行经了南熏街的道兴观前,柳玭想去看看道观,义山停马,自己去了隔邻的香积寺。于是柳玭只得自己走入观览。梓州的道观规模要比长安的道观小很多,其实也并无太多东西可看。道兴观观主冯行真听闻府主贵公子来到,当然加倍热情地导览,还唤来两名年轻貌美的女冠陪同。柳玭窘态百出,不知该如何应付,好不容易才得脱身,逃入香积寺。

义山和明禅师正坐在树下一边晒日阳一边闲话,得知少年在道观中的经历,与明禅师相视一笑。柳玭在院中巡看,法社龛里的三佛和那块功德碑都有些古味,院里有两株高大银杏,还有一株老梅,梅树枝头花蕊尽绽,散发着清淡的幽香。在这里,就没有刚才的窘迫感了。

这回,少年知道了老师对女冠存有的某种"偏见"。他当然不明白个中缘由,义山也从未提及。

柳玭不但在道兴观见到女冠受了一回窘,每次来到水阁、见到张懿仙时,也总是表现得非常拘谨。那种上身绷紧了端坐、低头垂额又目不斜视的模样,让人看了觉得好笑又可以理解。所有少年的青春期症状都是类同。柳玭虽然比哥哥柳璞性格要开朗多了,可是,凡有年轻女性出现的场合,自小所受的严格家教总会让他产生不适,不由自主地要去抵御某种潜在的威胁。下意识里却受到吸引,至少是好奇的。义山是很敏感的一个人,几次过后就看明白了。于是,过后的几次旬假授课,他就让霜姑提前回避了。她要么入城采买东西,要么就去慧义寺燃香供养,或者去乐营探访其他伎人同伴。总之,暂时不在水阁出现了。

梓州的生活一切平顺,可是,这年仲春时义山的身体发生了状况。有一天早起过后,刚吃过早食,他就在阁廊上晕倒了,手足还有轻微的抽搐。张懿仙见状吓呆了,连忙唤来僮仆小敢,去紫极宫请王道人来。

没多久,王昌遇还有胡宗一就赶到了水阁。

按过脉,再察看眼目和舌苔,结合手足麻痹的症状,王昌遇说郎君这是消渴症加重了。他开出了一个药方,特别嘱咐要定时饮服(此前义山身体状况稍好,停了药饮)。另外,饮食也要多加注意,王道人写明了几项饮食禁忌,列出了宜入口的食物。这些药食调理,就只能让郎君的身边人多多费心了。

于是这一阵就只能在水阁养病。不过,使府某些重要文书仍须由他亲自过目,每次都会由判官郑说送来,义山写毕再由他带回。使府惯例,每年二月下旬,府主柳仲郢都会携带部属"行春",也即巡视梓州所辖的郪县、射洪、通泉、盐亭、飞乌、永泰、玄武、铜山、涪城九县,督促农耕并实地观察吏情,听取民众求告投诉。这次,义山因病就不能随同了。由本州郪县出发前往外县的前夜,柳仲郢在乐营布设了宴集,张懿仙也入府应职去了。义山在水阁养病,了无意绪,捉笔写出了《病中闻河东公乐营置酒口占寄上》,让小敢送入了使府。

他在水阁晕倒的那天，柳玼就在旁侧。他和小敢一同入城，小敢去紫极宫请王道人，他过后又请来了州里的医学博士，做了第二次的会诊。

过后，他每日定时前来探望服侍。义山卧床几天后，精神稍稍恢复，就打算起身穿衣，继续导读课程。柳玼担心他劳累，报告了课业的自习成果，还拿来自己抄录的卷子给他看。这样，总算才说服了老师。

郎君病倒了，张懿仙就必须贴身服侍。这时，少年也渐渐习惯了她的在场，有时，还会帮着一同看护。

义山因为生病不得不躺卧，有时会生出怨气，说出诸如"老病无能""形同枯木"之类的丧气话。

张懿仙说："照我看，郎君不是怕老病，是惧怕服药吧。看你逃避嫌弃的样子，倒比柳公子更像是个孩子了。"

柳玼就在旁边帮腔："我自小生病就不怕服药。生病了，什么都不用做，反倒觉得很轻松呢。"

"是么？竟会有此等感受？真是个怪少年哩！"

他自己先就笑了出来。当着弟子的面，怎么还能逃避服药呢？

柳玼每次来，总要看老师将药汤饮下才肯离去，如是陪伴了有半个月。后来他告知义山，自己每日前来，也是遵从了阿爷的指示：一日为师，终身如父。你要像服侍阿爷一样，尽心照料师尊。这是柳家人的礼法本分。

因了这样的机缘，师徒两人渐渐交心，成了真正的忘年交。义山卧床养病时，柳玼就在枕边诵读诗文，等他渐渐恢复，就重新开始了授课。柳玼学习的进展很快，现在已不拘旬假而是每隔四五天就会授课一次。义山将他视为自家子弟，渐渐也投入了感情。他在柳玼身上看到了儿子衮师的投影（到今年，衮师也有十岁了）。半年下来，若说两人的关系已如父如子，那也是毫不夸张的描绘。

四月某日，他们两个也曾谈到府主柳仲郢本人。柳玼对梓州的方位景致和人情风俗现在已很熟悉，对父亲在本镇的施政作为却了解不多：使府里的官员除了赞语，从来不和他透露实情，而哥哥柳璞因为性格和年龄的原因，不太爱搭理他。

在义山看来，府主很像佛家常常引作譬喻的狮子。虽然多数时候异常平静，可是，每遇大事关节，他总是会蓄积力量而猛然作狮子吼。

大中五年初来梓州时，使府中有一孔目吏名叫边章简，历年以财货交结朝中的宦官近幸，前后数任节度使杜悰、周墀都拿他毫无办法。柳仲郢到任后，此人依然故我，桀骜不驯，不肯交出任职以来入破①账目的明细底账。府主表面不动声色，先判明他贿赂的朝中宦官为何人，又遣亲信调查其在任时各项违法事实。到第二年二月初，义山从成都府归返，某日升堂后，柳仲郢单提此事，令掌书记张黯呈上备好的证词书状，声讨其罪状。罪状宣读完毕，身边胡宗一等军将立即命令军士将这个边孔目擒拿捆绑，引去州院街的府门前当场决杀。同时张贴布告，明示其所犯的违法诸事。

这样的雷霆手段，就在不经意间突然发作，不徇私情而只循法度，使府内外一时肃然。同时放出风声，过去有类似劣迹者倘若

----
① 即收支。

主动投案就不再追究，而倘若再犯，将会是同样下场。府主依此立威，梓州使府上下的官场风气就此改观，扫清了推行新政的所有障碍。

"柳府主之前做京兆尹时，就监决了在禁军任职的富平县人李秀才，又先后杖杀了殴母的禁军小校刘诩、在西市买粟时仗势欺人的北司吏和在街市纵马横冲的神策军小将。京都秩序从此安定，无人再敢违犯条令。这回在梓州决杀边章简，也是同样手法。若问他为何如此处置，你阿爷的说法也很简单：就是'辇毂①之下，弹压为先'。他初来梓州，也是先弹压震慑。"

这些前事，柳玭从母亲和几位兄长那里也听闻过一二件，但是，这次听义山前后串联起来解说，却还是第一次。他对父亲有了新的了解。

"在我跟从的幕府节度中，你家阿爷是最具吏才的。"义山对柳仲郢是真心的佩服。

听到老师对父亲给予如此高的评价，柳玭也觉得骄傲。

"府主不喜欢良马，官衣也从来不熏香，看似是很不讲究的一个人。可是，说到施政各方面的用心，却比任何人都仔细。任职藩府时，首务就是济贫恤孤，纾解民困。遇到水旱蝗灾必定会及时开放官廪，借贷粮粟给民众；使府平日开销例行节俭，能免则免，然而本州官驿庆瑞驿必定设施齐备精良，军士饮食也必定丰足，宴宾和犒军也从来很舍得花费。因为法度有张有弛，无须强勒督促，所以使府内外人人都效命输忠。跟从这样的府主是很让下属放心的。

---

① 原意是天子车驾，引申为代指京城。

你看,这次我得病卧床,他也时时指点你不是?"

少年点头。他因为与三位哥哥年龄差距比较大,又跟随母亲居留长安,之前与父亲的关系有些疏远。听了义山的解说,现在已能领会:"数年前某天,在长安曾听到阿爷与叔祖讲论家法,大约有这么四句:'立己以孝悌为基,以恭默为本,以畏怯为务,以勤俭为法。'那时我年龄尚小,并不懂得。今日听了郎君叔解说,一时都能领悟啦。"

柳玭所说的叔祖是指他的从祖父、太子太师柳公权,时已七十八岁高龄,仍未致仕。

义山问他领悟了什么?

"家法与国法本是一法。虽分内外而实无差别。"

"好极。今日就布置你写一篇文,解说此理。过后各抄一份,交予我和你阿爷,如何?"

柳玭挠头,老实交代说自己还不懂得如何谋篇和措辞,于是师徒俩就回书斋,翻寻可以参考的前辈范文了。

此外义山还有几句提醒:"写文不为取悦于人,但求直抒胸臆。所以,撰写时不必想着你阿爷如何看待,只想着将理义解说明白就好。"

柳玭过后写成了《法无内外论》这篇短文,经由义山指点做了修改后,呈交了父亲。柳仲郢览读过后,心中大喜。自然,在小儿面前他是不会表露过多赞许的,过后却趁了使府议事的机会,将自己意见告知了义山。

春夏间,经由王昌遇的诊治,义山头脑昏晕和手足僵硬的症状已消失，身体已复原。四月初，他开始去使府正常应职。

不过，这次发病也落下了后遗症。他做事总不能持久，一过午就感觉疲劳，体力明显比之前衰退很多。对此，王道士和医学博士全都束手无策。

由此，午前不等下午散衙，他就提前回水阁午食，过后会有一长通午睡。大约睡到申时三刻才会起身。提前离府是府主的特殊照顾，只是需要正常处理完当天的公务。

今年入春后，缁叟长老健康状况堪忧，四月里已移住了慧义寺的般若院。月末某日，义山便带了柳玭一同前去探望。

见到义山到来，老人让沙弥将卧榻搬移到有日光的前廊，他要在明亮的地方接待客人。

"时日无多喽。"他对义山如此自陈。

义山当然说了一些劝慰的话。

长老止住了他的话头："老身并非自暴自弃。一具俗胎凡身，有它的来处，自也有它的去处。顺时须作逆想，逆时须作顺想，这才是真如见解。无论怎样，坦然接受总好过惧怕怨恨。清朗，是不是这个理？"

这番讲说，与此前楚公所言主旨一致。毋庸说，长老是在借自身老病，教示他真正的学道意涵。由此也联想到了自己的命途。很早以前，他已将道徒的升仙之梦视为谵妄。既然永生乃虚妄，那么，执着于这身皮囊能够保持多久，也可视为另一种不必要的虚妄了。长一点，短一点，其实并无等差。当然，对很多未脱俗情的人来说，要觉悟到这点也是很不容易的事。

过后长老让沙弥从他的卧间取来了书箱。老人伸出青筋暴露的手，颤抖抖地打开箱盖，从里面取出了两封信。一封是知玄法师上月寄来的，告知去年年底上章皇帝乞归，辞去内供奉三教讲论大德之僧职，已与门人可思同归蜀中。先驻成都大圣慈寺，今次欲邀请名画手李升于真堂内绘制壁画汉州三学山图一堵、彭州至德山一堵，又请同来成都的画手常粲绘制大圣慈寺历代住持大德的写真。此次来信，是想委托师尊缁叟约请仍在东川的友人李商隐为写真作赞，随信还寄来了描绘七位住持僧腊①年资和兴教行状的文卷。

"本要提早转你的，听说你近来也在养病，不想惊扰，故而一直存在书箱中。今日你来，正好接手归返。"

义山是在会昌四年移居永乐时结识知玄及其弟子僧彻的。其时正在会昌法难中，知玄与僧彻两人不得不退去僧服，隐居本地山中。知玄长他三岁，僧彻其时刚过弱冠之年。大中二年，杨汉公奏请兴复佛教，宣宗皇帝下诏寻访，知玄与僧彻同入长安，先驻宝兴寺，后又驻法乾寺、西明寺和兴善寺。义山在长安任职时，与他们两位依旧往来密切。他素来礼知玄为师，但当时并未从知玄那里受菩萨戒。去年年初返长安探家时，两人还曾结伴去凤翔府拜问了节度使裴识，辞别前，裴识曾请画手常粲描绘知玄的写真，义山当时执拂尘侍立在旁，也被画入了写真中。

有这段前缘，加之缁叟长老又是知玄的剃度师和师尊，这次知玄邀他作赞，岂能推托？于是，回水阁后立即给知玄去信，告知近来得病未能及时收到来信的情形，答应尽快写成赞文寄出。

后面几日，专心作赞。赞文写成寄出后，又给此时正在知玄故

---

① 腊即腊月，僧腊即受戒后开始计算的年岁。

乡眉州福海院的僧彻写了一封信,追忆当年在永乐交往情形。随信还附有诗作《五月六日夜忆往岁秋与彻师同宿》:

>紫阁相逢处,丹岩议宿时。
>堕蝉翻败叶,栖鸟定寒枝。
>万里飘流远,三年问讯迟。
>炎方忆初地,频梦碧琉璃。

写出上述赞文和寄诗信的时间,是在五月上旬。

由春入夏,由夏又入秋,很快,又迎来了在梓州的第五个冬天。

进入十月,南国的草木开始摇落。西溪的水面不似夏日间涨满,水落而石出。岸边的蒲草已枯黄,成行的柳树也只剩了细瘦的秃枝。日阳却依旧温暖,早间,柳玭来到水阁后,即在轩廊与老师负暄对坐。义山正在指导他练写一篇书启,以"冬至日向使府府主称贺"为题。虽然不是公文章奏,学会撰写书启也是士人必须充分掌握的一项文字技能。

一晃,柳玭跟从义山学习也有一年了。这一年,人长高了不少,学业进步迅速。练习撰写章奏之余,还同步学习诗赋。少年记忆力出色,很多篇章都能记诵。他的随身卷子摘抄,已积了十来卷。如何做备记,义山也将早年经验尽数传授给了他。

少年现在见到霜姑不再拘谨反常,平日也有了亲切对话。这一向以来,他已知道霜姑对于老师的深情,目睹了老师对霜姑的信任和依赖。而且,他之前从胡宗一那里,也听说了父亲曾设法将霜姑许配给老师为侍妾、后面遭老师婉拒的情况。虽然并不知道义山为何会拒绝(似乎与他在水阁看到的情形有些矛盾),他猜想老师总是有他的理由的。

从青春期的懵懂无知,慢慢对人情世故已有初步悟解,少年的目光也灵动起来,焕发了神采。

晦日这天也是旬假日。柳玭陪同老师午食后,就归返了城内使府。

义山午睡醒来,却听霜姑报告说,柳公子又来水阁了,正立在后院等候。看他情状,似乎有急事要通报。

义山赶紧换衣束带,让僮仆撤去铺席。柳玭来到了阁中。

"直清,突然返来是为何事?"

"府中刚刚接到舅父通过邮驿快骑送来的通报,王廷下达转任制书了!"

少年话语里难掩激动。他口中所称的舅父,就是现任京兆尹韦澳。韦澳因为职务关系,向来与都城内廷往来密切,由此也可判断消息的可靠性。

府主柳仲郢有新任命对义山来说也是一桩大事件,故而又问柳玭:"快骑通报有说具体授官么?"

柳玭摇头,然后说制书下达是在二十天前,中使①目前已抵利州嘉陵驿停留,到嘉陵驿后就可以泛江而下,估计再过数日就可到

---

① 内廷官中派出的使者。多指宦官。

达本州。

"阿爷请郎君叔入府商议。"这是柳仲郢传递的口信。

义山净手、洗面,立即换上官服,随同柳批上马入城去了。

水阁这边,霜姑听到消息后心里就升起了波澜。府主一旦转任,那么她的十六郎必定就会跟随离州,自己今后的命途又会怎样呢?虽然义山已数次宽慰过她,却从未明示确切的意向,所以她心里很是忐忑不定。

十一月六日上午,中使到达梓州,宣读了任命制书:柳仲郢在镇五年,抚平内外,四境安宁,仓储帑藏盈溢,军民共推嘉政,美绩流闻,特内征为吏部侍郎云云。继任者为韦有翼,十一月自兵部侍郎、诸道盐铁转运使出为梓州刺史、剑南东川节度副大使,知节度事。

中使到后第二天,韦有翼亦经由驿传送来文牒,告知将在月内下旬到任,办理交接。

十日,中使回程,柳仲郢亲去江边庆瑞驿送行。过后就召集亲信幕僚齐聚厅事堂,讨论交接安排事宜,掌书记李商隐、判官郑觊、评事张觊、评事李上薯、兵马使胡达义都在席中,连做了道士的胡宗一也被邀来共议。这段时间,义山需要代拟谢表和其他书状,文牍工作较多,重又移住了使府官舍。

十二日晚,先在北门官楼举行了大宴集,使府上下佐吏官员和两营军将尽数出席,场面非常热闹。梓州本地属员虽然不舍府主去职,亦为他此次能回任吏部要职而欢悦,道贺敬酒声不绝于耳。柳仲郢二子亦在坐席中,秉受父命,向梓州任职期间的属官、军将们一一斟酒致谢。人人都夸说两位公子质同圭璋，将来必定前景非凡。

四子柳玭跟从义山学文一年以来，进步明显。柳仲郢特地离开主位，走来义山座席前。他让柳玭往义山手中的颇黎①杯斟满了松叶酒，柳玭先敬饮，过后他自己也与义山携手共饮，令义山感动异常。那晚，众人大快朵颐，饮下了许多酒，宴会到中夜时分才散去。

两日后，本地佐吏在官楼食堂和乐营另外为义山等柳仲郢随行官员举办了饯行宴，食堂是午宴，乐营为晚宴。

午宴时，义山馈赠了梓州同僚一样意想不到的礼物。

此前他在幕府应职时常与僚友清谈戏言，在食堂午食时也听闻了不少趣闻快语。为解烦闷，他一直都有留意搜集，于年末辑成了《杂纂》一卷以解颐博笑。这次得知府主转任消息后，他和柳玭特意抄录了几份以作临别馈赠之用。

当时柳玭一边抄写，一边笑，有时还大声读出。他完全没有想到师尊竟然这么谐趣幽默。义山平时督促他习文很是严格，从来不曾表露这一面。张懿仙就在师徒俩身边铺纸研墨，她之前早就读过义山随手记录的零碎条目，可这回连番读完，还是忍不住笑，都忘了以袖遮面。自从接获转任消息，好几天不见霜姑的欢颜，此时，抛去愁绪的她显得更为美丽娇艳了。看着两个身边人的相同反应，撰作者本人的心情也很愉快。

---

① 颇黎即水晶，西域吐火罗国有颇黎山，据说山中富藏水晶宝石。

义山虽然性格好静，对于人情世故的观察却极为灵敏。他是一个冷静的旁观者，并不善于掩饰自己的嘲谑态度（为此，早年可没有少得教训！）；与此同时，他也是种种人间现象的玩赏者。从俗世角度来看，《杂纂》实在比他写下的美丽诗篇更能显出他的智力。四十个类目，各录有不同的情状，少则两三条，多则十数条，要么一语道破，要么大逞毒舌，或揭破实情，或曲折言事，有时刻薄，有时隽妙，初读感觉无比辛辣，过后回味又觉得精准犀利。《杂纂》曝露了义山身上隐藏的顽童气质，所以柳玭才会觉得十分惊异。

食堂里的同僚们接收了这个特殊赠礼后，立即分成几堆争相观看，又有一人站在堂中开始高声读出。每读完一个类目，众人就哄堂大笑。很多人还听出了条目的原始出处：这一句是张评事说过的，那一句出自蒋县令之口，这一条是路经梓州的某位官人的转述，那一条是府中衙役的口传。是啊，他们自己就是《杂纂》的"始作俑者"，因这些文字本来就是大家伙平日里的议论。

以上一段情节，可算是义山东川幕府生涯里的一点喜剧性的水花。

晚宴有歌姬伴席，歌吹佐欢。府主虽然并未出席，也让二子特意送来了酒馔。柳玭还是第一次踏入乐营，新奇之余，又发现霜姑张懿仙并没有出场。不过，这次欢宴后，义山还是回返了西溪水阁。因为夜色已深，柳玭叫来了两名衙役挑灯笼引路，将老师送到西溪桥上才回返城中。

次日早起，义山写出了《梓州罢吟寄同舍》，寄给了使府诸同僚：

不拣花朝与雪朝，五年从事霍嫖姚。
君缘接座交珠履，我为分行近翠翘。
楚雨含情皆有托，漳滨卧病竟无憀。
长吟远下燕台去，惟有衣香染未销。

前三联可算是五年梓州生涯的一个小结。尾句"衣香染未销"，却暗喻了踏上归途前须得思虑做出的一个决定。自从上月晦日得知府主转任京师的消息后，霜姑虽然表面上仍同往常一般，言语却变得很沉默，又时常在阁中凭几独坐。此刻她的心思，义山又岂能不知？

韦有翼到达梓州的前两天，十一月二十日暮晚，柳仲郢将义山邀来官舍会饮夜话。这次，他还特意招入张懿仙侍酒。是夜，四子柳玭也在坐席中。

今日私宴与此前使府任何一次宴集都不同，主宾都卸脱了公职身份，纯是友人间的敞怀交谈。义山先为柳仲郢敬酒，祝贺荣迁。柳这次所授的吏部侍郎乃地位极重要的职事官，直接掌管了内外官吏的考评和铨选。对多年仕途不顺、浮沉东西的义山来说，这是个喜讯。倘若获选朝官，就能了却他多年的夙愿了。

入幕五年来，义山的颜面明显见老，鬓丝见白，眼角也有了鱼尾纹。他本来就人形消瘦，此时在烛光下看去，身影更见单薄。然而，当柳仲郢看向他时，迎面所见的那双目睛仍然如同黑曜石般明亮锐利。

韦有翼到梓州后，交接估计需要四五日。义山和其他僚属已将检点文牒和六曹簿册准备完毕，行军司马仍会继续留任，故而军务方面也无须担心。因为还要打点行装，处理各种未尽事宜，启行北还的时间最后选在了下月朔日，这是比较稳妥的决定。

义山回京后，照例要等待明春的铨选。虽然此时柳仲郢并不能做出任何许诺，但对这位亲信幕僚的未来打算仍然非常关切。

"与儿女分离五年，今后还是想长伴他们身边啊。"

这是义山的心里话，衮师已十岁，是需要放在身边亲自教养了，女儿小宛也已长成，一直寄养亲戚家中也不是长久之计。倘若能获任京官，自然是心中所愿。纵使年俸微薄一些也无所谓，这几年手中已有一些积蓄，也不至于饥寒受窘。不过，河东公倘若转任外地，自己也愿意继续追随，孩子今后也打算带在身边。

柳仲郢听到的都是实际的家事考虑，并没有什么过分要求。想要留京也须作各种安排，到时可以再议。这是他可以确定告知对方的话。

无疑，两人之间已建立了充分的信任。柳仲郢是个惜才、爱才的主官，而义山也一直竭诚以报。

义山问起了柳仲郢三子柳璧的近况。

今年初春，柳璧礼部试中第后，遭遇变故一直未得授官。柳仲郢答说，上月已被前相国、忠武军节度使马植聘为了掌书记。马植以文学政事知名，柳璧能投入其麾下，也是不错的仕途起点了。

说起此次柳仲郢的调职吏部，还与当年的关试风波有关。三月时，因博学宏词科泄露题目，遭到了御史台弹劾。四月，侍郎裴谂贬国子祭酒，郎中周敬复被罚俸两月，考官、刑部郎中唐枝出为处州①刺史，监察御史冯颛罚俸一月。当时登两科的十人皆改黜落，这其中就有柳璧。

所以，听到柳璧入了许州忠武幕，义山也松了一口气。想当年自己未中第前，第一个任职就是在恩公的天平军幕府中，巡官虽是不入流的卑官，却是府主的亲信部从。

"三公子初始入幕即为掌书记，今后前途无量啊。"

"这次仍然还是璧儿的舅父韦澳出手相助，向马相国做了引荐。不然，真不知道今年会在何处落脚了。"

现任京兆尹韦澳人脉通广，不但为侄女促成了婚事，今次又助力解决了侄儿的入职。柳仲郢的这位妻兄的确能力不凡。关于韦澳，义山新近从杨本胜来信中，还听闻了与之有关的一项传闻。

"听闻近来皇帝很信用韦京兆，五月时曾令他搜集诸州风土人情条目，以便在处置各地政事时作参考。韦京兆编成了一书，名叫《处分语》。不知可有此事？"

"确有此事，"柳仲郢笑答，"皇帝本就聪察强记，凡宫中厮役、天下奏狱、吏卒姓名，见览一次便能熟记名姓。前月，邓州刺史薛弘宗入朝，皇帝询问州中情事如数家珍，这些情报都是从《处分语》中获知的。由此可知，帝王也需要有自己的随身卷子啊。一如你让批儿整理习文备记一般。"

"河东公这次调任吏部，或许也与此次弊案有关？"

"我长年不在京中，人事久隔，具体如何也并不知情。想来皇帝是打算整顿吏部了吧。"

---

① 今浙江丽水。

柳后面又提到了令狐绹，因这次吏部弊案的处置，实与令狐绹有所关涉。

今年的博学宏词科争名者很多，有前进士苗台符、杨岩、薛诉、李询、古敬翊等一十五人就试，定例只选三人。放榜后，柳翰、赵柜等三人及第。柳翰乃前任京兆尹、新任邠宁节度使柳熹之子，落选者就揭露他事先已从裴谂处得见赋题，提前请才士温庭筠代作，故而才中选。士人之间的议论声甚为聒噪，此事就被皇帝得知了。同时入选的赵柜乃丞相令狐绹故人之子，令狐绹为避嫌疑，免遭同僚嫁祸，索性将该年裴谂主试的宏词与书判拔萃两科的入选者尽数黜落了。柳璧是在拔萃科中第，也被连累而落选了。

听了这番详细解说，义山告诉柳仲郢说，这位赵柜的父亲赵晢也出自恩公令狐太尉门下，早年又与自己同在崔戎兖州幕府任职。另外，他没想到友人温飞卿也牵连其中了。

"原来如此。故人之子的说法看来也不是虚传啊。"

义山点头。这是避免引火烧身的自保之策，很像令狐绹的惯有作风。

"令狐子直已在相位六年，今年二月又迁门下侍郎兼兵部尚书，监修国史又兼弘文馆大学士，官声日隆。听闻你们两人早年私交甚好，他为何不汲引你呢？"

义山长叹："前事已远，毋强求通神也。"

他的答语，让柳仲郢想到了义山赴任梓州途中所写的《王昭君》一诗。到此际，他才听出了这首诗中的话外音。

毛延寿画欲通神，忍为黄金不顾人。

马上琵琶行万里，汉宫长有隔生春。

如此，"忍为黄金不顾人"一句的意思已很分明。怨恨很直露，也有一份傲骨。于今形势下，柳仲郢建议义山这次回长安后还是要设法与令狐绹接触，毋使多年情分彻底生疏。

义山摇摇头，将杯中酒一口饮尽，又让身边的张懿仙再行斟满。他的嘴角流出了一缕酒液，张懿仙见状，赶紧掏出巾帕替他擦去。

义山的反应柳仲郢当然看在了眼里。他还有话想说，想了想，终究还是咽了回去。

柳仲郢此次调回京城，心情无疑是愉快的，但也很平静。做京城朝官，如同百戏中的缘橦竿①者，没有高超的平衡术亦难以久留。他自己固然已经看淡看轻了，可是义山好像还没有解开这一心结。

不过，义山也发生了变化。初来梓州的头两年，他郁郁寡欢，非常的不合群。去年探亲归来后，他变得随和爱笑，与同僚也有了走动往来。

柳仲郢之前已从柳玭那里得知义山编成了《杂纂》短册，此前在食堂公布时还引起了一番轰动。此际见义山情绪有些低落，便转换了话头。这卷短册正可以拿来下酒佐欢，于是就让柳玭取来翻阅。

---

① 即杂技中的爬杆。

将卷子在案上铺开，柳仲郢一边读，一边饮酒。每读出一则，就会发笑，席间的柳玭和张懿仙也忍俊不禁，只义山仍然一脸肃然的样子。

过后，柳仲郢还单提出几个条目做了评点。

"不得已"这条观察入微，差不多人人都会经历，又常会忽略：

> 忍病吃酒。掩意打儿女。大暑赴会。汗流行礼。
> 为妻打骂爱宠。忍痛灼灸。为人题疏头①。
> 穷寺院待过客。被势位牵率。冒暑迎谒。

柳还补了一则"老乞休致"。由他这位前京兆尹和封疆大吏来说出，义山觉得恰切无比。于是让柳玭取来笔墨，过后记录添补。柳仲郢此前曾屡次劝说伯父柳公权致仕，老人家以身体康健、脑目清楚为由，就是不肯退职，于是笑说此则对伯丈并不适用。

"恼人"这条也很有趣，记写的都是日常生活中的尴尬场面：

> 遇佳食味，脾胃不调。终夜欢饮，酒尊却空。
> 赌博方胜，油尽难寻。牵不动驴马。
> 相看上司忽背痒。淘井汉急尿屎。
> 着不稳衣裳。扇不去蚊蝇。遣不动穷亲情。

---

① 疏头为僧道拜忏时所焚化的祝告文，借指香火钱。

尤其"相看上司忽背痒"和"淘井汉急尿屎"这两则，最是发噱。令人立马可以想见其尴尬苦恼场景。正在斟酒的张懿仙这时忍不住噗哧笑将出来，席间气氛变得十分欢悦。

再一个就是"隔壁闻语"这条了，都采自日常见闻：

说所送物好还么，必是不佳。
新娶妇却道是前缘，必是丑。
说食鲙恰好，必是少。
说太公八十遇文王，必是不达。
说食禄有地，必是差遣不好。
说随家丰俭，必是待客不成礼数。
说屋住得恰好，必是小狭。
咒骂祖先，必是家计不成。

"煞风景"这条也颇堪回味，说的都是不合风雅的事项：

松下喝道。看花泪下。苔上铺席。斫却垂杨。
花下晒裈。游春重载。石笋系马。月下把火。
步行将军。背山起高楼。果园种菜。花架下养鸡鸭。
妓筵说俗事。

读到该条最后一则，柳仲郢说掌书记这卷《杂纂》说的可都是俗事，今日有张姑娘在场，我却大声宣说俗事，看来今次也是大煞风景了。于是自罚了一杯酒，义山马上敬陪了一杯还礼。

后面就赞"有智能"这条搜集整理得好，特别适合未经世事的少年郎研读体会。知晓这些处世要节，对今后成长大为有利：

> 立性有守。密事藏机。
> 交结有智人。为客善谈对。
> 临事有心机。有疑问人。
> 酒后不多语。接论知今古。
> 回避他人讳。不习贱劣事。
> 入门问忌讳。入境问风俗。
> 尊敬德行人。小人不亲近。
> 不共愚人争是非。不妄自逞能。
> 不妄信奴仆。夜间常醒睡。

至于最后两条"**养男训诲**"和"**养女训诲**"，义山插话说，那是特意找柳玭一起商讨后才补入的。

柳玭说，这是郎君叔布置给他的作业，让他回想平时长辈的教诲言语：前条就取自平时父亲与伯祖父的训话，后条则是自小从祖母韩夫人、母亲韦氏、姐姐和保姆那里听来的。柳仲郢听了含笑不语。

放下《杂纂》文卷，柳仲郢继续与义山对饮，两人谈到了诗文。

义山到东川后，始虔诚奉佛。大中七年撰写《南禅院四证堂碑铭》，大中八年夏秋，在慧义寺经藏院创石壁五间，金字勒法华七卷，今年又为兜率寺修复的旧院撰《弥勒院记》。除为佛寺撰文，还为道观写了《道兴观碑》《道士胡君新井碣铭》。今年九月，郪县县令蒋公侑在东山创亭，又写了《重阳亭铭》并序。可以说，已为梓州本地留下了诸多名迹。

义山因为与僧侣多有来往，所作诗篇也不少，柳仲郢大多都读过。他尤其对那首《题僧壁》印象最深：

舍生求道有前踪，乞脑剜身结愿重。
大法便应欺粟颗，小来兼可隐针锋。
蚌胎未满思新桂，琥珀初成忆旧松。
若信贝多真实语，三生同听一楼钟。

此种清淡幽远的笔法，与他早年的高唐诗和无题诗可谓风格迥异。在透入释教义理、表露发愿的同时，又与自身境况做对照省思，诗境顿显阔大。

今日非同平日，卸职前夜的柳仲郢已没有公务牵累，后面就询问了义山的学诗源流。

"余无所不学。早年学杜子美、韩昌黎，偶或也学一下李太白，艳体诗、咏物诗以及音声辞采取自六朝诸前辈，咏史诗、讽喻诗学杜韩兼元白，来梓州后学王摩诘的佛禅诗。也效拟过东海徐陵和吴兴沈亚之，不过，最为倾心的还数李长吉歌诗。"

"长吉诗如何？"

"高古奇异。"

"愿闻其详。"

"长吉诗,底质不脱骚赋本色,故而哀感动人,是谓高古。其设辞险谲、瑰丽浓艳,千古以来未见有此等手笔,故名奇异。他在长安的三年只出任过低品阶的奉礼郎,掌管国祭时的赞导礼仪和威仪鼓吹。他大约精通音乐,所以其诗作中乐府与歌行的制作相应也就较多。余早年有作《效长吉》《燕台四首》《河内诗》,会昌年间有作《无愁果有愁曲北齐歌》《日射》《烧香曲》等篇,皆是追拟长吉。"

"原来如此。现在想来,《莫愁果有愁曲北齐歌》中的'骐麟踏云天马狞,牛山撼碎珊瑚声''十番红桐一行死''血凝血散今谁是''白杨别屋鬼迷人,空留暗记如蚕纸'等句,的确都有长吉遗风,两者可称神似酷肖。"

"学亦不难。难在为自己立一幡杆。"

"如何解说?"

义山略微沉吟,继续阐说其见解:"如长吉那般写诗,也极易滑入虚荒怪诞、前后断离。选字上,余还是更喜六朝诗的精熟圆润,力避险僻。用事上则取法骈赋,属缀偶对以增广音义。隐语设谜以拓深回旋。不过,河东公,还有很关键的一项,是长吉所无。"

"是何物?"

"是情致。诗中贯通以情致,就可去除长吉歌诗怪诞、断离之弊。"

这段解析十分精彩,令柳仲郢很是折服。

两人继续对饮问答。柳仲郢又问义山:"白太傅诗如何?听说早年你也拜谒过他？"

时间飞逝如电，距白翁去世也有十年了。义山便和柳仲郢说起了大和三年去洛阳履道坊投刺拜问的前事，再一排算时间，已经过了二十六年！不过，此后义山与白翁并没有太多往来。

当自己的诗创作进入自觉状态后，他对白诗，尤其是白翁分司洛阳后的诗作其实是有批评的。

"白翁诗淡。"

他的评语就是这四个字。

此外，义山还提到了早年由令狐绹转告的一则逸闻：义山洛阳拜谒之前的一年，大和二年三月杜牧制举登科，当时白翁从秘书监转任了刑部侍郎，还在长安，尚未分司。某次曲江宴集上，杜牧和右补阙李林宗曾与白翁议论文学的正格，直言元白诗体驳杂。其他在座者纷纷嗤笑，杜、李两人因而衔恨。大和四年十二月至大和七年四月，白翁做了河南尹，六年春偏巧李林宗出任了河南令。那李林宗很调皮，私底下给白翁取了个"嗫嚅公"的绰号，人皆窃笑。这可是有损白乐天盛名的举动，过后当然传到了白翁的耳边。

柳仲郢笑着评论说："此绰号还蛮贴切。"

柳在早年任监察御史时也曾去履道坊拜问过白居易，故而有此一说。

杜牧、李林宗的年纪比白翁小上一辈，属于文坛的新进力量，他们的公开挑战表明当时已形成了一个抵拒元白诗风的小团体。其成员，除杜牧、李林宗以外，恐怕还须加上李戡、李中敏、韦楚老、卢简求等几人。至于义山，他只是不喜其诗风，并没有这么激烈的抵触态度。

柳仲郢又问:"白翁当时如何反应?"

白翁的应对可谓云淡风轻:"李直水吾之犹子①也,其锋不可当。"

显然,白翁并不太把这些年轻人的躁进举动当回事。他在元和初入仕时也是这个样子,意欲挑战前辈。这是过来人的同理心。

柳仲郢说:"果然白翁口吻。"

不过,白翁却一直关注了义山,听说他有新写出的诗文,常会让人抄来看。义山也是后来才得知这个内情的:大中三年十月,他赴徐州幕启程前,还曾受托撰写了白翁的墓志铭。这个情况就是白翁的嗣子白景受亲口告知的。如此兜兜转转,在履道坊拜谒二十年后,他和白翁又结下了一个身后缘。

至于杜甫诗,义山很早就开始研读,起初大抵还是学习其技法。

自接受柳仲郢聘书、踏上前往东川的旅途,义山就对杜诗发生了强烈感应。杜子美因北方战乱而流离入蜀,自己也因仕途不遇、生计困窘而羁旅南国。情状缘由虽有不同,身世处境却有遥遥对映之处。于是,杜诗于他,意义就和之前不一样了。

赴任途中,他就有意模拟子美诗风写出了若干首纪行诗:过散关,经栈道抵达利州时写了《利州江潭作》;于益昌县桔柏津附近望喜驿,有作《望喜驿别嘉陵江水二绝》;过后入剑州,再入梓潼

---

① 侄子辈的意思。

县，有作《张恶子庙》；再向西南行，至绵州巴西郡，又有《梓潼望长卿山至巴西复怀谯秀》。体制规模虽不及杜子美入蜀时的联翩纪行诗，但在情致与属词上，实在与杜诗相距不远。这是向前辈大诗人致敬，说是灵魂合体也不为过。到义山这个年纪，他已有足够的竞赛的信心。

到梓州后，除了实际地貌与风俗人情的了解，对义山而言还有另一层意义：文坛前辈如王勃、杨炯、卢照邻、李白、元稹等人都曾到此游览，留下诸多名文与诗篇。杜子美更曾在此地寓居近两年，写出了两百多首诗。这是杜子美在夔州诗之前的一个创作勃发期。

《北禽》是义山到任不久后所作，披露了当时的忐忑心绪：

> 为恋巴江好，无辞瘴雾蒸。
> 纵能朝杜宇，可得值苍鹰。
> 石小虚填海，芦铦未破矰。
> 知来有乾鹊，何不向雕陵①。

仔细倾听，就能发现其中受杜诗影响的成分。义山今日在柳仲郢面前也并不讳言自己的效拟用心。

到梓州不久，义山便以判官职衔赴成都会谳。这时与杜子美发生了进一步的感应。拜谒武侯祠时，追怀杜子美诗迹，也同样写出了一首《武侯庙古柏》：

---

① 《庄子·山木》："庄周游乎雕陵之樊。"

> 蜀相阶前柏，龙蛇捧閟宫。
> 阴成外江畔，老向惠陵东。
> 大树思冯异，甘棠忆召公。
> 叶凋湘燕雨，枝拆海鹏风。
> 玉垒经纶远，金刀历数终。
> 谁将出师表，一为问昭融。

类似这样的咏史诗，很难摆脱杜诗的影响。因为这是最恰切的表现方式。包括为李德裕遭贬抱不平的《蜀桐》和投谒杜悰的两首四十韵的长篇制作也是如此。

离成都前夕所写的《杜工部蜀中离席》，在声调上简直如同子美附体。与之前凭空拟想不同，义山入蜀后，进入了杜诗的实境。对于杜甫的心思、笔法体会转深，其婉转哀壮的声调已经非常肖似了：

> 人生何处不离群，世路干戈惜暂分。
> 雪岭未归天外使，松州犹驻殿前军。
> 座中醉客延醒客，江上晴云杂雨云。
> 美酒成都堪送老，当垆仍是卓文君。

这首诗，柳仲郢大中六年初读时也十分惊异，感觉义山诗风发生了巨变。当时还不得其详。现在经本人亲为解说，顿时就能理解其来源了。

回梓州后，义山开始专心研读杜诗。他曾去城东探访过杜子美初到梓州时寓居过的那座江边小院（如今是某个县吏的居所），也曾踏访了杜子美后来移居的茅屋小庄（此庄在牛头山山麓，经历近百年，主人几度替换，原貌当然已经大变）。专研杜诗的成果，就是已能将杜子美近体诗的功夫渐渐吸收而化为己用。

倘若要挑选若干首研习杜诗的得意之作，那么他自己会选《江亭散席循柳路吟归官舍》。这是大中六年心情苦闷时所作：

> 春咏敢轻裁，衔辞入半杯。
> 已遭江映柳，更被雪藏梅。
> 寡和真徒尔，殷忧动即来。
> 从诗得何报，惟感二毛催。

还有七年暮春时与友僚聚会江亭时写出的那首《即日》：

> 一岁林花即日休，江间亭下怅淹留。
> 重吟细把真无奈，已落犹开未放愁。
> 山色正来衔小苑，春阴只欲傍高楼。
> 金鞍忽散银壶漏，更醉谁家白玉钩。

此诗全用白描，未有一处隐僻用典，与义山惯有诗风明显有异。倘若乐工可以勾写出这首诗的曲谱来，就可以看出与杜诗音调的神似。畅酣饱满的情致超越了技巧上的效拟，简直可以称之为入魂之作了。义山向柳仲郢透露说，其中"重吟细把真无奈，已落犹开未放愁"一联，即脱胎自杜子美《和裴迪登蜀州东亭送客逢早梅相忆见寄》诗中"幸不折来伤岁暮,若为看去乱乡愁"两句。当然,他已将子美句意化为了自家创作。

说到这里,义山情绪激昂起来,连饮了两杯。

酒喝多了,就开始吟诗。吟的却不是自家诗作,而是杜子美诗《春日梓州登楼二首》其一:

> 行路难如此,登楼望欲迷。
> 身无却少壮,迹有但羁栖。
> 江水流城郭,春风入鼓鼙。
> 双双新燕子,依旧已衔泥。

他习惯于站起身吟诵,在堂内一边背着手,一边逐句吟出,时而低头,时而又仰头。他的吟诵,音声低沉而充满感情。柳仲郢、柳玭和张懿仙三人皆被他的情绪感染,此际每人头脑中都闪回了自己梓州生涯的片段:是啊,很快又将迎来一个新燕衔泥的春天了。到时,自己会身在何方呢?这首诗引发了同样迷惘的联想。

吟罢归席,柳仲郢三击掌,特为此敬了他一杯酒。过后又有发问:"如何给杜子美也下一断语,如适才评论李长吉那样?"

"子美诗壮美而苦大。"

这是李义山对杜子美的隔代的评价。

听了义山的评语,柳仲郢频频点头。此前他从未听闻如此直截而准确的解说,如今犹如醍醐灌顶:"今日解惑矣!"

柳仲郢在任五年,之前并没有与幕府中这位才士商量切磋文学,在他而言,的确是有些遗憾的。所幸在辞任的前夕,他们有了这样一次亲密无间的对谈。无疑,这也加深了他对义山诗文才具的了解与肯定。

然而,他还有一个疑惑。对他来说,义山青年时期的高唐诗仍然不能理解。从他所接受的端严整肃的儒士教养来说,高唐诗虽然含有某种偏离甚至抵触正统的成分,可是,他还是不知缘由地受到吸引。在义山开成二年中第的前后,他的高唐诗已在两京士人中间传播,自那时以来,柳仲郢一直觉得义山的这类诗作是一个谜。

虽然义山来梓州后亲近佛教,但柳仲郢听闻义山早年曾入过道。具体如何就不知情了。

于是,义山就讲述了当年宗族长辈十二叔李褒引他入道的旧事。十四岁入玉阳山,曾做过两年多的道童。自己的高唐诗之所以常人难以解透,其实是采用了道家的隐语术和设谜法。另外,他也从六朝的艳体诗中借取了很多辞采音声的技巧。这些诗作里,有些是义山对六朝艳体诗的摹写效拟,有些则是他的新创——一种结合了道家隐语术、六朝艳体诗与近体诗的新诗。

"雕虫小技耳,不足挂齿。"

早年情事已淡化,所以在如今的义山看来,自己这些高唐诗只是青春时代的留痕。单从作诗之道来说,在已入中年境的他看来,高唐诗还是有点过于逞技了。

"通读高唐诗,义山你当年入道时是否还有一桩情事?"

这是熟读义山诗的友人常会生出的猜测。

义山点头:"然。"

时过境迁,已没有太多避讳遮隐的必要了。义山并未直提宋慕云的名姓,只说当年所恋情人乃大和年间某朝官宰相的女孙,两人如何在玉阳山结识、如何在长安定情，过后如何在洛阳恋爱，他将前后过程大致讲述了一下。虽然堂内只有四人，义山的这番自陈也属于自暴隐私了，张懿仙和柳批闻言都低垂了头。他们也都是第一次听到义山讲说自己的前尘往事。

即便讲得极其简略，也足够让柳仲郢理解高唐诗的由来出处了：是的，在诗作炫目迷离的辞采背后，其实隐伏了义山真实投入的感情。高唐诗之所以能打动人，还是因为充沛的情致。柳仲郢并不是那种死守教条的刻板儒士，毋宁说，他是能够真切理解义山其人其诗的一个知音——几乎也是唯一的知音，因为性情孤傲的义山此前从未向任何人表露过自己的心迹，更不用说讲出自己前半人生。

张懿仙这时已退坐到堂口暖帘前，柳仲郢将她唤近前来斟酒。他和义山再次举杯对饮。义山饮前的告白为今夜的宾主问答做了一个收结："人人可师，又不偏取一人。存思在我，化用在我，如此或就可以从词句林中脱颖而出。"

柳仲郢深以为然，叹服良久。

他们一边饮酒一边谈说，不觉已是深夜。张懿仙让候在帘外的侍女送入了夜食。

应府主所请，张懿仙开始拨琴吟唱。她唱的正是义山的两首短制，亦是深情之诗。早前在水阁中，义山曾与她两人试着为诗谱曲。

先一首是写给宋慕云的《咏云》：

> 捧月三更断，藏星七夕明。
> 才闻飘逦路，旋见隔重城。
> 潭暮随龙起，河秋压雁声。
> 只应惟宋玉，知是楚神名。
>
> （只应惟宋玉，知是楚神名。知是楚神名。）

头两联是追忆与恋人的欢会，时值分离后的第一个七夕之夜。后两联是写别后思绪：每当黄昏时见暮云升起，便会想起她不得自由的命运。秋河的水声恰似她的低语，空中有孤雁在悲鸣。巫山之云因宋玉《神女赋》而传名，恋人也将因为我之歌咏而不朽。这是失恋后表明心志的怅惘之诗。张懿仙演诗为歌，听来更觉深情缥缈。

后一首是写给妻子王琬的悼亡诗《房中曲》：

> 蔷薇泣幽素，翠带化钱小。
> 娇郎痴若云，抱日西帘晓。
> 枕是龙宫石，割得秋波色。
> 玉簟失柔肤，但见蒙罗碧。
> 忆得前年春，未语含悲辛。
> 归来已不见，锦瑟长于人。
> 今日涧底松，明日山头檗。
> 愁到天池翻，相看不相识。
>
> （愁到天池翻，相看不相识。不相识。）

当张懿仙唱到收尾两句而作三叠①，音声绵长而哀婉，眼角已噙含了泪光。在座的柳氏父子尽皆动容，而这首诗的作者义山则默然垂首，再次沉入了回忆。

柳仲郢命柳玭先行退下，让张懿仙也随柳玭出堂，候坐在外间。过后就是他和义山的两人独处时间了。

看着张懿仙抱了琴具反身退出，他对义山悠悠地说了这么一句："前几日我已为张懿仙赎出乐籍，这次她也将随我入京。"

之前十四日乐营夜宴，霜姑没有出席的原因也很清楚了。

义山只回应了一声："哦。"

此前大中七年，义山已拒纳张懿仙为妾。前事自然不必再提。不过，柳仲郢又有了新主意。他总想在义山身边放置一个可以就近照料他生活的人。之前他只有模糊的意欲助人的直觉，今夜深谈过后，更感到有必要做出相应安排了。

"赎籍之后，她就不再是官奴身份了。我将厚赠一笔资财，足够她今后生计。"

"哦。"

"到长安后，我会让她隔三岔五来府上探视，将家中事务归纳调理。如同在梓州时一样。"

"哦。"

义山还是同样的回应，并没有出言拒绝。府主柳仲郢对自己的关切，已超乎寻常的主宾关系，更近似与韩瞻一样的亲友了。

"如此就好。"

---

① 古奏曲之法，至曲终句乃反复再三，称三叠。

义山心里其实早就接纳了张懿仙。他并不觉得张懿仙之前的乐籍身份是个问题。不，正相反，来到梓州的五年里，她的陪伴于他来说已是一个不可或缺的慰藉，他遇到她，正如一艘久经波涛的老旧木船泊入了河港。可是，他并不想再进一步，正式纳她为妾室。因他害怕自己坎坷未测的命运会连累另一个无辜的人。一个正值大好青春的女子，怎可以与自己这个拖带了一儿一女、身体状况不佳又长期游宦在外的半老鳏夫捆绑在一起？那是耽误了她。

不如说，这是一种珍惜或保护，张懿仙在他心中是很有分量的。虽然与宋慕云和妻子王琬比起来，感情还是要略微浅淡些。

外间的张懿仙有无听到柳府主和义山的这段对话？

也许有，也许没有。又或许，上述柳仲郢所谈的安排正是她自己的主意也未可知。

总之，我们知道，在义山生命的最后几年，他身边一直有位女性默默地陪伴着他，向义山的孩子们把她唤作了"仙姑"。长安樊南和荥阳坛山的里正在年尾造籍书手实①时，在她姓名下栏填写的也只是保姆和婢女而已。

---

① 年终百姓将收成及田亩、家产细目亲手如实申报，由乡里造籍，经县、州逐级上报，直至户部。以此作为课役征赋的依据。

附录：他者的证言

崔珏和其他友人的证言

会昌六年三月，武宗皇帝崩，宣宗皇帝即位。

大中元年春二月，李德裕由东都留守改太子太保、分司东都，同属李党要员的郑亚罢给事中，出为桂管观察使。三月初，李义山辞秘书省正字，受聘桂幕任掌书记，随郑亚南下途中停留江陵，宿城内五花馆。

余这一支崔姓，自父祖辈就安家江陵。该年，余刚过弱冠之年，因早就闻知李义山声名，仰慕前辈诗文才具，特意携带诗文卷去馆驿投刺，两人初遇投机。义山停留江陵三日，第三日自沙头市登程出发时，余曾往江岸送别。当时余打算赴西川求职，心情正自忐忑，故而义山临别时为余写出一封致前相国、时任西川节度使李回的推荐书，又有赠诗《送崔珏往西川》，对余多有勉励：

> 年少因何有旅愁，欲为东下更西游。
> 一条雪浪吼巫峡，千里火云烧益州。
> 卜肆至今多寂寞，酒垆从古擅风流。
> 浣花笺纸桃花色，好好题诗咏玉钩。

不数日，余亦入峡，过后顺利进入成都幕任巡官。可是，该年入冬，李相国因为也是李党一系，该年大冬又改潭州刺史、湖南观察使，大中三年再贬江西抚州。余亦追随至潭州与抚州。

大中五年，余入长安，大中六年进士及第。其时义山已身在梓州幕。放榜后，余第一时间写信告知消息，随信寄去了仿六朝古体的《和友人鸳鸯之什三首》。其一中第三联"映雾尽迷珠殿瓦，逐梭齐上玉人机"，即效拟了义山《重过圣女祠》中的名句"一春梦雨常飘瓦，尽日灵风不满旗"。过后亦有收到义山贺信，又听他言，曾抄录数份寄给诸位友人，为余播扬名声。因余作以"鸳鸯"为题，故而他还给取了一个"崔鸳鸯"的雅号。很快，这个雅号就传入了京城，这三首诗也不胫而走。

余能进入仕途和初获诗名，义山前辈都有助力，故余对他极为敬佩感激。每逢年节，必致书信或赠礼。

大中九年，会昌三年和大中三年先后两次拜相的崔铉罢相，出为扬州大都督府长史、淮南节度使，余入淮南崔幕担任掌书记。因与副使袁充常侍不协，崔公遂将余推荐入朝。大中十年，余任校书郎，大中十二年授淇县①令，任职期间勉力施政而小有考绩，大中十三年再迁侍御史。

大中十四年十一月二日，改元咸通。十一月下旬，崔铉先授山南东道节度使，预备接替在镇已五年的徐商，寻又改任荆南节度使，出镇江陵。王廷同时调徐商入朝，内征为御史大夫，升刑部尚书，充诸道盐铁转运使。

---

① 今河南省鹤壁市淇县，古称朝歌。

因崔铉改任，一时未有交接者，故而徐商仍在襄阳，等待王廷的新任命。咸通二年（861）元月，余罢淇县职，再受崔铉邀聘，入荆南幕为掌书记。赴任途中，二月十一日路经襄阳，停留了数日。

上午投入名帖，拜问了即将卸任的本道节度使徐商。下午散衙后，徐商便在襄阳官舍竹池院设宴款待。

其时的山南东道节度使府内，云集了多位名士，此次也一一相见了。

温庭筠，字飞卿。余在中第前就已结识。大中九年博学宏词科曾代柳翰作赋，因扰乱科场罪名，被贬为随县尉。大中十一年，受徐商邀聘入山南幕，授检校员外郎，做了幕府巡官。其间在襄阳与徐商、段成式等屡有唱和，大中十三年又嫁女于段成式子段安节，与段家结了姻亲。

段成式，字柯古。前相国段文昌之子，亦当时文章名士。与李义山、温飞卿均以长于撰写四六章奏而驰名，三人皆行辈十六，时号"三十六体"。余之前跟他只在长安见过一面。大中十三年，段柯古罢处州刺史后寓居襄阳。余到襄阳时，他刚刚将徐商幕诸文士的唱和诗编成两卷，题为"汉上题襟集"。当天宴集中，余正好得到机会细赏玩味。

在座者中还有韦蟾，其时为使府掌书记。韦于大中七年进士及第，较余晚一年，也是在长安时结识的诗友之一。

另有元繇评事是初次相识，他也经常参与幕府中的诗文酬唱。因为与段成式同以西河①为郡望，故而尤其与段成式多有唱和

---

① 西河县为汾州治所。在今山西汾阳市。

戏作。

另有一位余知古乃少年辈,当时为幕府巡官。

以上在座者加上余,总共七位。彼此都是诗文同道,席间气氛相当热烈。

这天温飞卿还邀了恰好也在襄阳的永道士(他们同是义山故友,早已相识)。因为城中晚间有一场斋醮法事要办,永道士答应法事结束后再来赴席。

因为即将离任辞幕,幕府文士心情放松,不时谈笑取饮。温与段两人是姻亲,席间说了不少家事。温飞卿急欲做外祖父,情意迫切,而段柯古说儿女还小,不急着早生,两人就拌起了嘴,最后由徐府主裁断投掷色子以决胜,三局两胜者为赢家。温飞卿赢了两局,一时喜不自胜,连饮了三杯,仿佛已提前抱上了外孙儿。元繇与段成式两人最擅谐谑,语谈间也一直在斗智交锋。气氛如此欢闹,大家都饮了不少酒,余亦醺醺然忘乎所以了。

永道士大约亥时初刻才来到。刚一落座,他就报告了前不久李义山在家乡荥阳去世的凶讯。

空气一时凝结了,举座皆惊。实在太过突兀,每个人都不敢相信,因之前并未收到任何有关义山病重的消息。这一年,他才刚过五十啊。此前大中七年,杜牧迁中书舍人不久,于任上卒于长安。现在,义山也跟着离开了。当今诗坛两颗最为耀眼的明星前后相继,都已陨落了。

众人不再有欢宴的兴致,尽皆陷入了回忆,虽然各人与义山的交谊深浅并不相同。

向永道士通报凶讯的是义山的同年兼连襟韩瞻。韩瞻不久前罢任睦州①刺史，正在归返长安的途中，闻知消息立即赶赴了荥阳。永道士是义山少年入道时的友伴，两人结交多年。遵义山生前遗嘱，韩瞻第一时间告知了近两年居留襄阳的永道士。随信还附有《哀筝》《晓坐》《锦瑟》三首亡前近作。

韩瞻书信到达襄阳是昨日，义山去世的十二日后。义山咸通元年②十二月中旬从兴元府归返故乡荥阳，正月十日过后就卧床不起，于二十九日的晨间去世。

永道士从怀中掏出了韩瞻原信和附书，递交府主徐商览阅。徐商看后又在席间一一传阅，最后传至余的手上。此时，余眼中泪水已经止不住地流下。

过后，永道士约略讲述了当年与义山同在玉阳山学道的往事，那时他十二岁，义山十四岁。当年的义山样貌多清俊，字写得多好，与所有道童又多么和睦喜乐！义山退道还俗后，他们在长安和洛阳仍有往来。会昌年间义山移居永乐之后，彼此间的联络就不多了，只在每年年节里会有书信问候。大中五年义山入梓州幕后亲近释教，来往就很少了。

谁承想，昔日的少年同学这么早就下黄泉了呢？

永道士仰头看向院堂上方的莲花藻井，饮下杯中酒，长叹出一口气。

---

① 睦州治所在新安县，今杭州淳安。
② 仍是860年。自该年11月2日改元至年末。

众人闻言不胜唏嘘。此时,外间的天空密布了云霾,夜色深浓,无月也无星,天地一时黯然了下来。

此时,余不由哭出了声。大中元年与义山在江陵结识的情形还历历在目,像他这样初次见面就出手汲引后辈的人可是少而又少。江陵别后,与他在长安还有几次会面,但多数时候两人都是各自出幕,无由得见。自己向来敬奉义山为师尊,如今斯人已殁,心中真是不胜哀痛。

余向府主徐商讨得笔墨与纸卷,捉笔在手,情思翻涌,很快就写出了两首悼诗,题名为《哭李商隐》:

　　成纪星郎字义山,适归高壤抱长叹。
　　词林枝叶三春尽,学海波澜一夜干。
　　风雨已吹灯烛灭,姓名长在齿牙寒。
　　只应物外攀琪树,便著霓裳上绛坛。

　　虚负凌云万丈才,一生襟抱未曾开。
　　鸟啼花落人何在,竹死桐枯凤不来。
　　良马足因无主踠,旧交心为绝弦哀。
　　九泉莫叹三光隔,又送文星入夜台。

第一首受了永道士追忆启发,末联提示了义山少年入道的生涯履历。第二首纯为彰显义山的傲世才具,哀叹他的壮志未酬。两首诗诵出后,获得了在座文士的激赏,众人评说这两首悼诗与义山的三首亡前诗都是情深隽永的佳作,可传之后世。

府主徐商动容感叹，为义山遭遇而惋惜。又提议，今夜宴会不合再行欢闹了。不拘关系深浅有无，众人轮流吟咏义山诗篇，一人诵一首，再遥敬一杯以作追念祭奠。

段柯古说，义山是不世奇才，其作诗如设谜，几不可解。却又觉得绮丽哀婉，卓绝特异。

用情至深，去而难返。天底下再也没有像义山这样的人了。这是永道士的评语。

温飞卿一直沉默不言，不作任何评价。在无人劝饮的情况下，他独个儿接连饮下数杯，上身控抑不住地前后摇晃，很明显已经酒醉。过后，他突然起身离了座席，出院堂走去了院中，一个人在那里兜转不停。初时，乌云仍然遮蔽了夜空，不久，忽而云去而月出，皎洁的辉光遍照了四方。余和堂内众人一同看向外间，注视着他立停望月的孤独身影。

待回返堂内，温飞卿对段柯古说了这么一句话："柯古兄，堪称笔阵盟友的那个人已经走了。三十六已成二十六。"

柳仲郢的证言

离东川时，义山的感伤也许多于喜悦。

余办理移交完毕，有泸州官吏百姓李继、张思忠，羁縻州土刺史韦文赏来到梓州，请求挽留泸州刺史冼宗礼。义山将他们引入掌书记厅事，仔细听取缘由意见，过后还为继任节度使韦有翼代拟过一篇《为京兆公乞留泸州刺史冼宗礼状》。

与使府同僚告别，场面上一一尽到礼数，临别各有赠礼。

也去紫极宫和道兴观辞别了胡宗一、王道人和冯观主。

余与他同去长平山辞别缁叟长老与楚公时，他却当场落泪了。一是见到长老年衰卧床的病容，情境触发使然；二是在梓州整整五年，是他此前入幕生涯里任期最长的一段。他半已扎根此地，熟悉本地风土人情，直将梓州视作了第二故乡。如今辞幕，又要断根而去，心里很是不舍。余猜想，也许他是愿意长居此地的，倘如可以将长安的儿女接来同住的话。

到了出发登程日，一共六辆车同行上路。余自乘一辆，他和柳玭、张懿仙各乘一辆，另两辆车由仆役、侍女看管了行装器具。另有三名亲信衙将骑行跟从。

上车前，他向长平山方向和使府南楼各一深拜。

余回京所拜官职为吏部侍郎，此是朝中执掌官吏铨选的要职。义山当然寄托了期望，希望能重登朝籍。

大中十年正月初抵京，然而尚未入朝谢恩，第二天在升平坊家中又接获了新的调任书，改为兵部侍郎，充诸道盐铁转运使（即韦有翼此前任职）。这或是韦有翼建言之功，在东川使府交接时他就当面说过类似换位相替的话。两相比较，后一职是天子近臣才能担任，故而更为紧要。国朝在贞元之后，经由转运使而登阁入相者也不在少数。

天宝以后，财赋泰半取自江淮。漕运大率三节，江淮是一节，河南是一节，陕西到长安是一节。三节中以江淮最为吃重，江淮又以扬州为枢纽，江南东西两道的租调贡物须经扬州再转运关中，连偏远南国的桂、广二府铸钱及岭南诸州庸调与和市折租等物，也是经由海陆两路递至扬州,再由扬州输入京师。漕务又以盐利为重,江淮地区设盐廪数千,四所盐场,十所盐监,扬子院又设十座官营造船场。国境内又设十四巡院负责转运衔接,每道有院,分督其任,江淮间就设有金陵、润州、苏州等巡院。各巡院之推官多带御史衔,元和五年后兼收正税,至大中四年又有处理民商诉讼之权,推官俸禄优厚,在派驻巡院可谓位高权重。

当时在扬州的扬子与江陵各设留后院,以盐铁转运副使主之,称为扬子留后、江陵留后。盐铁转运使有时由宰相兼领,有时由重臣兼领。余本职在兵部,充诸道盐铁转运使,故而治所仍在长安。

对余而言,这当然是荣升高职,对义山而言却是大失所望。受官次日,余将他从赁居的永崇坊叫来,告知这一变动后,他面露讶异神色,久久沉默不语,他之前的期待再次落空了。照他回京后依然故我、不肯低头投谒的脾性来看,改任朝官的机会很可能又一次擦肩而过。

余上任后,有一事可一提,因为与令狐绹有关:余念及前相国李德裕一门凋零,有感当年知遇拔擢之恩,取李德裕兄子李从质为推官,知苏州院事。此前大中五年,宣宗皇帝追念李德裕边功,已诏许归葬,大中九年,宣武军节度使卢钧又辟李德裕子李烨为节度判官。

谁知相国令狐绹收到上报文书后心有不悦,曾专门致书诘问缘由。

余只得耐心回复以申明其理,大致是说李太尉受责已久,家室尽空,秋冬两季的家祭也废弛多年,闻之令人伤痛。今选其兄子为推事,只是出于儒士恤孤扶弱的常心。

择时又去晋昌坊登门拜见,当面解说。令狐绹听后深自感叹,很快就允准了李从质的员额。

等待铨选时,义山就在家里陪伴儿女。知玄已在大中八年回蜀中,义山与故交僧彻往来较多,其时僧彻已升为了右街僧录。义山曾几次与僧彻同来家中清谈论道,又受托为人撰写《为八戒和尚谢复三学山精舍表》《佛颂》等文。可是,与东川幕府后期的轻快心情不同,此时的他常常透出难以掩饰的倦怠。

回长安后,吏部久无调官的迹象。义山宦情日减,即便此时正需要联络相关人事,也不肯去干谒令狐绹和其他权臣。

不过,也有稍可欣慰之事。张懿仙随余等一行来至长安后,起先暂住了升平坊家中。夫人在懿仙姑娘入堂拜见时,看她聪颖貌美、性格柔静,也很喜爱。过后,张懿仙便时常去永崇坊探视,到三月初,就正式移住了永崇坊李家,临行前,夫人还赠送了不少礼物器具。如此一来,在不知情的外人看来,夫人是将自己的私婢赠予了义山。

四月,吏部颁下铨官文牒,仍授义山国子博士原职,义山辞不赴任,过后镇日蛰伏家中。吾家四子柳玭因为定期有文课,还常去他家走动。问柳玭义山每日居止情状,柳玭答:与在梓州时同样,只是郎君叔回长安后心情郁闷不乐,健康状况也不太好,时常感觉体虚乏力。

五月初旬假,余趁有空暇特意去了永崇坊一趟。因江淮各院正好有推官职位空缺,就询问义山的意向。义山说,这次回来长安,感觉一切都很陌生,待着令人烦闷。自己童少时即在浙东浙西间成长，倘若重返旧地也是不错。至少江南不是苦寒地，气候也与梓州同样温暖。倘若赴任，这次就要带了儿女同行。

"懿仙姑娘呢？"

义山略微想了一下："她也跟去吧。"

江淮各院目下都有员缺，扬子与江陵留后院有，金陵有，其他州院也有。问义山意思，答曰选俸禄最为优厚的那个。故而最终选择了润州院。

义山早年出任弘农尉时曾写过一首《出关宿盘豆馆对丛芦有感》，其中有句"昔年曾是江南客"。现在，这个前江南客又重返了江南。

五月中旬受职后，义山先以临时从事身份在尚书省襄助余，以便熟悉转运使内外事务。七月初，将赁居的永崇坊宅院退还房主，一家搬回了樊南。七月中旬启程，携张懿仙与儿女先去了洛阳。他在洛阳曾寄来《七月二十九日崇让宅宴作》一诗：

> 露如微霰下前池，月过回塘万竹悲。
> 浮世本来多聚散，红蕖何事亦离披。
> 悠扬归梦惟灯见，濩落生涯独酒知。
> 岂到白头长只尔，嵩阳松雪有心期。

诗题虽有"宴"字，却避写席间宴饮，也没写到任何具体的人。由第二联可知，他回到洛阳旧宅又在追念过世多年的妻子了。第三联"濩落生涯"一语是对自己仕途困顿的自嘲，有无奈，也有愤激。尾联又透露出内心的矛盾,"岂到白头长只尔"是不甘,"嵩阳松雪有心期"又流露了隐退之意。

从义山到任后来信可知,他于八月上旬再次启程,九月初九到任润州院。上任前曾经停金陵、扬州(余曾托付他带信给扬子院的留守副使),其间所写的《江东》《咏史》《齐宫词》《南朝》《隋宫》《定子》都是他访问金陵后的咏怀诗作。

润州就任后,第二年仲春时曾因公务去往苏州,与知苏州院事的李德裕兄子李从质相见。当时也有寄信来,报知会面情形。信中还附上了游城西郊野时所作的《杏花》诗,通篇以杏花自况。过后访城西寺院,作《游灵伽寺》;游虎丘时,巡院同僚有咏作,义山有和诗《和人题真娘墓》。在苏州期间,还写有一首咏史诗《吴宫》。

义山在润州院职闲无事,多在所住官舍整理书物。他多年独自外出入幕,这次儿女伴随身边,想必左支右绌。倘若没有张懿仙相助,真是不堪想象。

这年入冬前又寄信来,附上了寄给几个进士同年的诗作《寄在朝郑曹独孤李四同年》:

> 昔岁陪游旧迹多,风光今日两蹉跎。
> 不因醉本兰亭在,兼忘当年旧永和。

当时义山这四位同年皆已高升:该年四月,郑宪由中书舍人出为洪州刺史、御史中丞、江南西道都团练观察处置使,曹确在八月由中书舍人出院授河南尹,独孤云此时为吏部郎中(大中八年曾过访梓州，后赴武昌幕府），李定言由外任衔命归阙，拜吏部员外郎不久又升为起居舍人。义山这些同年友人现今身居要职，都与他很疏远了。这首诗虽然语气散淡，却隐含了对旧友不念旧情的怨言。寄出这样的信，非但不能唤起对方的同情相助，反而会起到反作用。义山就是这么的任气行事。

大中十二年二月，余因正月里坠马伤脚，不堪奔走，辞去盐铁转运使，转任了刑部尚书，五月封河东县男，出为山南西道节度使。余再次向义山发出了入幕邀聘。六月，义山罢润州推官任，八月携带家小到达了兴元府。离上回长安分别已两年，义山形貌愈见消瘦，说话气弱无力，两鬓添了不少白丝。此后入职的两年里，他常常病休，公务之余，仍在教授随余入幕的四子柳玭。

大中十四年八月，南郑令①权奕不顾屡次重申之禁令，大肆贪赃，余盛怒之下命衙吏于堂中杖责，权奕六日后死去。余因为此事遭监察御史弹劾，以太子宾客分司东都。该年十一月初与接任者苗恪交接后，余去洛阳，义山也同路自兴元府还郑州。此时，他的身体状况越来越差，已有驻世不久之忧。

义山到荥阳家中的时间，是在咸通元年的腊月岁末。后来余让柳玭搜集其遗稿，见有该年岁末所作的一首《幽居冬暮》。诗中记述了返乡后的境况心绪，从尾联可知，他对仕途已然彻底决然的幻灭：

羽翼摧残日，郊园寂寞时。

---

① 今陕西省汉中市南郑区。

晓鸡惊树雪，寒鹜守冰池。

急景忽云暮，颓年浸已衰。

如何匡国分，不与夙心期。

义山于归乡后的咸通二年初春一月遽然去世。这年，他虚岁五十，实岁四十九。本来我们已约定仲春时在洛阳重聚，义山再也没有来成洛阳，永久停留在了故乡。

他在病卒之前的正月上旬曾有来信，寄来了《锦瑟》诗。这首诗与杜子美晚年在夔州所写的《壮游》《忆昔》等回忆长篇一样，都是带有总结性质的自传诗，只不过一朦胧一显豁、一精微一浩大而已。

在这封信里，义山还说了一些奇怪的话。他说自己前几日做梦，曾梦见了骑着赤虬的绯袍仙人，不久或就将追随升天。

余初读时不禁疑惑，难道义山重又信道了？

后来得览其早年所写《李贺小传》，读至"长吉将死时，忽昼见一绯衣人，驾赤虬，持一板，书若太古篆或霹雳石文者，云当召长吉"这一段时，余才释然而悟：那时义山恐怕已病重，知道自己命不久矣，故而作此隐语。

该年在洛阳任上时，某日，右街僧录僧彻到访了本宅。他刚从荥阳坛山归返，不久前曾寻得义山墓址，为友人燃灯祭祀并追思。临走又告知说，义山卧病临终前曾寄来书偈与他诀别，并发露了"某志愿削染，为玄弟子"这样的遗愿。可惜，他这个愿望终究也无法实现了。

倘若要余为义山下一身后评语，或许征引他的自作诗更为恰当。在润州巡院的两年里，某年初冬他曾写有一首《蝶》：

> 孤蝶小徘徊，翩翩粉翅开。
> 并应伤皎洁，频近雪中来。

江南天暖，早雪时仍见蝶飞。或许，在江南确曾出现过此等异象。又或许，这纯然就是他的幻觉。不管如何，义山都是以雪中之蝶来自比。他一生雅爱高洁，不畏孤寒，始终独自徘徊而翩飞。

这首诗，就是义山自己的庄周化蝶之梦吧。

令狐绹的证言

乾符六年（879），岁在己亥，贼酋黄巢降而复叛，东南不宁。攻陷广州后又北上攻袭荆南、江西、淮南，天下为之振荡。自四年前濮阳①乱起，民变愈演愈烈，延烧的战火已逼近两京。

是年秋冬，仍在凤翔节度使任上。自大中十三年十二月罢相以来，我一直寄身藩府，不再过问朝政。

我今年已七十八岁，垂垂老矣。十年前分司东都时，曾让门人搜求故友李商隐诗文卷一箱，内有《李义山诗集》三卷，《四六甲集》二十卷，《四六乙集》二十卷，《赋》三卷，《文》一卷。这

---

① 今河南省濮阳市。《旧唐书》：初，里人王仙芝、尚君长聚盗，起于濮阳，攻剽城邑，陷曹、濮及郓州。先有谣言云："金色蛤蟆争努眼，翻却曹州天下反。"

些诗文一直未有展读，形同封存多年的积物。

某日在书斋曝日闲坐，忽而想起前事，遂令门人翻找寻出。手抚书箱，起初感觉淡漠，过后生出好奇心，便取出诗卷览读。近来目力衰退，看字十分模糊，于是唤来门人在旁诵读。随着诗句语声渐次入耳，记忆开始闪回。

绹生于贞元十八年（802），长义山十岁。

是哪一年初见义山的？大和三年，还是四年？应该是三年吧。那年，我二十七岁。这年三月，父亲分司任东都留守。这并不是第一次分司：五年前的长庆四年（824）三月，父亲由太子宾客分司东都，任河南尹。当年只停留半年，即转任了宣武军节度使。

大约在该年四月，赵常盈炼师过洛阳，与御史周墀一同登门造访，向父亲引荐了义山。这位赵炼师可是颇有来头。他是当时的太清宫供奉和道门威仪。宝历元年曾奉敬宗皇帝敕令赴天台观设醮投龙。宝历二年十二月，穆宗皇帝崩，文宗皇帝即位。宝历二年九月上诞节，赵炼师又曾与白居易、僧惟澄对御讲论于麟德殿。

初谒父亲时，义山乃翩然一少年，样貌清俊，姿容端正，独自立于庭中等候。时兄长令狐绪与我正在轩廊中对话，颇有留意注目。

义山被召入书阁对话，良久乃出。出府前，对我和兄长远拜致意才告辞。父亲后出，对我言道：

此子胸襟朗阔，小有傲气，然真为可造之材。

于是收义山为门弟子，情状与之前栽培徐商、赵晢类似。我对义山玉阳学道生涯颇有兴趣，便好奇询问，义山一一作答，语简气清。其时他住在敦化坊从侄李让山家，每隔三天即来府中由父亲亲自调教，有时也会伴随我兄弟三人骑马出城野游。此后，父亲赠义山《表奏集》令其随从学习，将自己十三年幕府文事心得倾囊相授。

此外，义山还陪同父亲屡屡出席洛中文会。我也去过多次。不细述。

九月，我入京参加吏部试，十月集于户部。到十一月，父亲以检校右仆射兼御史大夫转任了天平军节度使。父亲西拜稽首，隔两日便启程，十日内即抵达了治所郓州。

行前召辟名臣韦皋从子、河南府司录韦正贯为节度判官。义山以白衣身份入幕为巡官，这年，他实岁还不到十八。

大和四年正月，宰相李宗闵引武昌节度使牛僧孺为相，共排李德裕党。正月就试，我进士登第，当年座主为崔澣。曲江宴后，立即赶回郓州侍父报喜。三月初，释褐为弘文馆校书郎。

义山在其后三年，即大和五年、六年、七年三次应举失利，心情沮丧，既不行卷，也不作文。我屡屡劝其勿灰心，告知投卷宜献于朝中何方何人，以寻获入仕的依归。自大和八年至开成二年，我每年为义山抄写旧文，呈递当年的贡院春官[①]。

[①] 武则天光宅元年（684）至中宗神龙元年（705）尚书省礼部改称，此后即成为礼部或其长官的别称。

大和九年，我迁右拾遗，兄长迁侍御史。义山第四次应试又下第。四月一日，我兄弟二人、义山、蔡京、从弟令狐缄同登雁塔，各留题名。这年义山心灰意冷，不想应开成元年举，春夏即返回河南。该年年末有甘露之变，南衙北衙势同水火，其间彼此都有书信互报平安。

开成元年春三月初三上巳节，文宗皇帝在曲江亭宴百官。父亲因此前王涯等人新诛，不宜宴乐，称疾不往，奏请收取殉难者遗骨，又多次上表请求解职。四月出为兴元尹充任山南西道节度使。同月，兄长迁国子博士，余迁左拾遗。

其时父亲召辟杜胜、李潘、刘蕡、郑从谠入幕，亦邀义山来兴元并赠缯帛。义山因已决定来年应举，春夏间返郑州应乡贡，冬集户部，故而未赴兴元。父亲又向同州刺史刘禹锡推荐义山，刘已致书招邀，义山婉辞。

这年义山返郑州前，我曾造访其赁居，见其神情落落寡欢，隔日又赠葛衣，作书慰问。义山有作复书，对当世人情的浇薄严词抨击，洋洋洒洒说了一大通。书信前段提到了遭人非议之事（我早知蔡京与义山不和，一直在父亲面前排摒义山）。书信后段又论及时下婚姻但择门第而不顾天性的恶俗，我猜测他当时或已有婚姻之想耳。他似乎有一桩不可说的心事，我亦不便细问。

该年入秋，来年春官已定为高锴。高锴元和九年登进士第，又擢宏词科。大和七年、八年初父亲为吏部尚书时，高曾为吏部员外郎。此后升为中书舍人，开成元年，以中书舍人权知贡举。

高锴素来敬慕父亲贤明风范，某日上朝时问我："八郎之交谁最善？"我对他揖拜三次，说了三遍"李商隐"便告退。义山能够及第，不能说与此次荐托没有关系。

高锴掌贡院三年，选擢进士员额虽多，颇得实才，抑豪华，擢孤进，故而义山能获得入仕的进路。

义山六月归长安，再次为明年举试做准备，仍在开化坊荐福寺温习迎考。

开成元年仲秋，我与兄长赴兴元省亲，九妹与新婚妹婿裴从俭亦从华州赴兴元。省亲归来长安，九妹和妹婿在京祭祖，初冬临归华州时，我曾设宴饯行。义山亦受邀列席，当时有作《令狐八拾遗见招送裴十四归华州》，流露艳羡情态。他当时急于仕途出头、求偶成婚，心思甚明。

开成二年二月，义山进士及第。自大和四年应举到此时，前后已历八年。平实来说，不算很顺利，但也不算太晚，这年他才二十五岁啊。放榜前父亲还有一封书启致高锴，这件事义山并不了解，我也从未告知过他。家父视义山为自家子侄，这是毫无疑问的。

其时党争开始加剧。五月，淮南节度使牛僧孺改授东都留守，浙西观察使李德裕代之。李到任后，隐没公款四十万贯匹，反诬僧孺副使张鹭侵吞以中伤。该年春，我改任左补阙，当时曾与其他谏官连章弹劾李德裕偏狭私怨，文宗皇帝不问。

该年入夏，七十二岁的父亲身体转衰，有告老致仕之想。入冬十月初病情转重，我与兄长随即赶赴兴元。义山中第后本应立即赴兴元，以谢十年栽培养护之恩，却托词返乡省亲一直迁延未至。三月致书父亲，约定中秋来到而未到，探亲归返后仍滞留长安迟迟不来。我小有埋怨，父亲说义山多年应举不易，当以归省北堂、酬谢亲友为首要，毋须怪怨。这年春天义山未在吏部铨叙官职，可能也是父亲的意思。初入仕途，还是从自家幕府中升迁比较快捷。

十月正当选人期集，义山在长安候选。因父亲病重急招，义山不得不抛下期集，到仲冬十一月初才到兴元府。见义山来到，父亲执握其手，喜不自胜。又殷切嘱告说："你我相知十年，情同父子。你有胸襟才具，今后还须步步走稳，切忌心躁性急。今后还是要与七郎、八郎携手同进。"

这句话他听进去了么？貌似没有。

当时在兴元，义山先为父亲代作《兴元请寻医表》。等不到启程回长安就医，父亲病势就转危了。

十二月八日，父亲自知时日已无几，召绪、我、纶三兄弟进前，谆谆嘱咐："内则雍和私室，外则竭尽公家。送终诸事务求俭约，不得铺张。"

临终前三日，父亲仍在床头吟咏他与刘禹锡、白居易等人的唱和吟作。当时我正服侍他进汤药，药未入口，他对我说："人生寿期之长短，分内已定，何须此物？"

临终前一日，又将义山召入，对他说："吾气魄已散，情思俱尽，然心中牵挂若干件事，仍然很想上表以达天听。唯恐辞乱语舛，汝当助我写成。"

父亲秉笔自书遗表，草稿写成后由义山调整全篇，加以属对修饰。义山将表文呈上后，父亲点头赞许，个别词句又加圈画改定。

过后又口授，由义山执笔，在末尾加入了所谓"临终尸谏"。父亲的用意是弥合甘露之变所造成的朝野创伤。

又交代了本府后事安排：当道兵马，已差监军使窦千乘料理；节度留务，差行军司马赵祝处置；观察留务，差节度判官杜胜代行。一切依从旧日章程，不喧不惊。

遗表书毕，又对我和兄长说："吾之一生无益于人，勿请谥号。下葬日，勿请鼓吹，只需布车一乘即可，余物装饰一概去除。碑铭传志但记宗门事迹，秉笔者无须选择高位之人。"

过后他就看定了义山。父亲的意思已很显明。

又执握义山手，对他说了这样的话："有子在，犹如我笔仍在。"父亲是将他视作了自己在章奏文章上的第一继承人啊。

十二日夜，天上有大颗流星从官舍上空飞过，光焰犹如明烛，连庭院一时也被照亮。父亲随即正姿端坐，与家人一一诀别。语毕即闭眼，不久就寿终了。

讣告传至长安朝中，不日即下诏，追赠父亲为司空，谥号曰"文"。

十二月，我兄弟三人与义山一同护送父亲灵柩，归葬于京兆府万年县焦村凤栖原[①]令狐一族家茔。文宗皇帝遣中使至私第祭奠，义山又代我和兄长作谢表。此后父亲的墓志铭也由义山执笔完成。

虽然对他迟赴兴元略有怨言，但我与义山两人此时仍然情同手足。一如既往，无所变更。

[①] 位于京兆府万年县韦曲，今西安长安区韦曲街道夏殿村南。

父丧守制期间，我静心读书，时或也作诗为文，也一直在思考今后出路。要做到父亲嘱咐的"内则雍和私室，外则竭尽公家"两条，可能最需要做的就是"心定"，宁慎缓而勿操急，情急往往就会坏事。

开成三年春，义山应博学宏词科。先为周墀、李回所取，复审时名字被宰相郑覃抹去。落选后义山有好一阵没有露面。等他暮春时来到晋昌宅，却告诉我说已应王茂元召聘，欲入泾原幕，还要娶王家的六女为妻。

十年里视作同门兄弟的友人，一旦父亲这个靠山过世，马上就转投了他门，变轨之快超乎想象，而且，事先也不曾过来商议。不管义山口头如何解释，我心里很是不快。

不过，话说回来，当时我正丁忧静居，暂时也没有能力提供援引。倘若稍微缓过一阵，等丁忧期满，说不定就能给他谋一个出处。是怪罪他么？倒也没有，我能理解义山的家世处境：他出身寒门，身边一直缺乏有力的家族支撑。父亲本来是他的入仕导引，偏偏在他中第后就去世了，他要速寻一个新依托。他急于成婚的原因也在这里。

我只是觉得，义山并没有将家父去世前的嘱告听进去。他就是这么个情急操切的脾性。

义山从泾原归来，已成了王茂元的女婿。开成四年吏部试后，他释褐为秘书省校书郎，我也为他喜悦，还曾设宴庆贺。

不数月，义山又调任了弘农尉。上任没几天，他就任性闯祸，因活狱事件触怒了观察使孙简，义山负气将要罢职，因当时恰好由姚合代孙简，这才重新就任。进士释褐后出任京畿周边县尉是多年常态，本为考察新人的实际施政才具。活狱一事义山有自己主见固然无错，可是，他不懂如何妥善应对而只知一味强突。这又是急切性格惹出来的事。

开成五年初春，我丁忧期满，复本官左补阙，兼史馆修撰。会昌元年又迁库部员外郎，开始进入了上升通道。这并非表明我才能突出，我只是不喜多生事端而已。仕途之初，万事求稳，这是很多同僚都默认的潜规则。

同期，义山岳丈王茂元调回京城，仅任司农卿、将作监加检校右仆射。义山曾代修三通书启给李德裕。王茂元此人本将家子弟，因读书好儒，素来为李德裕看重，而该年五月，李德裕已被皇帝从淮南节度使任上召回了京师。

九月，义山辞弘农尉，到济源移家长安樊南。到此时，他才可算是一个名副其实的长安人了。回程途中有诗赠我，即《酬别令狐补阙》这首。

当时两人是否已有嫌隙？

细想起来，其实并没有什么明显矛盾。只是两人的关系慢慢变得有些疏远了。从那时开始，我开始抱持一种冷眼旁观的态度。不过，其间应义山所请，仍然还向某些朝中要员推介，比如曾替他转交文轴给中书舍人柳璟。

会昌二年，我转任户部员外郎。义山在岳丈陈许幕待过一阵，很快就回到长安应了书判拔萃科的吏部试，当时考官为韦琮。过后授秘书省正字，再任朝官。这段时间义山心情畅悦，常来晋昌坊晤面，两人似乎又情同当年了。

不久之后，义山母亲去世，因为要居丧守制，仕进之路不得不暂停。

这年九月，白居易从弟白敏中由李德裕推荐由右司员外郎入充翰林学士，加知制诰，迅速升至兵部侍郎、翰林学士承旨。

会昌三年，义山岳丈王茂元去世，他投靠的第二个靠山也倒下了。

此时的朝中，尽是李德裕、李绅、郑亚等人声势。当此之际，我的对策还是稳稳递进。原则就是慎缓，说话、判语与行事都不急于抢先。而对牛李两党皆采取不即不离的态度，无亲疏之别。李德裕在朝时从不以朋党疑我，过后置我于台阁，顾待甚优。在此变化叵测之际，对策还是一个"慢"字，不急着出头。

义山在会昌四年春曾作诗称美"泽潞平叛"之役，又代李贻孙上书李德裕，盛赞其武功文德。其间他移家永乐，又办理已故家人迁葬事，也是繁累不堪。虽然来往减少，但此时情谊尚在。

会昌五年秋，我转任右司郎中①进入了台阁。时义山因家事劳累，病居洛阳。我亦挂念，曾致书慰问，义山有诗《寄令狐郎中》作答。

该年白敏中曾有上书，指称李德裕专权，朝中开始出现了异动信号。

会昌六年二月，我被召拜为考功郎中。义山守制期满，于该年春回长安，其间曾有求托，让我捎信给拔萃科的座主、中书舍人韦

---

① 右司郎中品级为从五品上，为尚书右丞副贰，协掌尚书省事务，监管兵、刑、工部诸司政务，举稽违、署符目、知直宿，位在诸郎中上。

琮以求援引。三月初，义山复官秘书省。

同月二十三日，武宗皇帝薨，宣宗皇帝继位。新帝厌恶李德裕意思甚明，朝局出现了变数。

四月，李德裕罢相，之后薛元赏、薛元龟、柳仲郢等人接连坐贬出朝，五月，兵部侍郎、翰林学士承旨白敏中拜相。八月，牛僧孺、李宗闵、杨嗣复、李珏、崔珙接连北迁。此时李党虽然已落下风，但局势仍未明朗，还须观察。其间白敏中曾以探亲为名，去洛阳与白翁商议后盘，回长安后私下广泛联络，也来探问我之意向。形势到此地步，我便顺水推舟而献策，建议先让崔铉复宰相。

大中元年二月，牛党一系的李咸揭李德裕丑事，李德裕出京，以太子少保分司洛阳，郑亚出为桂管观察使，三月卢商罢相，翰林学士承旨、户部侍郎韦琮为中书侍郎并拜相，刑部尚书、判度支崔元式为门下侍郎。八月，李回罢相，出为西川节度使。至此，会昌年间宰相全部罢出，李党全面退潮，牛党复归已成定局。

为避嫌疑，我主动向白敏中、崔铉请求外放，名义是家中人丁多，京官俸禄低微。三月二十一日，授湖州刺史。这其实也是我的慎缓之策，谋局长远就需要提前远离旋涡中心，欲进而先退（这也是遵循了父亲多年的教导）。

九月，白敏中指使前永宁县尉吴汝入京，欲为之前被李德裕处置的江都县尉吴湘翻案。很快，诏下御史台复审。十二月，李德裕再贬潮州司马。由此完成了对李党的最后一击，彻底改变了朝局。

正在这个节骨眼上，谁知义山竟然投向了对方阵营，应郑亚辟入了桂管幕府！

义山非但入幕，过后代府主郑亚为李德裕《会昌一品集》草序，又代郑亚草拟致李德裕书启，盛赞其文章功业。这些行事举动哪会不透风，很快就传到了长安朝中，过后又从朝中传到了我的任所湖州。

义山啊义山，你我相交二十年，不都在为仕进前途各自努力么？你怎就看不清风向呢？这实在令人郁闷。

我想起了父亲早年评价义山的那句话：胸襟朗阔，小有傲气。父亲说得都对，可是，入朝为官是不能驰骋傲气而随性作为的，尤其是不可以逆风行船。

当时隐忍不住，五月于湖州给义山寄出了一封信。信文没几个字，我又写了一首诗，讥诮他不在朝中与我同步，性质形同了背恩。这是极严厉的指责。

信发出后，气也出过了。其实我还留有一点旧情。但这时也看清了一个事实：才士或文士是不堪担任朝官的。做朝官需要冷静和慎慢，而才士、文士往往一味纵情任性，不堪大用。

他的回信也是一首诗，即《酬令狐郎中见寄》。这首诗值得一看：

> 望郎临古郡，佳句洒丹青。
> 应自丘迟宅，仍过柳恽汀。
> 封来江渺渺，信去雨冥冥。
> 句曲闻仙诀，临川得佛经。
> 朝吟支客枕，夜读漱僧瓶。
> 不见衔芦雁，空流腐草萤。

土宜悲坎井，天怒识雷霆。

象卉分疆近，蛟涎浸岸腥。

补赢贪紫桂，负气托青萍。

万里悬离抱，危于讼阁铃。

由其中天怒识雷霆一句可知，他大约也知道事情的严重程度了，所以一味在做辩解。我可以想见他惶恐不知所措的模样（以前被我责怪迟到兴元幕时也是这样）。

他这个剖白辩解，解释自己入郑亚幕的原因是补赢（因家贫而不得不入幕）。真是让人哭笑不得。当然，我也知道他多年来一直家计窘迫，这也是实情。你个愚蠢的义山，你就不能再多忍一会儿，哪怕就几个月么？

就是大中元年他这个鲁莽的决定，此后使得两人渐行而渐远。

大中二年正月，白敏中将我荐于宣宗皇帝，上旬擢授考功郎中、知制诰，二月十日又旋授翰林学士。其间某夜，皇帝又曾召我入宫，听取讲述治乱之道。先父亡故十一年后，我继承遗志，终于步入了京朝中枢。

三四月间，义山从桂幕北返，于九月中旬回到长安。途中听闻我升官消息，先后有寄诗《寄令狐学士》和《梦令狐学士》。诗写得很好，可是通篇都用隐语，就是不肯说出后悔责己的话。他可真是骄傲啊。

大中三年二月二十一日，我再迁中书舍人，进阶太中大夫。三月中旬，我曾邀请他来晋昌坊家宅共话，席间粗略问问他今后意向。因那天忽然有要客来访，两人匆匆而别。后日，他就寄来了干谒求援之作《令狐舍人说昨夜西掖玩月因戏赠》：

> 昨夜玉轮明，传闻近太清。
> 凉波冲碧瓦，晓晕落金茎。
> 露索秦宫井，风弦汉殿筝。
> 几时绵竹颂，拟荐子虚名。

这回倒是把话说透了一半，直接说出了"荐"字，要让我出手助他。可是，这还不够啊。过后他来晋昌坊登门，我就让门子传话，以公务繁忙理由推拒不见，但总算还是给他留了一点最后的情面。

五月一日，我迁御史中丞并赐紫。其间义山曾写来书启，我并未回复。

此后重阳节，义山又作《九日》诗。此诗经由他人辗转抄写，后来也有读到。诗中意思，仍希望我看在旧日家父的情面上继续照护他：

> 曾共山翁把酒时，霜天白菊绕阶墀。
> 十年泉下无人问，九日樽前有所思。
> 不学汉臣栽苜蓿，空教楚客咏江蓠。
> 郎君官贵施行马，东阁无因再得窥。

九月，我自御史中丞充翰林学士，二十三日，权知兵部侍郎知制诰。因宣宗皇帝对我已有充分认可与信任，晋升速度无比之快。而到了十月，义山求告无门，只得入卢弘止徐州幕暂栖了。

我继续冷眼旁观。此时，与义山早年结下的情谊已渐渐冷却了下来。

来年大中四年二月二十三日，我携从弟令狐缄、令狐绹再登慈恩寺雁塔。当目睹大和九年四月一日诸人题名，不由叹出了一口长气。一晃已十五年了，义山哦，本来今日伴同登塔之人应该是你哦。

十月二十七日，我以兵部侍郎同中书门下平章事，正式拜相。此后在宰相位停留了十年之久。

至大中十三年八月，宣宗皇帝驾崩。趁此机会，朝中言官竞攻我短，指称犬子令狐滈招权受贿。我在位执政时日久长，在所难免得罪了很多人，此时就只能顺势而退了。十二月十六日，我仍带宰相衔，出京担任了河中节度使。

我在宰相位的十年里，义山始终就在各地幕府间流连。不是不肯相助，只要他走到我面前说一声"之前错选了门庭"，我准定就会出手。可是他傲气过盛，从来就不肯屈尊。

咸通二年仲春，自京城传来了义山年初在家乡荥阳病卒的消息。其时我刚刚罢河中节度使，正要徙往汴州，赴任宣武军节度使。

起初还不以为意。生死迁化本就是世间常态，我之前已见得多了。但是很奇怪，此后每年入冬祭父时，都会不由自主地想到他。

当跪坐在香烟缭绕的神位前，我似乎总能听到父亲的询问："义山目下如何了？"

该怎么回答他呢？之前我做错什么了么？那时真有些疑惑了。

到咸通十年（869），因庞勋作乱时兵败丧师，我被罢淮南节度使，四月分司东都。夏间某日，便让门人去搜寻义山诗文。

义山遗留的子女那时都在洛阳，一子名为衮师，现在河南府做书吏，一女已出嫁。当时曾安排属下稍加抚恤，但也仅此而已。

不承想，今日听门人诵出他的遗作《锦瑟》全篇后，不由老泪纵横：

> 锦瑟无端五十弦，一弦一柱思华年。
> 庄生晓梦迷蝴蝶，望帝春心托杜鹃。
> 沧海月明珠有泪，蓝田日暖玉生烟。
> 此情可待成追忆？只是当时已惘然。

起首一联，乃是展开回忆的开场白。次联"梦迷""春心"两句正是义山一生之写照。他迷失于人生路途，岂不正像梦中化蝶的庄周一样？他终生沉沦下僚，漂浮流离，其凄苦也与化为杜鹃鸟的望帝①类同。第三联"珠有泪"是在说他的隐痛，但是并无悔意，"沧海月明"意象弘大，他的胸襟依然如父亲预判的那样朗阔。而"蓝田玉"恰是他的自诩，"日暖生烟"，或许就是道徒所说的尸

---

① 古代蜀国君王望帝，死后化身为杜鹃鸟。

解①升仙之意?

啊,这个任性而深情的人,这个骄傲又不肯低头的人,至死都不曾改变。

义山的华年,也是我人生前半的华年。到这么晚,我才听取并感受到了他的心声。也许,我真是错待他了?如今,他那无边的惘然也传递给了我。在人生的末途,时间的隧道正向我打开它黑黢黢的洞口。

我吩咐门人将诗文卷各誊抄五份,转交给两京的亲友保存。自家这个书箱,我想将它带入凤栖原的祖茔中。有义山的诗文做伴,父亲和我九泉之下都不会太寂寞了。

就这样了,一切都已经结束。

---

① 道家用语,指修道者遗弃形骸而成仙。

图书在版编目(CIP)数据

少年李的烦恼 / 马鸣谦著. -- 北京 : 北京十月文艺出版社, 2025.5. -- ISBN 978-7-5302-2447-2

Ⅰ. I247.5

中国国家版本馆CIP数据核字第2024UV6480号

少年李的烦恼
SHAONIAN LI DE FANNAO
马鸣谦　著

出　　版	北 京 出 版 集 团
	北京十月文艺出版社
地　　址	北京北三环中路6号
邮　　编	100120
网　　址	www.bph.com.cn
发　　行	新经典发行有限公司
	电话 010-68423599
经　　销	新华书店
印　　刷	河北鹏润印刷有限公司
版　　次	2025年5月第1版
印　　次	2025年5月第1次印刷
开　　本	850毫米×1168毫米 1/32
印　　张	12.5
字　　数	278千字
书　　号	ISBN 978-7-5302-2447-2
定　　价	55.00元

如有印装质量问题，由本社负责调换
质量监督电话 010-58572393

版权所有，未经书面许可，不得转载、复制、翻印，违者必究。